ANNA McPARTLIN

Rabbit Hayes sista dagar

Översättning Åsa Brolin

*PRINTZ PUBLISHING

Printz Publishing
info@printzpublishing.se
www.printzpublishing.se

Originalets titel: The Last Days of Rabbit Hayes
Översättning: Åsa Brolin
Omslag: Sofia Scheutz
Sättning: Anna Levahn
Originalförlag: Transworld Ireland
Utgiven efter överenskommelse med Curtis Brown Ltd
ISBN 978-91-87343-65-0
Tryckt hos ScandBook AB i Falun 2015

Kära läsare,

Den här boken är inspirerad av min roliga, modiga mamma, av ett fantastiskt band och deras tragiska förlust, av stöttande och kärleksfulla familjer och bestående vänskap.

Den tillägnas mina svärföräldrar Terry och Don McPartlin, för deras kärlek, stöd, vänlighet, värme och vishet. Den är skriven till minne av en rockstjärna och två kärleksfulla mödrar.

Jag hoppas att du njuter lika mycket av att läsa den som jag gjorde av att skriva den.

Varma hälsningar,
Anna McPartlin x

Rabbit Hayes blogg

1 september 2009

KRIGSTILLSTÅND

I dag fick jag diagnosen bröstcancer. Jag borde vara skräckslagen men är snarare upprymd. Jag är förstås inte glad över att ha cancer, eller över att mitt bröst ska skäras bort, men det har påmint mig om hur bra jag har det. Jag älskar mitt liv. Jag älskar min familj, mina vänner, mitt jobb och, mest av allt, min lilla flicka. Livet är tufft för alla men jag är en av de lyckligt lottade. Jag kommer att klara det här.

Jag tänker hoppa över rädsla, ilska och sorg och i stället ägna all min kraft åt att slåss. Jag tänker tacka ja till alla behandlingar de föreslår. Jag tänker äta bra. Jag tänker läsa, lyssna och lära mig så mycket jag kan om ämnet. Jag tänker göra det som krävs. Jag kommer att klara det här.

Jag är mamma till en stark, rolig, snäll och underbar flicka. Mitt jobb är att ta hand om min dotter. Jag tänker vaka över henne medan hon växer. Jag tänker hjälpa henne att ta sig igenom de där jobbiga tonåren. Jag tänker finnas där genom allt tjafs, alla bråk. Jag tänker hjälpa henne med läxorna, uppmuntra hennes drömmar. Om hon gifter sig ska jag leda henne till altaret. Om hon får barn ska jag sitta barnvakt. Jag tänker inte svika henne. Jag ska slåss, slåss, slåss och sedan ska jag slåss, slåss, slåss lite till. Jag är en Hayes, och jag lovar och svär vid all den kärlek och styrka jag kan uppbringa att jag kommer att klara det här.

DAG ETT

1.

Rabbit

Utanför spelades popmusik, ett barn skrek av förtjusning och en skäggig man, som höll i ett plakat med texten ”Följ Jesus”, dansade runt. Skinnsätet kändes varmt mot Rabbits hud. Bilen rullade sakta fram och följde den långsamma, jämna trafikström som ringlade genom staden. *Vilken vacker dag,* tänkte Rabbit och slumrade till.

Molly vände blicken från vägen till sin dotter och släppte ratten med ena handen för att rätta till filten som täckte den tunna, bräckliga kroppen. Sedan strök hon med handen över det slätrakade huvudet.

”Det kommer att bli bra, Rabbit”, viskade hon. ”Mamma ska fixa det här.” Det var en vacker aprildag och den fyrtioåriga Mia ”Rabbit” Hayes – Molly och Jack Hayes älskade dotter, Grace och Daveys syster, tolvåriga Juliets mamma, Marjorie Shaws bästa vän och Johnny Fayes stora kärlek i livet – var på väg till ett hospice för att dö.

Molly saktade in utanför sjukhemmet. Hon slog av motorn, lade i handbromsen och satt kvar en liten stund och tittade på den dörr som ledde till det oönskade och okända. Rabbit sov fortfarande och Molly ville inte väcka henne, för så fort hon gjorde det skulle deras fruktansvärda, korta framtid förvandlas till nuet. Hon lekte med tanken på att fortsätta köra men det fanns ingenstans att ta vägen. Hon var fast. ”Jävla skit”, viskade hon och greppade tag i ratten. ”Helvetes jävla förbannade skithelvete, pisshelvete, fuckhelvete.”

Mollys hjärta var redan krossat och varje gång hon sa ”helvete” föll det sönder i ännu fler bitar.

”Vill du köra vidare?” sa Rabbit, men när hennes mamma tittade på henne blundade hon fortfarande.

”Nej, jag ville bara sitta här och svära ett tag”, sa Molly.

”Bra jobbat.”

”Tack.”

”Jag gillade ’fuckhelvete’.”

”Det bara kom till mig”, sa Molly.

”Behåll det.”

”Tycker du?” Molly låtsades begrunda det medan hon åter lade handen på sin dotters huvud och smekte det.

Rabbit öppnade sakta ögonen. ”Du är besatt av mitt huvud.”

”Mjukt”, mumlade Molly.

”Okej då, gör det en gång till för att ge mig tur”, sa Rabbit och vände sig mot dörren. *Så det är nu det händer,* tänkte hon.

Molly strök sin dotter över huvudet en gång till, sedan tog Rabbit hennes hand och tryckte den. De såg på sina omslingrade fingrar. Rabbits hand såg ut att vara äldre än hennes mammas. Huden var torr och tunn som papper och de svullna, såriga blodådrorna gick kors och tvärs. Hennes långa, en gång så vackra fingrar var så smala att de liknade knotiga kvistar. Hennes mammas händer var mjuka och fylliga och hade välskötta, målade naglar.

”Lika bra att få det överstökat”, sa Rabbit.

”Jag hämtar en rullstol.”

”Det gör du inte alls.”

”Sluta nu.”

”Mamma.”

”Aldrig.”

”Mamma, jag tänker gå in själv.”

”Rabbit Hayes, du har faktiskt ett brutet ben. Du ska inte gå in.”

”Jag har en käpp och jag har dig och jag tänker gå in.”

Molly suckade djupt. ”Jaja, naturligtvis. Men om du ramlar

omkull så ska du ha förbannat klart för dig – ”

”Att du tänker döda mig?” sa Rabbit och flinade.

”Inte roligt.”

”Lite roligt?”

”Så inåt helvete inte roligt”, sa Molly och Rabbit skrattade till. Andra kunde ta illa vid sig av hennes mammas svärande men inte hon. För henne var det underhållande, välbekant och trösterikt. Hennes mamma var snäll, generös, rolig, lekfull, klok, stark och storslagen. Hon ställde sig gärna i skottlinjen för att skydda den som var oskyldig och ingen, oavsett kraft, storlek eller mod, gav sig på Molly Hayes. Hon hade inget till övers för dumskallar och brydde sig inte ett dugg om vad andra tyckte. Antingen gillade man Molly Hayes, eller så kunde man dra åt helvete. Molly klev ur bilen, och när hon hade tagit fram käppen från baksätet öppnade hon passagerardörren och hjälpte sin dotter att ställa sig upp. Rabbit spände blicken i hospicets port innan hon långsamt och stadigt, stödd på käppen och sin mamma, gick in till receptionen. *Om jag kan gå in så kan jag kanske gå ut också*, tänkte hon.

De såg sig omkring, tog in de dyrbara mattorna, det mörka träet, de vackra Tiffanylamporna, det mjuka möblemanget och bokhyllorna, som var fyllda med böcker och tidningar.

”Fint”, sa Molly.

”Mer som ett hotell än ett hospice”, sa Rabbit.

”Mm.” Molly nickade. *Lugn nu, Molly.*

”Det luktar inte ens som ett sjukhus.”

”Tack gode Gud för det”, sa Molly.

”Ja. Det kommer jag inte att sakna.”

Sakta gick de fram till en kvinna med ljust, kortklippt hår och ett brett Tom Cruise-leende. ”Det måste vara du som är Mia Hayes”, sa hon.

”Jag kallas mest för Rabbit.”

Leendet blev bredare och den blonda kvinnan nickade. ”Det låter bra”, sa hon. ”Jag heter Fiona. Jag ska visa dig var ditt rum är och sedan kommer en av sjuksköterskorna och hjälper dig tillrätta."

"Tack, Fiona."

"Ingen orsak, Rabbit."

Molly sa inget. Hon gjorde sitt bästa för att inte bryta ihop. *Det är okej, Molly. Gråt inte, inga fler tårar, gör bara likadant som de och låtsas att allt är bra. Kom igen nu, din galna gamla kärring, gör det för Rabbits skull. Det kommer att ordna sig. Vi kommer säkert på något. Gör det för din dotter.*

Rummet var ljust och bekvämt och hade en perfekt bäddad säng, en mjuk soffa och en fåtölj med fällbart ryggstöd. Utanför det stora fönstret låg en grönskande trädgård. Fiona hjälpte Rabbit att sätta sig på sängkanten och Molly, som behövde en liten paus, låtsades undersöka badrummet. Hon stängde dörren om sig och tog ett par djupa andetag. Hon förbannade sig själv för att hon hade flyttat Rabbit från sjukhuset till ett hospice. Jack hade inte sagt ett ord sedan han han fått veta att Rabbits tid snart skulle vara ute. Han var tvungen att stålsätta sig först. Hittills hade han inte lyckats med det, och Rabbit behövde koncentrera sig på att ta hand om sig själv. Grace hade velat hjälpa till men Molly var stenhård. "Inget trams nu, hon behöver bara vila upp sig lite", hade hon ljugit för sig själv och alla som ville lyssna. *Din dumma gamla kossa*, tänkte hon. *De borde ha varit här.*

"Allt okej därinne, mamma?" sa Rabbit från andra sidan dörren.

"Bara bra, älskling. Herregud, det här badkaret är lika stort som mormors pentry. Minns du det?" frågade hon och hörde hur rösten darrade. Hon hoppades att Rabbit var för trött för att märka det.

"Det var längesen hon försvann, mamma", sa Rabbit.

"Ja", sa Molly. "Och hon var mer i vårt kök än vi var i hennes."

"Verkar badkaret bra?" frågade Rabbit. Molly förstod att hennes dotter var medveten om hennes kamp, och det gav henne den spark hon behövde för att ta sig samman.

”Det gör det verkligen”, sa hon och kom ut från badrummet. ”Man skulle kunna drunkna i det.”

”Det ska jag komma ihåg ifall det blir alltför illa.” Rabbit skrattade.

Rabbit hade för längesedan insett att hennes mamma var den sortens person som, om det fanns minsta möjlighet, alltid måste säga fel sak vid fel tillfälle. Exemplen var otaliga, men en av Rabbits favoritincidenter hade inträffat när en äldre granne med handprotes frågat Molly hur hon hade tagit sin mammas död. Varpå Molly hade svarat: ”Om jag ska vara ärlig, Jean, så var det som att förlora sin högra hand.”

När Rabbit hade funnit sig tillrätta lämnade Fiona dem ensamma. Rabbit hade kommit dit i pyjamas och morgonrock, trots att hon egentligen hade planerat att klä på sig. Molly hade hämtat ett par dyra, vida byxor i jerseytyg och en V-ringad bomullströja hemma hos Rabbit och tagit med dem till sjukhuset, men när Rabbit äntligen hade träffat sin rådgivare, fått sina mediciner från apoteket och officiellt skrivits ut, hade hon varit för trött för att byta om. ”Jag ska ändå bara byta säng, mamma”, sa hon.

”Det är enklare om du behåller sovkläderna på”, höll Molly med, men för henne var det inte enklare. Inget var enkelt. Hon ville skrika och vråla och rasa mot världen. Hon ville ha sönder saker, välta en bil, tända eld på en kyrka och släppa loss alla helvetets mörka krafter. *Om jag bara hade varit fem procent galnare*, tänkte Molly. Hon höll på att bli tokig.

Dagen innan hade en onkolog bett att få prata med Molly och Jack i ett litet gult rum som luktade antibakteriell tvål. När de hade satt sig tillrätta krossade han dem med en enda mening: ”Det handlar om korta veckor snarare än långa månader.” Rummet fylldes av en kompakt tystnad. Molly stirrade på hans ansikte i väntan på en slutpoäng som aldrig kom. Jack förblev orörlig. Det var som om livet hade runnit ur honom och lämnat kvar en stenstod. Molly sa inte emot. Hon mumlade bara ”Tack så mycket” när onkologen bokade in Rabbit på ett hospice. Hon kände Jacks tunga blick. Det var som om hon höll på att försvinna rakt framför honom, som om han undrade hur han skulle hantera den nya verkligheten utan sin fru. *Ge mig lite tid att tänka, gamle man.* De hade inga frågor – åtminstone inga som mannen mittemot skulle kunna besvara.

Jacks tystnad hade gett Molly en chans att höra sina egna tankar. Det var dags att göra en reträtt: hon måste utrusta sig med mer information, tänka ut en ny plan, påbörja ett nytt samtal. Hon tänkte inte ge upp, inte en chans. Må så vara att Rabbit Hayes var döende men hon skulle inte dö, eftersom Molly skulle hitta ett sätt att rädda henne. Hon tänkte inte prata om det, bara göra det. Under tiden skulle hon spela med i spelet. Det var en kamp mot klockan: Rabbit tynade bort. De hade inte tid att prata.

Att vara tyst var ovanligt för Molly, som gillade att prata igenom saker även när hon visste att det inte fanns någon lösning. I början, när Rabbit just hade fått sin diagnos, hade hon ofta gått till kyrkan för att skälla på Gud. Hon ställde massor av frågor, men förväntade sig inga svar. Hon knöt näven mot altaret, och en gång gav hon fingret åt den staty som föreställde Jesusbarnet.

”Vad vill du nu då, Gud?” hade hon skrikit i den tomma kyrkan ett år tidigare, när Rabbits cancer hade kommit tillbaka i vänstra bröstet och spridit sig till levern. ”Vill du ha andra bröstet också? Ta det bara, ditt giriga gamla as, men våga inte ta min flicka. Hör du det, din – ”

”Där är du ju, Molly.” Fader Frank hade uppenbarat sig ur tomma intet och nu slog han sig ner bredvid henne. Han gned sig på det onda knäet och drog en hand genom sitt gråa hår, sedan knäböjde han, lutad mot kyrkbänken. Hon satt kvar. Han såg rakt fram utan att säga något.

”Inte nu”, sa hon.

”Jag hörde.”

”Och …”

”Du är arg och du ville ge Jesusbarnet fingret.” Han skakade på huvudet.

”Hur vet du det?” frågade Molly, överraskad och lite nervös.

”Syster Veronica höll på att putsa tabernaklet.”

”Jag såg henne inte.”

”Hon är som en ninja, den där.” Han gnuggade sig i huvudet. Hon undrade om han höll på att få migrän – det fick han ganska ofta. ”Molly”, sa han, allvarligare nu. ”Jag förstår.”

”Nej, det gör du inte, Frank.”

”Min mamma dog i cancer.”

”Din mamma var nittiotvå.”

”Det är samma kärlek, Molly.”

”Nej, det är det inte, och om du hade levt ett liv fyllt av kärlek i stället för att bara predika om kärlek så skulle du förstå det. Du har aldrig varit make eller far så ursäkta att jag säger det, men av alla som försöker trösta mig är det du som förstår absolut minst.”

”Om det är så du ser det.”

”Ja, det är det, jag beklagar.” Hon reste sig och lämnade en förstummad Fader Frank. Hon hade inte tagit sitt mörker till kyrkan sedan dess. Men Molly bad fortfarande; hon hade fortfarande sin tro.

Nu behövdes dock något mer rationellt än böner. I fyra år hade hon gjort efterforskningar om Rabbits sjukdom. Hon hade satt sig in i alla undersökningar, nya mediciner och tester, och visste mer om genetisk kartläggning än forskarassistenter inne på andra året. *Det finns något som vi inte har tänkt på, något vi har missat. Jag har det på tungan. Jag måste bara koncentrera mig. Det kommer att bli bra.*

”Vad tänker du på?” frågade Rabbit.

”Vad jag ska laga för mat åt din pappa i kväll.” Molly slog sig ner i fåtöljen.

”Köp hem en curry”, föreslog Rabbit.

”Han börjar få rejäl mage.”

”Kom igen, mamma, han är ju sjuttiosju! Låt honom vara ifred.”

”Jag skulle förstås kunna ge honom kycklingcurry med

friterat ris, om han springer fyra varv runt parken sen.”

”Eller så kan du bara låta honom vara.”

”Okej, det får räcka med två varv.”

Medan hon pratade kom en mörkhårig sköterska, med tydligt fejkad solbränna och tjusig håruppsättning, in i rummet med en journal. ”Hej på dig Rabbit, jag heter Michelle. Jag ville bara kolla om du har funnit dig tillrätta här och om vi skulle kunna gå igenom dina mediciner? Det räcker om vi gör det en gång. Sedan lovar jag att du ska få vara ifred.”

”Ingen fara.”

”Bra. Allt väl hittills?”

”Jag är fortfarande i livet, det är ju en bonus.”

”Folk brukar oftast klara sig in genom dörren”, sa Michelle och log.

”Jag gillar henne”, sa Rabbit till sin mamma.

”Hon är inte rädd för lite skit under naglarna, det märker man”, sa Molly.

”Ska jag tolka det som att ni tycker det är bra att inte vara rädd för lite skit under naglarna?” frågade Michelle.

”Hemma hos oss är det så”, sa Molly.

”Är det inte det ena så är det det andra, sa flickan som blödde näsblod.” Michelle satte sig i soffan. Rabbit och hennes mamma sneglade på varandra och log. *Helt klart knäpp.*

”Några frågor?”

”Nej.”

”Säkert?”

”Ja.”

”Om du kommer på något så finns jag här. Ska vi gå igenom medicinerna?”

”Jag har Fentanylplåster, OxyNorm, Lyrica och Valium.”

”Något laxermedel?”

”Ja, just det! Hur kunde jag glömma det?”

Michelle nickade i riktning mot Rabbits ben. ”Hur har såret läkt sedan operationen?”

”Fint. Inga tecken på infektion.”

”Bra. Var benbrottet det första tecknet på att det hade spridits till skelettet?”

”De uppmätte högt kalcium veckan innan.”

”Hur är din smärtnivå nu?”

”Den är bra.”

”Håll mig underrättad.”

”Det ska jag göra.”

Michelle såg på klockan. ”Hungrig?”

”Nej.”

”Vi serverar i alla fall bacon och potatis om en timme.”

”Det låter hemskt.”

”Tänk på vad du säger. Vi har de bästa kockarna på den här sidan Liffey”, sa Michelle med spelat äckel, varpå hon log. ”Om du behöver något – ryggmassage, fotmassage, manikyr, rörelseträning för ditt ben – så är det bara att du ringer i klockan.”

”Tack.”

”Varsågod.” Hon öppnade fönstret och lämnade dem så att Molly kunde hjälpa Rabbit att göra sig redo för sängen.

När Molly var klar slog hon sig ner i fåtöljen igen och såg hur Rabbits ögonlock öppnades och stängdes. ”Davey är på väg hem, älskling. Han tittar in lite senare om du orkar”, sa hon.

”Vad bra.” Rabbit somnade nästan innan hon hade sagt orden.

Johnny

Johnny och det förflutna väntade ofta på Rabbit i sömnen. I hennes dröm den här eftermiddagen var han sexton år, lång och stilig, lång och stilig, och hans mjuka, lockiga bruna hår nådde till axlarna. Hon var sitt yngre jag, och den tolvåriga Rabbit hade ingen större likhet med det papperstunna spöke som nu låg i sjuksängen. Hon var lång för sin ålder men så smal att hennes mamma oroade sig för att det stora tomrummet mellan hennes ben skulle påverka hennes förmåga att gå normalt. ”Gå framför mig, Rabbit”, sa hon och vände sig sedan till sin vän Pauline: ”Ser du vad jag menar, Pauline? En tvååring skulle kunna springa igenom det där gapet.”

”Äsch, oroa dig inte, Molly. Hon lägger nog på hullet med tiden”, sa Pauline, och det hade hon rätt i. Rabbit lade på hullet men inte förrän tre år senare, trots alla godsaker som Molly tillagade, bakade och rostade i ankfett för att hennes yngsta dotter skulle gå upp i vikt. På den tiden hade Molly bara ett enda, enkelt mantra.

”Rabbit, ät mer. Grace, ät mindre. Davey, sluta peta dig i näsan.”

Grace brukade beklaga sig över att det var orättvist, men Molly lyssnade inte. ”Du har lika kraftig benstomme som mor din. Kraftig benstomme betyder små portioner. Om du vill vara ditt bästa jag får du stå ut med det.”

Grace fortsatte att gnälla men Rabbit tyckte inte synd om henne, för medan Rabbit var utpräglat mager, var Grace en riktig skönhet. Hon hade höfter, bröst och fylliga läppar. Hon var en äkta brunett med smaragdgröna ögon och vid arton års ålder var Grace en kvinna medan Rabbit fortfarande var ett barn. Rabbit brukade ofta titta på Grace och tänka: *Om jag bara var kurvigare, om mitt hår var lite mörkare. Om jag bara kunde se ut som min syster.*

För även om hon var vacker på sitt eget sätt skulle Rabbit aldrig se ut som sin syster. Att hon såg så dåligt underlättade inte: de mörkbruna, hornbågade glasögonen överskuggade hennes lilla ansikte. Glasögonen var tunga och gled nerför näsryggen och hon måste ägna en stor del av sin tid åt att skjuta upp dem igen. Ibland, när hon funderade över något, satte hon ett finger på dem, tryckte dem hårt mot ansiktet och rynkade på näsan. Det var Johnny som började kalla henne för ”Rabbit”. Hon insisterade på att sätta upp sitt långa, råttfärgade hår i två höga tofsar. Han tyckte att tofsarna såg ut som kaninöron, och glasögonen gjorde att hon påminde om en förklädd Snurre Sprätt.

Johnny Faye visste inte om det, men han var en trendsättare.

Om han bestämde sig för att lappade knän var coola hade alla, inom en omkrets av flera kilometer, lappade knän efter bara några dagar. Om han började ha fotsid rock och bar den uppknäppt, eller hade kort silverjacka eller yllemössa med paljetter, blev det trendigt utan att någon ens nämnde det. Det var enkelt. Johnny var cool, så allt han gjorde, sa eller hade på sig var coolt. Och när han kom på namnet Rabbit och Mia Hayes glatt lystrade till det tog det bara en vecka innan alla, inklusive hennes föräldrar, också började använda det.

I Rabbits dröm hade Grace klätt upp sig i ett svart fodral, höga klackar och röda läppar. Hon skulle gå ut med en man som hon hade träffat på discot och det var spännande att titta på när hon gjorde sig fin. Rabbit gillade att sitta i hennes rum medan hon sminkade sig vid spegeln. Grace hade inget emot det, så länge Rabbit var tyst. Grace brukade höja volymen på sin bandspelare, som stod på sminkbordet, och sjunga med i Bruce Springsteens "The river" och Lloyd Cole and The Commotions "Brand new friend". Hon brukade spela dem om och om igen och i stället för att slösa sin egen tid på att hålla ner rewindknappen, fick hon Rabbit att göra det.

"Stopp. Spela. Nej. Spola tillbaka. Okej, stanna. Nej, spola tillbaka. För långt – spola framåt", sa hon medan hon applicerade ögonskuggan. Rabbit tryckte lydigt på knapparna medan hennes storasyster förvandlade sig från vacker till sagolik.

Efteråt följde Rabbit med Grace nerför trappan och ut i köket, där deras bror Davey satt och åt middag med hörlurarna på. Davey gillade att äta ensam. Han brukade vänta tills alla andra hade ätit klart; sedan värmde mamma hans tallrik och han tog på sig lurarna och kastade i sig maten på samma tid som det tog att lyssna till två låtar. Grace sa "hej då" till mamma och ropade samma sak till pappa som satt i vardagsrummet och såg på nyheterna. Hon brydde sig inte om att säga något till Davey, han skulle ändå inte ha svarat.

Davey var sexton och lika lång och smal som Rabbit. Hans råttfärgade hår nådde nedanför axlarna. Trots att hans killkompisar jämt retade honom för det klädde han sig i denim från topp till tå. Han satt där och tuggade och knackade med kniven i bordsskivan i takt med musiken i lurarna.

Molly ropade efter Grace: ”Bjud hem honom på middag på söndag.”

”Aldrig i livet, mamma!”

”Jag vill träffa honom.”

”Inte än.” Grace tog sin kappa.

Molly dök upp i sina rosa gummihandskar. ”Tvinga mig inte att börja skugga honom.”

”Men herregud, mamma, låt mig leva lite!” Grace öppnade ytterdörren och svassade längs trädgårdsgången fram till den lilla järngrinden.

Molly suckade och gick tillbaka ut i köket, men Rabbit följde med Grace bort till muren där Johnny satt och spelade gitarr medan han väntade på att hennes bror skulle äta klart. Grace sa hej och han log mot henne, men till skillnad från de andra killarna följde han henne inte med blicken. I stället tittade han på Rabbit och klappade på muren. ”Rabbit”, sa han och hon satte sig bredvid honom.

”Johnny.”

”Du ser ledsen ut.”

”Det är jag inte.”

”Jo, det är du.”

”Inte.”

”Vad är det?”

”Inget.”

”Säg vad det är.”

Rabbits ögon började fyllas av stora dumma tårar utan att hon förstod varför. Hon hade inte insett att hon var ledsen förrän Johnny sa det, och det kom som något av en chock.

”Fram med det nu”, uppmanade han.

”Jag önskar att jag såg ut som Grace”, viskade Rabbit generat.

”Nej, det gör du inte.”

”Jo.”

”Gör inte det.”

”Jo.” Rabbit kände sig lite tjurig men Johnny log mot henne och när han log uppstod små rynkor kring hans stora bruna ögon. Det gjorde henne varm, inifrån och ut. Hon blev lite röd om kinderna och det fladdrade till i magen.

”När du är lika gammal som Grace så kommer du att vara Dublins snyggaste tjej, Rabbit Hayes”, sa han. ”Det kommer inte att finnas någon som ens är i närheten.”

”Du ljuger”, sa Rabbit och bet sig i läppen för att hejda ett brett leende som skulle visa hennes tandkött.

”Det är sant”, sa han.

Hon kom inte på något att säga så hon boxade honom lätt på armen, och så tryckte hon upp glasögonen på näsan och höll fast dem där medan han spelade gitarr och sjöng en rolig liten sång för henne.

Jay, Francie och Louis kom dit samtidigt som Davey kom ut ur huset. Jay och Francie, tvillingarna, var Johnnys närmaste grannar och utgjorde bandets ryggrad. Jay spelade bas, Francie gitarr. Det var Jay som hade kämpat för att Davey skulle bli deras trummis trots att hans audition gått snett: han hade drabbats av magsjuka och skitit på sig mitt i andra låten. Jay var blond, Francie var mörk, och båda såg bra ut med sitt korta hår, sina breda käkar och muskulösa kroppar. Dessutom var de väldigt pratsamma: om de inte hade valt musiken kunde de ha blivit radiokomiker – det sa i alla fall Rabbits mamma. Louis var mindre och mer allvarsam. Han spelade keyboard och ansåg sig vara bandets ledare, trots att ingen lyssnade på honom ens när han hotade att hoppa av, vilket skedde minst en gång i veckan. En gång hade Rabbit sett honom tappa fattningen helt när de repat i garaget.

”Om ni slutade larva er hela tiden skulle vi kanske kunna komma någon vart”, skrek han.

”Sluta grina, Befria Fettot”, sa Jay. Louis var inte tjock,

bara kort och satt. Francie hade en gång sagt att Louis såg ut som en smal kille som hade ätit upp en tjock. Till Louis stora förtret hade de andra sedan dess fortsatt att kalla honom för Befria Fettot. Det var elakt, men inte lika elakt som Daveys öknamn. På den tiden var Davey så smal att hans krokiga näsa verkade för stor för hans ansikte. Efter hans provspelning, när han var på väg ut genom dörren med nerskitna byxor medan de andra fyra grät av skratt, ropade Jay efter honom: ”Hallå, höken, kom tillbaka när du har duschat.”

”Höken? Han ser ju ut som en död jävla berguv”, sa Francie, och sedan dess hade tvillingarna kallat honom för DB.

Davey gillade inte att Rabbit hängde med bandet, så han sa genast åt henne att sticka därifrån. De andra killarna gillade att sitta på muren och prata, skvallra lite och spana på de tjejer som gick förbi innan de gick in i Daveys garage för att repa i några timmar. Molly och Jack stöttade bandet helhjärtat. Jack älskade musik och Molly gillade allt som innebar att hennes son skulle slippa försörja sig som diskare. Davey hade lyckats bli relegerad från skolan vid tretton års ålder genom att slå en geografilärare i ansiktet när denne hade försökt att stoppa in handen innanför Daveys kalsonger under kvarsittningen. När det hände vägrade Davey att berätta vad som hade föranlett hans drastiska reaktion, och ryktet att attacken varit oprovocerad spred sig snabbt. När ingen skola i området ville ha honom som elev, upptäckte han sin passion för musik. Daveys första trumset bestod av en telefonkatalog som han övade på både morgon, middag och kväll, och redan från början stod det klart att han hade talang. På hans fjortonde födelsedag kom hans pappa hem med ett fint, rött trumset och Davey blev så glad att han brast i gråt. När han spelade den kvällen bestämde sig hans föräldrar för att de skulle hjälpa honom att komma någon vart, kosta vad det kosta ville.

När han gick med i bandet, som hette Kitchen Sink, märkte hans föräldrar snabbt att de hade något speciellt – bra låtar, musikaliska medlemmar, hög arbetsmoral. Men framför allt hade de Johnny Faye. Johnny var rena drömmen, född att bli stjärna. Daveys pappa insåg hans potential när han en söndagseftermiddag för första gången såg dem spela på ett lokalt ställe. Den kvällen städade de ur garaget, ställde in element och satte upp äggkartonger och tunga draperier för att ljudisolera utrymmet. Från och med den dagen fungerade garaget som bandets officiella replokal, och Molly och Jack Hayes blev Kitchen Sinks största fans.

Rabbit hade älskat att vara ute i garaget från första stund, iklädd kappa och handskar mot kylan, för att se när grabbarna repade och lyssna när Johnny sjöng. Hon brukade sitta tyst i hörnet i timtal, så tyst att de ofta glömde bort att hon satt där, bakom draperierna, förstärkarna och den omkullvälta soffan. Ibland läste hon en bok, ibland låg hon bara på golvet och lyssnade när de spelade, retades med varandra och skrattade. Rabbit tröttnade aldrig på att lyssna till Johnny. Han hade en sådan klar, varm och vemodig röst, och trots hennes brors många försök att slänga ut henne tog Johnny henne alltid i försvar.

”Okej, vi tar det från bryggan. Ett, två, tre …”

Rabbit älskade att höra sin bror räkna in dem innan han slog i trumman. Hon älskade när basen och gitarrerna kom in, och därefter Johnnys röst, som gav henne rysningar och fick håret att resa sig på hennes armar.

Rabbit ägnade halva sin barndom åt att sitta ute i garaget och lyssna på sin bror och hans band när de repade och drömde. De skulle bli något. En av killarna i U2 hade trots allt vuxit upp precis runt hörnet och nu sålde de ut jättearenor i USA. Det var ett tecken, och som killarna såg det skulle Kitchen Sink inom kort få U2 att framstå som rena amatörerna. Och Rabbit hade funnits med från start, legat där ovanpå sin duffelkappa på det kalla hårda golvet medan Johnny Faye sjöng bara för henne.

Nu var det förflutna så påtagligt att det ibland kändes mer verkligt än nuet. Kanske berodde det på opiaterna; kanske levde hennes sinne bara upp i sömnen eftersom hon var så trött när hon var vaken. Och när hon var vaken måste hon hantera sanningen om sin situation. För två veckor sedan hade hon levt med cancer, nu sa de åt henne att hon var döende och skulle lämna sin tolvåriga dotter. *Näe … Jag är bara trött. Jag behöver bara vila ett par dagar så mår jag snart bättre. Jag tänker inte lämna Juliet. Inte en chans. Absolut inte.* Hon stod inte ut med det. Hon kunde inte prata om det. Hon kunde inte acceptera det. I stället för att tvinga sig att vara vaken i nuet stannade hon kvar i det förflutna, där hon lyssnade till Johnny Faye som sjöng för allt han var värd.

Davey

Davey hade aldrig sovit mer än fyra timmar i sträck under de senaste tjugo åren. Det gjorde det enkelt att hålla kontakten med familjen via telefon eller Skype, oavsett vilken tidszon han befann sig i. Han hade suttit i turnébussen och spelat poker när hans mamma för fyra år sedan ringde för att berätta att hans syster hade bröstcancer. Han hade kommit hem till Irland precis efter att hon gjort sin mastektomi, när hon förhoppningsfullt trodde att allt var borta. Efter cellgifterna och strålningen så var det borta, men bara tills nästa samtal kom tre år senare. Han skulle just kliva upp på scenen när hans mamma med gråt i rösten berättade att det hade kommit tillbaka i det andra bröstet och i levern. Han hade omedelbart flugit hem. Prognosen var inte god, men Rabbit var en riktig kämpe. Hon skulle bli frisk, och om hon inte blev det skulle medicinerna hjälpa henne att hantera cancern. Den gången hade han stannat på Irland i tre veckor, tills Rabbit krävde att han återgick till jobbet.

”Jag ska ingenstans”, hade hon lovat. Dessutom kunde han inte låta den vikarierande trummisen ta hans plats för evigt. ”Tänk om de inser att han är bättre än du?” frågade hon och skrattade.

”Kul”, sa han.

”Åk tillbaka till din buss”, sa hon och de kramades. Hon försökte dölja att hon grät, men hans axel var fuktig när de skildes åt.

Det tredje samtalet, för fyra månader sedan, hade tagit andan ur honom. Cancern hade spridit sig till hennes lungor men det fanns fortfarande hopp. Hon skulle träffa honom under julen. Han skulle inte oroa sig. Hon skulle leva länge än. Det sista samtalet hade kommit när han låg i en hotellsäng i Boston. Han var just på väg att hoppa in i duschen när han såg sin mammas namn på den vibrerande mobilen. Han övervägde att inte svara, men så mindes han … Rabbit.

”Hallå, mamma”, sa han, men hon var tyst. ”Mamma?”

Molly kunde inte prata. Allt han hörde var hennes dämpade snyftningar och han förstod. Han satt kvar på sängen under tystnad och lyssnade till sin mammas gråt. Han rörde sig inte en millimeter.

”Det sitter i skelettet”, sa Molly till sist. ”Hon ramlade i köket – Juliet hittade henne. Det är riktigt illa nu, vännen.”

”Jag är på väg, mamma.”

Då sa hans mamma de mest skrämmande ord han någonsin hade hört: ”Skynda dig.”

Davey hade spelat trummor med en framgångsrik kvinnlig countrysångerska de senaste tio åren. Han delade sin tid mellan Nashville, New York och en turnébuss. Casey var en Grammy-vinnande artist och mamma till två pojkar. När hon var i studion för att spela in så bodde han i Nashville, när hon turnerade så turnerade han; när hon tog ledigt så åkte han hem till sig i New York. Om Casey var på semester jobbade Davey ofta med andra band som saknade en trummis, men hon kom alltid först, även om han aldrig hade kunnat ana att han skulle spela country. Nu var de halvvägs genom en ansträngande turné och eftersom deras spelningar inte längre var utsålda, var hon tvungen att delta i en massa PR-arrangemang, plus att hon uppträdde nästan varje kväll. Hon var psykiskt och fysiskt utmattad och det sista hon behövde var att bli lämnad i sticket av sin trummis.

När han knackade på bad hon honom att stiga in. Hon låg i soffan inne på sitt rum med en kall handduk över ögonen.

"Ont i huvudet igen?" sa han.

"Japp."

"Du borde gå och kolla upp det där."

"Det är inget fel på mig. Det vore för fan ett mirakel om jag inte hade ständig huvudvärk." Hon tog bort handduken från ögonen. "Vad är det?" sa hon och satte sig upp.

"Det är Rabbit." Han började gråta. "Åh herregud. Förlåt." Han skämdes över sina tårar men fortsatte att gråta.

"Davey, jag är så ledsen, jag beklagar verkligen." Hon ställde sig upp och slog armarna om honom.

"De säger att hon håller på att dö, Casey."

Casey försökte lugna honom medan hennes assistent bokade in honom på nästa plan hem.

"Oroa dig inte för någonting nu. Stanna där så länge det behövs. Vi finns kvar här när du kommer tillbaka", sa hon och han var tacksam: han hade varit i branschen tillräckligt länge för att veta att det inte spelade någon roll hur skicklig man var – skrev man inte egna låtar var man ändå utbytbar. Men Davey underskattade ofta sig själv och sin roll i Caseys liv.

De hade träffats när han jobbat på en musikpub i New York. Hon var sångerska och låtskrivare, han stod i baren och letade efter ett band att spela med. Hon var liten och nätt och söt, och när hon sjöng insåg han att hon hade något speciellt, även om hon var oskolad. De konverserade artigt vid ett par tillfällen men inget mer hände förrän en kille kom fram till henne en kväll i baren. Hon avböjde artigt hans invit. Han insisterade. Hon sa nej. Han frågade om hon var lesbisk och hon sa ja. Han kallade henne något vidrigt och Davey gick emellan, sa åt honom att lämna henne ifred.

"Jaha, och vad händer annars?" sa killen.

”Det vill du inte veta.”

Senare på kvällen, när han var på väg ut med soporna, hörde han ett skrik. Det var Casey som försökte värja sig mot samma kille – han hade stått utanför och väntat. Davey knockade honom med ett slag. På den tiden bodde Casey i sin bil, men den kvällen flyttade hon in hos Davey. Hon fick sängen, han sov på golvet. De hade jobbat ihop ända sedan dess, och tagit sig igenom tuffa tider tillsammans. När skivbolag nummer två hade sparkat henne var han den enda bandmedlem som stannat. Det var han som gav bandet sitt karaktäristiska sound. ”Mitt C behöver ditt DB”, brukade hon säga. Han var oersättlig för henne, de utgjorde en egen liten familj.

Nu följde hon med honom ut till den limousin som skulle köra honom till flyget. ”Jag finns här”, sa hon. ”Du vet att jag finns här för dig.”

”Det vet jag.” De kramades igen.

”Låt mig inte gå här och sakna dig för länge, lova det”, sa hon.

Han hade suttit tyst på planet, inte rest sig ur sätet eller pratat med någon; han sov inte och såg inte på film, han tänkte bara på sin syster och på hennes roliga, rara, brådmogna lilla flicka. *Hur ska det bli med Juliet?* Davey hade missat större delen av sin systerdotters uppväxt, men hon hade alltid känt igen honom, till och med när hon var i ettårsåldern. Han kände sig utvald, för hon var alltid så ivrig att få träffa honom. Rabbit hade satt upp en bild på honom på väggen hemma och pratade ofta om honom, och redan tidigt stod det klart att Juliet och Davey hade en speciell relation. Han gruvade sig för att träffa henne. *Stackars Juliet.*

Han hade bara handbagage, så när planet landade gick han rakt genom tullen, ut till Grace som stod och väntade. Tårarna steg i hennes ögon när hon såg honom och de stod länge och höll om varandra.

”Bilen står här borta”, sa hon till slut.

”Var är Juliet?”

”Hon är hemma hos oss just nu men mamma vill att hon ska vara hos Rabbit när ...” Hon avslutade inte meningen.

”Hur är det med pojkarna?” frågade han.

”Ryan är helgalen, en vacker dag bränner han väl ner huset. Bernard behöver fixa tänderna för trettiotusen om han någonsin ska kunna äta något annat än gröt. Stephen har helt misslyckats med första året på college och Jeffrey är gravt överviktig.”

”Wow.”

”Eller hur.”

”Behöver du pengar?”

”Nej, men tack ändå. Vi har satt Jeffrey på en bantningskur som gör att vi sparar massor.” Hon log mot sin bror och han skrattade, men så mindes de att Rabbit höll på att dö och deras leenden bleknade. De var tysta nästan hela vägen hem.

”Hur länge?” frågade han.

”Veckor.”

”Men ...”

”Hon mådde bra”, sa Grace. ”De palliativa cellgifterna funkade jättebra men så ramlade hon omkull i förra veckan och bröt ett ben och ...”

”Vet hon om det?”

”Hon vet, men frågan är om hon har fattat? De berättade det för oss i går kväll och i dag flyttade de henne till ett hospice.”

”Mamma då?”

”Hon är som hon är. Hon har knappt lämnat Rabbit en sekund. Hon varken sover, äter eller dricker men insisterar på att alla andra ska göra det. Hon kämpar emot allt vad hon orkar. Hon är mamma.”

”Och pappa?”

”Säger ingenting.”

”Och du då, Grace?”

”Jag vet inte, Davey.” Det var tydligt att hon kämpade mot tårarna.

När de kom hem såg Davey sin pappa stå i fönstret. Grace använde sin egen nyckel, så Jack stod kvar och vände sig inte om förrän Davey kom in i rummet.

”Pappa.”

”Davey.”

De nickade åt varandra.

”Har du ätit middag?” frågade Grace.

”Jag tog ett kex”, sa deras pappa.

”Jag fixar något att äta.”

”Nej, det behövs inte. Jag väntar in er mamma.”

”Hon blir nog rätt sen.”

”Jag väntar ändå.”

”Okej.”

Jack såg på sin son. ”Du ser ut att må bra”, sa han.

”Det gör jag.”

”Bra. Vill du ha en kopp te?”

”Gärna.”

”Då så.” Han gick ut i köket med sina barn tätt bakom sig. Han insisterade på att göra i ordning teet själv och Grace och Davey satte sig vid bordet och tittade på. Han hade åldrats tio år på två dagar, deras far. Han var blek och såg uråldrig och skakig ut. Hittills hade den sjuttiosjuårige Jack alltid sett ung ut för sin ålder. Han hade aldrig varit någon drinkare, hade aldrig rökt och fortsatte att utöva olika sporter långt upp i sextioårsåldern. På senare tid hade han börjat spela boule och var numera lagledare. Den man som nu muttrade, ”Var står mjölken nu igen?” hade ingen likhet med deras pappa. Han var en skugga av sig själv.

Ingen sa något förrän han äntligen ställde fram tekopparna på bordet. Han satte sig bredvid sina barn och stirrade ner i sin kopp.

”Hur är det i Amerika?” frågade Jack efter vad som kändes som en evighetslång tystnad.

”Bara bra.”

”Och Casey?”

”Hon mår fint.”

”Den senaste skivan är härlig. Jag spelar den jämt i bilen.”

”Tack, pappa.”

”Och hennes förtjusande hustru Mabel?”

”Hon mår bra och det gör barnen också. Allt är toppen.”

”Och hur har du det annars, i New York?”

”Jag har gjort lite studiojobb åt en soulsångare som är på uppgång. Han har både talangen och låtarna, nu gäller det bara att han får publicitet och har lite tur.”

”Ska du åka på turné med honom?”

”Bara om det inte krockar med Caseys turné.”

”Jaha.”

”Japp.”

”Hur är vädret?”

”Jag flög från Boston. Det regnar där.”

”Vi hade snö här i förra veckan. Snö i april, har du hört på maken? Kändes som jordens undergång.” Han reste sig och sköt in stolen. ”Jag tänker lägga mig och vila en stund. Skönt att du är hemma, Davey.”

”Tack, pappa.”

När Jack hade gått ut ur köket lyfte Davey sin tekopp. ”Jordens undergång, va?”

”Eller hur”, sa Grace och de drack upp teet under tystnad.

Molly

Molly var i matsalen när hon stötte på Rabbits onkologkonsult. Mr Dunne, en kort, vältränad, skallig man någonstans mellan fyrtio och femtio, stod och köade tillsammans med en medelålders kvinna som hade stort, svart 80-talshår. Hon var klädd i ylleklänning, tjocka strumpbyxor med rosenknoppsmönster, matchande kofta och den sortens klumpiga skor man annars bara ser på patienter i dokumentärer om psykiatriska kliniker för hundra år sedan.

”Molly, jag kom just hit. Hur mår Rabbit?” Mr Dunne tog en apelsin.

”Hon sover mest.”

”Jag är ledsen att jag inte själv kunde vara här för att prata med er i går.”

”Din kollega skötte sig utmärkt”, sa Molly.

”Jag beklagar verkligen, Molly”, sa han, och hon kände att han menade det, trots att döden var en del av hans dagliga arbete.

Hon försökte sig på ett leende. ”Tack, men än är inte allt förlorat.”

Han såg från Molly till kvinnan bredvid honom och tillbaka till Molly. Det var tydligt att han var osäker på huruvida hon insåg hur allvarligt Rabbits tillstånd var.

Molly noterade hans tvekan. ”Hon lever fortfarande i dag, eller hur?” sa hon, vilket fick honom att slappna av.

”Jag tänkte hälsa på henne om en timme om du fortfarande är kvar?”

”Var skulle jag annars vara?”

”Så klart du är här”, sa kvinnan med de klumpiga skorna.

”Det här är Rita Brown. Hon är medicinsk socialarbetare”, sa Mr Dunne.

”Trevligt att träffas, Molly. Jag finns här för dig och din familj om ni behöver mig”, sa Rita.

”Tack”, sa Molly och lämnade dem. Hon bestämde sig för att strunta i teet: hon hade ont i magen. Hon såg sig om efter toaletten. *Skynda, skynda, skynda, Molly, inga missöden nu. Det är det sista du behöver, turbulenta tarmar och inga trosor.*

Hon hann ta sig in på damernas, sedan stod hon länge och tvättade händerna i det heta vattnet. Tvålen var av ett lyxigt märke och doftade ljuvligt, till skillnad från den antibakteriella rengöringsgelé som användes på sjukhuset. Hon såg sig i spegeln. Molly hade alltid varit fyllig och det hade varit en fördel på äldre dagar, men inte nu längre. Hennes hy, som alltid hade varit mjuk och slät, var grå och hennes ögon var som mörka hål i huvudet, omgivna av djupa rynkor. Vid sjuttiotvå års ålder frågade hon sig: *När blev jag så gammal?*

Hennes hår hade varit grått i många år och hon brukade lägga i lite silverblont, men sedan Rabbit fallit omkull och fått den efterföljande diagnosen hade Molly inte haft tid för något eller någon annan. Rötterna såg inget vidare ut och Rabbit tjatade på henne att hon skulle fixa håret – men hur skulle hon kunna gå till hårfrisören i flera timmar när hennes yngsta barn behövde henne som mest?

Hon stod där och granskade sitt hår för att försöka komma fram till om en hatt skulle kunna fungera även inomhus, och lade inte märke till att Rita kommit in.

”Jag kan be att en frisör kommer upp till rummet om du vill”, sa Rita och Molly ryckte till.

”Nej, nej, det är okej.”

”Det är det inte alls”, sa Rita.

”Nej, det är det inte.”

”Jag ska ordna så att en hårfrisör kommer till rummet. Det blir i morgon, om det går bra? Hon kan ta hand om Rabbit också.”

”Rabbit är rakad. Hennes hår kom aldrig tillbaka.”

”Hon kan få en huvudmassage.”

”Hon kanske är för trött.”

”Vi får se hur hon mår i morgon.”

”Okej, tack”, sa Molly och gjorde sig redo att gå.

”Molly”, sa Rita, och Molly vände sig om igen. ”Jag finns här om du vill prata med någon.”

”Det ska jag komma ihåg.” Hon gick ut därifrån.

Rabbit låg fortfarande och sov när hon kom tillbaka, men Davey och Grace var där.

”Hallå, mamma”, sa Davey.

”Hej där, pojk.” Hon gick fram till honom och höll om honom, andades ut ljudligt när hon strök honom i nacken. ”Jag har fortfarande inte vant mig vid att du har kort hår.”

”Det är tio år sedan jag klippte mig.”

”Det känns som i går.” Hon såg på Rabbit, som sov i sängen. ”Hon vaknar nog snart.”

”Pappa kommer hit i morgon”, sa Grace.

Molly nickade. ”Han har inte kunnat. Han gråter framför henne. Det hjälper inte hur många gånger hon än säger åt honom att sluta vara en sådan jäkla lipsill.”

Davey skrattade till. ”Den här familjen, alltså ...”

De slog sig ner, Grace och Davey i soffan, Molly i fåtöljen. ”Har er pappa ätit något?”

”Han väntar på dig”, sa Grace.

”Jag köper med mig en curry. Apropå det, hur är det med Jeffrey?”

”Utsvulten.”

”Han påminner om dig, Grace. När du var fem brukade du äta jord – ett tag trodde jag nästan att du hade något fel i huvudet. Tack gode Gud för att du bara var glupsk.”

”Tack, mamma, nu känns allt mycket bättre”, sa Grace. ”Om du vill kan jag göra lite mat åt pappa i stället.”

”Jag tror inte han kan äta något ändå”, sa Davey. ”Han ser helt förstörd ut, mamma.”

”Till skillnad från oss andra?” Hon stirrade på hans bleka ansikte. ”Vi är som skuggor allihop, vännen. Konstigt vore det väl annars.” Hennes mörka ögon tårades men tårarna vågade inte falla.

Rabbit vaknade till när Michelle bytte hennes Fentanylplåster. ”Där är du ju”, sa Molly när Rabbit sakta öppnade ögonen. ”Din syster och bror är här.”

Grace och Davey ställde sig upp och mötte hennes blick med breda, stela leenden. Davey vinkade till och med åt henne, som om han varit med i en frågesport på teve.

”Hjälp, jag är så dålig att mina syskon har förvandlats till två flinande idioter”, viskade Rabbit.

”Jag vinkade i alla fall inte”, sa Grace.

”Håll käften, Grace”, sa Davey så vänligt han bara kunde.

”Välkommen hem, Davey”, sa Rabbit.

”Jag vill inte vara här”, erkände han.

”Inte jag heller.”

”Hur är det med smärtan?” frågade Michelle.

”En sjua.”

”Det nya plåstret kickar snart in. Om det inte gör det, ring mig.” Hon såg på klockan. ”Jag går om en halvtimme, men innan jag går ska jag presentera dig för Jacinta. Du kommer att gilla henne – hon tror att hon kan sjunga, så om du vill ha ett gott skratt, lura henne att sjunga ’Delilah’.”

”Är hon så usel?”

”Hon får den där nollan i *X Factor* att framstå som Justin Timberlake. Men hon är bra på sitt vanliga jobb och har hjärtat på rätta stället”, sa Michelle och blinkade. ”Jacinta kommer att ta väl hand om dig. Hur är det med tarmarna i dag?”

”De visslar ’Dixie’.”

”Det tolkar jag som att de fungerar utmärkt. Nu ska ni få vara ifred”, sa Michelle och gick.

”Hon är snäll”, sa Rabbit.

”Och snygg”, sa Grace. Daveys blick följde Michelles bakdel ut ur rummet.

”Lugna ner dig. Du har bara varit här i fem minuter”, sa Rabbit.

”Om ni retar upp någon av Rabbits sköterskor så dödar jag er”, sa Molly.

Rabbit skrattade. ”Ja, då blir det två av oss i graven.” De andra tystnade tvärt. Det var ett klassiskt knappnålsögonblick. ”Gick jag för långt?” frågade Rabbit.

”För långt”, svarade Grace.

”Davey förresten”, sa Rabbit och bytte samtalsämne, ”jag har gått tillbaka i tiden.”

”Jaså, det har du?”

”Ja. Tillbaka till muren, tillbaka till garaget. Jag kunde se dig slå på trummorna, och grabbarna som gav järnet på gitarr, bas och piano, och Johnny som sjöng. Jag lovar på heder och samvete att jag stannade kvar tills ni hade spelat igenom varenda låt två gånger.”

”Som du jämt gjorde.” Han tog hennes förtvinade hand i sin.

”Att ligga där på det kalla golvet och dagdrömma till er musik – det var några av de bästa stunderna i mitt liv.”

”Det låter ju inte ett dugg deppigt”, skämtade han.

”Det var faktiskt underbart.”

Det var i det ögonblicket som Grace tog upp Juliet. Det var ett känsligt ämne och Molly bävade inför Rabbits reaktion.

”I morgon”, sa Rabbit. ”Ta med henne i morgon.”

”Men vad ska jag säga till henne?” Grace lyckades inte dölja att hon darrade på rösten.

”Säg att hennes mamma älskar henne.”

”Men …”

”Snälla Grace.”

”Hon frågar ju.”

”Jag bryr mig inte om vad de säger. Jag tänker inte ge upp.” Rabbits ögon fylldes med ens av tårar, de forsade fram som om en inre damm hade brustit.

Plötsligt kippade hon efter andan och Molly var genast där, satte henne upp, strök henne över ryggen och tröstade. ”Så ja, älskling, så ja, gråt inte mer. Vi ska fortsätta kämpa, vi ska kämpa och kämpa.” Hon strök Rabbit över huvudet och kysste hennes panna och när hon kunde andas lugnt igen, lade Molly henne tillrätta i sängen och strök henne över kinden tills tårarna sakta sinade. ”Sov nu, min älskling”, sa Molly och Rabbit blundade. Hon suckade och somnade lika snabbt som hon hade vaknat.

Grace och Davey var skräckslagna. Trots att Grace var fyrtiosex år och Davey fyrtiofyra kände de sig som hjälplösa barn där de stod vid sin systers säng, osäkra på vad de skulle göra eller säga och i desperat behov av att deras mamma skulle ställa allt tillrätta igen.

”Lenny?” ropade hon till sin man när hon kom hem med tio matkassar.

Nioåriga Jeffrey dök upp vid vardagsrumsdörren. ”Han är på andra sidan gatan och kollar på Paddy Noonans nya bil – eller, den är inte ny, den är från 2008, men den är ny för Noonan.” Han lyfte upp en kasse och lämnade de andra nio åt henne. Han tittade ner i kassen. ”Det är bara grönt i den här”, sa han sorgset.

”Det är lika bra att du vänjer dig vid grönt för det är det enda du kommer att få äta tills du har gått ner femton kilo.” Hon gick genom hallen och ut i köket.

”Taskigt”, mumlade han.

”Var är dina bröder?”

”Stephen är fortfarande på colleget. Ryan är på Deco och Bernard sitter däruppe och spelar Nintendo.”

”Herregud! Ryan ska ju gå direkt hem efter skolan.”

”Han sa till pappa att han hade nåt skolprojekt som hade något med Deco att göra.”

”Den lilla lögnhalsen”, muttrade hon.

Jeffrey satte sig mitt emot henne vid köksön medan hon packade upp kassarna. ”Det sa jag också men pappa gick på det.”

”Sluta stirra på mig”, fräste Grace.

”Vadå?”

”Du följer efter maten, Jeffrey, men jag ska berätta en sak och det är att jag har stenkoll på varenda vara. Om en enda grej försvinner så jagar jag ikapp dig med en hammare.”

”Du är inte som du ska i huvudet, mamma.” Han reste sig från stolen.

”Var är Juliet?” frågade hon.

”Där hon brukar vara.”

”Är hon okej?”

”Vet inte. Hon pratar inte med mig.”

”Okej. Sätt på dig träningsoverallen nu. Vi ska ta en springrunda före maten.”

”Vadå?” Jeffrey såg upprörd ut.

”Du hörde vad jag sa.”

”Jag tänker inte springa med dig.”

”Jo, det tänker du visst.”

”Om någon ser mig blir jag utskrattad.”

”Skrattar bäst som skrattar sist när du har gått ner i vikt och alla tjejer vill vara med dig.”

”Tjejer är äckliga.”

”De kanske är äckliga nu när du är nio, men när du är tretton kommer du inte att kunna tänka på något annat.”

”Jo, om jag är bög.”

”I sådana fall betyder kroppen allt, det är ett som är säkert.”

”Du är så elak!” skrek han.

”Gå uppför trappan och ta på dig träningsoverallen.” Hon gick in i vardagsrummet och sjönk ner bredvid Juliet i soffan. Teven stod på i bakgrunden men Juliet tittade inte. Hon var uppslukad av en bok, som hon nu stängde.

Den tolvåriga Juliet var slående lik sin mamma i den åldern. Hon hade långt råttfärgat hår, fast hennes var uppklippt och lite vågigt. Hon var smal som en sticka och hade ett sött litet ansikte – inga glasögon, men hon rynkade på näsan på samma sätt som sin mamma när hon funderade över något. ”Har du träffat henne?” frågade hon.

”Ja, hon har flyttat in nu.”

”När får jag träffa henne?”

”I morgon.”

”Varför inte i kväll?”

”Hon är trött.”

”Hon är jämt trött.”

”Jag vet, men det blir i morgon, okej?”

”När får hon komma hem?”

”Jag vet inte”, ljög Grace.

”Jag kan ta hand om henne”, sa Juliet.

”Självklart kan du det.”

”Jag vet hur man gör.”

”Det vet jag att du gör, älskling.”

”Hon borde vara hemma med mig. Hon behöver inte vara på något vilohem.”

Den lögnen hade slunkit ur Grace kvällen innan, när hon inte hade en aning om vad hon skulle säga till det barn vars mamma just hade fått beskedet att hon var döende.

”Vi får se vad som händer i morgon”, sa Grace.

Juliet nickade. ”Jag vill bara åka hem.”

Grace sa ingenting, bara föste undan håret från Juliets ansikte och pratade om vad hon skulle laga till middag. Juliet lyssnade pliktskyldigt medan hon väntade på att få återgå till sin bok.

Grace lämnade rummet samtidigt som Jeffrey kom nerför trappan i en träningsoverall som var två storlekar för liten.

”Jeffrey.”

”Vadå?”

”Skämtar du?”

”Det är den enda träningsoverall jag har.”

”Ta på dig jeansen igen.”

Han klappade lättat i händerna. ”Grymt.”

”Du ska springa i dem.”

”Nä, mamma, nu får du ge dig.”

Grace hade just bytt om till träningskläder när Lenny kom in i sovrummet. ”Ska du ta med Jeffrey ut och springa?” frågade han.

”Det är jag som har gjort honom tjock så nu är det upp till mig att fixa det”, sa hon.

”Det var inte ditt fel.”

”Jag är glupsk, det har jag alltid varit, det kommer jag alltid att vara. Mamma märkte det och därför lät hon mig inte äta vad jag ville, så jag lärde mig självdisciplin. Jag visste att Jeffrey var precis som jag. Jag visste att han har svårt att säga nej, men i stället för att säga nej åt honom lät jag min yngste son nästan äta ihjäl sig. Vad i helvete är det för fel på mig?”

”Nu överdriver du.”

”Förstadiet till diabetes, Len”, sa hon. ”Han är nio år och ligger i riskzonen för att få diabetes typ 2, precis som sin farfar, för att inte tala om hjärtfel, njursvikt och blindhet, och det är mitt fel.”

Han lade armen om henne. ”Det kommer att ordna sig.”

”Det är inte allt som gör det”, sa hon.

Lenny förstod varför hans fru hade tagit så illa vid sig av sin sons hälsokontroll. Hon hade så länge fasat för att förlora Rabbit, och nu höll det på att hända.

”Hur är det med Rabbit?” frågade han.

”Det är illa, Len.”

Han kysste sin fru i pannan. ”Så här är det, älskling. Vi ska göra allt vi bara kan för henne.”

”Och sedan då?”

”Då ska vi ta farväl.”

Grace grät tyst mot sin makes axel i fem långa minuter.

2.

Johnny

När Johnny hittade den tolvåriga Rabbit Hayes stod hon gömd bakom det tunga gamla draperiet vid de äggkartonger som täckte garageväggen. Han drog inte undan skynket utan satte sig bara ner på golvet med korsade ben, som om de suttit på varsin sida av ett biktbås.

”Hej”, sa han.

Hon var tyst en liten stund och försökte dämpa sina snyftningar. ”Hej”, sa hon till slut, när de hade avtagit.

”Vad är det?” frågade han.

”Inget.”

”Något är det”, sa han. ”Du är inte den som gråter utan anledning.”

Hon rättade till sina glasögon och höll dem på plats.

”Jag kan höra hur du tänker”, sa han.

”Det kan du inte alls.”

”Jo, så sluta tänka nu och börja prata.”

Rabbit andades ut ljudligt bakom draperiet. ”Det är två killar som jämt kallar mig en massa saker. I dag tog de mina glasögon och sa att om jag inte tar med pengar till dem i morgon så tänker de ha sönder dem.”

”Vad kallade de dig för?” frågade Johnny med neutral röst.

”Det vill jag inte säga.”

”Gjorde de illa dig?”

”De knuffade in mig i en vägg men det gjorde inte ont.”

”Hur länge har de hållit på sådär?”

”Ett tag.”

”Vad är det för killar?”

”Bäst att inte säga det.”

Johnny öppnade sin knutna näve, drog undan skynket och såg henne sitta hopkurad i sin skoluniform, med de uppskrapade knäna uppdragna till hakan. Med ena handen tryckte hon fast glasögonen i ansiktet, som var strimmigt av tårar. ”Du måste berätta det för mig”, sa han.

”Varför det?”

”För att jag och grabbarna ska fixa det åt dig.”

”Jag kan inte.”

”Rabbit, antingen skrämmer vi skiten ur två killar i din skola eller så ger vi oss på varenda en, så fram med det nu.”

Under ett ögonblick såg det ut som om hon skulle börja gråta igen men det gjorde hon inte. I stället log hon ett stort, brett leende. ”Skrämma skiten ur dem?” sa hon. Han nickade. ”Får jag titta på?” Han nickade igen. ”Schysst”, sa hon.

Han hjälpte henne upp och medan de gick längs den korta korridor som ledde ut till köket drog han henne närmare. ”Du är min familj, Rabbit. Glöm inte det.”

Nästa dag stod Rabbit bredvid Johnny på den uppgjorda mötesplatsen, en träddunge som låg två minuter från skolan. Francie och Jay var också där. De tränade sig på att slå golfbollar. Francie använde en putter, Jay tramsade runt med en träklubba. De två tolvåriga pojkarna anlände. Chris var den största av dem, men han var inte lika stor som någon av sextonåringarna med golfklubbor, och Eugene var den korta, satta typen med stora knytnävar. De fick syn på de två större killarna innan de såg att Rabbit stod och lutade sig mot muren tillsammans med Johnny. Han hade armarna i kors över bröstet och när de mötte hans blick höjde han ena ögonbrynet, blinkade och tittade bort mot grabbarna, gav dem en nick. De besvarade den med en fnysning. Innan de två pojkarna hann fatta vad som hände kom två galningar fram till dem, vilt viftandes med varsin golfklubba.

Francie sparkade undan Chris ben så att han ramlade. Sedan satte han sig gränsle över honom och tryckte klubban mot hans hals. Jay trängde upp Eugene mot ett träd, tryckte in en golfboll i hans mun och övade sin golfswing medan pojken höll upp händerna och började gråta.

Rabbit tittade på, skräckslagen och upprymd. ”De tänker väl inte skada dem på riktigt?” frågade hon oroligt.

”Närå”, sa Johnny. ”De nöjer sig nog med att någon av dem pissar på sig.”

De behövde inte vänta särskilt länge. Eugene bröt ihop först, och när urinet färgade hans byxben mörkare tog Johnny upp en Polaroidkamera ur väskan. ”Le mot kameran.” Han tog en bild på pojken som stod där med en golfboll i munnen och just hade kissat på sig. Den pojke som låg på marken grät så våldsamt att lera klibbat fast i hans ansikte. Johnny plåtade honom också. De andra höll pojkarna på plats medan Johnny väntade på att Polaroidbilderna skulle framkallas. När de var klara tog han ut dem. ”Modern teknik är rena miraklet, pojkar.” Han visade dem de fotografiska bevisen på deras förödmjukelse. Francie och Jay tillät dem att resa sig upp. Johnny ropade dit Rabbit, som stått kvar vid muren, och hon gick vaksamt dit, fortfarande både uppskrämd och exalterad och med hjärtat dunkande i öronen. Johnny gav henne bilderna och hon lade dem i sin skolväska.

Han vände sig till pojkarna. Jay och Francie höll fortfarande fast dem i nacken. ”Ser ni henne?” Han pekade på Rabbit, och båda pojkarna nickade ivrigt. ”Från och med nu är det ert jobb att beskydda henne. Om någon så mycket som petar på henne eller säger något som gör henne ledsen, är det ert jobb att ta itu med dem. Annars bestraffar vi er genom att skära av era små kukar, fattar ni det?”

”Så kan ni inte göra”, sa Chris med en röst som var tjock av gråt. Eugene, som fortfarande hade bollen i munnen, nickade sitt bifall.

”Jo, det kan vi”, sa Francie.

”Och det kommer vi att göra”, sa Jay.

”Då hamnar ni i fängelse.”

”Fem år för grov misshandel, och så blir det halverat direkt för att fängelserna redan är överfulla, och sedan halverat igen för gott uppförande.”

”Och vi kan vara väldigt charmiga när det passar oss”, sa Jay.

”Så det blir bara ett år eller så. Inte så mycket att tjafsa om”, sa Francie.

”De har faktiskt en del kurser i fängelset som jag är rätt intresserad av”, sa Jay.

Johnny log. ”Ett år i en cell med egen teve är ingenting, men ett helt liv utan kuk, det är rätt långt, ungar.”

De båda pojkarna brast i gråt igen.

”Okej”, sa Chris. ”Vi gör det.”

Eugene höll entusiastiskt med.

”Bra”, sa Johnny.

”Kanon.” Francie klappade Chris på axeln medan Jay föste Eugene framför sig.

”Du kan ta ut bollen ur munnen nu”, sa Johnny till Eugene och han försökte, men den verkade ha fastnat. ”Hjälp honom”, sa Johnny till Chris.

”Hur då?”

”Tryck in ett finger.” Jay erbjöd den uppenbara lösningen.

”Va?” sa Chris.

”Gör det bara”, sa Francie.

”Men för fan, killar …”

”Var inte en sådan jävla lipsill”, sa Jay.

”Jag ska, jag ska.” Chris stack in sina smutsiga fingrar i sin kompis mun. ”Den sitter verkligen fast därinne.”

”Tryck ut den bakifrån”, sa Francie.

”Men akta hans tänder”, varnade Rabbit, som ställt sig bakom Johnny.

”Aa aja ia äne”, försökte Eugene.

”Vadå?” frågade Chris.

”Han sa ’ja, akta mina tänder’”, sa Rabbit.

”Öppna munnen lite till bara, kan du göra det, Euge?” Chris gjorde ett kräkljud. ”Oj, nu känner jag hans tunga.”

”Okej, nu börjar jag tröttna, kom så går vi.” Francie slängde golfväskan över axeln och klämde fast den med armen.

Johnny pekade på de två pojkarna. ”Glöm inte bort det nu, att ni ska ta hand om vår tjej, annars …” Han gjorde en klippande rörelse med fingrarna.

Chris slutade gräva i Eugenes mun tillräckligt länge för att nicka. Johnny log mot Rabbit, och hon började gå tillsammans med honom och Jay och Francie, som pratade om hur mycket han längtade efter att äta grillkorv. När de andra hade gått till den lokala grillen följde Johnny med Rabbit hem till hennes mur, där de satt kvar i några minuter och iakttog två hundar som jagade varandra i parken.

”Varför tog du inte med dig Louis och Davey?” frågade Rabbit.

”Louis är för mesig och Davey … Om vi hade sagt något till din bror så hade han skurit av dem kuken på en gång.” Han skrattade.

”Menar du det?” frågade Rabbit och rynkade på näsan. Vid tolv års ålder var hon inte övertygad om att hennes bror ens gillade henne tillräckligt mycket för att låta bli att knuffa henne framför en buss om hon skulle råka komma i vägen för honom, än mindre försvara henne inför andra.

”Alla älskar dig, Rabbit”, sa Johnny. ”Det är omöjligt att inte göra det.”

Rabbit rodnade och han ryckte henne i hårtofsarna, hoppade ner från muren och gick bort till garagedörren. Vid det laget hade alla i bandet egen nyckel dit. Han låste upp och vände sig mot henne. ”Vi ses på andra sidan, Rabbit”, sa han och så var han borta.

Rabbit

Smärtan fick Rabbit att vakna och för ett ögonblick hade hon ingen aning om var hon befann sig. Det enda hon kunde uppfatta var en plåga så intensiv att hon måste skrika rakt ut. När sköterskan kom springande mindes hon. *Åh nej, jag är döende.* Jacinta var från landsbygden, bara drygt 1,50 lång och med ett vänligt ansikte, rejäl byst och pyttesmå händer. Hon kollade Rabbits journal, tog snabbt hand om den akuta smärtan, och väntade tills Rabbits knutna händer slappnade av och hon började andas mer regelbundet.

”Bättre?” frågade hon.

”Bättre”, sa Rabbit.

”Bra grejer. Det är jag som är Jacinta, förresten.”

”Sångerskan.”

”Så det känner du till.”

”’Delilah’”, sa Rabbit och sög på sin spruckna underläpp.

Jacinta tog upp en munsvabb ur fickan, tog av papperet och gav den till henne. ”Prova den här.”

Rabbit tryckte den mot läpparna. ”Tack”, sa hon. ”Och nu ’Delilah’.”

Jacinta tittade på klockan, sedan satte hon sig i fåtöljen och kvävde en gäspning. ”För att vara ärlig så är det ’Forever in blue jeans’ som är min favorit, men det är ’Delilah’ som alla andra helst vill höra”, sa hon och småskrattade. ”Men i ärlighetens namn får jag inte hälften så mycket uppskattning som jag borde för min version av ’Wonderwall’.” Hon skämtade: hon visste att hon sjöng dåligt men hon brydde sig inte, vilket Rabbit gillade.

”Jag kände en sångare en gång i tiden”, sa Rabbit.

”Jaså, en som var bra?”

”Han var fantastisk”, sa Rabbit. ”Han kunde ha blivit den största stjärnan i universum när det begav sig.”

”Vad hände?”

”Han lämnade mig”, sa Rabbit.

”Jag beklagar”, sa Jacinta, och det hördes att hon menade det.

”Jag också”, sa Rabbit och slöt ögonen.

Davey var den första som lämnade sjukhemmet. Han stod inte ut längre. Han visste inte vad han skulle göra eller säga; det var enklare att gå därifrån. Det var fortfarande tillräckligt tidigt på kvällen för att han skulle hinna träffa sina kompisar. Francie jobbade sent men Jay kunde ses och ta en öl, om Davey orkade ta sig tvärs igenom staden. Davey tog en taxi utanför sjukhemmet och ringde honom på vägen. Jay lät dämpad. Han hade hört om Rabbits diagnos trots att han bodde uppe i bergen.

”Mamma stötte på Pauline i affären”, förklarade han. ”Jag mår dåligt för din skull. Jag mår dåligt för allas skull.”

”Jag vet.”

”Men jag ser fram emot att träffa dig”, sa Jay och lade på. Det var sex månader sedan Davey varit hemma sist och då hade de missat varandra, eftersom Jay varit på familjesemester i Spanien. Davey insåg att det hade gått två år sedan sist de sågs. Taxichauffören var tyst, han lyssnade på radio. Programledaren försökte, utan framgång, att få en politiker att svara tydligt på en fråga. Med jämna mellanrum mumlade taxichauffören till radion: ”Ni klarar er alltid, era giriga as.” Eller: ”Var är mitt bensinbidrag, era jävla utsugare?” Och: ”Ni kan köra upp er förbannade fastighetsskatt i arslet.”

Davey brydde sig inte om honom. I stället såg han Dublin passera revy. Det var skymning och trottoarerna var fulla av människor på väg till bussar, bilar och tåg. Vissa pratade i telefon, andra lyssnade på musik i hörlurar, en del gick arm i arm, skrattande och pratande. En kille sjöng för sig själv när han gick förbi taxin, som hade fastnat vid ett rödljus. Det var en helt vanlig aprilkväll i Dublin. *Livet går vidare*, tänkte Davey. *Jag har alltid avskytt när folk säger så.*

Jay satt på puben och väntade. Så fort de såg varandra reste han sig upp och gav Davey en björnkram, sedan rufsade han om honom i håret och tog ett steg tillbaka.

”Du ser ut att må bra, DB.”

”Du också”, sa Davey. De satte sig i baren och Jay beställde två öl utan att fråga Davey vad han ville ha. De skålade och tog en klunk innan någon av dem sa något mer.

”Hur tar hon det?” frågade Jay.

”Du känner väl Rabbit. Hon kämpar på.”

”Jävla skit”, sa Jay.

”Sådant är livet.”

”Nu byter jag ämne”, sa Jay. ”Hur är det att leva det glamorösa livet? Berätta något roligt för jag har just ägnat hela dagen åt att lägga ljud till en tecknad film, och ljudet består enbart av tutande och visslingar.”

”Det är samma gamla vanliga.”

”Det duger inte. Jag vill höra något roligt.”

”Jag bor ju i en jävla buss.”

”Duger inte heller.”

”Jag är tråkig.”

”Lägg av nu innan jag sopar till dig.”

Davey tog fram sin mobil och visade en bild på en ung, blond amerikansk skönhet. ”Jag träffar den här tjejen av och till.”

”Wow, hur gammal är hon?”

”Tjugofem.”

”Modell?”

”Blivande skådis.”

”Vem hade kunnat ana? Att DB skulle bli en kvinnokarl.”

”Inte jag”, sa Davey.

”Ingen av oss andra heller, med tanke på hur du såg ut. Gillar du henne?”

”Hon är söt, men …” Davey ruskade på huvudet. ”… hon är inte –”

”Marjorie?”

”Börja inte nu.”

”Hon har separerat nu. Det har varit officiellt jättelänge.”

”Inte intresserad.”

”Skitsnack.”

”Hur är det med frugan då?”

”Hon fick stänga affären för tre månader sedan.”

”Stackars Lorraine.”

”Det är inte bara hon. Hon försöker sälja av sitt lager på nätet. Om det funkar kanske hon kan fortsätta i cyberspace. Vi får se.”

”Och ungarna?”

”Den äldsta flyttade till Kanada förra året. Han jobbar i Nova Scotia. Han trivs där. Justine tar examen om ett par månader.”

”Jag känner mig gammal.”

”Du är gammal – för gammal för den där tjejen.”

”Jag vet, jag vet.”

”Marjorie har en lägenhet i stan nu.”

”Jay ...”

”Okej, okej, vi lämnar det.”

Francie kom dit precis före sista beställningen. Han lyfte upp Davey i luften och ruskade om honom. ”Härligt att se dig, DB. Jag ska svänga in och hälsa på din syster i morgon, så nu kan vi väl bara ha en trevlig kväll.”

”Det låter bra”, sa Davey.

”Snyggt jobbat.” Francie dunkade honom i ryggen. ”Nu vill jag också se en bild på den där skönheten du tydligen förföljer.”

”Hur vet du det?”

Jay höjde sin mobil. ”Det här är en Iphone”, han viftade med fingrarna i luften, ”och det här är fingrar, Columbo.”

De stannade kvar på puben och pratade i ytterligare en timme. Sedan stannade de till vid grillen, precis som förr i tiden. Davey skrattade så att han fick tårar i ögonen när Francie gav en detaljerad beskrivning av sin sterilisering.

”Mina plommon såg faktiskt ut som plommon.”

”Mosade plommon”, sa Jay.

”Det var som i Purpurfärgen! Jag borde ha vunnit en Oscar!”

”Jag har aldrig sett något liknande”, sa Jay. ”Det var vidrigt.”

”Fick du se dem?” frågade Davey.

”Han tryckte upp dem i mitt ansikte hela tiden.” Jay såg äcklad ut.

”Du vet väl att man ska dela med sig av livets goda”, retades Francie.

Davey kunde ha lyssnat till deras käbbel hur länge som helst. Det var underhållande, och för Davey hade inget i livet gått upp emot den tid han tillbringat med bandet. Under de få år då de varit ett band fullt av hopp och framtidstro hade han skrattat och älskat mer än han gjort under alla de år som följde. Han hade ett bra liv. Han hade uppfyllt sina drömmar. Han hade tjänat mycket pengar. Han hade fantastiska vänner. I teorin var han framgångsrik, men varenda gång han kom hem till Irland påmindes han om det liv han hade lämnat. *Skulle jag bli lyckligare här? Skulle jag vara gift med en kvinna jag älskade, en kvinna som älskade mig? Skulle jag ha barn? Eller är det mitt öde att gå genom livet med ett svart hål inom mig?* Han såg på sina två gamla vänner där de satt sida vid sida och åt pommes frites, ivrigt gestikulerande med armarna, vid ett bord som var aningen för litet för dem. Trots de ofattbart tragiska omständigheter som hade fått honom att resa hit, hans nuvarande chocktillstånd och den förkrossande smärta som närmade sig för varje minut, påmindes Davey Hayes en kort stund om hur det kändes att vara lycklig.

Jack

Jack hade varit med när hans yngsta dotter Rabbit föddes. Det var den enda förlossning han någonsin hade varit med om och det hade inte varit frivilligt. På sjuttiotalets Irland var det ovanligt att en man var med vid förlossningen. Så gick det helt enkelt inte till. Kvinnorna födde barn och männen väntade på puben med sina vänner, tog en öl eller två och gjorde sig beredda att röka cigarr. När Grace föddes hade Jack varit på fotboll, sedan ätit en rejäl middag med sina bästa vänner och avslutat med några öl på stampuben. Tio över tio hade barkillen svarat i telefon och berättat för hela puben att Jack Hayes hade blivit pappa till en liten flicka på 3,3 kilo. Hela stället hade firat och han blev bjuden på så många drinkar att Nicky Morrissey, traktens frisör, hade varit tvungen att bära honom hem.

Graces födsel hade varit härlig för Jack. Till skillnad från Daveys. Det hade uppstått problem i slutet av Mollys graviditet som gjorde att hon måste tillbringa de två sista veckorna på sjukhus, medan Grace klängde på Jack därhemma.

Vid det laget var hans egna föräldrar döda; Mollys pappa hade dött när hon var liten och hennes mamma var tokig, och helt oförmögen att ta hand om en tvååring. Jack var den enda som Grace hade att ty sig till när hennes mamma var borta och han visste inte vad han skulle ta sig till med det egensinniga barnet. Den dag som Molly fick värkar ägnade han åt att härja runt med henne så att hon skulle somna sött efter middagen. De bråkade om fiskpinnarna: Grace fick ett raserianfall och somnade fem minuter efter att han stängt in henne i sovrummet och, genom den stängda dörren, hotat att gå hemifrån och lämna henne. Barnmorskan hade ringt honom och berättat att han fått en son på 2,8 kilo. Han tackade henne, kollapsade framför Helgonet och somnade redan innan första reklampausen.

Men Rabbit var annorlunda. Hon hade så bråttom att komma ut att Molly tvingade Jack att köra mot rött. ”Om det är säkert att göra det så gör det bara!” skrek hon.

”Är du galen, kvinna?”

”Bebisen kommer nu, Jack.”

”Nänä, vänta lite nu Molly, det där går jag inte med på.”

”Okej, då tar jag väl och korsar benen då.”

”Kan det funka tror du?” Han kände ett spirande hopp.

”Snart slår jag något hårt i huvudet på dig”, sa Molly varpå hon plötsligt skrek åt honom att stanna.

”Åh nej, herregud, vid Guds heliga moder, knip ihop!”

skrek han och svängde in vid Fordfirman på Drumcondra Road. Det var nästan lunchtid och stället var tomt, sånär som på en försäljare och en ung kille som stod och tvättade bilar tills Jacks Escort flög förbi honom, stjälpte vattenhinken och nästan mosade hans tår. Försäljaren, som hette Vincent Delaney, rusade ut från kontoret och möttes av Mollys underliv. Jack skrek, "Jag ser huvudet." Vincent svimmade direkt. Han kvicknade inte till förrän Jack höll Rabbit i famnen och Molly hade svept in sig i en jacka. Hon sa åt honom att för helvete ringa en ambulans. Jack älskade alla sina barn lika mycket, men han kunde inte förneka att den dag då han hjälpte sin yngsta dotter till världen var den bästa dagen i hans liv.

När hon fick diagnosen bröstcancer läste han allt som gick att uppbringa om ämnet och var övertygad om att hon skulle hämta sig, och det gjorde hon också, tills det var dags för nästa bröst. Det gick också bra – Rabbit kunde leva utan bröst – men sedan fick hon det i levern också och då blev han orolig, eftersom Google verkade tycka att han skulle bli det. Läkarna var fortfarande säkra på att de skulle klara det, ända tills hon fick det i lungorna. Då började de prata om att leva med cancer och om att hantera sjukdomen, men hoppet var fortfarande inte ute. Det fanns miljontals människor som levde med cancer, sa de. Det är inte idealiskt men sådant är livet, och Rabbit är en sådan kämpe. Sedan ramlade Rabbit omkull i köket och bröt benet, och den stackars Juliet hade hittat henne i fruktansvärda plågor. Inom en timme på sjukhuset stod det klart att sjukdomen fanns i hennes skelett och att det var början till slutet. Jacks dotter hade brutit benet och nu skulle han förlora henne. Så länge hon låg kvar på sjukhuset fanns det fortfarande en del de kunde göra, men att flytta henne till ett hospice var att ge upp.

Det hade känts som att få ett slag i huvudet. Jack kunde inte tänka klart, för om han gjorde det skulle han tvingas tänka det otänkbara. *Vi förlorar henne. Hon lämnar oss. Det är över. Och det var omöjligt. Aldrig, inte min flicka. Jag vägrar. JAG VÄGRAR.* Efter sin första chockade tystnad hade han återvänt till sjukhuset och tagit strid med varenda läkare och sköterska som gick med på att träffa honom. Han hade bönfallit dem att behålla henne där och fortsätta att behandla henne, experimentera på henne, om det var det som krävdes. "Ni kan sätta in en kossas skelett om ni tror att det hjälper." Han ville bara att de skulle fortsätta på samma sätt som de gjort de senaste fyra åren, men de ville sluta nu och Molly lät dem göra det.

Han hade gift sig med en krigare. Molly hade gått ut och demonstrerat för kvinnors rätt att arbeta efter att de gift sig; när hon jobbade som frivillig på en psykiatrisk klinik hade hon räddat en man som tänkte hoppa från taket – hon hade talat honom tillrätta; hon hade till och med jagat ifatt en rånare på gatan och slagit ner honom med en påse apelsiner. Jack kunde inte förstå hur en sådan kvinna kunde låta bli att slåss för sitt eget barn. *Vi måste kämpa för vår dotter, Molly. Vi måste hjälpa henne. Vi får inte svika henne. Herregud, det är vårt jobb.*

Jack hade inte pratat med sin fru sedan hon låtit Rabbit skriva under hospicepappren. Inte för att Molly hade märkt det, hon var alltför upptagen med att leda Rabbit mot döden. När hon kom hem den kvällen hade hon med sig en curry, och i stället för att prata om Rabbit hade hon pladdrat på om att han borde promenera bort några kilon. Men vad är planen? När ska vi börja slåss? Hon hade somnat så fort hon satt sig ner. Han hade slängt curryn i soporna och gått uppför trappan. Han hade legat ensam i sängen i mörkret och stirrat i taket med svidande ögon, så rasande att det gjorde ont. *Hur kan du tillåta det här, Molly? Vem i helvete är du? Var är min fru? Jag kan inte kämpa för henne utan dig, Molly. Snälla, snälla du, hjälp mig.*

Juliet

Det var nästan midnatt när Juliet hörde hur ytterdörren tyst öppnades och stängdes. Hon sänkte ljudet på teven så att det knappt hördes och hoppades att Stephen skulle gå och lägga sig utan att titta till henne, men så hörde hon klicket när vardagsrumsdörren öppnades och han smög in på tå. Hon satt upp, så det var för sent att låtsas sova.

”Hej”, sa han.

”Hej.”

”Fördelen med att sova i vardagsrummet.” Han nickade mot teven.

”Ja.” Hon satt i bäddsoffan, täckt av filtar.

Stephen satte sig i en fåtölj. ”Svårt att sova?”

”Ja.”

”Det måste vara jobbigt att inte vara hemma.”

”Ja”, höll hon med.

”Jag är ledsen för det här med din mamma. Jag önskar att jag kunde göra något.”

”Tack, men det är bara ett brutet ben. Hon har klarat mycket värre saker”, sa Juliet.

Stephen nickade och bytte samtalsämne. ”Är du hungrig?”

”Det är så sent.”

”Jag har just tillbringat tolv timmar med att plugga i ett försök att kompensera för det faktum att jag har ägnat det senaste året åt att dricka öl och jaga en tjej som heter Susan i stället för att gå på lektionerna. Jag är utmattad och urless på mig själv, på hela världen och på den där idiotiska Susan, hon fattar verkligen ingenting. Och när jag är utmattad och urless blir jag hungrig.”

Juliet log. Stephen var en cool kille och hon var också utmattad och urless. Hon var trött eftersom hon aldrig kunde sova ordentligt när hennes mamma låg på sjukhus, och hon var urless på att Grace insisterade på att låta henne sova på soffan, omringad av galna småkillar, i stället för att låta henne sova i gästrummet hos mormor och morfar, där det var lugnt och skönt. Dessutom hade hon inte ätit något utom en chokladkaka på hela dagen, även om Grace hade trugat. ”Mm, jag är hungrig.”

”Kom med här.” Han reste sig och lämnade rummet.

Hon tog på sig tofflorna och morgonrocken och följde med honom ut i köket, där han började steka korv och slog på tevatten.

”Det finns inget som går upp mot en korvmacka vid midnatt”, sa han och hon slog sig ner vid köksön.

”Finns det någon ketchup?” frågade hon.

”Självklart! Vem tar du mig för?”

”Varför ville du gå teknisk linje?” frågade hon.

”Jag fick ett Meccano när jag var tio och blev besatt. Det är det enda jag har velat göra, ända sedan dess.”

”Varför har du bara druckit öl och jagat Susan hela året, då?”

”För att jag är en idiot.”

Hon skrattade till.

”Du då? Vet du vad du vill göra?”

”Forska.”

”Tänker du bygga raketer eller hitta ett alternativ till vatten?”

”Jag ska hitta ett botemedel mot cancer”, sa hon, och det fick honom att tystna.

En kort stund såg det ut som om Stephen skulle börja gråta. I stället tog han fram brödet och bredde smör på fyra skivor. Han tog upp korvarna ur stekpannan och lade dem på två av skivorna, täckte dem med ketchup och lade de andra två skivorna ovanpå, skar dem i halvor, lade upp dem på tallrikar och gav en till Juliet. Han tog en stor tugga av sin egen och sa, ”Härligt.”

Hon vågade sig på en tugga. ”Vad gott”, sa hon. ”Om skolan inte funkar kan du bli kock på ett frukostfik eller driva en grill i stället.”

”Haha. Det *ska* funka, jag är beredd att göra vad som helst.”

”Som att plugga.”

”Ja.”

”Okej.” Hon hade inte tänkt på sin mamma i över en

minut. Hon hade lett, njutit av en smörgås och till och med fnissat. För första gången på flera dagar befann sig Juliet Hayes i nuet.

”Vet du att du är min favoritkusin.”

”Jag är din enda kusin”, påminde hon honom.

”Apropå det, tror du att morbror Davey är bög?”

”Verkligen inte.”

”Hur vet du det?”

”För att jag kom på honom i sängen med mammas bästa kompis Marjorie när jag var tio.”

”Va!”

”De sa att de lekte små grodorna.”

Stephen skrattade så att han nästan satte smörgåsen i halsen och Juliet började också skratta. *Åh mamma, förlåt. Jag hoppas att du mår bra. Jag saknar dig. Jag älskar dig. Kom hem till mig nu.*

DAG TVÅ

3.

Molly

Molly vaknade i stolen. Hon var stel och frusen och inte säker på om det var natt eller dag när hon hörde Davey skramla i köket. Hon ställde sig upp, sträckte på sig och stampade med foten – hennes ben hade somnat – och väntade på att stickandet skulle gå över innan hon gick i riktning mot skramlandet. Davey höll på att koka upp vatten när hon kom in. ”Vad är klockan?” frågade hon.

”Ungefär nio.”

”Du skulle ha väckt mig. Jag borde vara hos Rabbit.”

”Du borde ligga i sängen”, sa Davey. ”Sätt dig, mamma, så ska jag göra lite frukost.” Hon gjorde som han sa. Hon var utmattad, svag och skakad in i märgen.

”Var är din pappa?” frågade hon.

”Sedan jag kom hit har han varit i sovrummet nästan hela tiden.”

”Han klarar inte av det här”, mumlade hon.

”Det gör väl ingen av oss.”

”Han måste bara få lite tid på sig att smälta det. Alla tacklar det på sitt eget sätt.”

Davey räckte henne en kopp te, en skiva rostat bröd och en kniv. ”Bred den och ät den.”

Hon tittade upp och log. ”Jag ska. Tack, pojken min.”

Han slog sig ner mittemot henne vid bordet. ”Hur mår du egentligen, mamma?”

”Jag vet inte riktigt. Jag kan bara tänka på om det är något vi har missat. Det kanske kan inträffa ett mirakel ändå."

"Vi har jagat tillräckligt med mirakel, mamma", sa Davey sorgset. "Det leder bara till besvikelser och lidande."

"Rabbit lever fortfarande", viskade Molly. "Så länge hon gör det finns det hopp." Hon torkade bort en vilsen tår som hade smitit ut från lagret inuti henne, och tog en tugga bröd. Att tugga och svälja tog all hennes kraft men hon fortsatte, som om det vore en utmaning hon vägrade att misslyckas med.

"Vi behöver vara starka allihop nu", sa hon och ställde sig upp.

Davey tog tallriken från henne. "Gå och byt om, mamma. Jag tar hand om resten."

"Du är en bra man. Du har alltid varit så snäll. En jäkla dumskalle, men alltid snäll. Jag är så stolt över dig, Davey." Hon gick ut ur köket och höll sig fast i ledstången när hon gick uppför trappan. Benen kändes trötta och förvridna.

Ljuset flödade in i sovrummet från det fönster som vette mot parken. Jack låg stilla med ryggen mot henne. Hon märkte att han var vaken eftersom han inte snarkade och var alldeles stel. Han sa inget och hon hade inget att säga. I stället drogs hon till ljuset och koncentrerade sig på parken, där en pojke och en flicka jagade varandra och lekte med en irländsk varghund som var större än de.

Hon hade stått vid det här fönstret så många gånger genom åren och sett sina barn och barnbarn leka i parken, men pojken, flickan och hunden påminde henne speciellt om den sommarkväll när Davey och hans lillasyster hade legat på en gammal filt, med solglasögon på sig, och stirrat upp mot solen.

"Det känns helt spejsat, mamma", hade Rabbit sagt när Molly gått tvärsöver vägen för att se vad hennes barn höll på med.

"Jag ser en massa svarta prickar", sa Davey och höll upp handen framför sig.

Solen stod högt på himlen och Molly var inte säker på att

det egentligen var så bra för dem att stirra på den, i synnerhet inte för Rabbit som redan hade problem med synen.

”Jag gillar inte det här. Ni kan skada ögonen”, sa Molly.

”Lägg dig ner bredvid mig och kolla själv”, sa Rabbit.

Molly hade alltid varit öppen för diskussion. Hon var inte den sortens mamma som beordrade sina barn att göra det ena eller det andra ”för att jag säger det”. Hon accepterade sin dotters inbjudan. Hennes barn flyttade lite på sig och hon lade sig ner bredvid dem på marken med solglasögonen på. Ansiktet kändes varmt och hon blinkade hastigt ett par gånger, men sedan försökte hon se mot ljuset. Det var ganska ansträngande, men ändå skönt.

”Det tar ett tag innan man blir spejsad”, sa Rabbit.

”Hur länge då? Jag håller på med middagen.”

”Ungefär fem minuter”, sa Davey.

”Jag hinner inte vänta fem minuter och kan inte hålla ögonen öppna. Det känns konstigt.”

”Vänta bara en minut, mamma.”

Det kändes bra att ligga på den varma marken, så hon stannade en minut till för att göra sin minsting glad, men också för att hon plötsligt kände sig lite för lat för att vilja resa sig. Då hände något mycket märkligt. Molly Hayes kände hur hon svävade i luften, på väg upp mot den blå himlen ovanför. Upplevelsen var så verklig att hon tog tag i filten och höll sig hårt fast i den. Hennes hjärta rusade och hon satte sig upp.

”Gudars skymning!” skrek hon och hennes barn satte sig också upp.

”Vadå?” sa Davey.

”Vad är det, mamma? Du ser ut som om du sett ett spöke”, sa Rabbit.

”Jag tror nästan att jag blev ett!” sa Molly och reste sig hastigt.

”Vadå?” sa Davey en gång till, förvirrad över sin mammas reaktion.

”Var det någon av er som kände det som att ni lämnade kroppen?” frågade hon.

Rabbit och Davey såg först på varandra, sedan på henne. De ruskade på huvudet och sa nej.

”Okej, bra! Res er upp nu, båda två. Och gör aldrig om det där.”

När hon gick tillbaka över vägen hörde hon Rabbit säga till sin bror: ”Jag tror att hon har blivit knäpp.” Och hon undrade om hennes yngsta hade rätt.

Molly skrattade vid minnet. Kanske *hade* hon faktiskt blivit tillfälligt knäpp, eller så var hon bara trött eller överväldigad, eller så hade hon tagit för många huvudvärkstabletter. Hon undrade vad hon skulle ha sett eller inbillat sig om hon hade stirrat in i solen i dag. Tanken fick henne att rysa. Värmen från minnet försvann och hon blev alldeles kall.

När hon vände sig från fönstret satt hennes make upp i sängen. ”Du kan väl följa med till sjukhemmet i dag”, sa hon.

”Varför det? För att få en plats på första parkett? Vi kanske borde sälja biljetter.” Jack brukade inte vara sarkastisk och det klädde honom inte.

”Jag tänker vara med vår dotter som behöver oss”, sa Molly lugnt.

”Visst”, sa han. ”Hon behöver oss, och vad gör vi? Vi gör ingenting. Det är vad vi gör.”

”Vad vill du att jag ska göra, Jack?”

”Jag vill att du ska kämpa, som du alltid brukar göra.”

”Det gör jag.”

”Nej, du har gett upp. I samma stund som du körde henne till det där stället gav du upp.”

”Hur vågar du säga så?”

”Vi diskuterade inte ens saken.” Nu skrek han. Han var röd i ansiktet och nävarna var knutna.

”Det fanns inget att diskutera”, skrek Molly tillbaka.

”Vår Rabbit, vår lilla flicka, håller på att dö och det är vårt jobb att skydda henne, Molly. Varför gör vi inte allt vi kan för att rädda henne?”

Molly stod som fastfrusen. Hjärtat värkte, hon mådde illa

och hjärnan snurrade okontrollerat. Hon behövde sätta sig innan benen skulle ge vika. Hon rörde sig mot stolen. Hennes ansikte hade bleknat så betänkligt att hennes make, trots sin vrede, hoppade ur sängen, drog ut stolen vid sminkbordet och satte henne i den. Hon gömde ansiktet i händerna och övervägde vad han hade sagt medan han väntade på hennes svar. *Slåss för henne, Molly, för Guds skull. Om inte du kan göra det så kan ingen göra det.*

Molly såg honom i ögonen och sa dämpat men bestämt: ”Om du någonsin anklagar mig för att ge upp om något av mina barn igen så skär jag upp dig med en köttkniv.” Hon ställde sig upp och slet åt sig sin morgonrock.

”Molly!” skrek Jack efter henne. ”Snälla du!” Rösten skar sig. ”Jag ber dig! Hämta hem henne från det där dödshuset, Molly.”

”Dra åt helvete.” Molly stod högst upp i trappan och kämpade mot sina rasande, frustrerade tårar. *Hur vågar du, Jack Hayes? Hur kunde du säga så?*

Davey hade kommit uppför trappan. ”Han menade inte vad han sa, mamma.”

”Jo, det gjorde han.”

”Snälla, han är bara – ”

”Han skyller på mig.”

”Det är inte så.”

”Jo, precis så är det”, sa hon. ”Han är en fegis, han gråter inför henne, han tar inget ansvar, han lämnar allt åt mig, och sedan dömer han mig för det jag gör. Hur i helvete har han mage att göra det?” Hon gick in i badrummet och smällde igen dörren. Sedan öppnade hon den igen, kom ut och skrek så högt hon kunde: ”Jag har inte gett upp, Jack Hayes. Det kommer jag aldrig att göra, fattar du det?”

Hon gick tillbaka in i badrummet, stängde om sig och grät tills hon inte kunde gråta mer.

Rabbit

Rabbit hatade att tvätta sig i sängen.

”Snälla, tappa upp ett bad åt mig”, bad hon Michelle.

”Är du säker?” frågade Michelle och satte sina behandskade händer i sidorna.

”Jag skulle vilja flyta en stund”, sa Rabbit.

”Okej, men jag kommer att vara där.”

”Visst.”

”Bra.”

”Du kan berätta för mig om dina bekymmer”, sa Rabbit.

”Jag har inga bekymmer”, sa Michelle och skrattade. ”Jag är den lyckligaste kvinna som finns.”

”Alla har bekymmer. Ge mig något.”

”Jag ska tänka på saken.”

”Du får tänka ut något tills badet är upptappat.”

”Du är rätt bossig av dig, eller hur?” sa Michelle.

”Du skulle bara veta”, sa Rabbit och log.

Hon låg i ett bubbelbad med slutna ögon och en tvättlapp över sin beniga bröstkorg. Vattnet var så högt att det nådde henne till hakan.

”Glid inte ner nu”, sa Michelle och satte sig på toalettlocket.

”Berätta din historia”, sa Rabbit.

”Jag frågade om min pojkvän sedan fem år ville gifta sig med mig och han sa nej.”

Rabbit tittade upp. ”Och?”

”Och han berättade att han hade träffat en ny.”

”Och?”

”Vi bor fortfarande ihop, fast i varsitt rum.”

”Varför det?”

”För att vi köpte ett hus som bara är värt hälften av vad vi gav för det, och även om vi hyrde ut det skulle det inte ens täcka en fjärdedel av lånet.”

”Och tjejen då?”

”Hon sover över hos honom ett par gånger i veckan.”

”Herregud, det är ju fruktansvärt. Det är inte cancer i fjärde stadiet men jävligt hemskt ändå.”

”Tack, jag uppskattar din förståelse”, sa Michelle.

”Har du träffat någon ny?”

”Jag låg med en gammal pojkvän en vecka efter att vi gjort slut, men det var inget vidare … inte cancer i fjärde stadiet-hemskt men jävligt hemskt ändå.” Michelle imiterade Rabbit och fick henne att fnissa.

”Är du intresserad av någon speciell?”

”Nej, du då?”

”Mr Dunne är inte så tokig”, sa Rabbit.

”Oj! Den tanken kan jag klara mig utan.”

”Jag kommer ju inte ut så mycket”, förklarade Rabbit. ”Och han är trevlig, han vet hur man tar patienter. Han har varit med mig sedan alltihop började.”

De var tysta en stund och båda var bekväma med det: ingen av dem kände något behov att fylla tiden med meningslösheter. Efter ungefär tio minuter öppnade Rabbit ögonen igen och hasade sig upp en aning. ”Jag tänker inte dö.”

”Jag vet”, sa Michelle.

”Jag tänker ta mig ut härifrån.”

”Okej.”

”Du tror inte att jag klarar det”, sa Rabbit.

”Jag träffar de mest fantastiska människor varje dag, Rabbit, män, kvinnor och barn som överlever dagar, veckor, månader och år mot alla odds. Jag skulle aldrig räkna ut dig.”

”Tack.” Rabbit slöt ögonen och gled längre ner i vattnet. ”Det här är så skönt. Jag skulle kunna stanna här för evigt.”

När Rabbit började bli sömnig, inte längre orkade hålla huvudet uppe och riskerade att glida under ytan, lyfte Michelle upp henne till rullstolen, virade in henne i varma handdukar och rullade ut henne i sovrummet. Hon klädde på henne en ren, mjuk, väldoftande pyjamas och hjälpte henne i säng. När hon hade gett Rabbit hennes smärtstillande medicin stoppade hon om henne.

”Mamma kommer snart hit”, sa Rabbit.
”Din pappa då?” frågade Michelle.
”Jag tror att han är rädd för att komma.”
”Det kan jag förstå”, sa Michelle, men Rabbit svarade inte.
”Och Juliet.”
”Vem är det?”
”Det är min lilla flicka.”
”Hur gammal är hon?”
”Tolv.”
”Och hennes pappa?”
”En kille från Australien som jag hade en kort affär med, han vet inte ens att hon finns.”
”Dig vet man aldrig var man har”, sa Michelle.
”Jag försökte hitta honom på Facebook en gång, men antingen är han död eller bor i en grotta. Det är därför det är så viktigt att jag inte lämnar henne, inte riktigt än.”
Rabbits ögon föll ihop och hon kämpade för att hålla sig vaken, leverera sitt budskap. ”Jag stannar här. Det kommer att dröja innan ni får tillbaka ert rum.” Hon var så trött att hon sluddrade.
”Det ska jag komma ihåg”, sa Michelle. ”Nu måste du sova lite så att du är utvilad när din familj kommer.”
Rabbit hade somnat innan Michelle nått dörren.

När hon vaknade höll frisören, en lång ryska som hette Lena, på att bleka slingor i Mollys hår. Michelle hjälpte Rabbit att sätta sig upp i sängen så att hon kunde se bättre. Davey läste högt ur tidningen och gnällde över att den enda artikel som Molly och Rabbit ville höra handlade om en förkrossad romanförfattare vars make hade lämnat henne för hennes syster.
”Man skulle inte kunna hitta på en sådan historia”, sa Molly och ryskan höll med.
”De borde skjutas”, sa hon. ”Två kulor, en åt dem var.”
”Jag har läst två av hennes böcker”, sa Rabbit. ”Hon är bra.”

”Hon fick åtminstone handlingen till en ny bok”, sa Molly.

”En bästsäljare”, sa Lena.

”Efter regn, och så vidare”, sa Rabbit.

Det var trevligt – där satt Davey och läste tidningen under protest medan Molly blev fin i håret och frisören berättade om sin semesterresa till Spanien. En liten stund kändes allt helt normalt, som om livet skulle kunna återgå till hur det en gång varit. Rabbit skulle bli frisk och skrivas ut. Hon skulle börja jobba igen och ta hand om Juliet. *Det kan fortfarande bli så.*

Molly såg mycket bättre ut med nyfixat hår. Lena övertalade henne att måla sig lite och sa att sotade ögon och naturliga läppar skulle passa henne bäst. Molly sminkade sig i spegeln medan Lena masserade Rabbits huvud och Davey övergick till ekonomidelen.

”Okej, vad vill ni höra? ’Regeringen hoppas på nytt bankavtal’ eller ’Tillväxten kan inte fortsätta i evighet’ eller ’Åtstramningens politik har slutat fungera’?”

”Jag har fortfarande inte fattat vad en revers är”, erkände Rabbit.

”Internationella valutafonden, europeiska stabilitetsmekanismen och reverser betyder samma sak alltihop: den irländska demokratins och medelklassens död”, sa Molly. ”De där idioterna i regeringen är för korkade, för fega eller för korrupta för att göra något åt det. Vi borde återinföra dödsstraffet.”

”Var inte blyg nu, mamma, säg vad du tycker”, sa Davey, och Rabbit och Lena skrattade.

Strax efter fem kom Grace dit tillsammans med Juliet, som hade på sig sin skoluniform. Grace var stressad och Juliet var på helspänn.

”Du ser bra ut, mamma”, sa Juliet. Rösten darrade lite men leendet var brett och bestämt.

Rabbit höll om sin dotter länge. Hon pussade Juliet på huvudet och viskade tre ord i hennes öra. Grace var tyst under deras omfamning. När Juliet till slut släppte taget, vände sig

Rabbit till Grace. Hon måste lätta upp stämningen innan någon brast i gråt. ”Kom igen, klaga på trafiken. Jag vet att du vill.”

Grace lydde pliktskyldigt. ”Över en timme för att släppa av Jeffrey vid kliniken för hans tester. Det hade gått fortare att gå, och bilkön över bron för att komma hit ska vi bara inte prata om.”

Juliet skrattade. ”Grace kallade en man i en BMW för ett gammalt as med höknäsa.” Hon drog sig bakåt på stolen och dinglade med benen.

Rabbit log mot sin dotter. ”Ett gammalt as med höknäsa, säger du?”

Juliet nickade och tryckte sin näsa åt ena sidan. ”Den såg ut så här.”

Rabbit skrattade lågt. Det var underbart att se Juliet bete sig som andra barn i hennes ålder.

Grace slog ut med händerna. ”Jag är en dålig människa.”

”Hur är det med Jeffrey?” frågade Rabbit.

”Bara bra. Vi fångade upp det i tid.”

”Bra”, sa Rabbit, och alla i rummet önskade tyst för sig själva att samma sak skulle ha gällt henne.

”Hur går det med bantningen?” frågade Rabbit och log inom sig, för hon visste att hennes systerson aldrig skulle gå med på någon kur.

”Han hotar med att rymma hemifrån.”

”Oroa dig inte, han kommer inte långt”, sa Molly, och Davey skrattade.

”Inte roligt”, sa Grace. ”Retstickan Ryan kallar honom för Fetto och om Stephen fortsätter skämta om tjockisar kommer jag snart att skrika rakt ut.”

”Han har redan gått ner ett och ett halvt kilo”, sa Juliet.

”Det är ju jättebra.”

”Ja”, sa Juliet. ”Hur mår du, mamma?”

”Utmärkt”, ljög Rabbit.

”När kommer du hem?”

”Jag vet inte än, Bunny.”

När Juliet föddes hade hennes morfar stolt meddelat att Rabbit fått en unge, en bunny, och även om Juliet inte brukade kallas för det hade namnet levt kvar som en ömhetsbetygelse. Juliet flyttade sin stol så nära sängkanten det bara gick. Hon tog fram fuktighetskrämen ur sin mammas skåp, öppnade den och började smörja in Rabbits högerhand.

”För jag kan ta hand om dig. Jag vet vad du ska ha för mediciner och jag kan göra om matrummet till sovrum om du inte orkar gå uppför trappan.”

”Du har alltid tagit hand om mig”, sa Rabbit och föste undan håret från Juliets ansikte.

”Jamen då åker vi hem då”, sa Juliet.

”Du måste gå i skolan.”

”Jag kan ta ledigt en vecka eller gå upp extra tidigt på morgonen så att jag hinner göra allt, och vi kan be Mrs Bird att titta till dig när jag inte är där. Jag kan ge henne en lista på din medicin och så håller vi kontakten med mobilen, alla tre. Jane Regan blev av med jobbet för två veckor sedan så hon är också hemma på dagarna.”

”Du har visst tänkt på allt”, sa Rabbit.

”Ja?”

”Vi får se hur jag mår i nästa vecka”, sa Rabbit.

Juliet såg ut som om hon skulle brista i gråt, men hon fejkade ett leende och nickade.

”Okej”, sa hon, tryckte ut lite mer kräm och började massera sin mammas andra hand. De andra var tysta. Rabbits lögner tyngde dem alla. Men kanske hade hon rätt, kanske skulle hon hämta sig, trots allt som Mr Dunne hade sagt. Han var bara en specialist, han var inte Gud.

När Rabbit hade fått sin fläskkotlett skar Juliet upp den i små bitar. ”Prova en liten bit med potatis, mamma.”

Rabbit lydde, men kunde inte få ner mer än tre skedar. ”Gott”, sa hon och Juliet såg nöjd ut.

”Vill du ha lite glass nu?” frågade hon och lyfte på locket.

Rabbit skakade på huvudet, hon orkade inte mer. Juliet höll upp fatet. ”Någon som vill ha glass?”

Grace och Davey räckte upp händerna. Juliet såg på sin mamma. ”Vilken makt”, sa hon och Rabbit flinade.

”Det är okej, låt Grace få den”, sa Davey.

”Ja, ge den till mig, jag som måste leva på grönsaker för Jeffreys skull.”

De andra skrattade. ”Haha”, sa Grace och tog för sig av glassen. ”Mm, mums, den satt fint.”

Juliet såg på sin mamma men Rabbit hade somnat.

Davey nickade åt Molly. ”Ska vi se om det är något på teve?” Molly slog på teven och Juliet såg ett gammalt avsnitt av Vänner medan hon höll sin mamma i handen.

Johnny

Kvällen då Kitchen Sink skulle göra sitt första teveframträdande hade kommit. Efter ett snabbt rep höll grabbarna på att göra sig i ordning hemma hos Davey. Francie och Jays morbror Terry skulle komma och hämta dem i sin brödbil, tillika bandets turnébuss. Grace skulle åka med sin pappa och även om Molly inte för sitt liv tänkte följa med och dansa i någon tevestudio, var hon lika skärrad och ivrig som de andra. Det var en stor ära att få medverka i programmet, som var Irlands svar på Top of the pops. De andra banden som skulle vara med i kväll kom från England och USA. Francie och Jay var så exalterade att de hela tiden boxades och började bråka. Davey sprang ut och in på toaletten tills Molly gav honom magsjukemedicin.

”Nu kommer jag inte att kunna skita på en vecka”, muttrade han.

”Bättre än att göra det på scen.”

Louis behövde hjälp med sina hängslen. ”Jag tror att de har gått sönder, Mrs H.”

”Nej då. Lugna ner dig nu och sluta hoppa omkring”, sa Molly.

Grace svepte i sig vodka och apelsinjuice tillsammans med sin kompis Emily. Båda var uppklädda till tänderna men fortsatte att rätta till varandras hår och kläder var femte minut.

Johnny satt tyst i ett hörn, klädd som en rockstjärna och redo att spela. Rabbit satt bredvid honom och tog ackord på hans gitarr.

”Sluta med det där, Rabbit”, sa Jack. ”Den kan bli ostämd.”

”Det gör inget, Mr H”, sa Johnny. ”Rabbit vet hur man gör.”

Rabbit var för ung för att få följa med. Hon hade ägnat större delen av dagen åt att beklaga sig för sin bästa kompis Marjorie.

”När kommer morbror Terry?” frågade Johnny.

”Om en halvtimme”, sa Francie.

”Toppen. Då har vi tid med en kopp te”, sa Jay.

”Bra talat, sätt på vattenkokaren”, sa Molly.

”Jag känner inte för att dricka te. Ska vi ta en promenad, Rabbit?” sa Johnny, och Rabbit nickade entusiastiskt.

”Det är iskallt ute”, sa Molly.

”Jag behöver få lite frisk luft, Mrs H”, sa Johnny.

”Ta på er jackorna, och Rabbit, glöm inte halsduk, mössa och vantar. Vi har inte tid med några sjuklingar den här veckan.”

Rabbit och Johnny gick ut tillsammans. Rabbit såg ut som en Michelingubbe men Johnny, som hade tagit på sig Jacks tunga gamla begravningsrock över sina slitna jeans, löst sittande skjorta och lila sammetskavaj, såg fortfarande ut som en rockstjärna.

De gick runt hörnet och hans tystnad gjorde Rabbit nervös. Hon ville att han skulle säga något, men han kanske ville att hon skulle säga något, och i så fall visste hon inte vad. *Säg något smart. Säg något smart. Säg något smart.*

”Vadå?” Han hade läst hennes tankar.

”Inget.”

”Du är sur för att du inte får följa med i kväll”, sa han.

”Ja, det är jag.”

Han flinade. Han tog henne i handen när de gick över vägen, och släppte den när de hade nått andra sidan.

De gick uppför kyrktrappan och Rabbit följde efter Johnny in. Det var tomt och mörkt, förutom några röda ljus som stod och brann i ett hörn.

”Det känns konstigt härinne”, viskade Rabbit.

”Fast lite häftigt också, tycker du inte?”

”Nej”, sa hon, och han log mot henne.

”Förutom min familj är du den enda som brukar säga emot mig.”

”På riktigt?”

”På riktigt.”

”Alla säger jämt emot mig”, sa Rabbit.

De satte sig ner, sida vid sida.

”Vad gör vi här?” undrade Rabbit.

”Jag går alltid hit innan vi ska spela.”

”Varför det?”

”För att finna ro.”

”Jaha.”

”Du då, Rabbit, var finner du ro någonstans?”

”Jag har aldrig letat efter någon ro.”

Han tände ett ljus, knäböjde och bad. Rabbit satt och såg på när han mumlade för sig själv och gjorde korstecknet framför bröstet med högerhanden. Hon kände sig lite besvärad, rentav generad, och längtade ut därifrån utan att hon förstod varför. Medan hon gick nerför trappan förberedde hon sig på att han skulle ta henne i handen för att korsa vägen. När han gjorde det såg hon upp på honom och log brett.

”Du kommer att vara fantastisk i kväll”, sa hon.

”Det får vi se.”

”Det vet jag redan”, sa hon. ”Mamma säger att du är född att stå på scen och hon vet en massa.”

”Ja, det gör hon.”

De gick runt hörnet och såg hur de andra lastade in sina

grejer i morbror Terrys skåpbil. Johnny kom fram precis när Francie sa att han var en lat jävel som alltid försvann när det var dags att hugga i och bära saker.

”Alla sångare är lata”, sa Jay. ”Riktiga arslen, faktiskt.”

Johnny brydde sig inte om dem. Han klev bara in längst bak och de andra följde efter. Morbror Terry satte sig i förarsätet. Davey var sist, han sprang ut ur huset skrikande ”Jag kommer, jag kommer!” Johnny dunkade handen i skåpbilens sida när Jack stängde dörrarna och morbror Terry körde iväg längs gatan.

Grace och Emily satt redan i Jacks bil och fnissade och pladdrade på. Jack såg på sin yngsta dotter. ”Det blir din tur snart, Rabbit, och den dagen är närmare än du tror.”

”Inte så nära att det är i dag.”

”Vi kan ha fest hemma när det visas på teve”, sa Jack.

”På riktigt?” Rabbit hoppade upp och ner. ”Får Marjorie komma?”

”Det är så klart hon får.”

”Tack, pappa.”

”Vem älskar dig?” sa Jack.

”Min pappa”, sa hon och kramade honom. *Och jag älskar Johnny Faye.*

Jack

Jack kom dit ensam. Han mötte Fiona i receptionen och hon pekade i riktning mot hans dotters rum, efter att hon vänligt påpekat att Rabbit redan hade en hel del besökare.

Michelle kom just förbi. ”Jack Hayes?”

”Ja.”

”Trevligt att träffas. Jag heter Michelle. Du kan väl följa med mig”, sa hon och vände sig till Fiona. ”Jag tar det här.” Fiona nickade och Jack följde efter Michelle längs korridoren.

”Hon mår bra. Hon kommer att bli glad över att få se dig.”

Jack förblev tyst. Michelle öppnade dörren och därinne satt Rabbit, Juliet, Grace, Davey och Molly.

”Hej pappa”, sa Rabbit och log.

Han förstod att hon var orolig att han skulle börja gråta inför Juliet, att det var därför hennes ”hej” lät extra muntert, och han såg hur hon med blicken bad honom att vara stark. *Jag ska inte gråta, Rabbit. Jag lovar. Jag ska vara stark för din skull. Jag tänker inte svika dig. Inte i dag.* ”Hej själv”, sa han i samma muntra ton.

”Grace, Davey, Molly, får jag prata lite med er?” sa Michelle och plötsligt var de borta. Rabbit var ensam med sin pappa och sin dotter.

Jack satte sig i soffan och plockade upp Daveys tidning. ”Deprimerande”, sa han. ”Handlar det inte om all skit vi har försatt oss i så handlar det om den där jäkla politikerns död. Jag har sett mer om den där kvinnan på teve de senaste två dagarna än under hela den tid som hon regerade. Då hatade jag henne, men nu i efterhand …” Han avbröt sig när han upptäckte att han närmade sig ett svårt ämne.

”Vem var hon?” frågade Juliet.

”Hon var en väldigt viktig person när vi växte upp”, sa Rabbit.

”På den tiden var det bara elände”, sa Jack.

”Ungefär som nu”, sa Juliet.

”Det kan man säga, Bunny”, sa Jack.

”Mamma.”

”Ja, älskling.”

”När du blir bättre kan vi väl åka någonstans”, sa Juliet. Jack spärrade upp ögonen.

”Vart vill du åka någonstans?” frågade Rabbit.

”Vi kan väl åka till Clare.”

”Menar du den där lilla byn vid havet, där vi var när du var åtta?”

”Vi skulle kunna åka när skolan slutar i juni”, sa Juliet.

”Du badade i havet varenda dag. Jag fick ont i ögonen av att stirra ut över vattnet.” Rabbit småskrattade. ”Vad hette den där killen som du lekte med?”

”Bob.”

”Stackars Bob följde efter Juliet vart hon än gick”, sa Rabbit till Jack. ”Han älskade henne.”

”Mamma!” sa Juliet och försökte se generad ut innan leendet tog över. ”Han stod i vattnet och hackade tänder hela sommaren och frågade om vi inte kunde gå in snart.”

”Han var gullig”, sa Rabbit.

”Han har blivit jättebra på golf nu”, sa Juliet.

”Hur vet du det?”

”Facebook.”

”Det förstås, vad bra.”

”Så vad säger du? Ska vi åka dit igen?”

”Det får vi se.” Rabbit tog sin dotter i handen, kramade den och lyfte den till sin mun för en puss.

Jack ursäktade sig med att han behövde lite vatten och ställde sig upp. Hans tankar kolliderade med hans kropp: tårarna vällde upp och hotade att svämma över. Han visste inte om han var stark nog att tvinga undan dem. Han visste att om han grät inför sin dotter skulle hans fru få reda på det och ge sig på honom. Han kunde inte stanna. Han var tvungen att gå därifrån. Han måste göra något. *Åh Rabbit, om bara* ... ”Någon som vill ha något?” frågade han.

Juliet såg in i sin mammas ögon och smekte hennes ögonbryn med ett finger.

”Det är snart skolavslutning, och då kan vi göra precis vad vi vill”, sa hon.

Rabbit nickade. Jack såg att hon kämpade mot sömnen.

”Det är okej, mamma”, sa Juliet. ”Du kan sova nu – det börjar ändå bli sent.”

Rabbits ögon rullade bakåt och hon hade somnat innan Juliet hann säga ”Jag älskar dig”.

Jack praktiskt taget sprang ut ur rummet. Han skämdes över att han hade hittat på en ursäkt för att lämna sitt barnbarn ensamt med sin mamma. Men det verkade inte störa henne. Förutom Molly var det hon som betedde sig mest naturligt i närheten av Rabbit. Han gick längs korridoren och vek av in till sjukhemmets bönerum i stället för att leta rätt på Davey, Molly och Grace. Molly var fortfarande så arg på honom och han på henne, och barnen hade tillräckligt att stå i utan att behöva höra sina föräldrar bråka. Han visste att det var orimligt att skylla Rabbits tillstånd på Molly, men han kunde inte låta bli. Han litade på att hon skulle ta hand om allt – det hade han alltid gjort. Sedan den dag de gifte sig hade de haft en tyst överenskommelse. Han skulle försörja dem, hon skulle beskydda dem. Hon tog ingen skit, hans fru, och det var en av de saker han älskade och respekterade mest hos henne. Eftersom hans fru inte var någon fin dam kunde han vara en gentleman, och det hade fungerat bra i över fyrtio år, men nu, när han behövde hennes kämpaglöd mer än någonsin tidigare, lade hon ner sina vapen. *Varför, Molly, varför?* Jack var arg på henne för att hon accepterade nederlaget, arg på sig själv för att han var svag och, värst av allt, arg på Rabbit för att hon hotade att lämna dem.

Jack hade boxats som yngre men nu var det fyrtioett år sedan han hade slagit någon, och han hade aldrig gjort det utanför ringen. Nu ville han göra det igen. Han ville sparkas, boxas och puckla på någon. Han längtade efter blåtiror och spruckna läppar, knäckta revben och blåslagna knogar. Den sortens smärta klarade han, men han stod inte ut med den växande hjärtesorg som manifesterade sig i form av en oupphörlig, dov och förkrossande smärta som nästan kvävde honom, fick honom att kippa efter andan. *Det måste vara så här det känns att drunkna.*

Han såg sig om i rummet, såg på de blå, gula och röda fönsterglasen, på målningen av Jesus, på det bord med vit linneduk som utgjorde altaret och på det tunga järnkors som stod där. Rummets väggar var krämfärgade och ljuset var dämpat. Han satt på en av de tjugo stolarna. Genom åren hade han besökt många bönerum, de flesta av dem med Johnny. Det var omöjligt att sitta här utan att föras bakåt i tiden.

Det bönerum han kom ihåg tydligast hade varit större och fullt av statyer. Johnny brukade kalla dem vid namn och prata med dem som om de hade varit gamla vänner. Ibland, när han var arg, behandlade han dem snarare som fiender. En gång sa han åt en staty som föreställde Padre Pio att köra upp något i röven och Jack rodnade fortfarande när han kom ihåg vad han sagt till Jungfru Maria. Nuförtiden kunde han inte gå in i ett bönerum eller en kyrka utan att tänka på Johnny. *Gud är god, Jack,* hade han gång på gång upprepat. *Den stackars vilseledda jäveln,* hade Jack tänkt för sig själv. Han hade ofta hört pojken prata om Gud och livet efter detta, men han var inte säker på att han hade trott på Gud ens på den tiden, och nu visste han bestämt att han inte gjorde det. *Rabbit hade rätt.* Redan som barn hade hon betraktat den religion hon fötts in i med misstänksamhet. Vid fem års ålder hade hon sagt till sin lärare att hon inte gillade Gamla Testamentets Gud eftersom han var så elak, och att Nya Testamentet var hemskt och fick henne att börja gråta. Hur kunde en pappa skicka ner sin son till jorden för att bli dödad på ett sådant hemskt sätt? Hur skulle det kunna rädda någon? Frågade hon sin lärare, som blev förbryllad. Som tonåring hade hon köpt en röd Buddhafigur av keramik i en secondhandaffär, och när hennes mamma frågade vad hon skulle med den till sa hon att hon hellre tittade på en tjock, skrattande Gud än en mager som höll på att dö. Rabbit behövde aldrig tro på någon Gud för att jubla över världens mirakel, känna glädje, hopp, kärlek och frid. Rabbit levde i nuet. Hon visste inte vad som skulle hända härnäst och brydde sig inte om det heller. Döden innebar antagligen ett fullständigt slut och det var inget som skrämde henne. Som hon såg det var det snarare idén om evigt liv som var skrämmande.

”Jag blir uttråkad om jag måste sitta hos frissan längre än en timme”, sa hon åt honom. ”Jag skulle aldrig fixa en evighet – bara ordet ger mig rysningar, pappa.”

För Rabbit var det fullständiga slutet en belöning. Jack

undrade om hon fortfarande kände så. Han undrade om hon skulle hitta Gud nu, i sina mörkaste stunder. Skulle hon be att det fanns en himmel? Hon hade ljugit för sin dotter. Rabbit var många saker, men hon var ingen lögnare. Precis som sin mamma sköt hon hellre från höften och sa som det var, även om det skapade problem. Det gjorde henne till en bra journalist, men det gjorde också att hon stötte bort dem som föredrog en bekväm lögn framför en obekväm sanning. Det skrämde honom att hon inte kunde vara ärlig inför Juliet om det som höll på att hända. Om hon fortfarande hade legat på sjukhus hade det åtminstone funnits hopp, men ett sådant här ställe, ett hospice, kom man bara till för att dö. *Molly borde ha sagt ifrån till läkaren. Folk lyssnar alltid på Molly. De gör som hon säger. Det här är så fel. Och Rabbit, min lilla Rabbit, har hon inte lidit nog för en livstid?* Trots att den logiska, rationella Jack inte trodde på Gud, gjorde den indoktrinering som hade pågått i hela hans liv, och särskilt i hans ungdom, att han ofta pratade med den Gud han inte trodde på. *Hur kan du? Varför gör du så här mot henne? Jag vill inte tro på en Gud som du. Jag hoppas hon har rätt i att det inte finns något liv efter detta, hellre det än att tillbringa en evighet med att hylla en psykopat som du.*

”Hör du vad jag säger”, skrek han åt målningen på väggen. ”Om du existerar så hatar jag dig.”

”Det är du knappast ensam om”, sa en kvinna. Hon satt två rader bakom honom.

Jack vände sig om och rodnade. ”Förlåt mig. Jag trodde att jag var ensam här.”

”Du var så inne i din egen värld att jag inte ville störa.” Hon ställde sig upp och kom fram till honom, satte sig på stolen bredvid och sträckte fram handen. ”Jag heter Rita Brown, jag är socialarbetare här och jobbar med Rabbit och resten av din familj. Jag såg när du kom ut från hennes rum.”

”Jack Hayes.”

”Vill du prata lite, Jack?” frågade hon.

”Jag har inget att säga.”
”Det är inte sant.”
Han såg på kvinnan och skakade på huvudet. ”Jag vet inte vad jag ska göra.”
”Molly då?”
”Hon har gett upp hoppet om vår dotter ...”
”Vilket du inte har?”
”... och Molly ger aldrig någonsin upp.” Det sved i ögonen.
”Har ni pratat med varandra?”
”Hon hotade med att knivhugga mig i morse. Räknas det?”
”Din dotter letar efter dig”, sa Mollys röst.
Rita och Jack vände sig mot henne. Hon såg ut som ett åskmoln, vilket antydde att hon hört åtminstone delar av samtalet.
”Kan du inte komma och sätta dig här en liten stund”, sa Rita.
”Nej.”
”Molly, snälla du, jag är ledsen.”
”Nej, det är du inte. Du tror att jag har tagit med henne hit för att dö.”
”Har du inte det då?” Han ställde sig upp.
Hon gick fram till honom. ”Självklart inte, din gamla fårskalle. Jag köper oss bara lite tid.”
”För vadå?” Han kämpade mot tårarna.
”För forskning, för mediciner, för ett mirakel, men hon har så ont, Jack, och här kan de hjälpa henne mycket bättre med det.”
”Vår Rabbit håller på att dö, Molly”, sa Jack. Hans käke darrade och ögonen fylldes av tårar.
”Det kommer jag inte att tillåta”, sa Molly och lät tårarna falla okontrollerat. De gick in i varandras famn och höll sig fast, hårt.
”Förlåter du mig, älskade du?”, sa han.
”Så klart jag gör, ditt gamla skrälle.”
När de släppte varandra hade Rita försvunnit. ”Hon är som

en panter, den där", sa Molly och tog sin man i handen. "Nu gaskar vi upp oss båda två och i kväll letar vi vidare på nätet."

Han nickade och suckade. *Det kommer att bli bra.*

4.

Molly

Bordsskivan var täckt av kopior på Rabbits journal, olika diagram, röntgenbilder och ultraljudsbilder. Molly gjorde te medan Jack letade efter goda nyheter på nätet. En timme och två kycklingsallader senare hittade han en ny sajt, som verkade erbjuda patienter i stadium fyra att delta i kliniska studier.

”Vi gör det”, sa Molly. Hon spred ut Rabbits papper framför sig och tog fram anteckningsblock och penna.

Jack gick till ”Anmälan” och klickade på knappen där det stod: ”Jag har metastaser (stadium IV). Jag har cancer som har spridit sig från bröstet till andra delar av kroppen.”

Jack gnuggade händerna. ”Nu har vi anmält oss, Molly, nu är det gjort. Har vi patologens rapport och hennes behandlingshistorik?”

”Vem tar du mig för?”

Han log mot henne.

”Okej, okej, jag har läst villkoren, klick, jag är europeisk medborgare, klick, gå till start … Då sätter vi igång. Okej, ’Om mig’.”

Molly läste frågorna över hans axel. Innan han ens hade läst upp ordet ”födelsedatum” hade hon börjat rabbla upp svaren.

”Den tolfte september 1972, kvinna, ’nej’ till genetiskt test och ’nej’ för ’ingår för närvarande i annan forskningsstudie’.”

Jack skrev in svaren. ”Okej. ’Nuvarande hälsotillstånd’.”

”Välj det sista alternativet”, sa Molly.

Han läste det. ”Åh nej, Molly, vi tar det näst sista. 'Jag behöver mycket assistans och regelbunden medicinsk vård.'”

”Jack, vi måste vara realistiska.”

”Hon är inte helt rörelsehindrad och hon är bara sängliggande för att vi har skrivit in henne på det där stället.”

”Hon kan inte göra någonting själv och om hon inte låg i den sängen skulle hon ligga i någon annan säng.”

”Jamen, helt rörelsehindrad? Vi har sett sådana som är det och hon är inte det, inte vår flicka.”

”Välj 'helt rörelsehindrad'.”

”Nej.”

”Jack.”

”Då tar de inte emot henne, Molly.”

”Det gör de inte om vi ljuger för dem heller. Tryck på den där jävla knappen nu.”

Med tungt hjärta klickade Jack på värsta-scenario-knappen.

”Bra. Där det står 'andra sjukdomar' klickar du på 'inget av ovanstående'.”

”Det står ju massor här, vi borde läsa igenom det.”

”Behövs inte. Förutom att hon har cancer i stadium fyra är Rabbit Hayes frisk som en nötkärna”, sa Molly. Återigen gjorde Jack som hon sa. Nästa flik handlade mer om det medicinska. Molly ögnade snabbt igenom den och svarade på frågor som Jack knappt kunde uttala. ”Positivt, negativt, positivt, ben, lungor, lever och 'nej' till lymfödem. Gå vidare.”

Jack nickade. ”Lugna dig lite. Mina fingrar är inte lika snabba som din hjärna.”

Nästa flik handlade om Rabbits behandlingar och inte heller nu behövde Molly titta i papperen för att kunna svaret till varenda fråga. Listorna var oändliga och tröttsamma men hon kunde varenda futtig detalj.

”Är du säker på att hon fick AC följt av Taxol? För det som står under är AC följt av – ”

Molly öppnade pärmen, som hon för flera månader sedan hade märkt upp med olikfärgade lappar. ”Se själv.” Hon pekade.

”Jag tror dig.”

”Nästa flik”, sa hon.

De gick vidare till hudfärg och utbildning, även om Jack inte kunde förstå vad det hade med saken att göra. Sedan läste de igenom sammanfattningen av hennes tillstånd och klickade i att den stämde. I en lång minut satt de där och stirrade på en knapp med texten ”Klar/Hitta forskningsstudie”. Molly bad tyst för sig själv. ”Klicka på den bara, Jack, innan den loggar ut oss så att vi måste börja om från början igen.”

Han nickade sakta, svalde högljutt, sträckte på halsen och klickade. Efter mindre än två sekunder upplystes de om att Rabbit var kvalificerad för tjugosex olika studier.

”Tjugosex studier, det var som fan”, sa Jack och hoppade upp från stolen.

”Tjugosex studier, Jack.” Hon ställde sig upp och höll om honom.

”Tjugosex studier”, upprepade han, och valsade runt med henne i köket.

”Du ser själv, det är inte över än”, sa hon. ”Det kommer att bli dyrt men vi kan sälja huset.”

”Vi säljer allt. Jag skulle gärna sälja mig själv också om det skulle göra någon skillnad.”

”Tjugosex studier”, viskade hon i hans öra.

”Det kommer att ordna sig.” Han kysste henne på kinden.

”Då är det bara att sätta igång.” Hon drog sig undan från honom. ”Du gör te och jag börjar läsa in mig på skillnaden mellan målinriktade mediciner och behandling med hormoner eller bisfosfonater. Jag måste vara väl förberedd när vi träffar Dunne i morgon.”

”Duktig flicka. Jag ska peppa dig med chokladkex så att du håller ångan uppe”, sa Jack, men hon hade redan förlorat sig i efterforskningar. Han satte sig i en fåtölj och såg på medan teet svalnade, kexen låg kvar på fatet och hans fru studerade biologi.

Davey

Davey stod vid Rabbits fönster och såg det skymma där utanför medan han pratade med Francie.

”Det ska jag hälsa”, sa han och slog av telefonen. Han vände sig till sin syster, som var vaken och satt upp i sängen. ”Francie kan inte komma. Det var något akut han måste göra. Han kommer i morgon.” Han satte sig bredvid henne, tog upp fjärrkontrollen och började zappa sig igenom kanalerna som om han varit besatt.

”Snällt av honom att vilja komma”, sa Rabbit.

”Varför skulle han inte göra det?” sa Davey och valde en kanal.

”Tror du att jag någonsin kommer ut härifrån?” frågade hon.

Han slog av ljudet. ”Absolut.” Han menade det. Om någon kunde göra det så var det Rabbit.

”Har du hört talas om någon som har kommit ut från ett sådant här ställe?”

”Jag har aldrig frågat.” *Nej.*

”Jag mår bättre nu än i morse.”

”Bra.”

”Jag hörde talas om en”, sa hon.

”På riktigt?”

”Det var en sextonårig tjej i München som höll på att dö, hon var i slutskedet av sin leukemi, och så en dag, bara så där, klev hon upp ur sängen och sa att hon ville ta en promenad. De trodde inte det var sant. Hon hade inte kunnat gå på flera veckor. Men hon gick, Davey, hon gick ut från sjukhemmet och kom aldrig tillbaka. Hon jobbar som lärare i Hamburg nu. Hon har en blogg.”

”Hur?”

”Det bara hände. Inga nya mediciner, inga böner, ingen voodoo eller alternativa behandlingsformer. Hon sa att det var viljestyrka. Hon bestämde sig för att fortsätta leva och så gjorde hon det.”

”Tror du att sådant kan hända?” frågade Davey.

”Jag vill tro det. Jag vill. Jag önskar det.” En ensam tår rann från hennes högra öga och rullade nerför kinden.

Davey tog fram en näsduk ur asken ovanpå hennes skåp och torkade bort den. ”Jag också.” Gör det då. *Bli frisk och lev, lev, lev, Rabbit.* ”Ingen prestationsångest nu.” Han flinade och hon log tillbaka, tog honom i handen och tryckte den varsamt.

”Jag har saknat dig”, sa hon.

Marjorie tryckte sig in genom dörren, nertyngd av shoppingkassar. Hon höjde armarna så att kassarna dinglade i luften. Rabbit gav henne ett varmt, välkomnande leende. ”Du är hemma igen, Marjie.”

”Och du har förstås saknat mig otroligt mycket eftersom livet är så trist utan mig.” Hon ställde ner kassarna och lade armarna runt Rabbit. ”Jag lämnar dig i två veckor och då hamnar du här.” Hon ansträngde sig till det yttersta för att låta glad, vilket Davey uppskattade.

”Du har visst shoppat”, sa Rabbit.

”Rom är underskattat som shoppingstad.” Hon plockade upp några kassar och ställde försiktigt ner dem på sängen, på säkert avstånd från Rabbits ben.

”Om du så var strandad i den afghanska öknen skulle du hitta något att köpa”, sa Rabbit.

Marjorie log. ”Ja, antagligen mitt eget liv, med tanke på alla knäppskallar därborta.”

”Och vad skulle det vara värt? Fem pund eller så?”

”LOL, flintis.”

Rabbit fnissade.

Marjorie vände sig till Davey, som gillade att lyssna när Rabbit och hennes bästa kompis retades med varandra. ”Får jag ingen kram, eller?” frågade hon.

Han ställde sig upp och gav henne en. ”Roligt att se dig, Marjorie.”

De tog ett steg tillbaka. Hon slätade ut tyget i hans jacka. ”Tillbringar du fortfarande dina dagar på en buss?”

”Ja.”

”Det syns.” Hon grävde djupt i kassarna på sängen. ”Jag hittade ett ställe som gör de mest fantastiska myskläder.” Hon tog fram ett vackert svart sidennattlinne och en matchande morgonrock. ”Känn på dem”, sa hon.

Rabbit gjorde det. ”Fantastiskt fina.”

”Du får dem.”

”Nej”, sa Rabbit. ”Det där är något man har på sig när man reser bort med sin älskare. Det passar inte på ett sådant här ställe.”

”Det gör inte du heller, men du är ändå här. De är dina.”

”Tack.”

”Och titta här”, sa hon och lät händerna försvinna ner i nästa kasse. ”Det är till Juliet.” Det var en söt solklänning och ett par gladiatorsandaler i guld.

”Hon kommer att älska dem”, sa Rabbit.

”Och jag har mer åt dig.” Hon lyfte upp en kasse från golvet, men när hon väl hade tagit fram yllekoftan ur den sov Rabbit redan tungt. Marjorie sjönk ner i stolen och slutade låtsas. Ögonen svämmade över och utan att ge ett ljud ifrån sig lät hon de stora tårarna rinna nerför kinderna. Kvinnan i sängen var inte hennes Rabbit. Under de senaste veckorna hade Rabbit gått ner en del i vikt, hennes hy var uttorkad, hennes rakade huvud var klibbigt av svett och knogarna syntes tydligt under den tunna huden. Hennes hudton var en märklig blandning av grått och blått. Sist de sågs hade Marjorie varit i stan för att shoppa inför sin resa, och Rabbit hade gått ifrån sitt jobb på redaktionen för att ta en fika med henne. Hon hade sin blonda peruk och var sminkad, och hennes hy var fin efter den djupgående ansiktsbehandling hon gjort dagen innan.

”Det var bara två veckor sedan”, viskade Marjorie.

Davey gick fram till henne och tog henne i handen, och

tillsammans gick de ut ur rummet. Matsalen var fortfarande öppen.

”Kom”, sa han.

Över en kaffe berättade Marjorie för Davey om den kamp som Rabbit utkämpat det senaste året. ”Det har varit svårt. Motgångarna har tärt hårt på henne.”

”Hon kämpar fortfarande”, sa han.

”Jag vet.” Marjories ögon tårades. ”Och från och med nu kommer det bara att bli värre.”

Davey sa ingenting. Han visste att hon hade rätt, men han var inte beredd att acceptera det. Han rörde om i kaffet med ena handen och trummade med andra handens fingrar mot bordsskivan. Ingen av dem hade någon lust att småprata, eller ork nog att småflirta som de alltid gjorde annars. Förlorade i sina egna, sorgsna tankar drack de sitt kaffe.

”Jag ska nog gå nu”, sa Marjorie och reste sig.

”Jag följer med dig ut till bilen.”

”Behövs inte. Gå tillbaka till Rabbit.”

Tillsammans gick de genom korridoren bort till Rabbits dörr. De stannade och såg på varandra.

”Jag hörde om skilsmässan, jag är verkligen ledsen.”

”Tack.”

”Jag har aldrig bett om ursäkt för min del i …”

Hon hejdade honom genom att lägga sin hand på hans arm och ruska på huvudet. ”Nej, allvarligt, det var inte du, det var jag. Neil är en fantastisk man och en gång i tiden älskade jag honom, men sedan gjorde jag inte det längre och det var antingen leva som en sömngångare för resten av livet, eller …”

”… ha en affär med mig.”

”Att vara med dig fick mig att vakna till liv och det är jag tacksam för.”

”Och Neil då? Är han också tacksam?”

”Han har en ny tjej och hon är gravid. De verkar väldigt lyckliga ihop.”

Hon ser ledsen ut. Jag borde aldrig ha lagt mig i. Jag är en självupptagen skitstövel. ”Jag borde ha hört av mig.”

”Nej, det borde du inte. Jag ville inte att du skulle göra det.”

”Rabbit berättade allt för mig. Hon sa att du höll huvudet högt när alla skulle lägga sig i och veta bäst och kritisera.” *Helvete, jag kunde åtminstone ha skickat ett mejl. Vad fan är det för fel på mig?*

”Alla skilsmässor behöver en syndabock.”

”Har din mamma börjat prata med dig än?”

”Nej.”

”Vad synd.”

”Mamma är en kallhamrad kärring, Davey. Det har hon alltid varit. Varför tror du jag hängde så mycket hos er när vi var små? Jag skulle ha gjort vad som helst för att ha en mamma som din.”

”Jag som trodde det var för min skull”, sa han och de skrattade båda två.

”God natt, Davey.”

Han följde henne med blicken när hon försvann längs korridoren innan han stålsatte sig och öppnade dörren in till sin sovande syster. *Jag svek alla. Jag kan inte fortsätta så. Jag måste skärpa mig nu. Bete dig som en vuxen, Davey. Kämpa emot flyktkänslorna.*

Johnny

Molly hade gjort havrekakor och te åt alla. Francie och Jay satt i soffan i vardagsrummet och Davey satt på golvet framför dem, trots att soffan mycket väl hade plats för dem alla tre – killarna gillade att bre ut sig. Grace satt i gungstolen och höll sin tekopp högt: om hon spillde skulle det inte hamna på henne. Jack stod lutad över videobandspelaren och tryckte in ett band för att se om det skulle duga att spela in på. När Miami Vice dök upp på skärmen tryckte han på paus. ”Molly”, ropade han, ”har du sett Miami Vice eller ska jag spara det?”

Molly dök upp i dörröppningen med en ny plåt havrekakor. ”Jag skiter väl i Miami Vice.”

”Toppen”, sa Jack och spolade tillbaka bandet. ”Det här funkar att spela in på.”

”Nedräkning?” sa Francie och tryckte i sig sin tredje kaka.

Molly tittade på klockan som hängde över öppna spisen. ”Det är fem minuter kvar till sändning. Jag sätter på mer te.”

Rabbit satt i fönstret och spanade efter Johnny. ”Han kommer att missa det.”

”Närå”, sa Jay. ”Han kommer.”

Marjorie gjorde entré med en tekopp i handen. Francie och Jay tryckte ihop sig så att hon kunde sätta sig bredvid dem. Hon var liten till växten, bara hälften så lång som Rabbit, och hade vilda, blonda lockar och ljusblå ögon. Hon såg yngre ut än sina tolv år. Hon slog sig ner i soffan, klädd i sin finaste söndagsklänning, små volangstrumpor och sina allra bästa lackskor, och väntade på att programmet skulle börja.

Rabbit satt som klistrad i fönstret. *Var kunde han vara?*

Molly kom in med en nybryggd kanna te och alla killarna höll fram sina koppar för att få påfyllning. Hon bad Grace att resa sig ur gungstolen för att skicka runt en ny omgång havrekakor. Jack tackade nej till teet: det skulle distrahera honom från att starta inspelningen med fjärrkontrollen i exakt samma sekund som programmet startade.

”Jag är redo, grabbar”, sa han och viftade med pekfingret i luften.

Molly passade på att sätta sig i gungstolen medan Grace delade ut kakorna.

”Men mamma!”

”Det där ’men mamma’ kommer du ingen vart med, Grace Hayes. Ge mig en kaka i stället.”

Rabbit var tyst: fortfarande ingen Johnny. *Var är du?* Just när hon började känna att allt var förlorat kom han runt hörnet med håret i en tofs och den uppknäppta, svarta skinnjackan fladdrande i vinden. Det tog någon sekund innan hon lade märke till den tjej som han gick armkrok med.

Programmet startade och Jack skulle just börja spela in då han i ren iver råkade knuffa ner fjärrkontrollen från stolskarmen. ”Åh herregud, nej!” skrek han och hoppade upp på fötter.

”Pappa, flytta på dig!” befallde Grace från sin plats på golvet bredvid Davey, som satt framåtlutad och försökte se teven mellan sin pappas ben.

”Men Jack, kom igen, flytta på dig någon gång”, sa Molly.

”Lugna er”, sa Francie. ”Det är inte vår tur förrän efter halva programmet.”

Jack stod kvar. ”Jag kanske ska vänta tills ni går upp på scen. Så sparar vi på bandet.”

”Nej, pappa, börja spela in nu”, sa Grace.

”Varför det?”

”För att jag vill se mig själv i publiken.”

”Okej.” Han tryckte på knappen precis när Johnny kom in tillsammans med den mystiska flickan.

”Där är du ju, vännen”, sa Molly.

”Hej, Mrs H. Det här är Alandra.”

Molly nickade och log, medan alla andra tittade på Alandra som om hon varit en utomjording.

”Marjorie, sätt dig i fönstret bredvid Rabbit. Francie och Jay, maka på er så att Johnny och Alandra får plats”, befallde Molly. Medan de två programledarna pratade om de band som skulle uppträda under kvällen, gjorde alla som de blivit tillsagda. När programledarna nämnde Kitchen Sink jublade killarna och Jack klappade i händerna. Sedan föll tystnaden i rummet och de såg uppmärksamt på det första bandets framträdande. Ingen sa något. Alla satt vända åt samma håll, utom Johnny som stirrade på Alandra, och Rabbit som stirrade på Johnny medan han stirrade på Alandra. Hon var lång och hade långt, glänsande svart hår och olivfärgad hy, och hon var klädd i en enkel svart klänning och stora silversmycken.

Hon var inte bara den coolaste person som Rabbit någonsin hade sett, hon var också den vackraste. Johnny var uppslukad. Rabbit rättade till glasögonen, tryckte dem mot pannan och koncentrerade sig på att inte börja gråta.

När det äntligen var Kitchen Sinks tur exploderade rummet. Till och med den vanligtvis så reserverade Davey höjde armarna och skrek. På scenen räknade han in dem med trumpinnarna, ”Ett, två, tre, fyra ...” och så satte bandet igång. Jack torkade en tår ur ögat och Molly trummade mot armstödet i takt med sin son. Rabbit vände blicken från Johnny i soffan till Johnny på scenen. Han sjöng så enastående vackert att det fick henne att vilja börja gråta ännu mer.

”Hur är läget?” viskade Marjorie.

”Bara bra”, sa Rabbit. ”Hurså?”

”Du ser ut som du har ont någonstans.”

”Vad menar du?”

”Ditt ansikte ser ut så här.” Hon visade.

”Jaha.” Rabbit justerade sitt ansiktsuttryck och sneglade på Johnny, som inte tittade på teven utan på den vackra flickan som hade flätat ihop sina silverringsprydda fingrar med hans. Det fick Rabbits mage att bli en enda stor knut.

Efteråt, när bandet hade spelat klart och programledarna hade kallat dem för nästa stora grej, backade Jack bandet och tittade på det tio gånger till medan Molly städade upp och killarna gick ut i garaget för att repa in en ny låt. Marjorie undrade varför inte Rabbit ville vara med när de repade.

”För att det är tråkigt”, sa hon.

”Menar du allvar?” Marjorie trodde inte på henne för en sekund.

I stället gick de ut och satte sig på muren. Det var en varm kväll och några killar spelade fotboll ute i parken. Efter en stund gick Marjorie också dit. Rabbit satt kvar på muren, fast besluten att tycka att det var roligt att titta på när Marjorie och de andra sprang efter bollen. Hon hörde garagedörren öppnas och utan att vända sig om kände hon Johnnys närvaro bakom sig. Alandra var som fastklistrad vid hans sida och de höll fortfarande varandra i handen när de stannade till framför henne.

”Vad tyckte du, Rabbit?” frågade han.

”Bra.”

”Bara bra?”

”Jättebra.”

”Bra.” Han vände sig till Alandra. ”Alandra, det här är min goda vän Rabbit.” Han vände sig till Rabbit. ”Rabbit, det här är min flickvän, Alandra.”

”Vad roligt att få träffa dig, Rabbit”, sa Alandra och höll fram handen för att hälsa.

Min flickvän? När? Hur? Varför? Rabbit tog Alandra i handen.

”Vi ska dra oss nu”, sa Johnny. ”Vi ses en annan gång, Rabbit.” Han höjde handen i luften och hon såg efter dem när de gick längs gatan tillsammans. *Min flickvän! Jag vill spy,* tänkte Rabbit.

Det var mörkt när Francie och Jay gick hem. Davey ropade in Rabbit från muren och Marjorie från parken. ”Kom igen, kortis, dags att komma in”, ropade han. Marjorie flinade åt honom och sprang dit, lydig och glad.

”Jag tycker att du var fantastisk, Davey”, sa hon när de gick in efter den olyckliga Rabbit.

”Och nu blir det bara bättre och bättre”, lovade han.

”När jag är lite större, får jag följa med på en spelning då?”

”Marjorie, när du är tillräckligt gammal ska du och Rabbit få komma på varenda spelning.”

Marjorie tog ett skutt och gav upp ett glädjetjut. Rabbit gjorde en grimas.

”Vad är det med dig?” frågade Davey.

”Jag har faktiskt ett eget liv”, sa Rabbit.

”Det var något nytt.” Davey stängde dörren.

Senare på kvällen, när Marjorie hade bytt om till sitt Tingeling-nattlinne och hoppade i sängen medan hon sjöng ett Kitchen Sink-medley, hittade Davey Rabbit i trappan.

”Vad är det som är fel?” Han satte sig bredvid henne.

Hon såg sig om över axeln. ”Grace kommer aldrig ut ur badrummet.”

”Det är inte det jag menar.”

”När tror du den där spanska tjejen åker hem?”

”Hon ska vara här i ett år, kanske längre.” Rabbit såg ut som om hon tänkte börja gråta. Davey lade armen om henne. Det var inte ofta han visade sin syster någon omtanke, även om han alltid kände den, så det var något besvärat över gesten. Rabbit lyfte blicken från hans arm runt hennes axlar och såg honom i ansiktet.

”Han är för gammal för dig, Rabbit.”

”Det är bara fyra år. Pappa är ju tre år äldre än mamma”, sa Rabbit.

”Men fyra år är mycket när man bara är tolv”, sa Davey.

”Då får jag väl bli stor, då.”

Davey skrattade till och nickade. ”Okej.” Han gick bort och bankade på badrumsdörren.

”Och Davey”, sa Rabbit. ”När jag blir det så kommer det att vara fantastiskt.”

Rabbit

Rabbit var på uselt humör när hon vaknade. Jacinta kom direkt när hon ringde.

”Jag behöver ett till av de där skitplåstren.”

”Jag bytte det när du sov, det är bara en timme sedan.”

”Jaha, men jag har ont nu så det funkade väl inte.”

”Vänta lite bara.” Jacinta lade handen på Rabbits panna.

Rabbit drog sig undan som ett tjurigt barn. ”Låt bli, låt mig vara ifred.”

Jacinta tittade igenom hennes journal. ”Jag kan ge dig en spruta.”

”Jamen gör det, då.”

Jacinta gick för att hämta medicinen. Rabbit såg upp i taket och räknade till tio inom sig. När Jacinta dök upp igen blundade Rabbit och väntade. När hon hade fått sprutan och kände vätskan spridas genom venerna, slappnade hon av tillräckligt för att ta in Jacintas överraskande fråga.

”Vem är Alandra?”

Rabbit spärrade upp ögonen. ”Vadå? Vad menar du?”

”Du skrek 'Jävla Alandra' i sömnen”, sa Jacinta och försökte dölja sitt leende.

”Gjorde jag?”

Jacinta nickade.

Rabbit suckade. ”Det är en tjej som jag kände för längesedan.”

”En tjej som du inte gillade?”

”Hon var en underbar människa, alltid snäll mot mig. Jag var bara en avundsjuk unge som hela tiden önskade att något riktigt hemskt skulle hända henne, för hon var ihop med den kille som jag var kär i.”

”Som vadå?” sa Jacinta och slog sig ner.

”Som en bilolycka eller att hon skulle bli påkörd av tåget eller krascha med ett plan.”

”Påminn mig om att inte bli osams med dig.”

Rabbit höll sig krampaktigt i sängkanten, slöt ögonen och stelnade till. Hon stönade svagt och svettdroppar trängde fram i hennes redan fuktiga panna.

”Räkna till tio.”

”Jag är trött på att räkna till tio.”

”Okej, jag räknar åt dig. Tio, nio, åtta …”

”Snälla, snälla sluta”, bad Rabbit.

”Berätta mer om Alandra.”

”Det funkar inte.”

”Ge det någon minut till.”

”Snälla, snälla, snälla.”

”Berätta mer om Alandra.”

Rabbit drog djupt efter andan och öppnade ögonen. *Det är okej, du är okej, fortsätt bara att prata, Rabbit, så klingar smärtan av.*

”Hon var en skönhet och när hon åkte hem pratade hon precis som en riktig Dublin-bo”, sa Rabbit och log vid minnet.

”Varför åkte hon hem?” frågade Jacinta.

”Hennes pappa blev sjuk.”

”Din kille måste ha blivit ledsen när hon lämnade honom.”

”Det verkade inte så. Han var en ensamvarg, svår att förstå sig på.”

”Till och med för dig.”

”På den tiden var han speciellt svår för just mig. Det tog mig ett tag att fatta hur jag skulle tolka honom.”

”Du har släppt sängkanten.”

”Det gick över.”

Jacinta rättade till Rabbits filtar. ”Vill du gå på toa medan jag är här? Jag kan hämta ett bäcken.”

”Nej.”

”Finns det något annat jag kan göra?”

Rabbit grät igen. ”Låt mig få sova, bara.”

Jacinta nickade. ”God natt, Rabbit.” Hon stängde dörren och lämnade Rabbit ensam, blinkande mot taket. Medicinen hade sakta spridit sig genom kroppen och nått huvudet, förvandlat hennes hjärna till en tyst tyngd, rensat bort all tankeförmåga. Hon var bedövad igen. Hennes tunga ögonlock föll ihop och hon försvann in i det välkomnande mörkret.

Rabbit Hayes blogg

25 september 2009

Hellre ett bröst i handen ...

Två dagar efter operationen började Marjorie kalla mig för ett "one tit wonder". Hon har väntat i två veckor på att få se resultatet. Men jag var för rädd för att titta själv. Jag ville helt enkelt inte ställa mig framför spegeln och klä av mig. Det låter så fåfängt och löjligt – det var ju bara ett bröst, herregud, men det var MITT bröst. Mitt vänstra, för att vara specifik.

I går påpekade mamma att jag är vänsterhänt och högerbröstad, och att det på något sätt är symmetriskt, och tydligen bättre än att få en bit silikon intryckt under huden. Jag har inte bestämt mig än. Först måste jag vinna över cancern. Reservdelarna får jag skaffa sedan.

Marjorie kom i alla fall och hälsade på i dag och tog med sig mer mat än Juliet och jag kan få i oss på ett år, blommor, vin, två mastektomi-behåar, en protes och gud vet vad! Det var nu eller aldrig. "Får jag se", sa hon. Jag var i sovrummet och precis när jag skulle ta av mig tröjan skrek hon "Stopp!" och slet av sig sin egen, snabbare än den där blottaren som hänger utanför Nellys tobaksaffär. Plötsligt stod hon topless framför mig och flinade fånigt. Jag slet av mig pyjamasjackan och där var det, mitt högra bröst bredvid den fula, ärrade ödemarken. Jag ville inte gråta men det gjorde jag. Jag kunde inte låta bli. Det var inte jag. Marjorie var tyst. Vi bara stod där framför spegeln och stirrade. Hon försökte inte trösta mig eller få mig att sluta gråta. Hon gav mig bara en näsduk och så stod vi kvar där tills ögonen och näsan slutat rinna.

När vi tog på oss tröjorna igen kändes inte min nya kropp lika skräckinjagande längre. Jag påstår inte att jag gillar den, men det känns bättre än jag trodde att det skulle göra. Och Marjorie – hon tog på sig sin topp och klagade bittert över att hennes två bröst inte är lika stora som mitt enda, och man vet ju vad de säger … "Hellre ett bröst i handen …"
Jag älskar min bästa kompis.

DAG TRE

5.

Molly

Molly och Jack satt utanför Mr Dunnes kontor och väntade på att få komma in. Molly höll i en tjock mapp med alla detaljer om de försök som Rabbit var kvalificerad att delta i. Hon tryckte den mot bröstet och drog fingertopparna över den, upp och ner, upp och ner, upp och ner. Jack höll hårt i en plastkasse och hade blicken fäst vid den stora vita väggklockans svarta visare, som tyst markerade varje sekund. Någonstans i korridoren stod en radio på i bakgrunden och röster diskuterade huruvida USA borde gå in i Syrien. Jacks mage kurrade. Molly flyttade handen från mappen till fickan och tog fram en påse nötter åt honom. Han åt upp allihop utan att släppa sekundvisaren med blicken.

Dörren öppnades och Mr Dunne vinkade in dem med ett glatt hej. Han tog dem i hand och de satte sig ner. Han såg från mappen i Mollys hand till hennes ansikte, och tillbaka till mappen. Han suckade högt. ”Du har varit ute på nätet igen, Molly.”

”Jag skulle vilja prata med dig om några försök som görs just nu i Europa, särskilt det som kallas PDT.”

”Fotodynamisk terapi.”

”Så du vet vad det är.”

”Ja, det gör jag.”

”Okej, så då vet du också att 85 procent av dem som ansöker godkänns, till och med de som har djupt liggande metastaser och sena stadier av cancer.”

”Det är många olika faktorer som spelar in.”
”Så är det väl med allt?”
”Rabbit har nedsatt immunförsvar – ”
” – som kan minska behandlingens effektivitet, men det finns många patienter som har svarat bra på PDT, trots att de har fått cellgifter i flera omgångar innan.”
”När det gäller Rabbit så har tumören spridit sig till kritiska funktioner.”
”Jag säger inte att det kan bota henne, men det skulle kunna förlänga hennes liv.”
”Molly, PDT är väldigt nytt. Behandlingen täcks inte av några försäkringar, den utförs inte ens i det här landet.”
”Än sen då, än sen då och än sen då?”
”Rabbit är en palliativ patient i ett sent stadium och det är sannolikt att hon kommer att drabbas av de komplikationer som kan uppstå på grund av snabb nekros i vävnaden kring större artärer och andra områden i kroppen. Om hon ens skulle bli antagen, vilket hon inte skulle bli, eftersom hon är sängliggande.”
”Hon är inte alls sängliggande”, sa Jack, som om det vore en förolämpning mot hans dotter.
”Hon är icke-rörlig, Jack.”
”Vad menar du?”
”Hon kan inte gå.”
”Det är ju för att hon brutit sitt förbannade ben”, sa Molly.
”Hon bröt benet för att cancern har påverkat hennes skelett. Det har gått för långt.”
Molly och Jack tittade förtvivlat på varandra, sedan skakade hon av sig det. ”Visst”, sa hon.
Mr Dunne gjorde en rörelse som för att resa sig.
”Vänta, vart ska du?”
”Jag trodde att vi var klara här.”
Hon fnös. ”Vi har ju bara börjat. Jack, ta fram mackorna.”
Jack letade i sin kasse. ”Grillad kyckling, skinka eller tonfisk och majonnäs?” sa han till Mr Dunne.

”Jag tar skinkmackan”, sa Mr Dunne, och gav upp.

”Okej. Behandling med bisfosfonater, för- och nackdelar”, sa Molly.

Trekvart senare stod Molly upp och skrek om framstegen inom hormonbehandling, och anklagade den irländska sjukvården för att vara både efterbliven och korrumperad. Mr Dunne förblev lugn. Han upprepade att han förstod deras ilska och frustration, och förklarade en gång till varför den behandling som Molly argumenterade för inte skulle fungera. Molly satte sig i stolen igen och bläddrade igenom mappen tills hon insåg att hon hade uttömt alla möjligheter.

”Tjugosex försök! Tjugosex! Något av dem kommer att ta emot henne. Jag bryr mig inte om vad det kostar.”

”Kanske det, men om de gör det är det för att experimentera, inte för att bota eller lindra. Det är inte det du önskar henne.”

Mappen föll till golvet. Hon lade huvudet i händerna och gnuggade tinningarna innan hon åter mötte doktorns blick. ”Det måste finnas något vi kan göra.”

”Det gör det.”

”Vadå?”

”Ni kan förbereda henne.”

Molly skakade på huvudet. ”Det måste finnas något annat.”

Jack ställde sig långsamt upp och tog sin fru i handen. ”Tack, doktorn.”

Molly såg förvirrat på honom. ”Nej, Jack, vänta.”

”Det är okej, Molly. Vi fortsätter leta.” Han kastade en blick på doktorn. ”Förlåt att vi har tagit upp din tid.”

”Det är ingen fara, Jack, jag förstår.”

Molly hängde med huvudet och tvingade tillbaka tårarna. ”Ursäkta mitt utbrott, Mr Dunne.”

”Det gör ingenting”, sa han.

”Vi är tacksamma för allt ni har gjort.”

”Om ni har fler frågor så vet ni att jag finns här.”

Jack hjälpte Molly upp och de lämnade kontoret, där mappen låg kvar på golvet.

När de kom fram till Rabbits dörr hörde de hennes plågade skrik och Michelles lugnande, tröstande röst. ”Kämpa på, Rabbit, vilken sekund som helst nu.”

”Jag kan inte, jag kan inte – snälla hjälp mig.”

”Nästan där nu”, sa Michelle och Rabbit snyftade.

När Michelle kom ut fem minuter senare gick hon in i Molly och Jack, som höll om varandra hårt. ”Hon har drabbats av lite mer genombrottssmärta, men vi har underrättat Mr Dunnes team och vi ska ta hand om det.”

”Jag borde gå in till henne”, sa Molly.

”Hon sover. Hon kommer att sova ett bra tag nu. Ni två borde passa på att gå ut lite. Det är en vacker dag och det är sannerligen på tiden med lite sol.”

Molly såg på Jack för att få stöd.

”Det låter som en bra idé, Michelle”, sa han.

”Jag vill bara se henne innan vi går”, sa Molly.

”Självklart.”

Michelle öppnade dörren och de såg den tunna lilla Rabbit som låg invirad i filtar och andades ytligt.

”Hennes huvud ser större ut än kroppen”, sa Molly och gick närmare. Hon plockade upp en näsduk och torkade svetten i Rabbits panna.

”Det har svällt upp”, sa Michelle.

”Det ser otäckt ut”, sa Molly sorgset och lutade sig ner för att kyssa sin dotter på kinden.

De lät henne sova vidare och satt ute i bilen ett par minuter innan Jack vred om nyckeln i tändningen.

”Jag tycker vi ska ringa Michael Gallagher”, sa Molly.

”Vem?”

”Sjundedagsadventisternas helbrägdagörare.”

”Men Molly.” Jack gnuggade sina trötta ögon.

”Jag vet vad du tänker, men 85 procent av hans fall blir friska.”

”Han lyckades inte bota Johnny.”

”Han tillhörde de andra 15 procenten. Den här gången kanske vi har tur.”

Jack vände sig mot sin fru. ”Johnny var djupt troende. Han trodde att Gud skulle bota honom. Kommer du ihåg alla de där timmarna han köade för att få en skymt av Moder Teresa, jakten på Padre Pios handske och krucifixen för alla de där helgonen, från Johannes av Korset till Sankt Bernadette? Det är ett rent under att han inte kvävdes av allt det där krafset han hade runt halsen. Det funkade inte för honom trots att han var så övertygad. Hur skulle det då kunna funka för Rabbit, som inte tror ett dugg på all den där mumbojumbon?”

”Det är inte mumbojumbo. Michael räddade en kvinnas syn. Jag har träffat henne. Hon hade varit blind i hela sitt liv men när han hade helat henne kunde hon se.”

Han suckade. ”Och det finns ingen möjlighet att hon kan ha hittat på det?”

”Jag är ingen dumskalle, Jack.”

”Det säger jag inte heller.”

”Det finns så många saker som vi inte kan förstå.”

”En sak förstår jag i alla fall.”

”Och vad är det?”

”Om du tar med dig en självutnämnd Gudsagent till Rabbit så är det han som kommer att behöva healing sedan.”

”Vi kan göra det när hon sover.”

”Du skämtar.”

”Inte alls.”

Jack startade bilen. ”Det där känns olycksbådande”, sa han och körde därifrån. ”Vart ska vi?”

”Hem. Jag måste hitta numret.”

”Vi har väl inte gett upp om att hitta en behandling, vi ska väl fortsätta leta, Molly?”

”Jag ger aldrig upp, Jack.”

”Duktig flicka.”

Jag ger inte upp, hör du mig Gud? skrek hon inom sig. *Är det någon jävel som hör mig?*

Lunchklockan ringde och det var inte en minut för tidigt. Miss Baker hade malt på om osmosen i femtio minuter. Hon hade en förmåga att göra de enklaste ämnen komplicerade – hon lät sig bländas av sin egen intelligens så till den milda grad att hon faktiskt trodde att klassens tystnad berodde på att de var engagerade, och inte på att de kollektivt hade tappat livslusten. Juliet körde ner böckerna i skolväskan och skyndade sig mot dörren. Kyle hann ifatt henne ute i korridoren.

”Hur är det med din mamma?”

”Bra, tack.”

”Va, är det?” Han såg genuint förvånad ut.

”Ja, hurså?”

”Äh, det var inget.” Han blev knallröd.

Kyle var en trevlig kille, ingen lögnhals. Juliet granskade honom och bestämde sig för att inte fråga vidare. I stället förtydligade hon. ”Hon kommer hem i nästa vecka, eller kanske veckan efter det.”

”Åh, vad bra, verkligen, jättebra.” Han var fortfarande knallröd.

”Ja, visst är det.” Hon gick snabbt därifrån och lämnade honom stående i korridoren, mitt i strömmen av elever. Samtalet irriterade henne. *Vad tog det åt honom?* undrade hon. Hon träffade Della i matsalen. Della hade redan köpt två bakade potatisar med tonfisk, och varsin flaska vatten åt dem. Juliet ställde ner väskan och satte sig. ”Tack.”

”Inga problem.”

”Jag träffade Kyle efter lektionen.”

”Jaha? Är han fortfarande kär i dig?”

”Han var rätt konstig”, sa Juliet och låtsades inte höra Dellas dumma fråga.

”Det är för att han är konstig.”

”Det är han inte alls.”

”Visst, om du säger det så.”

Kyle bodde granne med Juliet och de hade varit kompisar

sedan tvåårsåldern. Han var blyg och gillade inte att leka med de andra ungarna i skolan: hans kompisar fanns på motocrossbanan, där han hängde i timmar varenda kväll. Hans pappa Charlie var en hängiven motocrossförare, som trots att han själv hade brutit nästan alla ben i kroppen hade börjat lära upp Kyle så fort han fyllt fem. Kyle var en naturbegåvning och hans pappa drillade honom med siktet inställt på elitnivå. Kyle och hans pappa hade kommit till Juliets räddning när hon hittat sin mamma på köksgolvet med ett otäckt, öppet benbrott. Rabbit hade svimmat men hon andades så högt att Juliet förstod att hon inte var död. Juliet kämpade emot den framvällande paniken. Hon visste vad hon skulle göra. Hon hade ringt efter ambulans, sedan sprungit över till Charlie, som hade stått och klippt häcken när hon gått förbi två minuter tidigare. Hon hade skrikit: ”Snälla, hjälp oss. Hon ligger på golvet. Det är allvarligt, snälla kom.” Han hade släppt häcksaxen och rusat hem till henne. Kyle dök upp från ingenstans och följde med in. Rabbit hade knappt varit vid medvetande. Charlie ropade efter en sax och en ren handduk. Kyle tog saxen från köksbänken och gav den till sin pappa, som klippte upp Rabbits byxben så att den benpipa som stack ut genom huden, och den stora mängden blod, syntes tydligt.

Juliets hjärta bankade så hårt att hon trodde att det skulle hoppa ur bröstkorgen. Hon fick kämpa för att andas lugnt. ”Åh nej, det sprutar – det är dåligt om det sprutar”, sa hon och lade handen över munnen. Hennes ben skakade och hon började må illa.

”Det är inte så illa som det ser ut”, sa Charlie. ”Jag har sett mycket värre.”

”Jag också”, sa Kyle och rotade igenom lådorna för att hitta en ren kökshandduk. Han kastade över en till sin pappa, som tryckte den mot såret. Rabbit stönade, det lät som om hon höll på att kvävas, men Charlie hjälpte henne.

”Det är okej, mamma – hör du mig? Charlie tar hand om

dig nu och ambulansen är på väg." Juliet hörde gråten i sin röst. Hon kände efter med handen på kinden. Den var våt. Kyle försvann men var strax tillbaka med en kudde, och hans pappa lade Rabbits huvud tillrätta på den. Juliet tog sig samman: deras närvaro fick henne att lugna ner sig tillräckligt för att kunna fokusera på det som måste göras.

"Jag tar hand om allt, mamma. Oroa dig inte för något", sa hon, och medan hennes mamma fick hjälp av grannarna rusade Juliet runt i köket och plockade ihop sin mammas mediciner, hennes journal och mapp, innan hon sprang upp för att hämta en ren pyjamas och en tvättpåse. När ambulansen kom hade hon packat en väska som också innehöll böcker och godis inför den säkert långa kväll som låg framför dem. Rabbit hade svimmat igen men Juliet pratade med henne ändå. "Jag har packat din favoritpyjamas, din parfym och det där läppglanset som du gillar. Nu kommer allt att bli bra."

Kyle erbjöd sig att följa med i ambulansen. Det var snällt men hon avböjde, och hon märkte att Charlie var glad över det: akuten en fredagskväll var inte rätt ställe för en tolvårig pojke. Han hade vinkat åt henne när ambulansdörrarna stängdes. "Hon kommer att klara sig, Juliet", ropade han. "Oroa dig inte för något. Vi ska se efter huset!" Kyle och Juliet hade inte umgåtts särskilt mycket sedan hon fyllt åtta. Hon hade hittat ett gäng tjejkompisar och han hade blivit uppslukad av att åka motocross, men det spelade ingen roll att de knappt hade setts de senaste fyra åren, han var ändå alltid på hennes sida.

Juliet satt och grubblade över varför Kyle hade reagerat så konstigt på nyheten att hennes mamma mådde bra, när Della plötsligt knäppte med fingrarna framför henne. "Hallå? Jorden till Juliet?"

"Förlåt."

"Ska du inte äta upp lunchen?"

Juliet sköt över sin tallrik. "Här, du får den."

Della slukade den i tre tuggor. "Jag är alltid hungrigare när jag har mens." Hon vände sig mot glasdisken och studerade innehållet. "Ska vi dela på en bit morotskaka?"

Della hade mens för femte gången och Juliet hade inte fått sin första än, så Dellas prat irriterade henne. Innerst inne visste hon att det inte var skryt, men det kändes så ändå.

"Inte hungrig."

"Men jag vill inte ha hela själv."

"Ät bara halva, då."

"Du vet mycket väl att om den står där framför mig så äter jag hela."

"Köp den inte, då."

"Äh, skit samma, jag tar den." Hon gick och köpte kakan och kom tillbaka med två gafflar. "Bara utifall att."

Efter lunchen satt de ute på gräsmattan och tittade på när killarna spelade fotboll. Della var rastlös och det var inte bara för att hon hade mens. Juliet låtsades inte märka något. Hon var för trött för något drama. Graces soffa var inte världens bekvämaste sovplats, men hon skulle ha sovit dåligt även om den inte hade varit hård och knölig. Så fort hon lade sig ner rusade hennes tankar åt så många olika håll att det värkte i huvudet. Hon återupplevde dagarna, timmarna, minuterna och ögonblicken innan hon hittade sin mamma på golvet. Om och om igen föreställde hon sig vad hon hade kunnat göra för att förhindra att hennes mamma föll. Hon hade tänkt igenom hur golvet såg ut: hon hade definitivt inte lämnat något som låg och skräpade så att Rabbit kunde snubbla över det. Stolarna hade stått inskjutna vid bordet, det fanns inga hala fläckar någonstans. Hon hade skurat golvet innan hon gick till skolan. Efter att hennes mamma fått sin diagnos skurade hon det två gånger om dagen, och torkade av alla arbetsytor med desinfektionsmedel. Hon hade inte glömt något.

Hon undrade om Rabbit hade svimmat. Ibland gjorde hon det efter cellgiftsbehandlingen, men hon hade inte fått några cellgifter på ett tag och dessutom brukade hon vara blek och trött innan hon svimmade, och hon hade varit helt normal på morgonen. Hon hade varit på väg till ett möte om cancerbloggen med sin redaktör, och hon hade varit fin i peruk och smink. De hade pratat om Juliets franskaprov och hennes mamma hade skämtat om att hon borde byta till tyska, eftersom Tyskland skulle äga hela Irland inom ett år. Hon var sjuk men hon mådde bra. Annars skulle Juliet ha märkt något. Hon skulle ha noterat förändringen, oavsett hur liten den var – hon vakade över sin mamma som en hök varenda minut de var tillsammans. *Vad var det som hade hänt? Och varför?* Hon låg där vaken med tårarna som strömmade, hjärtat som rusade och en kropp som bara skakade, och undrade: *Tänk om …*

På dagarna höll hon masken och det enda hon tillät sig att tänka på var när hennes mamma skulle komma hem. Då skulle livet återgå till det normala, vilket förstås inte var riktigt normalt men ändå tillräckligt normalt, och det var okej. Precis som sin mamma var Juliet bra på att låtsas vara glad och ännu bättre på att lura sig själv. Varenda morgon fick hon nytt hopp. *Det kommer att ordna sig.*

Della hostade och vred på sig som om hon försökte gräva en grop i marken med hjälp av sin rumpa. Juliet satt tyst bredvid och låtsades följa med i matchen. Eftersom Juliet inte inbjöd till samtal tog Della mod till sig och sa det ändå: ”Mamma bad att jag skulle fråga dig om du vill bo hos oss.”

”Vad snällt, men jag kan bo hos Grace.”

”Men du har inte ens eget rum där. Vi har ett gästrum.”

”Det är ändå inte så länge.”

”Okej.” Della lät inte övertygad. ”I alla fall så sa mamma att du alltid är välkommen, så länge som det behövs, typ … Eller för alltid.”

Juliet såg frågande på henne. Della hade satt sig på händerna. ”Inte för att du skulle behöva stanna för alltid. Det är bara det att mamma gillar dig så mycket. Ibland tror jag att hon gillar dig mer än hon gillar mig.” Juliet märkte att Della var nervös. Hon pratade snabbt innan hon avbröt sig. Hon undvek att se Juliet i ögonen. I stället låtsades hon vara upptagen av Alan Short, som hade bollen. ”Wow, han är så het, eller hur?”

Samtidigt som hon sa det snubblade Alan Short och landade med ansiktet i leran. Vilken annan dag som helst skulle det ha fått dem att skratta högt, men inte i dag. Juliet reste sig.

”Vart ska du?” frågade Della, men Juliet svarade inte. Hon gick bara därifrån.

Gråt inte, Juliet. Överanalysera inte. Allt är bra. Mamma kommer hem snart. Vi måste bara ta oss igenom de närmaste dagarna först. Det fixar vi.

Hon började springa.

Grace

Grace hade blivit kär i Lenny samma dag som de träffades. Han var inte snyggast i världen men han hade ett varmt leende och sorgsna, själfulla ögon, och när han av misstag snuddade vid henne i fikarummet fick det huden att knottra sig och magen att dra ihop sig. ”Jag heter Lenny”, hade han sagt och sträckt fram handen. Hennes pappa hade varnat henne för farorna med ett slappt handslag så hon tryckte hans hand hårt, alltför hårt, faktiskt så hårt att han skrek till och började gnugga den med sin andra hand så fort hon släppte.

”Förlåt mig”, sa hon. ”Nervös, första dagen.”

”Var inte det, vi är så snälla allihop.” Han gav henne en kopp från hyllan ovanför diskhon.

”Verkligen?” sa hon förhoppningsfullt.

”Nej, men du får själv bestämma vem du vill undvika.”

”Aha.”

Han hällde upp kaffe åt dem båda två. ”Så hur kommer det sig att du drogs till bankväsendets underbara värld?”

”Min pappa.”

”Jobbar han här?” frågade Lenny, lätt oroad.

”Nej, han är med i motståndsrörelsen.”

Lenny gick bort till kylen och luktade på mjölken innan han höjde den åt hennes håll. Grace nickade och han hällde i. ”Socker?”

”Tillräckligt söt redan”, svarade hon och han skrattade. Han hade svart kostym och välstruken vit skjorta; den blå slipsen matchade hans ögon. Översta knappen var oknäppt och slipsen satt aningen löst, som om han frånvarande hade dragit i den, men Grace insåg redan då att han hade ansträngt sig för att se lagom nonchalant ut. Det var Lennys lilla revolt. Han såg väldigt bra ut i kostymen, men när han sträckte sig upp till översta hyllan för att ta ner kakburken såg hon att han hade vita strumpor till sina svarta loafers. *De där måste han göra sig av med.* Han erbjöd henne en kaka och hon tackade artigt nej, trots att det var chokladkex, som hon älskade.

”Bäst jag återgår till jobbet”, sa han, och hon flyttade sig ur vägen.

”Jag också.”

”Det var trevligt att träffas.”

”Ja, det var det.”

Han gick därifrån och hon kunde inte undgå att se att han hade snygg rumpa. Han vände sig om just när hon lade huvudet på sned för att få ett sidoperspektiv. ”Du sa inte vad du hette”, sa han.

”Grace.”

”Trevligt att träffas, Grace.” Han sträckte åter fram handen, innan han kom ihåg hur ont det hade gjort och drog tillbaka den. ”Fortfarande öm.” Han blinkade.

”Förlåt.”

Fem minuter senare satt hon i sitt bås och undrade nervöst om någon iakttog henne. De andra i rummet skrev, sorterade papper eller pratade affärer. Hennes närmaste chef satt i möte så hon tog chansen att ringa sin mamma.

”Mamma?”

”Hur går det för dig?”

”Jag har just träffat den man som jag ska gifta mig med.”

”Men nu får du för fan skärpa dig, Grace.” Molly lade på.

Kom ihåg vad jag sa, mamma.

Inom en månad dejtade de, och ett år senare förlovade de sig. Två månader före bröllopsdagen insåg Grace att hon var gravid i tredje månaden, med Stephen. Det var tjugo år sedan nu och Grace älskade sin make mer för varje dag som gick. Det lät löjligt, till och med i hennes egna öron, men det var sant. Hon hade haft tur. Det hände att hon fick dåligt samvete över det. När hennes bästa vän Emilys äktenskap kraschade, på grund av hennes mans många affärer, och hon och hennes två söner tvingades flytta in i en av socialtjänstens lägenheter, påmindes Grace om hur bra hon hade det. När hennes granne Sheenas man lämnade henne för att gå med i en sekt i Dorset kom det som en blixt från klar himmel. Ena dagen var de lyckligt gifta och tackade aldrig nej till ett par fredagsdrinkar på den lokala puben, nästa dag var han en bokstavstroende man med rakad skalle som bodde ute på en åker, och Sheena var ensamstående mamma. För att inte tala om hennes svägerska Serenas syster Kate, som hade upptäckt att hennes man satt och runkade till bögporr, iförd hennes röda sidentrosor och behå. Han hade sagt att han bara testade lite. Efter ett jättegräl och några veckor isär bestämde hon sig för att tro honom. Tre barn senare höll de fortfarande ihop, och hon verkade fullständigt ovetande om det faktum att hennes man var i det närmaste öppet homosexuell.

Grace hade haft tur. Lenny var en monogam ateist som rös vid tanken på att suga av en man. Dessutom var han en god far. Han älskade sina barn och skulle ha gjort vad som helst för dem. När Stephen var fem blev han oerhört förtjust i traditionell irländsk dans, och Lenny, som egentligen hellre hade stuckit huvudet i en gasugn, hade följt med honom på alla tävlingar och hejat och applåderat fram sin son till åtskilliga danspriser. Bernard hade ofta varit sjuk som liten och även när Lenny skulle upp och jobba på morgonen hade han gjort sin plikt – han hade gått fram och tillbaka över golvbrädorna med barnet i famnen, aldrig smitit undan några blöjbyten, och de gånger när Grace och han nästan slog ihjäl varandra på grund av total utmattning var han alltid snabb att be om ursäkt om han hade fel.

Redan när Ryan var två insåg de att det skulle bli problem. Så var det bara. Han var söt som en maräng, envis som en åsna och hans uppfinningsrikedom visste inga gränser. Ryan brydde sig inte om regler. De gällde inte honom. Vilket ledde till att Grace vid två tillfällen blev indragen på Tescos kontor, misstänkt för snatteri. De släppte henne inte förrän de tittat på övervakningskameran, som visade att Ryan hade plockat på sig saker från hyllor i ögonhöjd och, utom synhåll för sin mamma, tryckt ner dem i jackfickorna. Han var portad från två mataffärer innan han fyllde fyra, och de få gånger då hon var tvungen att ta med honom och handla låste Grace fast honom i kundvagnen med handklovar, något som pågick tills han var sex år. När det gällde Ryan var det Lenny som behöll lugnet. Grace var för känslosam och hade lika hetsigt humör som sin mamma, och med tanke på det var det ett mirakel, och till stor del Lennys förtjänst, att detta barn inte begravdes under altangolvet.

Jeffrey var deras tevespelsbarn. Han var skicklig på datorer och redan vid nio års ålder var det till honom de andra vände sig när de behövde teknisk hjälp av något slag, men han var fysiskt lat och åt förstås alldeles för mycket. Lenny hade försökt få honom att prova på någon av Bernards sporter, som fotboll, simning eller friidrott, och tog med honom till Stephens förening för irländsk dans, men han var inte ett dugg intresserad. Jeffrey var alltid utsvulten och det låg inte för Grace att säga nej – åtminstone inte förrän hans läkare sa att han led av fetma. Lenny hade tagit upp ämnet många gånger genom åren, och hon hade alltid avfärdat honom. Nu var han vänlig nog att inte säga: ”Det var ju det jag sa.”

Lenny Black var helt enkelt en mycket god man, så det var verkligen märkligt att Grace packade en väska och lämnade sitt hem bara för att han sa att hon hade förstört en linsfärslimpa.

Det hela hade börjat i all vänlighet. Lenny hade kommit hem efter en halv dags jobb och hittat Grace i köket, där hon stod och bläddrade i en kokbok. Han hade kysst henne på kinden och slagit på radion för att fortsätta lyssna på ett program han hört i bilen. Han satte på vattenkokaren och tog automatiskt ner två koppar från hyllan. På radion pratade en man med en kvinna som höll på att lotta ut sitt hus. Lotterna kostade hundra euro och hon berättade om den sajt där man kunde köpa dem. Hon hade sålt lotter till ett värde av 150 000 euro och behövde bara 50 000 till för att kunna betala av sitt huslån och lämna landet.

”Vad händer om du inte får ihop till huslånet?” frågade reportern.

”Banken får ställa upp med resten.”

”Vi kanske borde köpa en lott?” hade Lenny frågat och räckt sin fru en kopp kaffe.

”Var ligger huset?”

”I Mayo.”

”Nej.”

”Mayo är fint.” Han satte sig mittemot henne vid köksön. ”Vad är det som luktar?”

”Det är linsfärslimpan.”

”Nej. Va, på riktigt? Det luktar som om en hund fisit.”

Det räckte för att Grace Black skulle bli alldeles ifrån sig. Hon tog upp en grillvante, öppnade ugnen, tog ut linsfärslimpan och slängde den i väggen. Lenny flög upp från stolen. ”Vad i helvete, Grace!”

”Gör det bättre själv då!” skrek Grace. ”Du kan väl handla och laga mat och lyssna på när alla gnäller och grinar och får så jävla ont i magen. Köket är ditt, Lenny! Du som kan allt så helvetes mycket bättre.”

”Nu får du lugna ner dig.” Det var det värsta han kunde ha

sagt och Grace övervägde hastigt att ta upp förskäraren och hugga den i huvudet på honom. I stället tog hon upp den kopp som stod bredvid kniven och kastade den i stengolvet. Den sprack.

”Okej, okej! Vad det än är så kan vi väl prata om det.” Han höll upp händerna framför sig för att hålla henne på avstånd.

”Vad det än är? Vad det än är?” skrek hon. ”Få se nu, vad kan det vara, Lenny? Jag bara undrar! Vad kan det vara som är fel?” Hon tog upp nästa kopp och gjorde sig beredd att kasta den.

”Sluta! Lägg av med det där, Grace! Du är inte fem år, vad är det här för barnsligheter!”

Hon tänkte sig inte för. Hon bara kastade koppen och den träffade honom hårt i ansiktet. Hans näsa började genast blöda och ögat svällde upp. Chocken över att se blodet, se honom vackla till där han stod, fick Grace att rusa ut ur rummet. *Vad har jag gjort?* I stället för att hjälpa sin man eller be om ursäkt drabbades hon av intensiva flyktkänslor. Uppe i sovrummet packade hon en väska med rena underkläder, jeans och några toppar; hon tog sin necessär och kom ihåg att handväskan tursamt nog stod nere i hallen. När hon öppnade ytterdörren hörde hon hur Lenny stod nere i badrummet och tvättade av sig blodet. Hon visste inte om han hade brutit näsan eller om hon gett honom en blåtira. Hon ville inte tänka på det, orkade inte erkänna vad hon hade gjort. Chocken hade fått raseriet att klinga av men tankarna snurrade fortfarande i huvudet. Han sa något. Han lät förbluffad och förvirrad snarare än arg. Hon orkade inte prata med honom så hon stängde tyst ytterdörren bakom sig och sprang ut till bilen utan att ha något tydligt resmål i sikte, bara ett desperat behov av att springa och gömma sig.

Davey

Strax efter halv tre ringde skolan hem. Juliet hade fått rejäl huvudvärk och Grace svarade inte i mobilen. Molly och Jack hade bara varit hemma länge nog för att leta rätt på en gammal anteckningsbok som var full av telefonnummer, så Davey sa att han skulle hämta Juliet så fort han kunde. Han ringde efter en taxi och bredde en macka medan han väntade. Taxichauffören var en pratsam man från Uganda; han avslutade alla meningar med antingen ett skratt eller en fnysning. Han slog handen i ratten för att understryka det han sa.

”Vet du vad jag tycker om aborter?” frågade han plötsligt. Davey hade ingen aning om vad han tyckte om aborter. ”Ingenting”, sa taxichauffören. ”Jag bryr mig inte om aborter. De där lagarna är bara ett sätt att distrahera folk från det som egentligen pågår.”

”Och det är?” frågade Davey.

”Rån.” Han slog till ratten. ”Jag flyttade inte från Uganda för att komma till Irland och bli rånad. De beskattar, beskattar, beskattar – överallt bara skatter.”

Davey förblev tyst. Han hade inget att tillföra.

”Men de irländska kvinnorna.” Föraren skrattade till. ”De är trevliga.”

Davey kunde inte dra sig till minnes att irländska kvinnor var särskilt trevliga. Innan han flyttat till USA hade en flickvän bussat sina två bröder på honom när han gjort slut. Om det inte hade varit för Francie och Jay hade han knappast överlevt. Han sa inget.

”Är du gift?” frågade mannen.

”Nej.”

”Gay?”

”Nej.”

”Ensam?”

”Nej.”

”Ha!” Mannen fnös. ”Du ser ensam ut.”

”Jaha, men det är jag inte.” *Faktiskt!*

”Okej.”

”Definiera ensam”, sa Davey.

”Någon som man inte räknar med.”

Davey tänkte efter i ett par sekunder. Han hade varit här i två dygn nu och det enda sms han hade fått var från Casey, som skickade pussar, och hennes fru Mabel som undrade om hon kunde göra något. Inte en enda av de kvinnor han brukade ligga med hade ringt eller ens märkt att han var borta. ”Okej, jag är ensam.”

”Gillar du att vara ensam?”

”Jag brukar inte tänka på det.” *Jag ljuger för en främling.*

”Alla män behöver en kvinna.”

”Jag överlever nog.”

”Att överleva är inte samma sak som att leva.”

Visst. Jag är ensam. Är du nöjd nu? Davey ångrade att han börjat prata. Inom sig bad han ugandiern att dra åt helvete.

”Gillar du musik?”

”Ja.” Han var glad att samtalet bytt riktning. Mannen log och satte på sin cd-spelare. Det var ett högenergiskt, rytmbaserat ugandiskt band.

”Gillar du det?” sa han.

”Nej”, sa Davey.

Mannen ryckte på axlarna. ”Synd.”

Skolgården låg öde. Davey gick fram till porten och såg sig omkring efter någon som kunde hjälpa honom att hitta rätt därinne i den trista korridoren. Davey hatade skolor och hade inte satt sin fot i en sedan han blev relegerad. Han gick mot lärarrummet och kände fladdret i magen innan han knackade på. *Herregud, jag är vuxen nu*, tänkte han, men rättade ändå till håret och slätade till t-shirten. En kvinna öppnade vid andra knackningen. Hon var i 25-årsåldern, söt, med ett brett leende.

”Jag letar efter min systerdotter, Juliet Hayes”, sa han.

”Åh, okej, ett ögonblick bara.” Hon lät dörren glida upp och han såg att hon var ensam i rummet och hade påbörjat en smörgås. ”Kom in.”

”Ursäkta att jag stör.” Han stirrade på de hopfällbara borden med färgflagor och på plaststolarna. *Det var alltså så här ett lärarrum såg ut*. Inte särskilt imponerande.

Hon torkade av händerna på en kökshandduk och tog upp sin kaffekopp. ”Det gör inget. Följ med mig.”

De gick längs korridoren tillsammans. ”Jag har Juliet i engelska och matte.”

”Jaha.”

”Hon är duktig i skolan.”

”Det var hennes mamma också”, sa han. ”Skarpa hjärnor.”

”Hur är det med hennes mamma?”

Davey kände sig illa till mods. Han visste inte vad han skulle svara. *Åh, herregud, hon är döende. Rabbit håller på att dö.* Hon verkade förstå hur han kände för hon väntade inte på svar. ”Juliet har gått igenom så mycket men hon är väldigt stark.”

”Ja, det är hon.” *Vad nu det betyder.*

Hon bad Davey att vänta en minut och försvann in i ett rum utan namn. Efter en liten stund kom hon ut med Juliet.

”Davey?” sa Juliet, förvånad och glad över att se honom.

”Grace har deserterat så du får nöja dig med mig, Bunny.”

Hon nickade och log, ställde ner skolväskan och kramade honom. ”Jag är glad att du är här, Davey. Tack, Miss Hickey.” Hon släppte taget om Davey och tog upp väskan.

”Det var så lite, Juliet. Hoppas du snart mår bättre.”

Det var ovanligt varmt för årstiden. Juliet tog av sig jackan och hängde den över ryggsäcken. Davey såg hur hennes ansiktsuttryck förändrades. ”Varför är du här, Davey?”

”För att skolan ringde.”

”Jag menar varför du är på Irland, ditt pucko”, sa hon lekfullt.

”Hörru, det är bara mamma som får kalla mig för det.”

”Okej, förlåt då, men varför har du kommit hem?”

”Jag saknade dig.” *Snälla, snälla Juliet, tjata inte mer. Jag vet inte vad jag ska säga. Det borde inte vara jag som berättar det. Det är inte min sak.*

Hon tänkte över vad han sagt och valde att tro honom.

”Jag har saknat dig också.”

Davey ville gråta. ”Har du någon nyckel hem till Grace?” Han bytte samtalsämne.

”Nej.”

”Vill du gå hem till mormor och lägga dig en stund?”

”Nej.”

”Jag kan följa med dig till doktorn om det behövs.”

”Det är inget fel på mig.”

”Men huvudvärken då?”

”Det sa jag bara.”

”Varför det?”

”För att komma ut därifrån”, sa Juliet. Hon var alltid ärlig mot sin morbror Davey.

Davey suckade. Var det någon som förstod henne så var det han. ”Okej, vad vill du göra i stället då?”

”Jag vill åka till Stephen's Green.”

”Har inte varit där på åratal.”

De klev på bussen, gick upp till övervåningen och satte sig längst fram. Davey hade inte sett Dublin ur det perspektivet på mycket länge. Det var fint. De pratade om hur mycket Dublin hade förändrats på de femton år som han hade bott i USA. Juliet visade honom spårvagnsnätet. Han hade inte lagt märke till det vid sina tidigare besök. ”Det ser väldigt bra ut.”

”Och det funkar faktiskt också.”

”Wow! Kommunala transportmedel som funkar.”

Davey köpte kaffe och äppelmunkar som de tog med sig ut i parken. ”Vill du att jag ska köpa brödsmulor åt ankorna?”

”Jag är inte fem.”

Det var överraskande mycket folk i parken med tanke på att klockan bara var tre på en vardag. Det var knappast mer än arton grader varmt, men folk hade klätt av sig ytterkläderna och och låg och solade i gräset. Ett ungt band spelade på scenen. De var bra. Musiken var medryckande och killarna såg bra ut. Det fick Juliet att le.

”Vi kan väl stanna här och lyssna”, sa hon, och Davey gjorde snällt som hon ville. De satt i gräset, drack sitt kaffe och petade i munkarna.

”Spelar du fortfarande gitarr?” frågade han.

”Ibland.” Davey hade köpt en gitarr åt Juliet och hon hade lovat honom att bli tidernas bästa gitarrist.

”Uttråkad?” sa han.

”Nej, nej, bara lite upptagen.”

Davey förstod. Hon tillbringade större delen av sin tid med att ta hand om sin mamma. Han borde ha gjort mer för att hjälpa dem. *Jag är ett sådant arsle. Jag har svikit dig, tjejen.* ”Du var bra.”

”Jag var okej.”

”Nej, du hade talang.”

”Tack.”

De vände blicken mot bandet som började på en ny låt.

”Davey?”

”Ja.”

”Vi kanske kommer och hälsar på dig i Nashville någon gång.”

”Det vore underbart om du gjorde det.” Han undvek noga att ta upp det ”vi” hon hade pratat om. Om hon märkte det så sa hon i alla fall inget. ”Mamma pratar jämt om när hon bodde i Amerika och hur roligt det var. Hon skulle säkert vilja åka dit igen.”

Davey ville byta ämne. ”Jag hälsade på henne den där första sommaren när hon bodde i New York.”

”Gjorde du?” sa Juliet. Davey visste hur mycket hon gillade att höra gamla historier om sin mamma.

”Hon bodde i en pytteliten, trång skolåda vid Broad Street.”

”Med Marjorie?”

”Ja.”

”Var det före eller efter att du lekt små grodorna med Marjorie?” frågade hon. Ett flin spred sig över hennes ansikte.

”Före.” Han dolde ansiktet i händerna.

Hon böjde sig fram och drog undan dem. ”Fortsätt berätta.”

”Det var i juli och det var så hett att tjejerna måste ha sitt smink i kylen och det var nästan det enda de hade där. Vi brukade gå till en bar bara för att de hade luftkonditionering.”

”Och en massa öl”, sa hon.

”Det också, men allvarligt talat så smälte jag nästan bort. Jag hade aldrig upplevt en sådan värme. Jag längtade bara bort därifrån, men din mamma, hon älskade det.”

”Hon säger att du åkte hem för att du saknade mormor så mycket.”

”Ja, det stämmer väl.”

”Men du åkte tillbaka.”

”Kändes inte som jag hade något val.”

”Trivs du nu då?”

”Ja.”

”Varför åkte hon hem igen om hon älskade att vara där?”

”Johnny.”

”Men han sa ju åt henne att åka. Han tyckte att hon skulle stanna i Amerika.”

”Jag vet, men hon kunde inte hålla sig borta.” Han vred besvärat på sig i gräset. Han hade ingen lust att prata om Rabbits och Johnnys förhållande. Det gjorde för ont.

”Jag brukade fantisera om att han var min pappa”, sa Juliet.

”Jaså? Varför det?” Davey blev förvånad över att Juliet, som var så ung, skulle ha önskat sig något sådant.

”På grund av alla historier, för att hon älskade honom så mycket och för att han var så fantastisk och cool. Min pappa finns det bara en enda historia om.”

”Vilken historia då?”

”Han sprang efter en tjuv som försökte sno mammas handväska.”

”Jaså?”

”De var ju så de träffades. Hur kommer det sig att du inte vet det?”

”Jag vet inte. Jag har säkert missat en hel del historier genom åren.” Han undrade varför han aldrig hade frågat sin syster hur hon träffade den man som blev pappa till hennes barn. *Vad i helvete är det för fel på mig?* ”Jamen det var väl lite romantiskt ändå?” sa han.

”Han fick inte ens tag i killen.”

”Men han försökte.”

”Gjorde han väl. Mamma frågade om jag ville att hon skulle leta upp honom.”

”Och?”

”Jag sa nej.”

”Det kan jag förstå.”

”Hon sa att han var trevlig men att hon inte riktigt kände honom. Tre veckor är ingenting. Han kunde ha varit en seriemördare.”

”Eller ännu värre, revisor.”

Hon log åt hans skämt. ”Förresten behöver jag inte honom. Jag har ju mamma.”

Juliet testade honom, medvetet eller inte. Davey ville gråta igen. *Om hon, som bara är ett barn, kan ta sig samman, så måste du också fixa det. Jag ska fan säga åt Francie att ge mig en örfil, det har jag förtjänat.* Det var dags att gå vidare. Han reste sig. ”Kom nu.”

”Vart ska vi?”

”Ta en promenad längs Memory Lane”, sa han.

”Okej.”

Hon tog honom under armen när de gick ut ur parken. ”Tack för det här, Davey.”

Juliet och Davey var alltid så avslappnade tillsammans. Juliet hade det där självklara förhållandet till honom som förhållande till honom som Rabbit hade längtat efter när hon var liten. Men han hade varit så upptagen med att säga åt Rabbit att inte lägga sig i att han hade missat allt det bra, allt det hon i stället hade delat med Johnny. Nu höll Juliet på att växa upp och han missade det också.

”Jag tänker prata mer med dig på Skype i fortsättningen”, sa han.

”Det säger du jämt.” Hon skrattade. ”Mamma säger att du var hopplös från dag ett.”

”Det har hon rätt i.”

”Jag säger åt henne att du bara är upptagen med att göra det du älskar. Att du lever ditt drömliv.”

”Hur kom du fram till det?”

”Mamma kollar jämt på Oprah. Hon säger sådan där skit hela tiden.”

”Jag älskar dig, Bunny”, sa han, och menade det av hela sitt hjärta. Kanske var det första gången någonsin som han hade sagt jag älskar dig till någon förutom sin mamma. Det var ett stort ögonblick.

Juliet rodnade och boxade till honom. ”Lägg av.”

”Men det gör jag.”

”Men snälla, lägg av.” Hon var generad, men hon log.

”Okej, jag ska, men bara för att jag älskar dig.”

”Pucko”, mumlade Juliet.

De kom fram till den lilla gränden strax före fem.

”När du sa Memory Lane trodde jag inte att du pratade om en riktig gata.” Juliet gick framför sin morbror. ”Fin graffiti.”

”Det är U2:s mur”, sa Davey och studerade den uppifrån och ner.

”Vad letar du efter?”

”Vi lämnade ett minne här den där sista sommaren innan allt blev förstört.”

”Vad skrev ni?” frågade Juliet och började leta.

”’Johnny, Francie, Louis och Jay, Davey och lillasyrran Rabbit för alltid’”, läste han. Det hade blekts och var knappt läsbart, men när han pekade ut det såg Juliet vad det stod.

”Wow, djupt.”

”Inte vår bästa text, kanske.”

”Står det ’Kitchen Sink’ där?”

”Ja.”

”Urdåligt namn på ett band, morbror Davey.”

”Det var ett jättebra namn.”

”Ni skulle aldrig ha lyckats med ett sådant namn.”

Davey strök med fingret över muren. ”På den tiden trodde vi att vi skulle slå igenom stort.”

”Men så var ni dumskallar också”, sa hon.

Han skrattade. ”Det må så vara, men vi var lyckliga dumskallar.”

”Hur var mamma på den tiden?” frågade Juliet och följde efter honom längs Windmill Lane.

”Jobbig.”

”Men du älskade henne.”

Davey skrattade till. ”Det gick inte att låta bli.”

”Hur gammal var hon när ni skrev på muren?”

”Fjorton.”

”Folk brukar säga att jag ser ut som hon.”

”Det gör du också.” Han sa inget om att den tolvåriga Juliet, som *inte* hade tjocka glasögon och två hårtofsar på huvudet, såg betydligt bättre ut än vad hennes mamma hade gjort.

”Har du fortfarande kvar musiken?”

”På kassettband på vinden, skulle jag tro.”

”Har du ens någon kassettbandspelare?”

”Kanske på vinden.”

”Kan du inte spela upp er musik för mig någon gång?”

”Jo. Det vore kul.”

”Coolt.”

De gick i riktning mot Pearse Street.

”Davey.”

”Ja.”

”Kan vi hälsa på mamma nu?”

Han nickade, lade armen om hennes axlar och såg sig om efter en taxi. Under resan tänkte Davey på hur stolt han var över sin systerdotter, och på hur orolig han var för henne. *När ska vi prata om Juliet?*

Morbror Terry öppnade bakdörrarna till sin gamla brödbil där bandet och Rabbit satt och trängdes med sin utrustning, halvdöda av värme. ”Hoppa ut”, ropade han åt dem.

Davey ställde sig upp och hans svettiga hår låg klistrat mot huvudet. Han vacklade till innan han hittade balansen genom att trycka handflatan mot taket. Francie och Jay satt kvar och flämtade. Johnny ruskade om Rabbit lätt. Hennes ögon var öppna men hon verkade sömnig.

”Kom igen, era kärringar.” Morbror Terry dunkade handen i skåpbilens sida. ”Dags att uppträda.”

Den sommaren hade Kitchen Sinks nya manager bokat in dem på varenda liten scen och festival han kunde hitta. Han tänkte se till att de skrev på ett kontrakt senast i oktober, och det skulle bli storslaget. Det fanns redan visst intresse från England. De hade låtarna, de behövde bara en rejäl turné under bältet och lite mer scenvana. När de hade slagit igenom på Irland skulle de vara redo för världen. Paddy Price tänkte ta Kitchen Sink hela vägen dit, och efter att ha repat, skrivit och väntat i två år var de redo. Deras budget var minimal och de hade knappt råd att betala morbror Terry för hans vanskliga transportservice. Grabbarna fick ta hand om sin egen utrustning. Grace hade anmält sig som roadie, men när hon insåg att hon skulle tvingas släpa på smutsiga högtalare och ställa i ordning sin brors trumset, sa hon åt dem att dra åt helvete.

Rabbit hade fått titeln ljudtekniker. Hon kunde alla låtar utan och innan och hade visat sig ha viss talang för jobbet, som hon lärde sig under resans gång. Efter ett par svajiga spelningar hade hon hittat sin stil och gjorde riktigt bra ifrån sig. Rabbit Hayes var bara fjorton och inte tillräckligt gammal för att komma in på de ställen där de spelade, men hon var över 1,70 lång och nu, när hon hade bytt ut glasögonen mot linser och äntligen släppt ut sitt midjelånga, silkeslena hår, såg hon ut att vara lika gammal som sin bror. Om hon sminkade sig såg hon till och med äldre ut, vilket irriterade Davey något oerhört.

Det var Rabbits jobb att bära Daveys bastrumma och väskan med sladdar. Killarna delade upp resten mellan sig. Kvällens lokal var mörk och påfallande trendig. Ett annat band höll på att soundchecka. Rabbit gick fram till deras ljudkille, som försökte se ut som Johnny Rotten. Han var kring tjugo och hade en säkerhetsnål genom näsan. ”Ni är klara om en kvart, va?” sa hon.

Han granskade henne. ”Vi är klara när vi är klara.”

Johnny knuffade till Francie för att uppmärksamma honom på den kommande ordväxlingen.

”Ni är klara om en kvart.”

”Säger vem?”

”Schemat och jag.”

”Och vem i helvete är du?”

”Det spelar ingen roll vem jag är. Det som spelar roll är vad jag tänker göra. Har ditt band råd med nya grejer?”

Johnny Rotten-wannabe-killen såg på henne igen, uppifrån och ner, mer vaksamt denna gång. Hon stod stilla och lät honom stirra. Till slut nickade han. ”En kvart.”

”Jag sa ju att hon hade talang”, sa Johnny till Francie.

”Och det hade du rätt i.”

Lokalen var proppfull med folk. Efter den inledande rundgången, som Rabbit enkelt fick bukt med, gick spelningen lysande. Halvvägs igenom den såg hon sin skolkompis Chris, som vinkade. Hon vinkade tillbaka medan hon fortsatte jobba. Johnny hade lindat publiken kring sitt lillfinger och bandet gjorde inte ett enda misstag, bara studsade omkring utan ansträngning. Det var en bra kväll, kanske en av de bästa. Johnnys kristallklara röst flöt ovanför musiken, det blev ingen mer rundgång, ljudet var perfekt. När Johnny avslutade sista låten var publiken helt till sig. ”En gång till, en gång till, en gång till!” Johnny tystade dem med en handrörelse. ”Ni kanske vill höra en sång som jag har skrivit till en tjej?”

Publiken skrek och applåderade.

"Okej, bandet har inte hört den än, så jag hoppas det är okej om jag sjunger a cappella?"

Publiken jublade igen, även om de flesta inte hade en aning om vad a cappella innebar.

Davey lade ner trumpinnarna, Louis tog upp sin öl och klunkade i sig den där han stod bakom keyboarden, Francie och Jay lade armarna i kors över gitarrerna och tog ett steg tillbaka – tills de såg att Louis hade en öl och började gestikulera vilt åt sina flickvänner att hämta fler. Johnny tog mikrofonen från stativet, satte sig på en högtalare och sjöng.

Det blev tyst och alla lyssnade utan att röra sig, inklusive Rabbit. Alandra hade åkt hem för två veckor sedan; Rabbit antog att låten handlade om henne. Melodin var väldigt vacker och han sjöng från hjärtat. Rabbit hade för längesedan kommit över sin svartsjuka mot Alandra. Hon hade blivit ledsen när hon åkt, särskilt med tanke på att Alandras pappa var så sjuk. När sången var över klappade och jublade publiken, och bandet gick av scenen till ljudet av "En gång till, en gång till, en gång till!"

Rabbit skulle just lämna mixerbordet när Johnny Rottenwannabe-killen kom fram för att skaka hand med henne. "Bra spelning."

"Tack."

Chris väntade på henne. "Det var fantastiskt! Ni är på riktigt."

"Kul att du gillade det."

"Jag gillar dig."

"Dra åt helvete, Chris."

"På allvar. Jag måste stanna här i töntiga Wexford hela jävla sommaren men när jag kommer hem igen vill jag gå ut med dig."

Rabbit flinade. Chris var söt: han hade mobbat henne när hon var tolv, men sedan hade han blivit hennes livvakt och kompis. "Vi får se."

Han nickade. ”Låter bra. Följ med mig och köp pommes frites.”

Hon skrattade. ”Jag åker härifrån i skåpbilen om en timme.”

”Det tar bara tio minuter att äta pommes frites.”

”Okej. Jag säger till de andra.”

Senare, på väg hem, var killarna fulla och skrattade och pratade tills morbror Terry vred upp värmen för att få tyst på dem. Till slut var det bara Johnny och Rabbit som höll sig vakna.

”Gillar du Chris?” frågade han.

”Han är snäll.”

”Den där andra ungen, då?”

”Eugene?”

”Ja.”

”Han har flyttat till Spanien med sin mamma.”

”Varför det?”

”För att hans pappa sitter inne.”

”Vem är hans pappa?”

”Billy the Bookie.”

Johnny satte nästan i halsen. ”Så du fick oss att ge Billy the Bookies unge stryk?”

”Ja, men om man ska vara noga bad jag aldrig att ni skulle spöa upp honom, och jag visste inte vem Billy the Bookie var förrän rättegången förra året.”

”Vi kunde ha fått knäskålarna sönderslagna.”

”Eller värre.”

”Gör mig en tjänst.”

”Vadå?”

”Berätta inget om det för Francie och Jay.”

”Okej.”

Hon letade i väskan och hittade ett par små påsar med chips. ”Hungrig?”

”Utsvulten.”

Hon kastade åt honom en påse. Han försökte fånga den

men missade. Den landade precis vid hans ben, men i stället för att plocka upp den direkt började han treva med handen efter den. Det var mörkt men hans ögon hade haft lång tid på sig att vänja sig. Det var konstigt. När han väl hittade påsen verkade han inte kunna greppa den. Rabbit böjde sig fram och tog upp den åt honom. Hon öppnade den och lade den i hans knä. ”Här.”

”Vet inte vad det är med mig.”

”Du är bara trött.”

”Ja, så är det nog.”

Han sköt undan chipsen.

”Vill du inte ha?”

”Nä, inte hungrig längre.” Han lutade huvudet mot skåpbilens vägg och blundade.

6.

Rabbit

Rabbit vände sig mot Juliet, som låg bredvid henne på sängen. Hon drog handen genom sin dotters långa ljusbruna hår och virade det runt fingrarna. ”Du är så fin i dag.”

”Du ser hemsk ut, mamma”, sa Juliet.

Rabbit skrattade och rörde vid hennes kind. ”Jag är bara lite uppsvälld. Det försvinner sedan.”

”Vill du ha lite vatten?”

”Nä, det är bra.”

”Du åt inte din lunch.”

”Inte hungrig. Har du ätit?”

”Lite.”

”Du måste äta mer. Du är så mager.”

”Jag ska börja äta mer om du också gör det”, sa Juliet.

Hennes mamma log. ”Överenskommet.”

”Ska jag hämta något från matsalen?”

”Jag kanske kan få börja i morgon?”

”Okej.”

Davey kom in med två koppar och två smörgåsar. Han gav Juliet en kopp te och en kycklingsmörgås.

”Nej tack, Davey.”

”Ät den.”

”Inte hungrig.”

”Ät den.”

”Måste jag?”

”Du måste.”

Juliet tänkte över det ett par sekunder innan hon öppnade förpackningen och tog en tugga. ”Vad gott”, sa hon och satte sig upp. Hon fluffade upp en kudde att luta sig mot och högg in.

”Jag bad henne öppna den och lägga på mer majonnäs och svartpeppar.”

”Coolt.”

Rabbit log mot sin bror och mimade ett ”Tack” innan hon åter vände blicken mot Juliet. Regnet hamrade mot fönstret och det hade blivit mörkt ute. Davey tände lampan och när han märkte att hans syster skakade tog han fram hennes favoritfäll av lammskinn och svepte den om henne.

Francie dök upp, plaskblöt. ”Det är som jordens undergång därute.” Han ruskade av sig det värsta, gick bort till Rabbit och omfamnade henne försiktigt för att inte krossa henne.

”Vad roligt att se dig, Francie”, sa hon.

”Så klart det är.” Han sänkte varsamt ner henne igen och rufsade om Juliet i håret innan han satte sig. ”Ursäkta att jag inte kom redan i går.”

”Vad var det för drama?”

”En av grabbarna på jobbet högg av sig ena handen.”

”Du skämtar!” sa Davey.

”Ända från handleden.”

”Hur då?” frågade Rabbit.

”De höll på att larva sig med ett samurajsvärd.”

”Nej!” sa Juliet. Det räckte för att hon skulle lämna den andra halvan av sin smörgås orörd.

”Vad hände?”

”Klantarslet som skar av den sprang ut och grinade och några av oss andra höll fast den andra idioten och försökte hejda blödningen med ett bälte. Minns ni Sheila B?”

”Ja”, sa Davey.

”Omöjlig att glömma”, sa Rabbit.

”Hennes dotter Sandra jobbar hos oss. Hon plockade upp handen, tvättade av den och lade den i en påse med is så att jag kunde ta med mig den till sjukhuset. De satte fast den i går kväll så förhoppningsvis ska den funka sedan. Men Sandra har övertygat honom om att den har förvandlats till en klo." Han skrattade.

"Hur är det med Sheila B?" frågade Davey.

"Galen."

"Det har hon alltid varit", sa Davey med ett leende.

"Men nu är hon tokig på riktigt", sa Francie. "Hon har legat på psyket i flera månader."

"Vad hemskt", sa Rabbit. "Jag tyckte verkligen om henne."

"Ja, dig knuffade hon ju aldrig i kanalen", sa Francie. Rabbit och Davey skrattade åt minnet.

"Knuffade hon dig i kanalen? Varför gjorde hon det?" sa Juliet.

"Francie och Sheila B var ett par. Sheila var den svartsjuka typen", sa Rabbit.

"Snacka om underdrift", sa Francie.

"Tro det eller ej, men Francie såg faktiskt rätt bra ut på den tiden och alla kvinnor dyrkade honom", sa Davey.

"På den tiden? Din gamla tönt! Jag är fortfarande het", sa Francie och spände musklerna. "Tanterna i mataffären är som tokiga i mig."

"Om en tjej så mycket som närmade sig honom måste man hålla fast Sheila", mindes Rabbit.

"Minns ni när några fans ville ha din autograf och hon låste in dig i logen på Olympia?" sa Davey.

"Visst", sa Francie och skrattade. "Och sedan hotade hon med att bränna ner hela stället."

"Wow!" sa Juliet.

"Men hon var rolig, och hon var alltid snäll mot mig", sa Rabbit.

Francie nickade. "Man fick sig alltid ett gott skratt med Sheila B."

"Och hon hittade alltid en bar som hade nattöppet", sa Davey.

”Det var som om hon hade ett sjätte sinne”, sa Francie.

”Gifte hon sig någon gång?” frågade Rabbit.

”Äh, det var kört efter mig. Jag går ju inte att överträffa.” Francie klappade sig på ölmagen.

”Så hennes dotter Sandra är din?” sa Davey retsamt.

”Det är fan inget att skoja om”, sa Francie. ”Första dagen som Sandra jobbade hos oss frågade jag hur gammal hon var, och sedan blev jag tvungen att räkna på fingrarna. Jag svettades som en rabiessmittad hund innan jag fick månaderna klara för mig.”

”Sandra är Wet Carberys dotter”, sa Rabbit.

”Den korta killen med lapp för ögat?” sa Davey och Rabbit nickade.

”Varför kallades han för Wet?” frågade Juliet.

”För att han hade blöja tills han började ettan”, sa Francie.

”Ett par månader efter att Francie hade gjort slut med Sheila vann Wet lite pengar på bingo och tog med sig henne till Spanien i två veckor. När hon kom tillbaka var hon med barn.”

”Lägg av!” sa Davey.

”Var är han nu?” frågade Francie.

”Sist jag hörde något var han bartender i Brooklyn”, sa Rabbit.

”Känner Sandra sin pappa?” frågade Juliet.

”Näe”, sa Francie. ”Näst sista kvällen på semestern försökte Sheila hugga honom i det fungerande ögat med ett cocktailparaply. De har knappt pratat med varandra sedan dess.”

Juliet skrattade. ”Det är ju helt sjukt.”

Molly kom in med Jack i släptåg. Francie reste sig. ”Mrs H.” Han kramade om henne.

”Francie, vad trevligt att du är här.” Hon höll honom på armlängds avstånd så att hon kunde ta sig en titt på honom. ”Fortfarande snygg”, sa hon och han nickade triumferande mot de andra.

”Läget, Mr H?” Francie skakade vänligt Jacks hand.

”Bättre nu när du är här, grabben.”

”Slå dig ner”, sa Francie åt Molly och pekade på sin stol, medan han själv satte sig bredvid Davey. Jack satte sig i soffan.

”Jaha, vad händer här då?” frågade Molly.

”Sheila B är på dårhuset”, sa Rabbit.

”Så klart hon är”, sa Molly. ”Inget ont om den flickan men hon var tamejfan helgalen.”

”Hon var väldigt duktig på att dansa en gång i tiden”, sa Jack. ”Tillräckligt bra för att vara med i Riverdance.”

”Jag hade glömt att hon var med i Riverdance”, sa Francie.

”Det är för att hon fick sparken efter fem minuter”, sa Molly.

”Varför det?” sa Rabbit.

”Vet inte, men det snackades om att hon gjorde sexuella närmanden mot någon kille i tights.”

”Det betvivlar jag inte.” Jack suckade. ”Men det var synd, för hon kunde verkligen dansa, det kunde hon.”

”Var är Grace?” frågade Molly.

”Vet inte, mormor.”

”Vem var det som hämtade dig?”

”Det var jag”, sa Davey.

”Hon har inte svarat i telefon på hela dagen”, sa Molly.

”Hon har säkert bara mycket att göra”, sa Rabbit.

”Tror jag inte på för ett ögonblick”, sa Molly just när Lenny öppnade dörren och klev in med sin blåtira.

Molly och Jack reste sig. ”Men vad i hela världen, Lenny, vad är det som har hänt?” utropade Molly.

”En unge försökte råna mig.”

”Fick du tag i honom?” frågade Francie.

”Han stack därifrån.”

”Någon du kände igen?” frågade Francie.

”Nej.”

”Synd.”

”Hurså? Hade du tänkt spöa upp honom?” frågade Davey roat.

”Nej. Jag tänkte bara berätta för honom om Freddies nya boxningsklubb. Han behöver ett par bråkstakar till.” Francie visade med en blinkning att han skämtade.

”Var är Grace?” frågade Molly och rörde vid blåmärket kring Lennys öga. Han lyfte handen för att skydda sig men hon föste undan den. ”Har du gjort rent såret?”

”Ja.”

”Och?”

”Och vadå?”

”Var är Grace?”

”Jag hade hoppats att hon skulle vara här”, sa han.

”Hon har haft telefonen avstängd hela dagen”, sa Molly.

”Jag vet.”

”Borde jag bli orolig nu?”

”Nej.”

”Hmmm.”

Alla var tysta i ett par sekunder, och då såg Juliet sin chans. ”Får jag sova över hos dig i natt, mormor?”

”Alla dina grejer är ju hos Grace”, påminde Molly.

”Nej då, inte alla, och jag måste ändå hem och hämta några saker i morgon.”

”Men din morfar och jag är lite upptagna i morgon.”

”Vart ska ni?” frågade Rabbit.

”Bry dig inte om det, du.”

”Då har det säkert något med sex att göra”, sa Francie.

”Passa dig du, Francie Byrne”, sa Molly.

”Får jag sova över eller inte?”

”Jag ser efter henne”, sa Davey och Juliet log brett.

”Funkar det för dig?” sa Molly till Lenny, som nickade och satte sig bredvid Jack i soffan.

”Du är lite blek”, sa Rabbit till Lenny.

”Inte ätit något.”

”Du kan få den här kycklingmackan om du vill”, sa Juliet och höll fram förpackningen.

”Härligt, tack.” Hon skickade den till Davey, som gav den

till Francie, som gav den till Lenny. Han tog en tugga. ”Gott.”

”Knepet är att be dem öppna mackan och fylla på med mer majonnäs och svartpeppar”, sa Juliet. Davey nickade stolt.

Jacinta kom in med en plastskål full av piller. ”Jag vill inte förstöra stämningen, men det är väldigt mycket folk härinne.”

”Ingen fara, jag måste ändå gå snart”, sa Francie. ”Lovade att hälsa på Klon innan det blir för sent.”

Rabbit skrattade. ”Klon. Den stackars saten har redan fått ett nytt namn.”

Francie böjde sig ner för att kyssa henne i pannan. ”Krya på dig nu, Rabbit”, sa han, trots att han visste att det var omöjligt.

”Det ska jag göra”, ljög hon både för honom och för sig själv.

Juliet log mot honom och skakade hans hand när han sträckte fram den.

”Så lik din mamma.” Hans ansikte skrynklade ihop sig en sekund.

Davey hoppade upp. ”Jag följer dig ut.”

”Jay kommer hit på söndag”, sa Francie, och Rabbit nickade.

Sedan såg hon på Jacinta. ”Ingen smärtlindring än på ett tag.”

”Säkert? Du har haft en hel del genombrottssmärtor i dag.”

”Jag vet, men det gör mig så trött.”

”Som du vill. Jag finns här utanför.”

När hon hade gått vände sig Rabbit till sin dotter. ”Juliet, berätta för mormor om Klon.”

Juliet skrattade. ”Någon dumskalle på Francies jobb fick handen avhuggen med ett samurajsvärd.”

”Precis som Gerry Foster.”

”På vilket sätt är det som Gerry Foster?” undrade Jack.

”Han blev spetsad på en grind.”

”Det var väl en helt annan sak”, sa Rabbit.

”Han förlorade ena njuren, eller hur?” sa Molly.

Jack muttrade för sig själv medan Juliet och Rabbit log menande mot varandra.

”Lector Kenny bet av en bit av sin egen tunga och svalde den”, sa Lenny.

”Hette han verkligen Lector?”

”Näe, han hette Kenneth.”

”Kenneth Kenny?” sa Juliet.

”Hans mamma var inte riktigt klok.”

”På tal om det, hörde ni vad som hände Sheila B?” sa Molly.

Det hade varit en underbar eftermiddag och Rabbit gjorde sitt bästa för att hålla sig vaken, men sömnen tog henne innan Molly hann säga något mer.

Davey

Davey och Francie tog en cigarett ute på parkeringen.

”Jag trodde du hade slutat”, sa Francie.

”Det hade jag.”

”Jag fattar.”

Regnet öste fortfarande ner och fick plastmarkisen ovanför dem att skaka.

”Hon ser inte så pigg ut, DB.”

”Nej.”

”Du måste ta hand om dina föräldrar.”

”Jag ska.”

”Det här kommer att ta kål på dem, Davey.”

”Jag vet. Jag ska.”

”Juliet, då?”

”Jag vet inte.”

”Då borde du verkligen börja tänka på det.” Francie fimpade sin cigarett.

”Begrav inte Rabbit innan hon är död”, sa Davey.

”Stick inte huvudet i sanden”, replikerade Francie. ”Rabbit var yngst men det var hon som tog hand om er mamma och pappa, och det var hon som tog hand om dig. Hon kan inte göra det längre, så nu måste du visa vad du går för.” Han lade handen på Daveys axel. ”Jag finns här för dig, men om du sviker henne spöar jag upp dig.” Han gav Davey en dask på kinden, och Davey nickade. Hans gamla kompis hade rätt.

Francie mötte Marjorie på väg till bilen, vinkade och gav henne en slängkyss. Han pekade mot vindskyddet där Davey stod och rökte. Hon kom emot honom med ett ansikte som kunde ha fått mjölk att surna.

”Vad är det?” frågade Davey.

Hon slet cigaretten ur hans mun och trampade på den. ”Din syster håller på att dö i cancer. Om jag ser dig röka en gång till så ger jag dig en örfil.”

”Varför vill alla slå mig i kväll?”

”Du har ett slagvänligt ansikte”, sa hon och han skrattade.

De gick in och träffade Molly, Jack och Juliet i receptionen. Molly höll på att ta på sig kappan och skällde på Juliet för att hon inte hade på sig något varmare. Juliet vinkade åt Marjorie och gick för att hämta sitt prickiga paraply, som stod innanför dörren.

Molly kramade om Marjorie. ”Du ser strålande ut, vännen. Hur var resan?”

”Underbar”, sa Marjorie. ”Jag önskar bara …” Hennes ögon tårades.

”Jag vet.” Molly klappade henne på armen. Hon såg oroligt på Juliet, som försökte fälla upp paraplyet.

”Vi borde gå. Förresten, Davey, din pappa och jag kommer att vara borta nästan hela dagen i morgon så det blir upp till dig att ta hand om Juliet och Rabbit.”

”Vart ska ni?”

”Cavan.”

”Varför det?”

”Vi ska träffa Michael Gallagher”, sa Molly generat.

”Michael Gallagher”, upprepade Davey. ”Johnnys helbrägdagörare. Den Michael Gallagher?”

”Ja.”

”Åh nej, Mrs H”, sa Marjorie.

”Hon kommer att bli galen”, sa Davey.

”Vi tänker inte säga något.”

”Så, hur funkar det egentligen?” sa Marjorie.

”Det är det vi ska ta reda på i morgon när vi träffar honom.” Molly lade ett finger över läpparna.

De åkte, och lämnade kvar en bekymrad Davey. Rabbit var ateist, och att anförtro sig till en man som Michael Gallagher var en förolämpning mot hennes starka tro på ingenting. Davey såg framför sig att det skulle kunna bli orsaken till ett allvarligt gräl. ”Din mamma greppar efter halmstrån, Davey”, sa Marjorie när de närmade sig Rabbits rum.

Lenny satt därinne och såg på när Rabbit sov. Han nickade åt Marjorie, som nickade tillbaka. Han reste sig. ”Sköterskan kom in och gav henne medicinen. Hon vaknade inte ens.” Han tog upp sin jacka. ”Hon sover hur djupt som helst.”

”Tack för all hjälp, Lenny”, sa Davey.

”Ingen orsak. Hon tillhör familjen.” Han gick till dörren. ”Och om du ser eller hör något från min fru, säg åt henne att jag älskar henne.”

”Är allt som det ska?” sa Davey.

”Nej”, sa Lenny och tittade på Rabbit, som andades ytligt. ”Nej, men hur skulle det kunna vara det?”

Davey och Marjorie satte sig tillsammans i soffan. Han berättade för henne om den stackars gamla Sheila B och om den stackars klanten som fått handen avhuggen på jobbet. Hon pratade om hur det var att börja jobba igen och den stress hon kände inför sin första dag tillbaka. Marjorie var chef på en bank, och under den ekonomiska boomen hade alla velat vara bästis med henne, men sedan lågkonjunkturen slog till hade banken börjat kännas som ett slagfält. Det var plågsamt att behöva säga nej till desperata människor, utkämpa hopplösa slag med huvudkontoret och pressa kunderna att betala av på gigantiska lån. ”Det är jag som är den onda.”

”Du gör så gott du kan.”

”Säg det till den sjuttioåriga mannen som var inne på kontoret i dag och som håller på att förlora sitt hem för att det utgör säkerheten för hans sons alldeles för höga huslån.”

”Det var inte du som bad honom att belåna huset.”

”Du var inte här när tevereklamen uppmanade män som han att göra precis det.”

”Du gör bara ditt jobb.”

”Och jag måste sluta med det innan det förstör min själ.”

”Vad skulle du vilja göra?”

”På riktigt? Jag skulle vilja skriva en bok men jag är för dålig på att skriva, så det skulle nog inte funka.”

Han log. ”Något annat?”

”Jag skulle vilja öppna en butik.”

”Gör det, då.”

Hon fnös. ”Vet du hur många butiker som måste lägga ner per vecka i det här landet?”

”Nej.”

”Massor.”

”Du skulle hitta på något som funkade.”

”Orimliga hyror som ständigt höjs, skatter, avgifter, och sådana som jag, som nekar folk minsta lilla kredit.”

”Du får väl börja spela dragspel”, sa Davey.

”Hur tror du arbetsmarknaden för dragspelare ser ut?”

”Du skulle göra succé i Nashville.”

Hon fnissade. ”Tror jag säkert.”

Rabbit rörde sig i sängen. Hon stönade till och gav ifrån sig ett konstigt, harklande ljud. De satt alldeles stilla, rädda att de höll på att bli vittnen till något fruktansvärt. Efter en liten stund verkade hennes andning återgå till det normala. Marjorie drog en suck av lättnad. ”Vi är i helvetet, Davey.”

”Ja.”

Dörren öppnades och Grace stack in huvudet. Hennes ansikte var svullet, hon var genomblöt och såg hemsk ut. ”Hej.”

”Hej”, sa Davey. Marjorie lade huvudet på sned och vinkade till sig henne med pekfingret. Grace kom in i rummet med spända axlar. Davey och Marjorie gjorde plats för henne i soffan och Marjorie klappade med handen på sittdynan. Grace satte sig mellan dem och alla tre iakttog Rabbit i ett par minuter.

”Vad är det som har hänt?” frågade Davey.

”Jag bröt ihop”, sa Grace.

”Fullt förståeligt”, sa Marjorie.

”Och mer?” sa Davey.

”Jag kastade en kopp i ansiktet på Lenny.”

”Var det du som gav honom blåtiran?”

”Det var verkligen inte meningen.”

”Du sa samma sak när du slog mig i ansiktet efter att Rabbit tagit din cykel och kraschat den.”

”Jag var bara sexton och Rabbit duckade.”

”Juliet sover hos oss i natt.”

”Okej”, sa hon.

”Och Lenny hälsar att han älskar dig.”

”Okej.” Hon började gråta. Marjorie lade armen om henne. ”Jag klarar inte det här”, sa Grace.

”Jag vet hur det känns.” Marjorie stirrade på sin bästa vän, som låg i fosterställning i sängen.

”Vi måste sluta låtsas”, sa Davey. Grace höjde huvudet och stirrade på honom. ”Vi måste börja planera framåt och vi måste prata om Juliet.”

Grace nickade sorgset. ”Jag vet.”

”Mamma och pappa ska åka till Cavan i morgon så vi får träffas hos mamma på söndag.”

”Vad ska de göra i Cavan?”

”Michael Gallagher.”

”Men för helvete.”

Rabbit vred sig i sängen och stönade till igen. De såg på henne tills hon lugnade sig.

Marjorie var den första som gick. Davey följde med henne ut och vinkade av henne, varpå han gick tillbaka till Rabbits rum, där Grace hade satt sig i stolen bredvid sängen. Hon höll sin syster i handen och bad tyst. När Davey kom in sa hon, "Jag vet att hon inte har någon tro, men det har jag."

Han satte sig i stolen på andra sidan sängen. Han rättade till lammskinnet, stoppade om Rabbit ordentligt.

"Michael Gallagher kanske kan rädda henne ändå", sa Grace.

"Det kan han inte, och när han misslyckas med det måste vi vara starka för mammas och pappas skull."

"Jag vet."

"Och du måste sluta kasta koppar på din man."

"Jag ska."

"Vi måste se till att Rabbit får en bra ..." – han hejdade sig en sekund – "... död."

"Vad har det tagit åt dig?" Hon lät imponerad.

"Jag har tagit huvudet ur sanden."

"Det var på tiden."

Hon lutade sig fram och han tog hennes hand. I ett par sekunder höll de varandra i handen, ovanför Rabbit, en symbolisk gest som knöt dem samman. Det var ett första steg mot en syskonrelation där de skulle vara syster och bror, utan henne.

Johnny

Lokalen var fylld till bristningsgränsen. Det var det största ställe som Kitchen Sink hade uppträtt på. Logen var enorm, ljus och utrustad med öl och chips i mängder. Ljudet av de tvåtusen fans som väntade på att bandet skulle kliva ut på scenen trängde in genom väggarna. Davey var på toa med sin dåliga mage. Francie rökte som en skorsten inne på kontoret medan Paddy, deras manager, försökte få ut en mycket berusad och stökig Sheila B från backstageområdet. Jay, som gärna sov före spelningarna, låg utslagen på golvet under klädställningen.

I korridoren stötte Rabbit ihop med Louis och hans bästa vän Dillon, och de visade in henne i logen. Johnny höll på att värma upp rösten när hon kom in. Hon hade pratat med ställets ljudkille och utbytt erfarenheter. Han hade blivit imponerad av den fjortonåring som han träffade vid eftermiddagens soundcheck. Han visste förstås inte att hon var fjorton. Om han hade vetat det skulle han inte ha pratat med henne, men som det var nu respekterade han hennes status som ljudtekniker på Kitchen Sinks turné. Johnny hade kämpat för att hon skulle få sköta den här spelningen, men de andra, inklusive Davey, insisterade på att de skulle använda sig av den mer kvalificerade ljudteknikern. Rabbit förstod dem. Hon hade inget emot att släppa kontrollen. Hon hade aldrig drömt om att jobba som ljudtekniker, och hon visste att det här kanske skulle innebära slutet på hennes korta karriär. Kitchen Sink hade tagit sig upp ett par nivåer nu, och det var hon lättad över. Hon satte sig på sminkbordet med ryggen mot den spegel som Johnny satt och stirrade in i.

”Jag ser helt slut ut”, sa han.

”Du ser jättebra ut.”

”Jag är utmattad, Rabbit.”

”Du kommer att vara fantastisk.”

”Vi ska släppa en singel i kväll.”

”Jag vet.”

”Det är surrealistiskt.”

”Det är coolt”, sa Rabbit.

Jay snarkade till och Johnny skrattade. ”Vem fan sover före en spelning?”

En ung kvinna knackade på. ”Förbandet går på nu. Ni har tjugo minuter.”

”Tack”, sa Johnny. När han ställde sig upp vacklade han till. Han högg tag i bordskanten och återfick balansen. För ett ögonblick såg han både skakad och sårbar ut.

”Hur är det med dig?” frågade Rabbit och hoppade ner från bordet för att stötta honom. Han skakade av sig henne och låtsades som om han mådde bra.

”Det är okej, jag är bara trött.”

Paddy körde ut Sheila B och Francie kunde äntligen komma ut från det låsta kontoret. Han satt och njöt av kvällens första öl när Davey kom ut från toan, tömd på allt maginnehåll.

”En öl?” erbjöd Francie.

”Försöker du få mig att explodera?”

Louis dök upp och Jay vaknade. När det var fem minuter kvar lämnade Rabbit bandet ifred för att låta dem samla sig. Hon gick ut i publiken och letade rätt på Grace, Marjorie, Graces pojkvän Conor, och Jack. Han var klädd i denim från topp till tå.

”Vad har du på dig, pappa?” frågade hon.

”Det kallas mode.”

”Är det du som ligger bakom?” frågade Rabbit sin syster.

”Han älskar det.”

Bandet presenterades innan Rabbit fick en chans att skälla ut henne. Rabbit vände sig mot scenen och såg Davey sätta sig bakom trummorna, Francie och Jay hänga på sig gitarrerna, och Louis ställa sig vid keyboarden. Davey räknade in dem med trumpinnarna, de spelade, och hon väntade på att Johnny skulle komma ut. Han missade sin entré och bandet fortsatte att spela utan att publiken märkte något. Inte ens Grace eller hennes pappa reagerade.

Var är han?

Så dök han upp och vinkade, publiken jublade och han började sjunga. Rabbit såg hur Francie slappnade av. Efter det gick spelningen bra. Publiken älskade dem och när de spelade singeln blev alla som galna. Grace, hennes pojkvän och Marjorie studsade upp och ner och skrek. Rabbits pappa såg stolt ut där han stod och höll takten med ena foten. Rabbit såg på Johnny med en känsla av att något hemskt skulle hända.

Strax före extranumret gick hon in bakom scenen för att vänta i logen. Hon visste att Davey skulle bli irriterad: logen var endast till för bandet, både precis före och precis efter en spelning, men hon måste få se Johnny på nära håll för att försöka förstå vad det var som pågick.

Johnny var den första som kom in och han såg henne inte. Han lutade sig mot väggen.

”Du är inte bara trött”, sa hon och han sneglade på henne innan han släpade sig bort till en stol. Han satte sig orkeslöst ner. Han var tömd på energi, han fungerade inte som han skulle. Han gömde ansiktet i händerna.

”Varför dröjde du så länge innan du kom ut?”

”Jag fastnade.”

”Fastnade?”

”Jag kunde inte röra mig, Rabbit.”

”För att du var nervös?”

”Nej. Jag kunde inte sätta ena foten framför den andra.”

”Du måste gå till doktorn.”

”Jag vet.”

”Jag kan följa med dig.”

”Nej.” Han lät bestämd. ”Och snälla du, säg inget till de andra om det här.”

”Jag lovar.”

I samma ögonblick kom resten in, adrenalinhöga och redo för efterfesten. De var så överlyckliga att de inte ens märkte att Rabbit var där.

”Vi kommer att ligga överst på topplistan”, sa Francie.

”Och när vi gör det kommer skivbolagen i London att slåss om oss”, sa Jay.

”Det var en bra spelning.” Johnny gjorde sitt bästa för att låta lika uppspelt som de andra.

”Vad fan var det som hände i första låten?” frågade Louis.

”Behövde pissa bara”, sa Johnny. Francie och Jay skrattade.

Davey nickade förstående. Han såg på Rabbit. ”Vad gör du här?”

”Jag bad henne om lite feedback på ljudet”, sa Johnny.

”Bra idé! Hur lät det?” frågade Francie.

”Perfekt.”

Francie flinade. ”Top of the Pops nästa.”

Rabbit smet sin väg medan grabbarna var upptagna med att fira.

Lite senare, när stället hade stängt, såg hon att Johnny stod och lutade sig mot korridorens vägg. Hon gick fram till honom och lade armarna om hans midja.

”De andra ska ut och festa men jag måste åka hem”, sa han. Hon lät honom stödja sig mot henne. ”Jag är helt slut, Rabbit.”

”Då åker vi hem”, sa hon och de lämnade lokalen. Rabbit tog av sig backstage-passet och Johnny gav henne sitt. Hon gav passen till Grace och hennes pojkvän.

”Pappa, kan du skjutsa hem Johnny?” frågade hon.

”Självklart”, sa han. ”En öl för mycket, grabben? Om det är någon gång du verkligen borde unna dig det så är det i kväll.”

Marjorie studsade omkring framför honom och berättade vilken succé han var. ”Superbra, helt suverän, du är världens bästa sångare någonsin.”

Johnny log och tackade och Rabbit hjälpte honom in i bilens framsäte. Han somnade omedelbart, och trots att Marjorie gick på högvarv hela vägen hem och Jack slog på radion, vaknade han inte en enda gång. Rabbit såg på honom och fick ont i magen. Kvällen hade varit den bästa tänkbara, och samtidigt den värsta.

DAG FYRA

7.

Molly

Molly och Jack åkte klockan åtta på morgonen. Det var mulet och tunga, grå moln varslade om regn. Jack var trött; båda hade suttit uppe sent för att läsa på om alternativa behandlingsformer och kliniska prövningar som gjordes i USA. Frustrerande nog gav deras sökande inte något som helst resultat. Molly hade letat igenom allt från biofeedback till labyrintpromenader och dragit slutsatsen att amerikaner inte var riktigt kloka. ”Hur i hela fridens namn skulle det kunna bota cancer att gå runt i någon jäkla cirkel?”

Jack lyssnade på ett album av Snow Patrol medan Molly fortsatte att läsa om de olika kliniska tester som de hade skrivit ut kvällen innan. ”Någon som låter bra?” frågade han och svängde in på en mack för att tanka.

”Det handlar mest om att studera patienterna, inte om att bota dem.”

”Mr Dunne sa …”

”Strunt i vad Mr Dunne sa. Han är bara en person.”

”Det var han som gav vår dotter en chans. Du minns väl hur de andra var.”

”Jag minns varenda en, och det är därför vi måste börja leta utomlands. Irland är bakåtsträvande, det har det alltid varit och kommer så alltid att förbli”, sa Molly.

Han gick ut ur bilen. Hon fortsatte att läsa medan han tankade. Han lutade sig in. ”Vill du ha något från macken?”

”Nej.” Han började gå. ”Förresten, jag tar gärna en kopp te.”

”Okej.”

”Och köp ingen choklad. Men ta en trisslott.”

”Det ska jag göra.”

”Och en tidning.” Hon ropade ut den sista ordern genom bilfönstret. Jack gick med ryggen mot henne men höjde handen för att visa att han hade hört.

Molly satt i bilen och grubblade för sig själv när någon knackade på rutan. Hon tittade upp och såg en man som hon kände igen, utan att kunna minnas var hon sett honom.

”Mrs H?” sa han.

”Ja?”

”Det är jag, Louis.”

”Louis! Är det sant! Hur längesen var det vi sågs?”

”Tjugo år sedan.”

Hon satte handen för munnen. ”Tjugo år! Gifte du dig någon gång?”

”Det där är min fru.” Han pekade på en bil som stod parkerad bredvid Mollys. En kvinna vinkade och Molly vinkade tillbaka. ”Och de där två är också mina.” I baksätet satt en pojke och en flicka.

”Vilka fina barn. Jag är så glad för din skull. Håller du fortfarande på med musik, Louis?”

”Näe. Jag gick på college och pluggade IT.”

”Det gjorde du rätt i, grabben.”

”Hur är det med er alla?”

”Davey bor fortfarande i Amerika och jobbar med countrysångerskan.”

”Jag har följt hans karriär. Det har gått bra för honom, Mrs H.”

”Han är inte gift och har inga barn – i alla fall inte som jag känner till.”

”Davey var alltid helt fokuserad på musiken.”

”Men ett trumset kan inte hålla en varm om natten.” Hon tittade bort mot hans bil. ”Det finns inget som går upp mot att ha familj, Louis. Det skulle jag förstås inte säga till

Davey – du vet hur sur han kan bli om man vågar sig på att ha en åsikt.”

Louis skrattade. ”Du har inte förändrats ett dugg, Mrs H. Hur är det med Grace och Rabbit?”

”Jättebra”, ljög hon. ”Grace är gift och har fyra pojkar, och Rabbit har en flicka.”

”Jag läser det hon skriver i tidningen. Det var tråkigt att höra att hon fick cancer.”

Molly glömde ofta att Rabbit hade skrivit om sin kamp. Hon rodnade en aning och undrade om han insåg att han hade tagit henne på bar gärning med att ljuga. Rabbit hade inte skrivit något sedan hon bröt benet och artikeln innan hade varit hoppfull: hon hade mått bra då.

”Hon är en kämpe, men det vet du redan.”

”Jag minns fortfarande när hon hotade ljudkillar som var dubbelt så gamla som hon och tre gånger så stora”, sa han. ”Hon kunde ha blivit en fantastisk ljudtekniker om hon hade velat.”

”Jag föreställde mig alltid att hon skulle bli sjuksköterska”, sa Molly.

”Jag är glad att hon mår bättre”, sa han.

Molly satt tyst. Hon kunde inte förmå sig att berätta sanningen för honom. Hon orkade bara inte. ”Det ska jag hälsa henne. Hon kommer att bli glad att höra att vi setts.”

Han vinkade och gick in i butiken. Hon återgick till sina papper. Det tog ytterligare tio minuter innan Jack kom ut. Han höll trisslotten mellan läpparna. Han gav henne teet, tidningen och till sist trisslotten medan han satte sig i bilen.

”Du kan aldrig gissa vem jag träffade därinne.”

”Louis.”

”Han har verkligen lagt på hullet. Det får han se upp med. Jag berättade för honom om Jeffrey. Han sa att han har bestämt sig för att komma i form över sommaren.”

”Du sa inget om Rabbit, hoppas jag?” sa hon medan de körde upp på motorvägen igen.

”Nej. Hur så?”

”Han frågade efter henne och jag sa att allt är toppen.”

”HON är toppen.” Han log mot sin fru.

”Ja”, sa hon. ”Hon är helt jävla otrolig.”

Han skrattade till. Hon fortsatte att läsa men hittade inget relevant i sina papper. Han vred upp musiken. Hon såg ut genom fönstret, på ängarna med kor, får och hö. Han koncentrerade sig på körningen, men de tänkte båda på sin dotter och på hur länge de skulle kunna fortsätta låtsas att allt skulle ordna sig till det bästa.

Michael Gallagher såg svag och tunn ut när han vinkade in dem i sin gamla risiga enplansvilla. De följde efter honom ut i köket, där det bodde sex katter som satt överallt förutom på golvet.

”Du milde tid”, mumlade Molly.

”Te eller kaffe?” frågade han.

”Det är bra för oss”, sa Molly. Det fanns inte en chans att hon tänkte dricka eller äta något i det här huset. Han pekade på två stolar vid köksbordet. De drog ut dem och slog sig ner.

”Vad är det som är så känsligt att ni inte kunde berätta det i telefon?”

”Det är inte så känsligt, egentligen. Det är bara det att jag hellre pratar om det så här”, sa Molly. Folk tyckte att det var mycket svårare att säga nej till henne öga mot öga.

”Okej.” Han gnuggade sin rejäla näsa med pekfingret och tummen.

”Du minns antagligen inte min dotter Rabbit.”

”Hur skulle jag kunna glömma henne? Hon kallade mig för charlatan och hotade med att polisanmäla mig för kvacksalveri och bedrägeri.”

”Gott minne”, sa Molly. *Förbannat också.* Men Molly tänkte inte låta sig avskräckas. ”Jaha, nu är det i alla fall så att hon har cancer.”

”Vem har inte det”, sa han.

”Ursäkta?”
”Prostatan.”
”Jag beklagar.”
”Jag beklagar också”, sa Jack.
Michael ryckte på axlarna.
”Jag trodde inte att en helbrägdagörare kunde bli sjuk. Dumt av mig, va”, sa Molly.
”Kan du inte hela dig själv?” sa Jack.
Så klart du inte kan, tänkte Molly. *Rabbit hade rätt. Du är en charlatan.*
”Det funkar inte så.”
”Kan du fortfarande hela andra fast du är sjuk?” Frågan lät dum, men det struntade Molly i.
”Under rätt omständigheter.”
”Kan du tänka dig att hälsa på Rabbit?”
”Vill hon att jag ska göra det?”
”Nej, det vill hon inte.”
”Så ni tänkte överraska henne?”
”Vi tänkte inte säga något alls.”
”Inget alls?”
”Vi tänkte ta med dig dit när hon ligger och sover.”
”Ni måste förstå att om patienten inte vill bli botad, så fungerar inte helandet.”
”Men hon vill ju bli botad.”
”Men inte av mig.”
”Det är inget personligt.”
”Hon tror inte på något mumbojumbo”, sa Jack.
”Tack, älskling, det räcker”, sa Molly och vände sig åter till Michael. ”Om du gjorde en handpåläggning skulle det inte behöva ta så lång tid.”
”Så er plan är att smuggla in mig i hennes hus mitt i natten?” frågade han och höjde på det ena buskiga, silvergrå ögonbrynet.
”Nej, hon sover rätt mycket – det är medicinen – och hon är på ett hospice”, sa Molly. Det lät konstigt att höra sig själv säga orden.

Michael Gallagher tog henne i handen. ”Stadium fyra.”

”Ja.”

”Jag är verkligen ledsen, Molly.”

”Var inte det. Hjälp oss, bara.” Hon hörde paniken i sin egen röst.

”Det kan jag inte.”

”Varför inte det?” bad hon.

”Hon är döende, Molly.”

Jack slog knytnäven i bordet och dolde ansiktet i den andra handen. ”Men du hjälpte ju den där blinda kvinnan, och pojken i Tralee som hade leukemi, och alla de andra.”

”Det är för sent för Rabbit, och även om det inte vore det så måste hon ha en tro.”

”Jag har en tro. Den är stark nog för oss båda.”

”Jag beklagar.”

”Snälla.”

”Jag tänker inte ta emot era pengar eller slösa bort er tid, Molly. Ni måste åka hem och förbereda er på att ta farväl.”

Jack satt blickstilla. Molly såg från Michael Gallaghers sorgsna ansikte till sin makes. ”Finns det inget vi kan säga för att få dig att ändra dig?”

”Nej, Molly.”

Hon torkade bryskt bort en tår, och lade ena handen på sin makes axel. Han klappade den.

”Vi hade hoppats att ...” Hon kunde inte säga mer.

”Jag vet”, sa Michael Gallagher.

Vid ytterdörren bad han om ursäkt igen, och Molly och Jack gick längs den smala trädgårdsstigen, sida vid sida, medan Molly snyftade och Jack höll om henne hårt.

Grace

Grace kom in genom ytterdörren med sin resväska. Innan hon ens hade tagit av sig kappan var Lenny halvvägs nerför trappan. När hon såg hans ansikte höll hon handen för ögonen. ”Förlåt mig”, sa hon. ”Jag fattar inte vad som hände.”

Han höll om henne och kysste henne i pannan. ”Du blev galen.”

”Jag gjorde illa dig.”

”Det var en olycka.”

”Jag kastade en kopp i ansiktet på dig med flit.”

”Jag borde ha duckat snabbare.”

”Om det hade varit tvärtom, och du hade kommit med ursäkter för att ha skadat mig, skulle folk kalla det för kvinnomisshandel.”

Han skrattade. ”Men herregud, Grace. Vi har varit tillsammans i tjugo år och det är första gången du kastar något i ansiktet på mig. Jag känner mig trygg.”

”Jag är så ledsen.”

De gick ut i köket tillsammans.

”Jag vet”, sa han. ”Nu kan vi väl glömma det där?” Han satte på vattenkokaren och hon satte sig i en stol mittemot honom. ”Rostat bröd?”

”Ja tack. Jag är utsvulten.”

Han rostade två skivor bröd.

”Var är barnen?” frågade hon.

”Stephen är på biblioteket, Bernard spelar fotboll, Ryan sover fortfarande och Jeffrey spelar tevespel hemma hos Stuart. Har du sovit något?”

”Nej, men det har Rabbit.”

”Hon var på bra humör”, sa han.

”Ja, det var hon. Jag hörde att du blivit rånad.”

”Jag kunde ju inte säga att du hade blivit galen. Apropå det, hörde du om Sheila B?”

”Ja, den stackars tokan.”

Han hällde upp kaffe och gav sin fru det rostade brödet. Hon kunde inte sluta stirra på den skada hon hade åsamkat honom. ”Jag är sinnessjuk”, sa hon.

”Hur så? Vad har du gjort?” sa Stephen, som hade dykt upp från ingenstans i sina slitna jeans och en gammal Blondie-t-shirt.

”Inget.”

”Var har du varit då?” frågade han medan han öppnade kylskåpet och tog ut en tetra med apelsinjuice.

”Jag var hos Rabbit.”

”Hur är det med henne?”

”Hon är på bra humör.”

Han stängde kylskåpsdörren. ”Jag frågade inte om hennes humör. Hur mår hon?”

”Stephen …”

”Mamma, kan du inte sluta behandla oss som om vi vore dumma i huvudet allihop?” Stephen satte sig på köksbänken. ”Berätta nu.”

”Hon är väldigt sjuk.”

”Det menar du inte? Det hade jag ingen aaaaning om”, sa han sarkastiskt.

Grace övervägde som hastigast att kasta en kaffekopp på honom.

”Prata inte med din mamma på det viset”, sa Lenny.

Stephen suckade och hoppade ner. ”Ni måste börja säga sanningen, särskilt till Juliet.” Han bälgade i sig juicen och gick därifrån. De hörde ytterdörren slå igen.

Grace såg på Lenny. ”Davey har bestämt att vi ska ha ett möte i morgon för att diskutera just det.”

”Vi skulle kunna bygga ut huset”, sa han oväntat.

”Varför det?”

”Åt Juliet.”

”Vi får inte ens handla på kredit, än mindre belåna huset ytterligare.”

”Vi skulle kunna sparka ut Stephen.”

Hon skrattade. ”Jag kan inte fatta att det här verkligen händer. Jag vet att det händer, jag kan bara inte tro det.”

”Jag vet.”

”Jag har sådan tur att du är här.”

”Jag vet.”

”Jag är så tacksam.”

”Det borde du vara.”

”Jag ber så hemskt mycket om ursäkt.”

”Sluta nu.”

”Du kan få kasta en kopp på mig om du vill”, sa hon.

”Nej.”

”Snälla.”

”Nej.”

”Finns det inget jag kan göra för att gottgöra dig?”

”Att du ens behöver fråga?”

”Du är så simpel.”

Han flinade och gned sina händer. ”Jag ska ha sex, lördagsmorgonsex, plötsligt händer det, gott folk.” Han dansade runt i köket för att få sin fru på bättre humör.

”Men Ryan då?”

”Det fixar jag.”

Han gick bort till trappan och ropade på Ryan.

”Va?”

”Stick härifrån.”

”Va?”

”Du hörde.”

”Men jag har utegångsförbud.”

”Inte nu längre. STICK!”

”Visst.”

På nolltid var Ryan påklädd och på väg ut, och mindre än femton minuter efter att deras yngste son ropat ”Ses senare, losers” och slängt igen dörren, hade Lenny och Grace hunnit klä av sig och ligga med varandra.

Efteråt låg de bredvid varandra och njöt av stunden.

”Han gick säkert ut och rånade en bank.”

”Vem?”

”Ryan.”

Lenny skrattade. ”Äh, han klarar sig nog.”

”Det sa vi om Rabbit också.”

”Ryan är inte Rabbit.”

”Sannerligen inte.”

"Han försöker bara ta reda på vem han är. Han är ingen elak unge."

"Säg det till de där ungarna som blev av med sina Iphones."

"Det gör han inte om."

"Hoppas inte det."

"Jag kan fortfarande inte fatta att han hade ett marknadsstånd i Dún Laoghaire som vi inte ens kände till."

"Han är en smart kille." Det stämde. Ryan hade inte bara haft ett marknadsstånd där han sålt de saker som han snott från sina klasskompisar, han hade dessutom placerat de pengar han tjänat i aktier som gick utmärkt. Han hade ljugit för polisen och sagt att han spenderat pengarna, men när Grace snokat runt hade hon hittat sajten på hans dator. Hon tvingade honom att ta ut tillräckligt med kontanter för att ersätta de andra barnens förluster, men han fortsatte att investera och återinvestera vinsten från sina olagligt förvärvade insatser. I början hade det stört Grace, men när han gick med på att betala tillbaka till sina klasskompisar och dessutom donerade hundra euro till välgörande ändamål gav hon upp.

"Det är det bästa erbjudande du någonsin kommer att få från mig, mamma", hade han sagt. "Det är mitt sista bud."

"Jag tror att han är uttråkad." Grace fäste blicken på sin makes blåtira.

"Det vet jag att han är", svarade han. "Jag önskar att han kunde hålla på med fotboll som Bernard."

"Vi kanske borde kolla upp om det finns några avancerade kurser han skulle kunna ta."

"Vad skulle det kosta?" sa Lenny.

"Spelar ingen roll. Han kan betala själv."

Lenny skrattade. "Lycka till."

"Höll sig Jeffrey till dieten i går?" frågade hon.

"Hm, ja, när det sista av linsfärslimpan hade hamnat på väggen och jag hade hämtat mig efter rånförsöket, köpte jag en stek som vi åt med lite sallad till."

"Tack."

”Och vi tog en springtur innan jag åkte till Rabbit.”

”Sprang han eller höll han sig bara i sidan och gnällde?”

”Både och, men han blir bättre och bättre. Du måste sluta att oroa dig för barnen. Du har tillräckligt mycket annat att tänka på.”

”Vet du vad, det är barnens problem som håller mig på benen. Om jag tillät mig själv att tänka på Rabbit varenda sekund skulle jag snart få dela rum med Sheila B på dårhuset.”

De var utmattade båda två. Grace hade tillbringat natten på en obekväm soffa i Rabbits rum. Hon hade inte planerat att sova över men Rabbit hade vaknat just när hon skulle gå och det var skönt att få ha sin syster för sig själv ett tag. De hade pratat om Francie, om hur rolig han var och hur trevligt det var att han tittat förbi. De hade diskuterat hans bröllop och hur kul alla hade haft, till och med den stackars Johnny, som vid det laget hade suttit i rullstol. De hade pratat om Rabbits peruker och om J.Los rumpa, vad som egentligen hade gått snett med Michael Jackson och varför Pakistan höll världen i ett sådant järngrepp. Efter en timmes pratande hade hon somnat igen och vid det laget var det enklare för Grace att bara kura ihop sig under den filt som Jacinta hade gett henne. Det kändes bra att ligga där och lyssna till Rabbits andetag.

Grace visste att Lenny inte kunde sova ordentligt om hon inte låg bredvid honom i sängen. Han hade vetat var hon befann sig: hon hade skickat ett sms och sagt att hon älskade honom, bett om ursäkt och berättat att hon tänkte sova över hos Rabbit, men hon var övertygad om att han ändå hade legat vaken halva natten. Lenny var en problemlösare. Om Grace eller något av barnen hade ett problem ansträngde han sig till det yttersta för att hitta en lösning, och gav sig inte förrän allt hade ordnat sig. Men det här kunde han inte göra något åt, och det var en förlamande känsla.

Till slut somnade de och väcktes av Bernards skräckslagna skrik. Lenny satte sig upp i sängen och Grace lade automatiskt armarna över sina nakna bröst.

”Aj, det gör för fan ont i ögonen!” sa Bernard.
”Svär inte så där”, sa Grace.
”Om du slutar blotta dig så ska jag sluta svära, mamma.”
”Kom inte in hit utan att knacka först”, sa Lenny.
”Det är äckligt.” Han backade ut. ”Borde vara förbjudet.” Han stängde dörren efter sig.
Grace och Lenny såg på varandra och skrattade.

Davey

Davey satt och drack kaffe i burspråket och såg ut mot parken. Som barn hade han alltid älskat lördagar. Det var hans absoluta favoritdag. Alla andra dagar var man tvungen att släpa honom ur sängen, skrikande och sparkande, men på lördagarna var han morgonpigg. Han brukade vakna av sig själv vid niotiden och springa ner i pyjamasen. Sedan brukade han och Rabbit ses i vardagsrummet. Hon kurade ihop sig i soffan och han satte sig på golvet framför pappas fåtölj och väntade på att barnprogrammen skulle börja. De hade inte särskilt mycket att säga varandra så tidigt på morgonen, men när den gula BBC-klockan dök upp och presentatören sa, ”Och nu, klockan nio, blir det barnprogrammet Swap Shop”, jublade de och höjde händerna i en liten, okoordinerad mexikansk våg.

Programmet höll på i två timmar och trekvart. När det väl tog slut var alla vakna och huset fullt av ljud. Grace ville jämt dammsuga så fort hon kommit upp; deras mamma brukade vara upptagen med att prata med en väninna i telefon inne i köket medan deras pappa lyssnade på radion på hög volym samtidigt som han lagade frukost åt alla. I takt med att världen utanför trängde sig in i vardagsrummet brukade Davey och Rabbit flytta sig allt närmare teven, ända tills de satt med korslagda ben precis intill skärmen, men bara tills deras mamma kom in med varsin frukosttallrik och befallde dem att sätta sig i varsin stol innan deras ögonglober exploderade, eller deras huvuden fattade eld på grund av statisk elektricitet.

Davey hade älskat de där högljudda, muntra, ivriga

mornarna men allra bäst trivdes han när det bara var han och Rabbit, när de satt och väntade på det teveprogram som nästan alltid var alldeles fantastiskt bra.

Efteråt brukade han klä på sig och springa ut i parken, där några av grannkillarna spelade fotboll. Han var ingen dålig spelare; inte lika bra som hans pappa hade varit en gång i tiden men klart bättre än de flesta killarna på gatan. Det gjorde honom populär och de andra brukade slåss om att få med honom i sitt lag, vilket gjorde honom på gott humör.

”Hayes är med oss.”

”Han har redan valt.”

”Han spelade ju med er förra veckan.”

”Jaha, och?”

”Lägg av.”

Ibland blev det slagsmål och Davey måste ingripa. Efter ett ovanligt hetsigt gräl fick Bobby Nugent gå hem med bruten näsa varpå Molly fattade beslutet att lagen från och med den dagen skulle delas in med hjälp av namnlappar i en hatt. Killarna hade mumlat surt men ingen av dem vågade sätta sig upp mot Daveys mamma. Efter det kände Davey att hans stjärnstatus dalade något; å andra sidan var det ingen som behövde gå hem och gråta heller. Han hade tillbringat många lyckliga lördagar med att ränna runt i parken hela dagen och endast gjort avbrott för en snabb smörgås och lite apelsinjuice, när hans mamma insisterade. På lördagarna åt familjen Hayes alltid skräpmat och barnen uppskattade verkligen den ohälsosamma maten, som utgjorde en kontrast till deras vanligtvis så nyttiga matvanor. Klockan sju blev han inropad för att bada och klockan nio satt han framför teven och såg på sitt absoluta favoritprogram, Starsky & Hutch. Rabbit fick inte se på det, vilket gjorde njutningen ännu större. Och trots att han hade lekt i parken året om var det alltid soligt när han nu tänkte tillbaka.

”Vad tittar du på?” frågade Juliet, som stod i dörren och följde hans blick ut över den ödsliga parken.

”Det förflutna.” Han reste sig.

”Mamma säger att du var en levande legend.”

”Det varade inte så länge.”

”Blir inte trummisar i framgångsrika, amerikanska countryband automatiskt legendariska på hemmaplan?”

”Nej.”

”Nähä. Känner du fortfarande någon som bor här?”

”Näe. Jag umgicks bara med bandet innan jag åkte.”

”Francie, Jay och Johnny”, sa hon, och han nickade. ”Louis, då?”

”Han levde alltid sitt eget liv.”

”Vad menar du med det?”

”Precis vad jag sa. Vi fyra var tajta, som bröder, men Louis ville bli framgångsrik, och när allt gick åt pipan var han den första som drog.”

Juliet satte sig ner i soffan och drog upp benen under sig påsamma sätt som hennes mamma brukade göra. ”Var mamma bra som ljudtekniker?”

”Vem har du hört det ifrån?”

”Francie.”

Han log för sig själv.

”Hallå? Var hon bra?” envisades hon.

”Hon var den bästa vi hade råd med.”

”Men hon jobbade ju gratis.”

”Precis.”

”Kom igen, Davey.” Hon kastade en kudde på honom. Han fångade den och kastade tillbaka den på henne. ”Jag skämtar bara. Hon var bra på att sköta ljudet, och dessutom var hon otroligt bra på att ingjuta skräck i de andra ljudteknikerna.”

”Skulle det vara viktigt?”

”Du anar inte hur viktigt det är.”

Juliet nickade. ”Tror du att jag skulle kunna skrämma några ljudtekniker?”

”Juliet, du är en Hayes-kvinna. Du skulle kunna skrämma slag på Dracula om du var på det humöret.”

Juliet såg glad ut. Hon plockade bort ludd från soffan en stund.

”Hur så?” frågade han.

”Vet inte.”

”Vad har du tänkt syssla med när du blir större?”

”Plan A är att hitta ett botemedel mot cancer. Har ingen plan B.”

”Trivs du i skolan?”

”Hatar den.”

”Gjorde jag också.”

”Jag trodde att du tänkte börja tjata om hur viktigt det är med skolan.”

”De slängde ut mig när jag var tretton så jag är inte rätt person att göra det.”

”Blev du inte rädd?”

”Det var jag för dum för.”

”Visste du hela tiden att du ville bli trummis?”

”Inte från början, men när jag väl hade fått mitt första trumset så ville jag bara spela trummor.”

”Jag hoppas att något sådant ska hända mig.”

”Det kommer det att göra.”

”Tack, Davey.” Hon reste sig. ”Är det okej om jag går och lägger mig igen? Jag är så trött.”

Han nickade. ”Jag är här när du vaknar.” När hon hade gått blickade han återigen ut över den öde parken. *Det borde vara fullt av ungar där nu, inne på tredje matchen. Jävla internet.*

Jack

Hela vägen hem i bilen tänkte Jack på den allvarliga situation de befann sig i. *Om inte ens den där skojaren vill ta emot våra pengar är vi riktigt illa ute.* Perioden av att hoppas, kämpa och låtsas närmade sig sitt slut. De hade nått vägs ände. *Vad är nästa steg?* Det var bara inte rimligt. *En framtid utan Rabbit är inte möjlig.* Men han lyckades inte få sin hjärna att komma på ett enda alternativt scenario.

”Vi kan alltid köra rakt ut i havet”, sa Molly plötsligt, som om hon läst hans tankar. ”Det vore orättvist mot barnen men då skulle vi åtminstone få dö först, precis som det var tänkt.”

”Jag har alltid tyckt om Dollymount”, sa han.

”Jag också.”

”Howth är också vackert så här års. Och det finns flera fina ställen i Wicklow.”

”Jag kommer inte att klara det här, Jack”, sa Molly och lät tårarna strömma fritt. Jack bromsade in vid sidan av vägen, slog på varningsblinkersen och vände sig mot henne. Han ville säga något för att trösta henne men kunde inte samla tankarna, hans hjärta slog så snabbt och hans huvud surrade så intensivt att han var övertygad om att han höll på att få en hjärtattack. *Helvete också, jag kan inte göra så mot Molly.*

”Jack?”

”Molly.”

”Herregud, Jack. Vad är det?”

Då brast dammen inom honom. Molly höll om honom och de satt där i en obekväm omfamning och grät som småbarn vid sidan av motorvägen medan radion spelade Britney Spears ”Born to make you happy”.

När de svängde in på sjukhemmets parkering hade Molly hämtat sig tillräckligt för att orka besöka Rabbit. Jack var fortfarande så uppriven att han frågade om han kunde stanna ute i trädgården en stund.

”Självklart.”

De gav varandra en puss och sedan såg han henne gå, och han beundrade hennes styrka. *Jag önskar att jag vore lika stark.* Nu när allt hopp var ute blev han rädd att han återigen skulle börja distansera sig, men han fick inte låta det ske. Han kunde inte bete sig så som han hade gjort den dag då Rabbit flyttades hit, då till och med hon blivit orolig för honom, vilket var så fel det kunde bli. Han måste ta sig samman. Han måste finnas här för sin dotter i denna mörka stund, trots att han av hela sitt hjärta hellre ville sätta sig i bilen och köra till Dollymount, Howth eller något fint ställe i Wicklow. *Skärp dig, Jack, sluta bete dig som ett barn.* Han gick tvärsöver parkeringen och in till receptionen. Fiona var inte där. I stället tog en man, som presenterade sig som Luke, emot honom.

”Trevligt att träffas, Luke. Det är jag som är Jack Hayes, Rabbits pappa. Jag skulle vilja prata lite med Rita Brown om hon är här.”

”Vänta så ska jag ta reda på det. Slå dig ner så länge.”

Jack gjorde som han blev tillsagd. Han satt och läste tidningen när Rita dök upp. Hon log och tog i hand. ”Hur är det, Jack?” Hans ögon tårades. ”Följ med mig”, sa hon. De gick längs en lång korridor och in på ett kontor som hade hennes namn på dörren. Hon pekade åt honom att sätta sig i en bekväm fåtölj. ”Får jag bjuda på lite kaffe?” frågade hon. ”Eller en kopp te?”

”Det är bra, tack.”

Hon slog sig ner mitt emot honom. ”Det tror jag inte att det är.”

”Rabbit håller på att dö”, sa han med darrande röst, ”och det finns inget vi kan göra för att stoppa det.”

”Det stämmer.”

”Jag står inte ut med att se henne dö.”

”Det kommer att bli svårt.”

”Inte svårt. Omöjligt.”

”Det finns inget som är omöjligt.”

”Okej. Men om inget är omöjligt borde det fortfarande vara möjligt att rädda henne.” Ilskan i hans röst var tydlig.

”Okej, det finns sådant som är omöjligt.”

”Jag klarar det inte.”

”Jo, det gör du.”

”Det går inte.”

”Du måste.”

”Är du säker på att du är certifierad?” frågade han och hon fnissade till.

”Rabbit berättade för mig att du hjälpte henne att komma till världen.”

Jack blundade och befallde sig själv att sluta gråta. ”Det gjorde jag.”

”Du måste ha varit skräckslagen.”

”Ja, det var jag.”

”Men du gjorde det ändå.”

”Jag hade inget val. Det måste bara göras.” Hans läppar darrade och ögonlocken brände.

”Jag tänker inte vara tydligare än så.”

”Och det uppskattar jag.”

”Ni är en underbar familj, Jack, så ta hand om varandra.”

Han nickade och strök bort den sista tår som han tänkte tillåta sig i dag. Han reste sig upp och skakade hennes hand. ”Tack.”

”Jag finns här närhelst du vill prata.”

Han gick ut från hennes kontor och in på toaletten. Han tvättade sig i ansiktet och sträckte upp sig. Han åt en liten sallad i matsalen och tog med sig en kycklingsmörgås och en kopp te till sin fru. Innan han gick in till sin dotter köpte han en fluffig, beige gosedjurskanin i presentbutiken.

Juliet

Davey parkerade bilen på uppfarten och Juliet klev ur. Davey satt och lyssnade på en fotbollsmatch på radio, så hon gick in ensam. Hon hade inte varit hemma sedan olyckan. Det fanns fortfarande lite blod på köksgolvet så hon tog fram en trasa och gnuggade frenetiskt för att få bort de tjocka mörka spår som satt i fogarna.

Någon flyttade på golvmoppen bakom henne. Hon vände sig om med handen för hjärtat. ”Herregud, Kyle, försöker du skrämma livet ur mig?”

”Förlåt.” Han skurade där hon hade gnuggat.

”Varför har du börjat smyga dig på folk så där?”

”Du är den enda jag lyckas smyga mig på.”

”Vad menar du med det?”

”Jag menar att du kanske lever i din egen värld.”

”Det gör jag inte alls.”

”Jag ropade, ’Hallå’, när jag kom in och sedan visslade jag melodin till ’Dora utforskaren’.”

”Inte särskilt högt.”

”Hur kommer det sig i så fall att alla andra säger åt mig att hålla käften?”

”Gammal vana”, sa hon.

”Det är okej om du lever i din egen värld. Det skulle jag också ha gjort.”

Hon ställde sig upp och borstade av sig. ”Jag önskar att du skulle sluta tycka så synd om mig. Mamma blev sjuk och sedan bröt hon benet, det är väl inte hela världen.”

Kyle ställde ifrån sig moppen. ”Förlorade ett lopp i morse.”

”Vad synd.”

”Jag har förlorat en massa lopp på sistone.”

”Varför det?”

”Vet inte.”

”Bryr du dig, då?”

”Ja, verkligen.”

”Vad tråkigt.”

”Pappa säger att jag inte är tillräckligt koncentrerad.”

”Vad tänker du på?”

”Att jag inte är bra nog.”

”Varför det?”

”För att jag kör som en total galning men ändå finns det alltid en kille som är bättre.”

”Vem då?”

”Simon Davis.”

”Det är ändå bara en kille”, sa hon och stödde sig mot diskbänken.

”Det räcker med en.”

”Du måste fortsätta kämpa.”

”Ja, jag måste väl det.”

”Nu måste jag hämta lite rena kläder.”

”Okej.” Han följde med henne uppför trappan. Han hade visserligen tillbringat en hel del tid i hennes rum som barn, men det var trots allt ett bra tag sedan nu. Hon hade inte tänkt sig att han skulle följa med henne upp.

”Det ser så annorlunda ut”, sa han.

”Tro det eller ej, men jag tror inte längre att jag är en prinsessa.”

”Jag har fortfarande kvar mitt Batman-påslakan.”

”Inte särskilt coolt.”

”Det är visst coolt”, sa han och fick henne att le.

Han satte sig på hennes säng medan hon tog fram kläder ur lådorna och garderoben.

”Var bor du någonstans?” frågade han.

”Jag bodde hos Grace men nu ska jag till mormor.”

”Kommer du tillbaka sedan?”

”Så klart jag gör! Varför är du så konstig?” Hon snurrade runt och såg honom i ögonen. Hon utmanade honom att berätta det hon redan misstänkte. Det var dags. Hon behövde någon som kunde bekräfta hennes misstankar och Kyle kunde mycket väl få bli den personen.

”Det är jag inte alls.”

”Ut med det bara, Kyle.”

”Det är inget.”

”Vad är det du försöker säga?”

”Jag försöker inte säga någonting. Jag vill att du ska berätta något för mig.”

”Vad är det du vill veta?” Nu skrek hon.

”Det spelar ingen roll.” Han reste sig.

Hon ställde sig framför honom och blockerade dörröppningen. ”Jo, det gör det.”

”Jag är så ledsen för din skull.” Han knuffade sig förbi henne, rusade nerför trapporna och ut ur huset, förbi Davey, som inte ens lade märke till honom där han satt bakåtlutad i sätet, uppslukad av matchen. Juliet ropade inte efter honom. Hon varken grät eller jämrade sig, hon sa inte ett ord. I stället lade hon sig i fosterställning och väntade på att den intensiva smärtan i hennes hjärta skulle gå över. Hon var trots allt inte redo för sanningen. *Det kommer att ordna sig. Allt är bra, Kyle är bara en unge. Han vet ingenting. Snälla mamma, bli frisk. Snälla, snälla mamma, lämna mig inte. Jag ska bli duktigare. Jag ska ta hand om dig och skydda dig mot allt ont. Jag lovar. Jag lovar på heder och samvete. Snälla, snälla, stanna här.*

Hon reste sig från sängen när det började göra mer ont i magen än i hjärtat. Hon stod bara upprätt i ett par sekunder innan hon föll ihop igen. ”Åh herregud, hjälp!” viskade hon. ”Vad i hela …”

Hon satte sig och väntade på att det skulle gå över. När det hade gått några minuter reste hon sig och packade klart sina kläder, men när hon kom ut till bilen måste hon ha varit minst sju nyanser blekare än när hon gick in, för Davey sa bara, ”Är du okej?”

”Har du tagit bort blindtarmen?” frågade hon.

”Nej. Hurså?” Han såg orolig ut.

”Har mamma gjort det?”

Davey sänkte ljudet på radion och tänkte efter. ”Det var Grace.”

”Kan du ringa henne och fråga hur det kändes?”

Davey lade i en växel och backade ut. ”Vi åker till akuten nu.”

”Vi behöver inte åka till akuten. Jag vill bara ta reda på symptomen så att jag vet säkert.”

”Vi åker till akuten.”

”Men det är helt onödigt.”

”Det är det verkligen inte.”

”Vet du hur länge man får sitta där och vänta? Jag kommer att hinna fylla tjugoett innan vi kommer in.”

”Vad du överdriver.”

”Mamma har cancer och en gång fick vi vänta åtta timmar i sträck.”

”Men herregud. Okej, ring Grace.”

Juliet ringde sin moster och slog på högtalartelefonen. ”Grace?”

”Hej, Bunny. Jag hörde att du har flyttat till mormor. Förlåt att jag inte var hemma i går.”

”Det gör inget, och tack för allt.”

”Du är alltid välkommen hit, det vet du.”

”Jag vet.”

”Kan jag göra något för dig, vännen?”

”När du tog ut blindtarmen, hur kändes det?” ropade Davey.

”Vad säger han?” frågade Grace.

”Han frågade hur det känns när man har fått blindtarmsinflammation”, sa Juliet och grimaserade av smärta.

”Varför undrar han det?”

”Jag har så ont, Grace”, erkände Juliet.

”Vänstra eller högra sidan?”

”I mitten.”

”Är du säker?”

”Mitten och nedåt, som om jag skulle föda ett bowlingklot.”

”Stäng av högtalarljudet”, sa Grace.

”Varför då?” sa Davey.

”Det är inte blindtarmen, Davey. Slå av högtalaren.”

Juliet gjorde som hon sa och satte telefonen till örat.

”Har du fått din mens än?” frågade Grace.

”Nej.”

”Har du tittat i dina byxor?”

”Eh, nej.” Hon rodnade.

”Jag tror att det är det som håller på att hända, och i så fall behöver du åka till ett apotek så fort som möjligt.”

”Jaha.”

”Det kommer att ordna sig”, sa Grace.

”Ja …”, sa Juliet. ”Men jag har inga pengar.”

”Får jag prata med Davey.”

”Nej, nej. Jag klarar mig ändå, snälla”, sa Juliet.

”Jag tänker inte säga något pinsamt, jag ska bara be honom

att ge dig lite pengar och släppa av dig vid ett apotek. Sedan går du in och köper en förpackning med tamponger i normal storlek, en förpackning med bindor ifall du inte gillar tampongerna, och en förpackning med värktabletter."

"Okej."

"Det kommer att gå bra, Juliet."

"Okej."

"Jag är ledsen att jag inte är där", sa hon, och Juliet brast nästan i gråt för hon längtade så efter sin mamma. Hon räckte telefonen till Davey, som verkade mer oroad än hon. Hon iakttog honom medan han pratade med Grace. Han nickade och sa okej flera gånger, precis som Juliet hade gjort, innan han avslutade samtalet.

"Då så", sa han. "Vi skippar akuten. Skönt. Vi letar rätt på ett apotek och sedan blir det bra igen." Han försökte verka lugn, men han svettades och såg henne inte i ögonen.

Han vet. Jag skäms ihjäl.

De kom fram till ett apotek, och Davey gav henne femtio euro och gjorde tummen upp. Hon klev ur bilen och kände hur något blött forsade ner i hennes trosor. Åh nej. Hon hade på sig svarta, snäva jeans. Hon vågade inte titta efter när hon gick över gatan, men hon hoppades att blodet inte syntes igenom tyget. Hon försökte dra ner t-shirten, göra den längre. Smärtan var ingenting jämfört med förödmjukelsen.

När hon kom fram till dörren lade hon märke till att båda apotekarna var män. *Nej, nej, nej. Det får inte vara sant. Hur kan man bara ha sådan otur?* Hon visste att Davey iakttog henne, väntade på att hon skulle gå in. Hon tittade på honom och han gjorde tummen upp igen. *Låt mig dö, låt mig dö nu.* Hon gick in och en av männen frågade genast vad han kunde hjälpa till med. *Annars kan jag minsann stå och hänga i en affär i flera timmar utan att någon bryr sig, men inte i dag, nej, nu ska världens mest hjälpsamma man lägga sig i. Jag hatar mitt liv.*

"Jag ska bara titta lite", sa hon. *Varför sa jag så?* Hon kände hur magen drog ihop sig igen och gömde sig bakom hyllan med fotkräm, där hon blev stående med korsade ben. *Vad ska jag ta mig till?* Just då, när Juliet var på gränsen till panik, dök en ung kvinna upp bakom disken. Juliet drog en lättad suck, rätade på ryggen och gick fram till henne. Flickan var vacker, hon hade en diamant i ena näsvingen och ett metallsmycke i tungan.

”Vad kan jag stå till tjänst med?” frågade hon.

Juliet lutade sig framåt och sänkte rösten. ”Jag behöver lite hjälp.”

”Vad har du för problem?”

”Jag har just fått mens och jag är med min morbror”, viskade Juliet.

Flickan nickade medkännande. ”Första gången?”

”Ja.”

”Hur illa är det?” Hennes blick vandrade från Juliets ansikte till hennes skrev och tillbaka igen.

”Illa.”

Ännu en nick. ”Gör det ont?”

”Så man kan dö.”

”Okej.” Hon tog Juliet i handen och ledde henne förbi de två männen, som var upptagna med andra kunder. Innanför disken fanns ett rent litet badrum. Flickan visade in henne där. ”Vänta här bara.”

Juliet låste om sig och andades ut. Hon drog ner sina jeans och såg något som påminde om en mordscen. ”Åh nej.” Hon satte sig på toaletten. Hon ville verkligen ringa Della; dels för att berätta att hon hade fått mens, dels för att be om ursäkt för att hon alltid hade trott att Della mallade sig när hon klagade över mensvärk. Nu förstod hon att det inte hade handlat om något skryt: det här var inget att skryta om. Med en pappershandduk torkade hon bort så mycket blod hon kunde och började nästan gråta när lite av det hamnade på hennes hand. Hon torkade bort det och mådde lite illa. Det gick några minuter och hon började tro att flickan hade glömt bort henne, då det knackade på dörren.

”Det är bara jag”, sa flickan. Juliet öppnade dörren på glänt och flickan gav henne bindor och tamponger, våtservetter och ett par nya trosor. ”Det här borde hjälpa lite.”

”Tack så jättemycket.”

”Har du provat att sätta in en tampong någon gång?”

”Nej.”

”Det kan bli lite bökigt att lära sig det här. Du kanske ska spara dem till senare.”

”Jaha. Okej. Eh … var fick du tag på trosorna?”

”Det är mina.”

”Okej.”

”Jag ska gå ut efter jobbet och sova borta, så du hade tur.”

”Jag är väldigt tacksam”, sa Juliet genom dörren och började torka av sig med våtservetterna.

”Inga problem. Jag fick min första mens när jag var ute och fiskade med min pappa och två brorsor”, sa flickan.

”Vad hemskt”, sa Juliet och tog av sig jeansen.

”Jag hade kjol på mig. Min bror halkade i blodet.”

”Åh nej!” Juliet lindade in sina blodiga trosor i papper och lade dem i papperskorgen.

”Men han trodde att det var fiskrens så ingen märkte något.”

Juliet fick kväljningar.

När hon äntligen kom ut från toaletten vred flickan på en vattenkran så att hon kunde tvätta händerna. Sedan gav hon Juliet två tabletter och ett glas vatten. Juliet svalde dem. ”Ta två var sjätte timme. Inte fler”, förmanade flickan.

”Jag lovar.”

”Bra.” Flickan log brett. ”Det är jobbigt men det fixar du.” Hon tog tampongerna, servetterna, tabletterna och bindorna, lade dem i en brun papperspåse och gav den till Juliet.

Plötsligt fick Juliet tårar i ögonen. ”Tack.”

Flickan gav henne en hastig kram och de gick tillbaka ut i butiken. Juliet betalade vid kassan och när hon gick vinkade flickan efter henne. Om de två männen hade någon aning om vad som försiggick så visade de det i alla fall inte.

Juliet gick tvärsöver gatan och såg att hennes morbror gjorde sig beredd att prata med henne. Hon satte sig spänt i bilen och hoppades att hon inte skulle fläcka ner sätet. Hon räckte honom växeln.

”Du kan behålla det där.”

”Det är växel på femtio euro.”

”Köp en present åt dig själv.”

Han gjorde sitt bästa för att se avslappnad ut, men var i själva verket så stel att Juliet började känna sig bättre till mods, till och med aningen djärv.

”Jag skulle vilja köpa ett par nya trosor”, sa hon.

Han bleknade. ”Självklart. Inga problem. Vart vill du åka?”

Hon brast ut i skratt. ”Jag skämtar bara.”

”Vilken tur! Jag tänkte att vi kunde åka hem så att du får byta om, och sedan åker vi och hälsar på din mamma. Vad tycker du?”

”Kan vi inte stanna och äta någonstans också? Jag är superhungrig.”

”Självklart.”

”Jag bjuder”, sa hon och höll upp pengarna.

När de kom hem tog Juliet med sig väskan med extrakläder uppför trappan till den väntande duschen. Hon duschade länge innan hon tog fram lådan med tamponger. Först läste hon instruktionerna, sedan ringde hon Della.

”Tja”, sa Della.

”Tja, till dig med. Jag behöver hjälp.”

”Jag lyssnar.”

”Hur sätter man in en tampong utan att göra illa sig?”

”Lägg av!”

”Det är sant.”

”Gör det ont?”

”Ja.”

”Hungrig?”

”Utsvulten.”

”Jag lovar dig, man får aldrig nog med socker.” Della suckade djupt och olyckligt.

”Tampongerna, då?”

”Okej”, sa Della, ”men först måste du slappna av i din, du vet vad.”

”Hur gör man det?”

”Jag brukar ta några djupa andetag.”

”Men hur då?”

”Jag vet inte, jag bara gör det.”

Juliet tillbringade en kvart med att försöka hitta en säker väg för tampongen att färdas in i sin ”du vet vad”. När hon äntligen hade kommit någon vart hade hon nästan inga pengar kvar att ringa för. ”Jag måste lägga på nu.”

”Okej, ring mig lite senare.”

”Det ska jag göra, och tack.” Hon lade på och bytte om. Smärtan hade försvunnit och hon kände sig ren. Hon gick nerför trappan med gladare steg.

”Ska vi gå ut och äta nu?” frågade hon Davey.

”Du får bestämma vilket ställe.”

Hon valde sin mammas favoritrestaurang, som låg i närheten. ”Det är ju ändå en speciell dag.” Hon flinade, och trots att det var hon själv som sagt det rodnade hon en aning.

”Men för hel – ” Han täckte ögonen med handen på samma sätt som morfar gjorde när han ville gömma sig för något obehagligt.

”Du skötte dig bra”, sa hon.

”Så fan heller. Jag gjorde ju ingenting.”

”Precis.” Hon gick ut till bilen.

Johnny

Kitchen Sinks singel klättrade på den irländska listan och en skivbolagschef kom för att se dem spela och diskutera inspelningen av ett helt album. Kön var lika lång som gatan. Många av tjejerna hade t-shirtar med hela bandet på; andra hade bara Johnnys ansikte. Det fanns några killar också men publiken bestod till större delen av tjejer – högljudda tjejer. Rabbit gick förbi dem, ställde sig längst fram och knackade på dörrglaset.

”Vem tror du att du är egentligen?” sa en tjej.

”Jag är med bandet”, sa Rabbit och väntade på att en säkerhetsvakt skulle upptäcka henne.

”Tror jag inte på.”

”Jo.”

Tjejen såg på sina kompisar och sedan tillbaka på Rabbit. ”Kan du få in oss?”

”Tror inte det.”

”Varför inte det?” Hon satte handen i höften. Hon var aggressiv, och även om hon inte var lika lång som Rabbit var hon betydligt bredare och hade nävar som en vuxen man.

”Det går tyvärr inte.” Rabbit knackade hårdare på glaset.

”Du tror visst att du är lite finare än vi andra.”

Rabbit övervägde att springa därifrån och ringa killarna från en telefonkiosk, men i samma stund som tjejen tog tag i hennes axel dök Johnny upp och öppnade dörren.

”Det är han!” skrek tjejen samtidigt som han föste in Rabbit.

”Japp, det är jag. Vi ses därinne sedan, tjejer.” Han vinkade och stängde dörren bakom dem. Tjejerna skrek och när ryktet om att han setts vid dörren spreds i kön blev alla som galna.

”Jag trodde att jag skulle åka på stryk”, sa Rabbit.

”Vilken tur att jag kom förbi.”

”De är galna, allihop.”

”Jag är i och för sig ganska oemotståndlig.”

”Var inte en sådan mallapa.” Hon rynkade på näsan och sköt upp ett par osynliga glasögon på den. Johnny älskade den där gesten, den påminde honom om den lilla flickan som hade följt efter honom överallt och andäktigt lyssnat till vartenda ord han sagt, ända tills Alandra dykt upp och förändrat allt. De hade tillbringat hela sommaren tillsammans på turné, men Rabbit var inte Johnnys lilla skugga längre och han saknade henne.

”Vad glor du på?” frågade hon.

”Dig.”

”Varför det?”

”För att du har blivit så stor.”

”Men säg inte så där! Du låter som pappa. Han fick i sig två drinkar och började grina över det på farbror Gems bröllopsdag. Så himla pinsamt.”

De gick uppför trappan tillsammans, och halvvägs upp gav Johnnys knän vika – han trevade efter trappräcket men föll ihop som en säck potatis. Rabbit försökte hjälpa honom upp men han ville inte ha någon hjälp. ”Det går bra, det går bra.” Han viftade bort henne.

”Ställ dig upp, då.”

”Va?”

”Du hörde vad jag sa.”

Han tog tag i räcket och hivade sig upp. ”Jag är bara trött.”

”Du är alltid trött.”

”Om du inte har märkt det så jobbar vi faktiskt stenhårt.”

”Det är något som är fel”, sa hon.

”Det är inget fel på mig.” Han försökte gå ifrån henne men hans kropp hjälpte inte till det minsta.

”Det är visst något som är fel, Johnny”, insisterade hon med mörk blick.

”Om du säger det en enda gång till sparkar jag ut dig!” skrek han. Hon stod tyst kvar och såg på när han förberedde sig inför att ta nästa steg. Han gick långsamt uppför trappan medan hon stod kvar och iakttog honom. Han var snarare osäker än ostadig. Hon sa inget mer, bara väntade tills han hade kommit utom synhåll. Då satte hon sig ner i trappan och bet på naglarna.

Tio minuter senare kom Francie dit. ”Vad är det som pågår?”

”Du är sen till soundcheck.”

”Det är du också i så fall.”

”Jag är överflödig numera. Har du inte fattat det?”

”Du kanske inte är vår ljudtekniker längre men du behövs ändå, Rabbit. Kom igen nu, sitt inte här och sura, nu går vi.”

Rabbit följde med Francie ut till scenen. Johnny satt på en högtalare och instruerade Davey, Louis och Jay. Han var missnöjd med hur keyboarden lät, och Davey spelade fel på samma ställe hela tiden.

”Försöker du irritera mig med flit?” frågade han Davey.

”Ja, för precis allt jag gör handlar om dig”, sa Davey. Han var frustrerad och det blev inte bättre av att lyssna på Johnny. Francie klev in på scenen.

”Var har du varit?”

”Sheila fick ett sammanbrott.”

”Du måste dumpa den där mentalpatienten”, sa Johnny.

”Lyssna noga nu. Jag gillar dig men om du kallar min tjej för mentalpatient en gång till så knäcker jag näsan på dig.” Francie hängde på sig gitarren.

”Sheila är helt galen och du är lika galen som är ihop med henne”, sa Johnny.

”Du tigger om stryk.” Francie lade ifrån sig gitarren igen.

”Men lugna dig, Francie! Alla vet väl att hon är knäpp”, sa Jay.

”Du håller käften”, fräste Francie.

”Och om jag inte gör det, då?”

Davey ställde sig upp bakom trummorna. ”Vad fan är det som pågår?”

”Francie är för upptagen med att springa efter den där fucking jävla knäppskallen för att hinna spela”, sa Johnny. Johnny svor aldrig; han och Rabbits pappa var nästan de enda Rabbit kände som inte använde ordet ”fuck” som både verb, substantiv och adjektiv. Det kändes märkligt och skrämmande att höra honom prata så där, se honom så aggressiv. Francie tog ett steg närmare för att slå till honom. Jay höll fast Francie i armarna för att hindra honom. Francie vände sig om och gav sin bror en snyting. Louis lämnade sin keyboard och sprang fram med utsträckta armar.

”Nu räcker det, lugna er nu.”

Jay fällde Louis, som landade på båda händerna. ”Helvete också! Mitt finger.”

Jay klev över honom och slog Francie rakt i ögat, och Francie svarade med att sparka sin tvilling i skrevet. Jay skallade Francie. De föll samtidigt till golvet med blodiga näsor och igenmurade ögon.

”Men vad fan, Johnny?” sa Davey och pekade på tvillingarna.

Johnny gick därifrån. Rabbit och killarna stirrade efter honom. Davey hjälpte tvillingarna upp. Rabbit gav Jay en näsduk som han tryckte mot näsan. Davey undersökte Francies öga. Louis låg kvar på golvet och vrålade om sitt finger.

”Det här var ju lysande. Du kunde väl bara ha släppt det, Francie”, sa Davey.

”Han skulle inte ha lagt sig i”, sa Francie och pekade på Jay.

”Om du hade gett dig på den där veklingen hade han varit död vid det här laget”, sa Jay.

Francie nickade. Jay hade en poäng: Johnny var verkligen ingen slagskämpe.

”Rabbit, gå ner till logen och ta reda på vad i helvete det är med honom”, sa Davey.

”Han vill inte prata med mig.”

”Du är den enda han lyssnar på”, sa Jay.

”Inte i kväll.”

”Rabbit, gör det bara – jag menar allvar. Det gäller vår framtid.”

”Gör det själv, Davey! Det är ditt band.” Hon var för frustrerad för att erkänna att hon var rädd.

”Det ligger något i det”, sa Francie.

”Då kan ju du göra det”, sa Davey.

”Om jag går dit slutar det med att jag slår ihjäl den jäveln.” Francie slog ut med händerna. ”Jag är som jag är.”

Davey suckade. ”Den viktigaste kvällen i våra liv och jag är omringad av idioter.”

Han gick av scenen och lämnade Francie, Jay, Louis och Rabbit. Jay torkade bort blodet från näsan och lade den fläckiga näsduken i fickan. Louis rätade ut sitt finger och ställde sig vid keyboarden. ”Jag skulle behöva ett bandage men om någon skaffar en drink kanske jag klarar mig ändå.”

”Ska vi lira?” frågade Jay sin bror.

”Så fan heller.” Francie tog upp sin gitarr. Rabbit letade sig fram till logen just när Davey blev utslängd.

”Han har blivit tokig”, sa Davey. ”Helt jävla tokig.”

Han gick tillbaka till scenen och Rabbit stirrade på dörren i ett par minuter innan hon knackade på. Johnny svarade inte. Hon knackade en gång till.

”Försvinn.”

”Jag är hemskt ledsen”, sa hon.

”Gå härifrån bara.”

”Berätta för mig.”

”Kan inte.”

”Varför inte det?”

Johnny öppnade. ”För att jag är helt körd.”

Rabbit gick in och stängde dörren. ”Vad är det för fel, Johnny?”

”Jag kan inte stå upp ordentligt, Rabbit. När jag blundar med högra ögat ser jag ingenting. Våra fans struntar i att knyta snörena på sina bikerboots för att de tror att det är min grej. Det är det inte. Mina jävla fötter är så svullna att de är dubbelt så stora som vanligt.”

”Du måste verkligen gå till doktorn. Det kanske är något virus. Mammas kompis Pauline fick ett virus i Jersey och tappade håret och var sängliggande i flera veckor.”

”Det är inget virus.”

”Är du läkare?”

”Nej.”

”Då så.”

”Jag tror inte att jag fixar den här spelningen.”

”Jo, det gör du.”

”Du fattar inte. Jag kommer att ramla ihop.”

”Sitt ner i stället.”

”Inte särskilt rock ’n’ roll.”

”Folk kommer att tro att ni har kraschat med turnébussen.”

Han studerade henne intensivt. Nu lyssnade han, så hon fortsatte: ”Francie har nästan brutit näsan, Jay har en blåtira, Louis har antagligen brutit fingret. Vi spjälar ditt ben och någon av de andra får hitta på något åt Davey också. Du säger att ni kraschade på väg hit, men att ni kämpar på ändå, eftersom ni verkligen älskar era fans och är tuffa nog att spela trots alla skador. De andra kommer lätt att gå med på det, de är helt ifrån sig.”

”Kanske kan funka.”

”Det funkar. Du kommer att hamna på tidningsomslag efter det här.”

”Rabbit, du är min skyddsängel.”

”Och så går vi till doktorn i morgon.”

”Du måste inte följa med.”

”Men det tänker jag göra.”

Johnny bad bandet om ursäkt och övertygade dem om att en bussolycka var det bästa alternativet. Davey behövde dock lite extra övertalning i logen när Francie spände knytnäven, redo att tillfoga honom någon sorts skada.

”Kan vi inte säga att jag åkte i egen bil?” försökte Davey.

”Inte rock ’n’ roll”, sa Rabbit.

”Kom igen.”

”Var inte en sådan fegis. Jag ska knappt nudda dig”, sa Francie.

”När du knappt nuddar någon får de hjärnskador.”

”Du hinner inte blinka förrän det är klart”, sa Johnny.

”Hur kommer det sig att du får fuska?”, sa Davey till Johnny, som fick sitt ben spjälat av Rabbit.

”Vi kan inte spjäla dina armar för då kan du inte spela, och eftersom dina ben inte syns måste det bli i ansiktet", sa Jay och Francie nickade.

"Vill du hamna i Rock and Roll Hall of Fame eller inte?" sa Francie.

"Ja, det vill jag", sa Davey.

"Då kör vi." Francie gav honom ett knytnävsslag på munnen.

Det var fullsatt när Kitchen Sink spelade den kvällen. Johnny satt i en stol med sitt spjälade ben utsträckt framför sig, och det misshandlade bandet stod bakom honom. Han sjöng för allt han var värd inför en tacksam, jublande publik. Efter konserten gav han en exklusiv intervju till en rockjournalist om Kitchen Sinks svåra olycka, som nästan hade tagit livet av dem allihop, och när Rabbit hade hjälpt honom till baren eftersom han var för trött för att gå dit själv, stod skivbolagsmannen Peter Moore och väntade med en stor öl. "Ni har höjt er ytterligare ett snäpp i kväll, grabbar", sa han och killarna log mot varandra.

"Fortsätt så här så kommer vi att få med vårt systerbolag i England också. Ni kommer att bli jättestora." Han höjde sitt glas och de andra höjde sina. Johnny såg på sitt glas, höjde det sakta och skålade innan han ställde ner det igen. Han drack inget. Johnny drack aldrig särskilt mycket. "Kom ihåg den här kvällen", sa Peter.

"Det ska jag göra", sa Johnny. "Den går nog inte att glömma."

8.

Rabbit

När Rabbit vaknade var hon omgiven av sin familj. Hennes mamma och pappa, Grace, Davey och Juliet, som låg och sov med huvudet i sin mormors knä.

”Vad är klockan?”

”Strax efter sju”, sa Molly.

”Har jag sovit bort hela dagen?”

”Du behövde nog vila”, sa Grace.

”Jag ska be om lite vitaminer.” Hon försökte hasa sig upp till sittande. Grace rusade fram för att hjälpa till.

”Jag klarar det själv”, sa Rabbit.

”Jaja, men det blir enklare om jag hjälper dig”, sa Grace. Hon satte sin syster upp och rättade till kuddarna bakom hennes rygg.

”Hur länge har Juliet sovit?” frågade Rabbit.

”Jag är vaken nu.” Juliet kliade sig i huvudet och satte sig långsamt upp.

Rabbit log brett mot henne. ”Men hallå, Bunny.”

Juliet gick fram till sin mamma och kramade om henne. ”Hallå själv.”

Rabbit granskade henne. ”Du är blek.”

”Jag mår bra.”

”Har du ätit något?”

”Davey tog med mig till Fiddlers.”

”Oj, vad tjusigt.”

Juliet sneglade på sin morbror som satt vid fönstret, och log mot honom. ”Ja, det var supertrevligt.”

”Nöjet var helt på min sida”, sa han.

”Är Stephen och Bernard fortfarande här?” frågade Juliet, och Grace nickade.

”Vill du träffa dem mamma?” frågade Juliet.

”Självklart.”

”Okej, jag går och hämtar dem men alla kan inte vara härinne samtidigt”, sa Juliet.

”Jag behöver ändå sträcka på benen”, sa Jack och reste sig upp. Han tog upp gosedjurskaninen från golvet och gav den till sin dotter, varpå han kysste henne i pannan. ”En kanin till min Rabbit.”

Hon skrattade. ”Den är jättefin, pappa.”

”Jag älskar dig.” För ett ögonblick avstannade all aktivitet i rummet. ”Då så, Juliet, nu går vi och hämtar de andra två.”

När de hade gått såg Rabbit först på sin mamma och sedan på Grace. ”Vad är det med Juliet?”

”Inget”, sa Davey, och det var inte för att han ville skydda Rabbit från nyheten att hennes dotter hade fått mens, utan för att han inte stod ut med att diskutera ämnet.

”Grace?”

”Hon fick mens i dag.”

Davey dolde ansiktet i händerna.

”Oj då”, sa Rabbit. ”Mår hon bra?”

”Alldeles utmärkt. Davey tog hand om henne.”

”Davey?”

”Jag gav henne pengar. Hon gick till apoteket. Det var allt. Kan vi prata om något annat nu?”

Grace skrattade. ”Jag önskar att jag hade varit där och kunde ha sett hans min.”

Rabbit var road över att hennes lättgenerade bror hade fått handskas med en ung flickas mens, samtidigt som hon kände sig gråtfärdig.

”Jag fick min när jag var ute och red. Jag hoppade av Duke och Ricky Horgan skrek att jag hade sylt i arslet. Det var inte alls någon sylt”, flikade Molly in.

Rabbit och Grace skrattade. Davey var purpurröd i ansiktet. ”Sluta, mamma.”

”Jag var ute och campade med scouterna. Jag fyllde trosorna med löv och sa inget till någon, och det var ingen som fattade heller”, sa Grace.

”Där ser man, Grace, en miljövänlig binda. Den skulle du kunna ta patent på”, sa Molly och överröstade Daveys stönande.

”Jag har ingen historia”, sa Rabbit.

”Vad bra”, sa Davey.

”Alla har en historia”, sa Grace.

”Lägg av, Grace”, sa Davey.

”Lägg av själv.”

”Mamma, allvarligt, säg åt Grace att hålla käften.”

”Är du tolv år gammal, Davey?” sa Molly.

”Berätta nu, Rabbit”, sa Grace.

”Jag gick på toa, såg blodet och ropade på mamma.”

”Nu räcker det, jag går till matsalen”, sa Davey och försvann.

Molly fnissade. ”Jag minns det, du var bara tio. Du skrek, ’Mamma, mamma, jag håller på att dö …’” Rabbits ögon fylldes omedelbart med tårar och det blev tyst. ”Jag menade inte att säga så”, stammade Molly. ”Jag borde inte ha sagt så där.”

Inte ett ljud hördes i rummet. De tre kvinnorna sänkte sina blickar och det var i den stunden som Rabbit accepterade sanningen.

”Mamma”, sa hon med darrande röst. ”Mamma, titta på mig. Snälla mamma, titta på mig.”

Molly drog ett djupt andetag innan hon mötte sin yngsta dotters blick.

”Jag tror att jag håller på att dö på riktigt, mamma.”

Trots att hon hade två höftkulor av titan tog det inte Molly mer än en sekund att resa sig ur soffan för att omfamna Rabbit och torka hennes tårar. ”Jag vet, älskling. Jag vet.”

”Förlåt mig, mamma”, sa Rabbit och Grace snyftade medan stora heta tårar rullade nerför hennes kinder.

”Nej, nej, var inte ledsen, älskling. Vi älskar dig så otroligt mycket." Molly strök henne över huvudet.

I samma stund kom Stephen och Bernard in.

"Hej, moster Rabbit", sa Bernard.

"Stick härifrån!" skrek Grace. De två pojkarna gjorde en snabb bedömning av situationen och backade utan ett ord ut ur rummet.

Rabbit grät ut i sin mammas famn i några minuter till innan hon torkade sig i ögonen och lovade att inte gråta mer.

"Du får gråta hur mycket du vill", sa Grace.

"Jag är klar", sa Rabbit och ställde sedan den fråga som alla gick och tänkte på. "Juliet?"

"Vi måste berätta det för henne, Rabbit", sa Molly.

"Davey har ordnat ett möte hos mamma i morgon för att prata igenom vem som ska ta hand om henne, och du behöver inte vara orolig, vi vill ha henne allihop", sa Grace.

Rabbit nickade och bet sig i läppen. "Så Davey fixade mötet?"

"Han var väldigt bestämd", sa Grace.

"Det gjorde han bra." Rabbit vände sig till sin mamma. "Kan vi inte vänta till i morgon med att berätta?"

"Självklart."

"Om jag blir sämre ..."

"Jag vet, älskling", sa Molly.

"Okej."

De tystnade igen. "'Mamma, mamma, jag håller på att dö'", upprepade Grace med ett leende. "Herregud, mamma, ännu en klassiker från dig."

Molly såg på Rabbit för att se om det var okej. Hennes leende var svar nog. "Häromdagen sa jag att badkaret var stort nog att drunkna i", sa Molly skamset.

Rabbit och Grace skrattade fortfarande när Juliet tittade in. "Var är pojkarna?"

"De kom in och vände", sa Grace.

"Oj då", sa hon och satte sig bredvid sin mamma. "Det var snabbt."

"Men minnesvärt", sa Rabbit och Grace skrattade.

”Ni är lite konstiga allihop men det gör inget. Det har varit en konstig dag”, sa Juliet.

”Jag hörde det”, sa Rabbit och tryckte sin dotters hand. ”Jag slår vad om att det är en bra historia.”

”Det kan man lugnt säga”, sa Juliet, till sin mammas stora glädje.

När alla hade åkt hem låg Rabbit i sängen och försökte sluta fred med tanken att hon snart skulle upphöra att existera. Hon var inte arg eller ens särskilt frustrerad. Hon var inte rädd eller orolig. Hon var inte bitter eller hämndlysten. Hon var bara ledsen över att behöva lämna dem hon älskade mest, i synnerhet sin dotter. Hon hade kämpat emot så länge men nu gick det inte längre. Det var svårt att tvingas ta farväl av livet, med alla med- och motgångar, och allt det som gjorde det så vackert. Hon tänkte på Marjorie. Hon önskade att hennes bästa vän skulle ha haft större tur i kärlek. Rabbits död skulle inte drabbat henne lika hårt om hon haft någon att gråta ut hos. Hon dagdrömde en liten stund om att få Davey och Marjorie att finna varandra, vilket på sitt sätt skulle vara ett riktigt sagoslut. Rabbit viftar med trollspöet och Davey ställer frågan; sedan skulle de adoptera Juliet och leva lyckliga i alla sina dagar. Hon skrattade för sig själv när hon kom ihåg vad Syster Francine varnande hade sagt när hon var sexton och uttryckte sin skepsis under en religionslektion: ”Det är lätt att vända Fadern ryggen när allt går bra, men vänta tills du ligger för döden, flicka lilla. Då kommer du att leta efter Honom och jag hoppas bara att det inte är för sent.” Det sätt som Syster Francine sa det på, ”jag hoppas bara att det inte är för sent”, gjorde det uppenbart dels att hon hoppades att det faktiskt skulle vara för sent, dels att hon skulle bli besviken om det inte var det. Syster Francine hade varit i 80-årsåldern så hon var förstås död sedan länge. *Synd. Jag skulle vilja ringa henne och berätta att jag ligger för döden och fortfarande inte letar efter Fadern, så dra åt helvete pingvinjävel. Jag kan också vara en bitch, Syster F.*

Rabbit såg tillbaka på sitt liv och ångrade ingenting. Jo, kanske några saker, men på det hela taget hade hon gjort sitt bästa, och hon skulle inte vilja ändra på något, utom möjligen att hon hade åkt till USA när Johnny sagt åt henne att göra det. Om hon hade stannat kanske allt hade blivit annorlunda, men hon hade i vilket fall som helst redan förlorat honom när hon gick ombord på flighten till JFK. Det hon ångrade nu var sådant som väntade i den framtid hon inte skulle få uppleva. Hon ångrade att hon inte skulle finnas där för Juliet, inte hitta någon ny kärlek och inte hinna avsluta den bok som byggde på hennes blogg. Hon ångrade att hon inte hade sparat mer pengar till Juliets utbildning och grundläggande behov, och att den bördan nu skulle läggas på hennes familj i stället. Hon undrade varför hon inte var arg. Allt var så orättvist. Men hon kanske var för trött.

”Har du ont?” frågade Jacinta och bytte hennes plåster.

”Jag hörde inte när du kom in.”

”Du halvsover en del.”

”Jag var så elak mot dig i går. Förlåt”, sa Rabbit.

”Ingen fara, det var du inte alls.”

”Jag var otrevlig.”

”Du hade så ont. Tro mig, jag har varit med om mycket värre än det där”, sa Jacinta.

”Hur lång tid har jag kvar, Jacinta?”

”Det är svårt att säga.”

”Men inte så länge.”

”Antagligen inte.”

”Men det är svårt att säga.”

”Precis.”

”Jag har inte ont nu”, sa Rabbit.

”Vad bra”, sa Jacinta. ”Sov gott, Rabbit.” Men Rabbit sov redan.

Rabbit Hayes blogg

4 december 2009

S som i skita på sig

Jag har inte skrivit något på ett tag. Cellgifter får döden att framstå som rena semestern. Här är en lista över bieffekterna i alfabetisk ordning: avmagring, blåmärken, bröstsmärtor, diarré, influensaliknande symptom. Flera på K: kallsvett, kräkningar och känslan av att vara bedövad. Två på M: minnesförlust och munsår. Dessutom: ont i magen, sura uppstötningar, torr mun. Två på U: utmattning och utslag, och sist men inte minst värk. Förutom det har jag inga problem med cellgifter.

Juliet är så duktig. Hon läser på om cancerförebyggande mat på nätet och insisterar på att göra juice av allting. I förra veckan mixade vi ihop en grön häxbrygd som fick henne att kräkas genom näsan, och när hon hade slutat spy och gråta sa hon, "Mamma, nu är det i alla fall inte bara du som kräks." Det här är så hemskt som det kan bli – och tro mig, det är hemskt att ha ständiga uppstötningar och dålig andedräkt, att kräkas och skita på sig och inte komma ihåg var de rena underkläderna finns – men jag känner mig aldrig ensam. Min mamma ringer tre gånger om dagen och när hon inte är i andra änden av luren är hon hemma hos mig och städar, lagar mat och klagar på min granne, döva Annie.

"Vem fan tittar på teve mitt på dagen med så hög volym? Det finns nattklubbar som är tystare än den där gamla kärringens vardagsrum."

Hon har dunkat i väggen ett par gånger och hotat med jordens undergång, men döva Annie verkar inte höra henne eller så bryr hon sig inte. Hon bara vinkar och ler och ropar något om vädret när de ses ute på gatan. Grace är också här jämt och när mamma inte städar så gör Grace det. Hon försöker laga mat, vilket uppskattas (fast främst av grannens Siberian Husky och döva Annies tre katter). Pappa har just lärt sig att messa så att vi ska kunna hålla kontakten även när jag har för ont i huvudet för att prata. Davey hör av sig på Skype och skickar presenter från olika spa-anläggningar runt om i världen. Det senaste var från Indien och luktade ruttet ägg. Jag ställde ut det i skjulet eftersom det är för dyrt för att kastas bort, men inte tillräckligt dyrt för att testas.

Marjorie får mig att koppla av: hon skuttar in och ut, stannar aldrig för länge och vet alltid vad hon ska säga eller göra, även om det bara innebär att hon säger: "Jag vet inte vad jag ska säga eller göra nu." Ibland sjunger hon en liten sång som hon har hittat på själv på vägen hit. Hon är så rolig, mycket roligare än hon fattar själv. Jag önskar att hon skulle hitta någon.

Och Juliet, hon är min klippa.

Så visst mår jag illa, visst är jag utmattad och totalt skräckslagen, men jag är åtminstone inte ensam.

DAG FEM

9.

Molly

När Molly inte kunde sova brukade hon ta en promenad, till skillnad från Jack som hellre låg kvar med vidöppna ögon och stirrade i taket. Om det inte hade varit för att han snörvlade så mycket kunde man ha trott att han dött. Det var en ovana som han hade haft sedan barnsben. Snörvlandet stod i direkt förhållande till hur stressad han var. Om det hade funnits ett världsrekord i snörvlande skulle Jack Hayes lätt ha slagit det. Molly tog på sig kappan och gick runt parken utanför, varv efter varv, tills mörkret gav vika för gryningen och Pauline Burke kom ut från sitt hus i morgonrock och tofflor, bärande på två koppar rykande te.

”Du är ju genomfrusen.”

”Det är ingen fara.”

”Dina tofflor är genomblöta och det är antingen snor eller en istapp som hänger från näsan.”

Molly gnuggade bort det och granskade det hon fick i handen. ”Det är nog bara lite torr hud.”

”Kom med in. Jag gör frukost”, sa Pauline och tog sin gamla vän i armen för att dra med henne. Efter trettio års vänskap visste Molly att det inte var någon idé att säga nej.

Väl inne insåg Molly hur kall hon var. Hon började skaka så våldsamt att Pauline täckte henne med en filt och tappade upp ett varmt fotbad.

Molly satt tyst med händerna runt tekoppen medan Pauline började steka ägg. Hon slog på radion, som sände ett lättsamt morgonprogram. Dagsljuset flödade in genom fönstren och Paulines hund Minnie sprang runt i cirklar innan hon började hoppa upp och ner vid bakdörren. Pauline öppnade och hunden studsade ut för att skälla på fåglarna och världen. Molly fick en tallrik mat framför sig, samt en förmaning: ”Nu vill jag att du äter åtminstone hälften.”

Molly suckade djupt men protesterade inte. Hon var hungrig, trots att hon plötsligt kände sig så utmattad att hon knappt orkade föra gaffeln till munnen.

”Vad bra att du såg till att fixa håret”, sa Pauline.

Molly rättade till frisyren med handen. ”De gjorde det på hennes hospice.”

”Det var väl snällt.”

”Det är ett bra ställe.”

”Jag hörde det. Ät upp korven nu.”

Molly åt upp sin korv.

”Jag tycker att vi ska åka bort i september. Jag skulle vilja åka till Frankrike, det ligger så nära och så kommer det att vara varmt där, men inte för varmt. Du vet ju hur mycket jag hatar när det är hett”, sa Pauline.

”Det går inte”, sa Molly.

”Det gör det visst.”

”Jag måste tänka på Juliet”, sa Molly.

”Är det du som ska ta hand om henne?” frågade Pauline förvånat.

”Så klart att det är. Vem annars?” sa Molly.

”Men Molly, det är ett stort ansvar att ta på sig vid din ålder.”

”Davey har ordnat ett möte om det senare i dag. Jag vet inte varför han prompt ska ha ett möte, men han vill väl visa att han bryr sig.”

”Hur länge…?” frågade Pauline, och nu viskade hon nästan.

”Inte länge alls”, sa Molly utan spår av några tårar.

”Kan jag göra något?” frågade Pauline.

Molly såg från sin halvätna frukost till sina fötter i det varma badet. ”Det har du redan gjort, vännen.”

Pauline reste sig och dukade av bordet. När hon passerade Molly stannade hon till för att ge henne en lätt puss innan hon fortsatte till diskhon. ”Vi ska åka till Frankrike, ditt gamla skrälle”, mumlade hon för sig själv, tillräckligt högt för att Molly skulle höra.

Första gången Molly träffade Pauline hade hon stått utanför familjen Hayes dörr med blodigt ansikte och två gråtande, vettskrämda små pojkar, en under vardera armen. Det var en vinterkväll år 1980 och Molly och hennes familj hade just flyttat dit. Pauline var hysterisk. ”Snälla, snälla, släpp in oss innan han slår ihjäl oss allihop!”

I det ögonblicket insåg Molly att den man som hotade Pauline var på väg tvärsöver parken, och han viftade med något som liknade en promenadkäpp. Jack var inte hemma och mannen var stor, stark, rasande och troligtvis sinnessjuk. Hon tvekade inte en sekund. Hon föste in Pauline och stängde dörren innan han hade nått grinden. Hon drog för säkerhetsspärren både uppe och nere och backade ett steg när han dunkade så hårt på dörren med knytnävarna att hon befarade att fasaden skulle rämna. Barnen började skrika och Pauline försökte lugna dem, men hon var så uppriven och skadad att de bara vrålade ännu högre.

Allt skrikande och bultande fick Grace och Davey att komma nerför trappan i sina pyjamasar. De gnuggade sig i ögonen och frågade vad det var som hände. När de såg den blodiga kvinnan och de skrikande barnen nere i hallen satte sig Grace i trappan och grät, medan Davey sprang fram till sin mamma. Mannen skrek och gormade som en galning.

”Vad heter han?” frågade Molly.

”Gary.”

Molly satte sin son bredvid sin dotter i trappan, gick fram till ytterdörren och började banka på den lika hårt som han gjorde. ”Vi kan slå på dörren båda två, Gary.”

Det fick honom att hejda sig. Förutom de gråtande barnen blev det så tyst att de kunde samla sig en liten stund för att tänka ut nästa drag.

Gary tog till orda först. ”Jag vill ha min fru och mina barn.”

”Jaha, men det får du inte.”

”Om du inte öppnar dörren så kommer du att få sota för det.”

”Polisen är på väg, Gary”, ljög hon.

”Det är jag som är polisen.” Han lät självgod och nöjd.

”Jaså”, sa hon, ”så det är därför du tror att du kan komma undan med att slå en kvinna och nästan skrämma ihjäl dina barn. För att du kallar dig polis.”

”Tala inte till mig på det sättet!”

”Varför inte det?”

”För då tar jag mig in genom ditt jävla fönster.”

Hon hörde hur han lämnade dörren och gick i riktning mot vardagsrumsfönstret. Utan att tänka sig för öppnade hon dörren och slängde igen den bakom sig. Han vände sig om lagom för att se henne plocka upp den käpp som han, när han slutat slå den mot dörren, hade lagt på marken. Han gick långsamt fram till henne – han var antagligen lika chockad som hon över att hon hade låst sig ute tillsammans med honom, men de där fönstren skulle ha kostat en förmögenhet att reparera, för att inte tala om hur det skulle påverka hennes barn om den här galningen kom in i vardagsrummet. Hon hörde dem gråta därinne.

”Vad tänker du göra med den där?” frågade han och såg på käppen.

Hon föreställde sig att hon körde in den i munnen på honom. ”Jag tänker använda den som stöd när jag säger åt dig att dra åt helvete.”

”Jaså?” Han såg i det närmaste road ut. Nu skrek han inte längre: han var fascinerad. Hon lutade sig mot käppen. ”Gå hem, Gary.”

”Och om jag inte gör det?”

”När dina kompisar dyker upp här tänker jag berätta vad du har gjort mot din fru, och även om någon av dem skyddar dig så kommer åtminstone några av dem att fördöma dig för det. När ni har åkt härifrån tänker jag slå en signal till min farbror, som är polischef, och berätta för honom exakt vilken sorts man du är.” Hon ljög men det visste inte han. Han gick därifrån utan ett ord, och utan sin käpp.

Pauline och barnen sov över den natten. Det var den första av tre liknande incidenter innan Pauline äntligen vågade sparka ut honom. När hon hade gjort det åkte Fader Lennon, församlingsprästen, hem till henne för att försöka övertala henne att låta honom komma tillbaka. Han kanske hade lyckats bättre med att ge henne dåligt samvete om inte Molly hade kommit dit just när han förklarade för Pauline vad begreppet ”som man bäddar får man ligga” betydde. Molly tyckte inte om Fader Lennon. Hon hade tappat all respekt för honom när han tagit emot pengar från den för tillfället nyktra, ångerfulla Gary, för att be för hans plågade själ, efter att han hade misshandlat Pauline så svårt att hon måste ligga på sjukhus i två veckor. Fader Lennon tog emot en summa som motsvarade en veckas lön, trots att det var uppenbart för alla att Gary inte ens försörjde sin familj. Pauline och hennes pojkar var utsvultna, och om det inte hade varit för hennes extrajobb som sömmerska hade de hamnat på gatan. Prästen hade lagt sedlarna i fickan och sagt åt Gary att han skulle be för att han och Pauline skulle återförenas i harmoni, eller någon liknande smörja. Jack, som hade bevittnat det hela, hade berättat det för Molly ute i korridoren på det sjukhus där Pauline låg, blåslagen och knäckt.

”Du beter dig skamligt, hör du det, Lennon?” skrek hon.

När Fader Lennon såg Molly kliva in i köket, mitt i det försvarstal han höll å Garys vägnar, bleknade han.

”Vad snackar du för skit?” frågade hon.

”Det där var väl onödigt sagt.”

”Vad har han sagt?” frågade hon Pauline.

”Att mina löften betyder något och att min själ är i fara”, sa Pauline.

”Och vad tror du själv?”

”Ärligt talat så bryr jag mig inte. Sedan Gary stack är barnen mycket gladare, vi mår bra och jag är inte rädd längre, jag har till och med börjat jobba halvtid.”

”Det är dags för dig att gå”, sa Molly till prästen.

”Ett ögonblick bara.” Han höjde pekfingret.

Det borde han inte ha gjort. Han var en tunn liten man. Hon såg ner på honom. ”Antingen går du ut för egen maskin, eller så lyfter jag ut dig, det är bara att välja.”

Pauline fnissade, dels åt Fader Lennons obetalbara min, dels av nervositet.

”Ni är inte längre välkomna att svärta ner min kyrka med er närvaro, och det gäller er båda”, sa han när han gick.

”Låter bra”, sa Molly och smällde igen dörren.

Efter det hade Molly, Jack och barnen börjat gå i kyrkan vid flygplatsen tillsammans med Pauline och hennes barn; efter mässan åt de lunch på flygplatsen. Det var i den kyrkan som Molly lärde känna Fader Frank, och även om de hade åtskilliga dispyter var han en god, hederlig man som hade fullt förtroende för Molly och gärna tog emot hennes hjälp med att ta hand om de församlingsmedlemmar som behövde extra stöd. De respekterade varandra och var, på sitt sätt, vänner. Hon hade tänkt en del på honom de senaste dagarna. Medan hon gick hem från Pauline bestämde hon sig för att ringa honom så fort Daveys möte var avklarat.

Men det behövdes inte. Fader Frank ringde självmant på dörren som om han hade läst hennes tankar, och trots att hon inte gått i kyrkan på flera månader och att de hade grälat sist de sågs, blev hon glad över att se honom. Jack och Juliet var och hälsade på Rabbit. Fader Frank visste vad som hade hänt: det var därför han var här. Han var sjukhuspräst, och även om Rabbit inte stod med på listan över patienter som ville ha andlig rådgivning hade han sett hennes namn när han besökte hospicet. Det fanns bara en Rabbit Hayes.

”Kan jag göra något för dig, Molly?”

Molly uppskattade att han gick rakt på sak. ”Du kan välsigna henne.”

”Det vet du att hon inte vill.”

”Men jag vill det, och säg inte nej nu för jag klarar inte fler nej.”

Han övervägde det ett ögonblick. ”Jag kan göra det när hon sover.”

Molly log mot honom. ”Precis vad jag tänkte.”

”Det är inte idealiskt, Molly.”

”Men det är bättre än inget, och tanken på det är det enda som håller mig på benen.”

”Jag ska göra vad jag kan.”

”Det är det enda jag begär.”

”Vet de andra om det här?”

”Nej, och det har de inte med att göra heller.”

”Var försiktig, Molly. Familjebråk är det sista ni behöver.”

”Jag fixar det. Nu måste du stanna på middag.”

Det var ingen fråga, och Fader Frank visste bättre än att protestera.

Grace

Stephen gick ut till sin mamma i trädgården, där hon satt ensam med sitt kaffe. Det var kallt men hon hade en jacka och frös inte. Han satte sig bredvid henne. ”Jag är ledsen att du måste använda din pluggtid till att distrahera Juliet”, sa hon.

”Det gör inget. Jag jobbar ikapp det.”

”Det får vi hoppas.” Hon var fortfarande irriterad över att han hade varit så slö hela läsåret.

”Vad ska vi säga till henne?” frågade han.

”Säg bara att du vill umgås med henne, hitta på något.”

”Hon kommer att undra varför.”

”Men säg bara …”

”... sanningen?”

”Inte än.”

”Kom igen, mamma, vad väntar ni på?”

”Rabbit vill vänta en dag till.”

Bernard kom ut klädd i Manchester United-halsduk och matchande handskar. ”Vad pratar ni om?”

”Vad vi ska säga till Juliet senare när vi går ut.”

”Ingenting”, sa Bernard.

”Hon kommer att ställa frågor”, sa Stephen.

”Nej då, det kommer hon inte.”

”Så du tror att hon bara hoppar in i bilen utan att fråga något?”

”Utom kanske vart vi ska.”

”Men för fan.”

”Svär inte, Stephen.”

”Ursäkta mig, mamma, men hon kommer att fråga och jag vill inte vara den som berättar det för henne.”

”Hon kommer inte att fråga något eftersom hon redan vet”, sa Bernard.

”Nej, det gör hon inte”, sa Stephen. ”Hon tror att hon ska få åka hem.”

”Hon kanske inte vill veta, men det gör hon”, sa Bernard.

”Apropå det ... Ska hon bo hos oss sedan?” frågade Stephen, samtidigt som Lenny kom ut med en kanna kaffe.

”Det är så klart hon ska bo hos oss”, sa Lenny, skakade av sittdynan och satte sig.

”I så fall kan jag dela rum med Bernard tills jag hittar någonstans att bo och Ryan och Fettot kan också dela.”

”Kalla inte din bror för ’Fettot’”, snäste Grace.

”Förresten är han inte fet. Han är groteskt överviktig”, sa Bernard.

”Det där var inte roligt, Bernard. Och de där rummen är för små för att dela.”

”Jag är bara ärlig.”

”Vi kan väl sälja Ryan till tattarna”, föreslog Stephen.

Bernard skrattade. ”Ja, men de skulle skicka tillbaka honom efter två veckor.”

”Haha”, sa Ryan och kom ut från köket. Han drog fram en stol och slog sig ner. ”Pratar ni om Juliet?”

”Ja.”

”Jag såg en husvagn som var till salu för 150 euro – jättefin. Vi kan parkera den här utanför och så kan jag bo där”, erbjöd sig Ryan.

”Då skulle Ryan äntligen få bo där han hör hemma, Juliet kan få mitt rum, jag flyttar in till Bernard och Fettot bor kvar i förrådet”, sa Stephen.

”Din bror ska inte bo i någon husvagn.”

”Men det går bra”, sa Ryan.

”Det tror jag säkert. Jag vill inte ens tänka på vad du skulle hitta på därinne”, sa Lenny.

Ryan flinade för sig själv. ”Coola saker.”

”Pappa, bodde inte Unabombaren i husvagn?” frågade Bernard.

”Jag tror han bodde i ett tält.”

”Skratta ni bara, men det verkar inte som om någon av er har en bättre idé”, sa Ryan, och det hade han rätt i.

Hur de än gjorde skulle det bli trångt, men Grace var rörd över att hennes pojkar så gärna ville ta hand om Juliet. Det gjorde henne stolt. Sedan kom hon ihåg sin minsting. ”Var är Jeffrey?”

Ryan lutade sig bakåt, tittade in genom fönstret och såg sin bror, som stod med näsan djupt inne i kylskåpet. ”Gissa tre gånger.”

”Jeffrey, stäng den där förbannade kylskåpsdörren!” ropade Grace. De tre pojkarna skrattade.

Jeffrey kom ut, sårad och arg. ”Men mamma, jag tittade faktiskt bara.”

Hon drog honom till sig för en kram innan han hann smita undan.

”Sluta, mamma.”

”Jag älskar er, ungar”, sa hon och började plötsligt gråta.

Ryan ställde sig upp. ”Nu drar jag.”

Stephen slank iväg utan ett ord, Jeffrey slet sig loss och gick in. Bernard gav sin mamma en puss och lämnade sina föräldrar ensamma.

”Du vet i alla fall hur man blir av med dem”, sa Lenny.

”Det var därför jag ville ha en dotter.”

Han hällde upp mer kaffe åt henne och reste sig. ”Och nu verkar du få en också, till slut.” Han gick in och Grace satt kvar för att tänka över sin nya situation.

När Rabbit var en bebis hade Grace ofta lagt henne i sin röda dockvagn och dragit runt henne i parken. Rabbit var en liten knubbig unge som hade svårt för att ligga still, och en dag föll hon rakt genom vagnens botten. Grace hade aldrig förstått hur hennes lillasyster hade lyckats ha sönder den, men hon var övertygad om att det var en medveten handling. Rabbit låg och skrek i gräset med knutna nävar och sparkande ben. Grace lät henne ligga kvar eftersom hon inte kunde bära både den trasiga vagnen och sin syster. Ingen skulle väl vilja ta en skrikande unge, men vagnen var fortfarande fin trots att den var trasig. När hon tillsammans med sin upprörda mamma kom tillbaka för att hämta henne hade Rabbit lugnat ner sig. Hon låg glatt och gurglade och viftade mot himlen. Molly väntade en liten stund med att ta upp henne, eftersom hon var så nöjd där hon låg. I stället såg hon och Grace på medan Rabbit förde ett ordlöst och upplyftande samtal med den blå himlen ovanför sig.

”Min kompis Alices syster måste gå på specialskola”, sa Grace.

”Jaha, och?” sa Molly.

”Inget särskilt.” Grace såg på sin syster.

När Rabbit var fem föll hon ner i en avloppstrumma. Hela familjen Hayes var på utflykt och på en yta lika stor som flera fotbollsplaner hittade Rabbit det enda avlopp som inte var övertäckt. Hon föll så pass långt att de inte kunde nå henne, även om hon fortfarande syntes. Grace stod i närheten när det hände. De stod och tittade på kossor i en hage och Rabbit var helt fascinerad. Grace var uttråkad och hungrig. Hon föredrog djurparker: där fanns det åtminstone glass. Hon släppte sin lillasyster med blicken i en minut, vilket var tillräckligt för att Rabbit skulle hinna klättra över stängslet och försvinna.

”Mamma, pappa!” ropade Grace. Hennes föräldrar kom springande tillsammans med bonden. Grace var den första som kom fram. Hon såg ner i avloppstrumman och där var hennes syster, som var lugn trots att hon satt fast.

”Är du okej?”

”Jag tror att jag har brutit skon.”

Bonden försäkrade Rabbit att hon skulle klara sig. Först då gick det upp för henne att något annat hade varit möjligt, varpå hon började gråta och upprepade att hon trodde att hon hade brutit skon.

”Bry dig inte om skorna, älskling.”

”Det är mina favoritskor”, snyftade hon. ”Och jag sitter fast, mamma.”

”Vi ska hjälpa dig upp”, sa Molly. Bonden gick och ringde efter brandkåren; Jack gick fram och tillbaka och mumlade för sig själv; Grace satt i gräset och gjorde maskroshalsband, och Molly berättade en saga för sina döttrar. Den handlade om en flicka som föll ner i en brunn. Molly sa att flickan som fallit ner i brunnen var modig och inte grät alls. Hon blev inte heller ett dugg otålig, eftersom hon förstod att det kunde ta en stund för brandmännen att komma och rädda henne. Medan flickan i sagan satt fast nere i brunnen berättade hon en rolig historia som fick alla som väntade däruppe att skratta.

”Vad var det för historia, mamma?” frågade Rabbit.

”Det får du bestämma, älskling”, sa Molly.

Rabbit tänkte efter i ett par minuter. ”Det var en gång en flicka som hette Rabbit, och hon ramlade ner i ett hål och sa 'fuck', och då blev det ännu värre för man får inte svära."

Grace hade aldrig tidigare hört sin lillasyster säga "fuck", och även om hennes mamma använde ordet flitigt så var det inte barntillåtet. Hon slutade länka ihop sina maskroskedjor och väntade på utskällningen, men det kom ingen. I stället började hennes mamma skratta. "Lyssna på mig, lilla gumman, det kommer att ordna sig", sa Molly och Rabbit trodde henne.

Det tog ytterligare en timme innan brandkåren lyckades få upp henne. Davey missade alltihop eftersom bondgårdar inte var "hans grej" och han hade krävt att få stanna i bilen, där han läste serietidningar och lyssnade på radio. Han fick inte höra Rabbits historia och inte se henne hissas upp ur ett hål, leende och vinkande, trots att hon hade brutit vristen och tappat ena skon. Parkeringen var så långt bort att han inte såg när sjukvårdarna tog med sig henne därifrån i en ambulans. Runt halsen hade hon det maskroshalsband som Grace hade gjort åt henne, och hennes mamma fanns vid hennes sida. Rabbit hade varit stark redan som barn.

Grace satt ute i trädgården och tänkte på den syster som hade följt efter henne precis överallt innan hon fallit handlöst för Daveys band. Hon ångrade alla de gånger då hon hade skrikit åt Rabbit att låta henne vara ifred, gå ut ur rummet eller bara försvinna. *Förlåt mig, Rabbit, förlåt mig.*

Under åren mellan barndom och vuxenliv hade de blivit vänner. När Johnny hade dött och Davey hade flyttat till USA kom Grace och Rabbit närmare varandra, och de blev ännu tajtare när Rabbit råkade bli gravid med en man som hon knappt kände. I ungefär fem minuter hade hon övervägt att göra abort, men snabbt insett att hon inte kunde förmå sig till det. Trots att livet skulle bli så mycket enklare om hon bara klev på planet och fixade problemet. Grace stöttade henne helhjärtat. Hon dömde inte, predikade inte. Hon förstod att Rabbit skulle få det kämpigt som ensamstående mamma, samtidigt som hon visste att det skulle bli det bästa hon någonsin gjort.

”Det spelar ingen roll vem pappan är”, sa hon när Rabbit tog upp det som en orsak att överväga abort.

”Jag vet inte ens vilken del av Australien han bor i. Han nämnde det kanske en gång, det var någon stad ute i ödemarken. Jag har ingen aning.”

Hon hade haft dåligt samvete över att sätta ett barn till världen utan att pappan fanns med i bilden.

”När jag tänker på vem jag är, så ser jag mamma och pappa framför mig”, hade Rabbit sagt. ”Jag ser dig och Davey också förstås, men det är dem jag tänker på först.”

”Jag vet”, sa Grace.

”Mitt barn kommer bara att få se mig. Det kommer att saknas en del.”

”Ditt barn kommer att se sig själv speglad i dig, mamma, pappa, Davey, mig, Lenny, barnen. Vi blir hennes familj, allihop. Vi är varsina delar av den hon kommer att bli. Det är väl inte så illa ändå?”

”Det duger åt mig”, sa Rabbit.

”Där ser du.”

”Jag ska få en bebis, Grace.”

”Ja, det ska du.”

”Kan du berätta det för mamma?”

”Vi kan berätta det tillsammans.”

”Får jag gömma mig bakom dig?”

”Okej då, det får du, för bebisens skull.”

Grace fanns där för sin syster genom hela graviditeten men det var hennes mamma som höll Rabbit i handen under förlossningen, inte för att Grace inte var välkommen utan för att Ryan, fyra dagar före Rabbits förlossning, hade fått mässlingen, vilket gjorde att Grace inte fick komma i närheten av en förlossningsavdelning. I stället vankade hon fram och tillbaka i sin trädgård och väntade på att telefonen skulle ringa. Samtalet kom en minut över sju.

”Grace, vi har äntligen fått en flicka”, sa Molly.

Grace hade börjat gråta. ”Hur är det med Rabbit?”

Innan hennes mamma hann svara hade Rabbit tagit luren ifrån henne. ”Hon är så fin! Vänta bara tills du får se henne, Grace. Hon ser ut som du. Visst gör hon, mamma? Hon har fått dina ögon. Jag är så glad att hon har dina ögon.” Hon var andlös, ivrig, euforisk.

”Hur mår du?” frågade Grace.

”Knockad.”

”Jag menar, fysiskt.”

”Mamma säger att det ser ut som en bilolycka därnere.”

”Var inte orolig, det blir snart bättre.”

”Jag bryr mig inte, Grace. Jag är mamma nu.”

”Jag är så glad för din skull, Rabbit.”

”Jag vet att det är töntigt men jag har aldrig känt en sådan här kärlek”, sa Rabbit. ”Men nu måste jag försöka amma Juliet.”

”Juliet? Du pratade om Rose innan.”

”Men när jag såg henne … Hon är en Juliet.”

”Väldigt fint.”

”Vänta tills du får se henne, Grace! Hon har dina ögon.”

”Du sa det.” Grace fnissade.

”Grace.”

”Ja.”

Rabbit viskade, ”Jag trodde inte att jag någonsin skulle bli lycklig igen.”

”Jag vet.”

”Jag önskar så att Johnny hade fått se henne.”

”Han kanske tittar ner på er just nu.”

”Lägg av, du vet ju att jag inte tror på sådan där skit.”

”Jag tänkte att det stora miraklet kanske hade förändrat det.”

”Jag har alltid trott på naturvetenskapen.”

”Okej, jag ger mig.”

”Nu måste jag verkligen sluta prata och bara vara mamma.” Rabbit skrattade. ”Jag är mamma, Grace.”

Det hade stört Molly att Rabbit inte ville låta döpa Juliet. Trots att hennes dotter hade varit ateist sedan barnsben hade det aldrig föresvävat Molly att hon tänkte föra det vidare till nästa generation. När Juliet var en månad gammal och ämnet kom upp vid en söndagsmiddag hemma hos Grace och Lenny, tvingades Grace ingripa. Det började med att Lenny trampade i klaveret.

”Eftersom det är sommar och vi har så stor trädgård får du gärna ha dopkalaset här.”

Rabbit skrattade. ”Okej, tack så mycket.”

Hon var sarkastisk men Molly låtsades inte förstå det. ”Det kommer att bli så fint”, sa hon.

”Mamma, går du på droger?” frågade Rabbit.

”Alvedon, B-vitamin och Laktulos. Hurså?”

”Juliet ska inte döpas.”

”Var inte löjlig.”

Grace blängde surt på Lenny och han mumlade, knappt hörbart, ”Fan också”. Jack fortsatte att äta som om han inte märkte att en explosion närmade sig. Stephen och Bernard satt tysta och väntade. Ryan var bara två – han satt i sin barnstol och klappade i händerna och skrattade som om han förstod vad som var på gång och gladde sig åt det.

”Det vore löjligare att tvinga in mitt barn i ett falskt trossystem.”

”Det där är hädelse, Rabbit.”

”Det där är bara skitsnack, mamma.”

”Nej, nej”, sa Grace medan Ryan studsade upp och ner i sin stol.

”Rabbit, prata inte med din mamma på det sättet”, sa Jack, varpå han bad Lenny att räcka honom potatisen.

Molly reste sig. ”Låt mig tala klarspråk, Rabbit. Du kanske inte tror på Gud men det gör jag, med varenda cell i min kropp, och om du inbillar dig att mitt barnbarn inte ska döpas så är det bäst att du tänker om illa kvickt.”

Rabbit skrattade. ”Mamma, om du vill ta med henne till Fader Frank så att han kan stänka vatten på hennes huvud, varsågod, men tro inte att jag tänker ta på mig klänning, ha fest eller ens låtsas om att det har hänt, för det betyder ingenting för mig. Det spelar ingen roll vad du säger eller vad du gör, jag kommer ändå inte att uppfostra Juliet som katolik."

"Bra", sa Molly. "Då gör jag det."

"Visst. Ha så kul", sa Rabbit.

"Det ska jag", sa Molly. "Och jag tänker berätta De Goda Nyheterna för henne."

"De Goda Nyheterna? Skärp dig, mamma, du har läst för många flygblad."

"Må så vara, men en sak ska du ha klart för dig och det är att även om din dotter inte tar emot Gud i sitt liv, så kommer hon i alla fall att bli presenterad för Honom."

Grace bad ljudlöst att Rabbit inte skulle slå tillbaka eftersom deras mamma var djupt allvarlig och ingen, inte ens hennes egna barn, sa emot när hon var det. Rabbit satt tyst, även om det syntes tydligt hur arg hon var. Jack bad om fler morötter. Lenny fångade Graces blick och mimade ett förlåt.

Alla satt tysta i ett par minuter, ända tills den då sexårige Bernard tog till orda. "Min kompis Aamir tror inte på Jesusbarnet. Han är vegetarian."

Alla brast ut i skratt och den spända stämningen släppte. Det var det första av många gräl som Rabbit och hennes mamma skulle komma att ha om Juliets rätt till religionsutbildning. Det var det enda som Grace kunde minnas att de någonsin hade varit oense om. Rabbit hävdade envist att om Juliet behövde Gud i sitt liv skulle hon kunna gå ut och leta rätt på Honom när hon var gammal nog att själv bedöma sina andliga behov. Molly ansåg att Juliet hade rätt att lära sig om Gud, och om hon sedan valde att liksom sin mamma förskjuta Honom skulle hon i alla fall ha fått en chans att lära känna Honom först.

Juliet hade inte blivit någon katolik, även om hennes mormor låtsades att hon var det. Till skillnad från sin syster, och – misstänkte hon – sin pappa, hade Grace en tro. Hon gick i mässan ibland, hade uppfostrat barnen till katoliker och bad när det var kris. Hon undrade hur hon skulle kunna uppfostra sina barn till katoliker och samtidigt uppfostra Juliet till ateist under samma tak. *Gode Gud, ge mig styrkan att uppfostra en ateist.*

Lenny kom ut i trädgården. "Dags att åka, älskling." Grace tog med sig koppen in i huset.

"Är du redo?" sa han.

"Nej."

"Det ordnar sig. Vi fixar det här." Sedan ropade han åt pojkarna, "Stephen, Bernard, nu åker vi. Ryan, Jeffrey, bränn inte ner huset."

Han tog sina nycklar. Grace och pojkarna följde efter honom ut till bilen.

Juliet

När Juliet var fem blev hon besatt av tanken på att ha en pappa. Alla hennes skolkompisar hade pappor. Vissa bodde på annan ort, men de kom och hälsade på och tog med sina barn till McDonald's. I alla böcker hon läste, i alla filmer hon såg, hade huvudpersonen alltid en pappa. Juliets kusiner hade en pappa, hennes grannar hade pappor – till och med grannhunden hade en pappa, som bodde tre hus bort på samma gata; de brukade gå runt vändplanen tillsammans varje morgon och kväll. Juliets mamma förklarade att hennes pappa inte kom och hälsade på eftersom han bodde så långt bort. Då började Juliet berätta för alla som ville höra att hennes pappa var en utomjording.

"Han bor i en galax långt, långt härifrån", berättade hon för Kyle när de satt på hennes trädgårdsmur och åt chips.

"Nu fattar jag varför du kan böja tummarna så långt bakåt", sa Kyle.

"Och så kan jag göra så här." Juliet hoppade ner. Hon ställde sig framför honom och knäppte händerna bakom ryggen, varpå hon höjde dem över huvudet utan att släppa taget. Kyle lade ifrån sig chipspåsen på muren och ställde sig bredvid henne. Han knäppte händerna bakom ryggen på samma sätt som hon. Han kunde inte höja dem högre än till axlarna.

”Wow.” Han hoppade upp igen. ”Jag undrar vilken planet din pappa bor på.”

”På mars”, sa Juliet tvärsäkert.

”Hur vet du det?”

”Jag känner det på mig.”

”Tror du han har några superkrafter?”

”Vet inte.”

”Har du det?”

”Vi kan väl testa.”

”Okej.”

Det var den dagen Juliet hoppade ner från garagetaket och bröt handleden. Trots att det gjorde väldigt ont och hon grät, väntade de länge innan de berättade något för hennes mamma, i hopp om att hennes självläkande krafter skulle slå till. Det gjorde de inte: Juliet måste gipsas, men hon och Kyle lät sig inte avskräckas. De utgick bara från att hon nog måste bli lite äldre innan krafterna skulle utvecklas.

När hon var åtta slutade hon att tro att hon var till hälften utomjording. Hon förstod att hennes pappa var australier, inte marsian, även om det sved. Hon ställde många svåra frågor, och Rabbit svarade så ärligt hon bara kunde.

”Älskade du honom?”

”Han var en underbar person.”

”Varför har du inga bilder på honom?”

”För att jag inte hade någon mobilkamera på den tiden.”

”Varför följde du inte med honom till Australien?”

”För att jag hör hemma här.”

”Saknar han mig?”

”Han vet inte att du är här.”

”På Irland?”

”Jag menar att han åkte tillbaka innan du föddes.”

Juliet hejdade sig för att tänka efter i några minuter. Hon

gick upp och satte sig i trappan. Efter ett par minuter fick hon sällskap av Rabbit.

”Varför kan vi inte leta rätt på honom?”

”För att Australien är så stort.”

”Jaha, och?”

”Han har ett väldigt vanligt namn.”

”Vad menar du?”

”Att heta Adam Smith där är som att heta Paddy Murphy här. Det finns väldigt många som heter samma sak.”

”Hur många då?”

”Flera miljoner.”

”Varför vet du inte var han bor?”

”Jag beklagar verkligen, älskling.”

”Det gör jag också.” Juliet gick uppför trappan och lade sig i sängen. Hon somnade utan att äta middag och när hon vaknade nästa morgon låg hennes mamma bredvid henne och sov. Hon tog inte upp ämnet någon mer gång efter det. Hon släppte tanken på sin pappa.

Men bara några månader efter det samtalet tvingades de ha ett nytt. Den gången var Juliets mormor och moster Grace där och när Juliet ställde ifrån sig skolväskan i hallen hörde hon dem prata. Hon sprang in för att ge sin mormor en kram. Men så fort hon kom in i köket märkte hon att något var fel.

”Har du gråtit, mamma?” frågade hon.

”Nej”, sa Rabbit.

”Du är jätteröd i ögonen.”

”Allergisk.”

”Jaha.”

”Sätt dig här”, sa hennes mormor och pekade på köksbänken. ”Jag har gjort din favoritäppelkaka.”

Juliet gjorde som hon blev tillsagd. Grace var upptagen med att städa köket.

”Varför städar du vårt kök, Grace?”

”Jag ville bara hjälpa din mamma lite”, sa Grace.

”Är du också allergisk?”

”Lite av och till.”

Juliet hade ätit upp hälften av sin äppelkaka och druckit ett glas mjölk när hennes mamma berättade att hon skulle läggas in på sjukhus för en operation.

”Vadå för operation?”

”Jag måste ta bort en knöl.”

”Vadå för knöl?”

”Det kommer att bli bra.”

”Men din mamma kanske kommer att vara lite trött framöver”, sa Molly.

”Hur trött då?”

”Det vet jag inte än, älskling”, sa Rabbit.

Juliet åt upp äppelkakan. ”Jag måste göra mina läxor nu.” Innan hon gick därifrån gav hon sin mamma en kram. ”Jag ska ta hand om dig, mamma”, sa hon, och det hade hon gjort ända sedan dess.

Juliet och Rabbit hade sina egna rutiner, som varierade beroende på om Rabbit genomgick cellgiftsbehandling eller strålning, opererades eller bara tog medicin. Juliet gjorde diagram över allting och var inte bara expert på sin mammas medicinering: hon var också duktig på att torka upp spyor, bädda rent, städa toan och hade till och med hjälpt till att byta ett par vuxenblöjor när det behövdes. Hon höll huset i oklanderligt skick och visste vad man skulle äta och inte äta om man hade cancer. När hennes mamma mådde bättre brukade hon lära Juliet att laga mat, och Juliet lärde sig snabbt; hon lagade ofta middag så att hennes mamma fick vila. Hon var först uppe på morgonen och sist i säng trots att hon inte stannade upp särskilt sent, för hennes mamma var ofta väldigt trött och lade sig tidigt. Det hände att Juliet hörde henne gråta inne i sovrummet, men hon gick aldrig in. När Juliet grät ville hon helst vara ifred och hon utgick från att hennes mamma kände likadant. En gång när gråtandet hade pågått ovanligt länge ropade hon, ”Jag älskar dig, mamma!” genom väggen. Hennes mamma slutade snyfta och ropade, ”Jag älskar dig också, Bunny." Hon grät inte mer efter det, eller så gjorde hon det bara tystare.

Juliet kände varenda en av sin mammas läkare och sjuksköterskor, och de kände henne. Hon antecknade alltid när det hände något nytt, och personalen var tålmodig. De svarade på alla hennes frågor, även de som kanske var dumma. När de var på sjukhuset och Rabbit fick vård efter en operation studerade hon noggrant hur sjuksköterskorna gjorde rent hennes mammas sår, så att hon skulle kunna göra samma sak. Hemma var hon dörrpolis. Det var hon som öppnade när någon knackade, och ingen fick komma in utan att först tvätta händerna med den antibakteriella gelé som stod på hallbordet. När Rabbit mådde som sämst var det Juliet som visste var hon ville ha den extra kudden. Hon visste när hennes mamma behövde något febernedsättande, när hon behövde få i sig mat och dryck, och när hon bara ville bli lämnad ifred.

De senaste fyra åren hade ibland varit både tunga och ledsamma för Juliet, men för det mesta hade de varit fantastiska, för Rabbit behövde Juliet lika mycket som Juliet behövde henne. De var bästa kompisar, vapenbröder; de krigade tillsammans, för varandra. De stod varandra så nära att Juliet Hayes redan som tolvåring förstod att deras relation var speciell. Dessutom skrattade de en hel del tillsammans – Juliets mamma var rolig. Hon drog sällan skämt, men när hon gjorde det var de fantastiska. Hennes humor låg i hur hon såg på världen. Hon var optimistisk och livlig, hon log mer än hon surade, och även när det var som svårast lyckades hon alltid hitta något att skratta åt. Men det bästa med henne, tyckte Juliet, var deras samtal.

Efter en omgång cellgifter brukade de ligga i sängen tillsammans och prata om skolan och om pojkar, och om Kyles senaste motocrossolycka och någon artikel som hennes mamma höll på att skriva, hennes cancerblogg och huruvida hon skulle genomgå en bröstrekonstruktion.

"Jag tycker du ska skaffa stora."

”Som moster Grace eller som Pamela Anderson?”
”Jag tänkte mer som Kim Kardashian.”
”Jag trodde det var hennes rumpa som var stor.”
”Upptill också.”
”Då har hon rimliga proportioner. Jag skulle säkert ramla framlänges.”
”Beyoncé har också stora tuttar.”
”Jag skulle vilja ha Susan Sarandons.”
”Vem är det?”
”Hon är skådespelerska.”
”Har hon varit med i några barnfilmer?”
”Vet inte.”
”Vad har hon varit med i?”
”En massa filmer. Thelma & Louise är en av mina favoriter.”
”Såg man hennes tuttar i den?”
”Tror inte det. Bull Durham var också bra, och jag gillade White Palace också även om jag missade slutet.”
”Varför det?”
”Det ska jag berätta när du är lite större.”
”Äckligt.”
”Och så var hon med i Dead Man Walking.”
”Såg man dem i den, då?”
”Hon spelade nunna, så det tvivlar jag på.”
”Jaha. När såg du dem, då?”
”Det minns jag inte riktigt, men jag minns att jag tänkte: Wow.”
”Om du kunde minnas filmen skulle vi kunna leta rätt på den på nätet.”
”Det spelar ingen roll, Bunny. Även om jag gör en rekonstruktion så kommer de aldrig att se ut som Susans.”
”Du kommer att vara fin ändå.”
”Och så kan vi dela t-shirtar tills dina blir större.”
”De har redan börjat växa.”
”Vilket påminner mig. Vi måste gå och prova ut en behå åt dig.”

”Blir du inte ledsen då?”

”Nej, jag hatar behåar.”

”Och du skulle behöva en ny peruk.”

”Gillar du inte den jag har?”

”Jo, men det skadar inte med lite omväxling.”

”Jag vet inte vad jag skulle ha annars.”

”Vad har Susan Sarandon för hårfärg?”

”Rött.”

”Du skulle vara jättefin i rött hår, mamma.”

”Du menar att om jag inte kan få hennes tuttar så kan jag i alla fall få hennes hår?”

”Precis.”

”Bra idé.”

Den kvällen tittade de på Thelma & Louise tillsammans, och det hade de gjort många gånger sedan dess. När livet var tufft citerade de repliker ur filmen.

När de väl kom iväg för att prova ut en behå och en ny peruk, hade Juliet redan storlek 34B. ”Hoppsan, du kommer visst att få stora tuttar precis som Grace.”

”Det får jag inte alls.”

”Jodå. Dina behåar kommer att vara lika stora som tvåmanstält.”

Juliet skrattade. ”Lägg av.”

Men sedan blev hennes mamma allvarlig. ”Det spelar ingen roll hur stora de är. Du är perfekt.”

”Det är du också, mamma.”

”Ja, det har du rätt i.”

Det visade sig att blonda peruker passade henne bättre än röda, men Juliet och hennes mamma hade roligt när de, till personalens stora förtjusning, spelade upp den sista scenen ur Thelma & Louise inne i butiken. Juliet, som hade brun peruk, vände sig allvarligt till sin mamma: ”Mamma, vi fortsätter framåt.”

Hennes mamma rättade till sin röda peruk. ”Vad menar du, Juliet?”

Juliet nickade framåt. ”Gasa på bara.”

Hennes mamma låtsades varva upp motorn på den osynliga bilen de satt i. ”Är du helt säker?”

”Ja, mamma, nu gör vi det.”

Hennes mamma låtsades trampa gasen i botten, de tog tag i varandras händer, rusade framåt och föll ner på knä. ”Slut”, sa Juliet till damerna runt omkring, som applåderade entusiastiskt.

”De där två vet verkligen hur man får självmord att framstå som ett lyckligt slut”, sa den större av damerna. Juliet och hennes mamma bugade sig, varpå Rabbit bytte ut den röda peruken mot en blond.

Den kvällen åt de på sin favoritrestaurang. Juliet hade sin nya behå, hennes mamma hade sin blonda peruk.

”Den där mannen stirrar på dig, mamma.” En servitör fixerade henne med blicken.

”Jag är fortfarande het, Bunny.” Hennes mamma hade blinkat.

Det hade varit en härlig dag, en av Juliets bästa. Hon försökte intala sig att det skulle komma fler sådana dagar, men innerst inne fruktade hon att hon hade fel. För varje dag som hennes mamma låg på det där vilohemmet växte avståndet mellan dem. *När tänker du komma tillbaka till mig, mamma? Jag fungerar inte utan dig.*

Juliet hade kommit tillbaka från sjukhemmet och satt och läste i sin mormors gästrum när hon hörde dörrklockan, följd av Stephens röst som sa ”Hej” till Molly.

”Juliet, dina kusiner vill träffa dig”, ropade hon.

Juliet gick fram till trappavsatsen. ”Vadå?”

”Stephen och Bernard ska gå på någon trädgårdsmarknad i parken vid deras gata.”

”Jag vill hellre läsa en bok.”

”Det är så vackert ute i dag och nu har de kommit hit för din skull, så ta din jacka nu och följ med.”

Juliet såg från sin mormor till Grace, som stod bredvid henne och log brett.

”Det finns ett tivoli också – eller, i alla fall några gungor och en karusell.”

Bernard tutade utanför. Juliet gick nerför trappan. Hennes mormor gav henne jackan och hon gick ut under tystnad. Hon satte sig i baksätet och Stephen körde iväg.

”Jag trodde du skulle plugga”, sa Juliet.

”Behövde ta en paus.”

”Och då valde du att ta med mig och Bernard på en trädgårdsutställning?” sa Juliet med uppenbar skepsis.

”Jag är faktiskt jätteroligt sällskap”, sa Bernard och försökte se sårad ut.

”Och det är du också”, lade Stephen till.

”Hm.”

Stephen lade i en cd och vred upp volymen. Bernard sjöng med och spelade luftgitarr. När de kom fram till parken var pojkarna utsvultna.

”Vi kan väl äta något först”, sa Stephen. De hittade ett restaurangtält som såg bra ut och Juliet följde med dem in. Det var en ”ät så mycket du vill”-buffé som kostade fem euro per person, vilket passade pojkarna perfekt, och de slog sig ner vid ett träbord med varsitt berg av mat framför sig. Juliet tog en hamburgare.

Bernard pekade på den bricka med fudge som stod på bordet bakom Juliet. ”När jag har ätit klart ska jag proppa i mig fem kilo av det där.”

Juliet såg sig om över axeln. ”Mamma älskar fudge.”

”Ta med en påse åt henne.”

”Det ska jag göra.”

”Du kan ju köpa en blomma åt henne också”, föreslog Stephen.

”De gillar inte växter på sjukhuset, men jag kan förstås köpa en tills när hon kommer hem.”

”Vilken bra idé”, sa Bernard, aningen för ivrigt.

Stephen sparkade till honom under bordet. Juliet låtsades att hon inte märkte det.

”Stephen, vad ska du göra när du har tagit din examen?”

”Jag hade tänkt åka till Tyskland med några kompisar och jobba där, men jag kan ju inte åka förrän ...” Han tystnade.

”Förrän vadå?” sa Juliet.

”Förrän jag har skaffat ett nytt pass”, sa han och Bernard himlade med ögonen.

”Vad är det för fel på ditt gamla pass?”

”Du kanske borde söka jobb som förhörsledare?” sa Stephen.

”Nej”, sa Juliet.

”Jo, det borde du göra. Du skulle bli bra på det.”

”Tror jag inte. Jag har inte lyckats få ett enda rakt svar ur dig än.”

”Vi kan väl åka de snurrande tekopparna?” sa Bernard.

”Vad tycker du?” frågade Stephen sin kusin.

Juliet nickade. ”Okej.”

”Men vi måste äta fudge först”, sa Bernard. ”Så den inte tar slut.”

När de hade ätit klart och köpt en blomma åt Juliets mamma, ursäktade hon sig för att gå på toaletten innan de skulle åka de snurrande tekopparna.

Bernard och Stephen stod och väntade vid biljettluckan. ”Du försa dig nästan tidigare.”

”Och det ska du säga, Herr Överentusiastisk! 'Åh vilken bra idé, lysande, smart tänkt!' Du kanske borde tänka lite mer på vad du säger.”

”Jag sa åtminstone inte att jag inte kunde åka utomlands förrän Rabbit hade dött.”

”Vadå?”

När de vände sig om stod deras yngre kusin där med sina enorma ögon fyllda till brädden med tårar, som genast började svämma över. Deras hjärtan sjönk.

”Eh, hm, inget”, mumlade Stephen.

”Vi bara larvar oss lite.”

”Nej, det gör ni inte.” Hon släppte krukväxten och sprang ifrån dem så fort hon kunde. Hon sicksackade sig genom folkmassan och inom loppet av några sekunder var hon spårlöst försvunnen. Pojkarna gick åt varsitt håll och letade igenom parken så noggrant de kunde. Men till slut blev de tvungna att inse att de hade ställt till det på riktigt den här gången.

Marjorie

Marjorie hade alltid hatat söndagar. På åttiotalet, när hon växte upp, gick de flesta barn fortfarande i högmässan och hon hade aldrig lyckats smita undan. Varenda vecka var hon tvungen att klä på sig en löjlig randig klänning och blå lackskor, varpå hon under högljudda protester släpades till kyrkan. Högmässan höll på i en evighet, rökelsen fick henne att må illa, och när hennes mamma envisades med att sjunga varje psalm högre än psalmen innan blev hon så irriterad att hon hade kunnat mörda någon. Om Gud verkligen hade haft förmågan att ta sig in i Marjories huvud, och om Han hade varit lika hämndlysten som det verkade, skulle Han ha gjort slut på henne med omedelbar verkan.

Söndagsmiddagen var lika tålamodsprövande. Marjorie hatade kött, särskilt nötkött, men att vägra äta kött fungerade inte på åttiotalets Irland. Hon blev alltid tvingad att trycka i sig en stor köttbit och ugnsrostad potatis som badade i brunsås innan hon blev utskickad i trädgården för att leka, oavsett väder, eftersom det bara var vuxna som fick titta på teve på söndagarna. Alla affärer var stängda så hon brukade sitta på muren och läsa en bok tills hennes räddande ängel Rabbit kom cyklande, lät henne hoppa upp på pakethållaren och trampade iväg mot friheten.

Marjorie var enda barnet och hennes föräldrar var djupt konservativa. Hon växte upp i ett perfekt litet hus som glänste inifrån och ut. Hon hade alltid fina kläder, var alltid skinande ren. Marjorie såg ut som en liten docka eftersom det, enligt hennes mamma, var exakt vad hon var: en vacker docka att klä på och visa upp. Men en docka har ingen personlighet, den revolterar inte och ifrågasätter aldrig, den har inga åsikter och kommer framför allt inte hem smutsig.

När hennes mamma inte städade så läste eller bad hon, och hennes pappa var sjöman så han syntes inte till särskilt ofta. När han var hemma blev Marjorie tillsagd att vara tyst och hålla sig undan, eftersom han behövde vila. Hon kände inte sin pappa speciellt väl som liten, och det gjorde hon fortfarande inte. Rabbit hade en gång skämtsamt sagt att han var den sortens man som hade en familj i varje hamn. Marjorie hade skrattat, men det hade ändå fått henne att börja undra.

Marjorie hade allt hon behövde, men det fanns ingen värme i hennes hem. Rabbits värld var så mycket gladare, smutsigare och mer levande. Hemma hos Rabbit var det ingen som behövde ta en huvudvärkstablett och gå till sängs bara för att Rabbit spillde något på sin klänning. Hemma hos Rabbit kramades och skrattades det, och det spelade ingen roll vad man hade på sig, vad man gjorde eller vilket skick man befann sig i när man kom dit: inga problem var oöverstigliga, allt gick att lösa.

Marjorie uppfattade Rabbits liv som väldigt glamoröst. Hon hade två coola äldre syskon, och Davey var dessutom med i ett band, vilket gjorde honom extra cool. Tre födelsedagar i sträck önskade sig Marjorie bara en sak när hon blåste ut ljusen på sin tårta: att hon skulle bli medlem i familjen Hayes.

Det hände att bandet repade på söndagarna, och då brukade hon och Rabbit sitta bakom ett skynke och lyssna. Det var de bästa söndagarna. Trots att hon fortfarande hade köttsmak i munnen kände hon sig utvald och hedrad – här ingick hon i gemenskapen. Mrs Hayes lät henne alltid byta om till en av Rabbits träningsoveraller så att hon inte skulle behöva oroa sig för att smutsa ner sina söndagskläder.

Men vissa andra, hemska söndagar måste Marjorie stanna

hemma bara för att någon släkting som hon knappt kände, och inte var ett dugg intresserad av, skulle komma och hälsa på. Då måste Marjorie ha en dansuppvisning för dem och sedan förevisa sina medaljer och plaketter. Hon satt tyst medan de vuxna pratade och yttrade sig bara om någon ställde en fråga till henne, vilket skedde ganska sällan. Det var de längsta dagarna i Marjorie Shaws liv.

När hon flyttade hemifrån slutade hon att gå i kyrkan. Hon blev vegetarian och tillbringade sina söndagar med att shoppa, äta lunch, gå på bio, se på fotboll, vad som helst som kunde fylla tomrummet, men utan att kunna skaka av sig den där plågsamma söndagskänslan.

Klockan var tio på förmiddagen när det ringde på dörren. Hon öppnade i tron att det var hennes granne Simone som ville låna något, men det var hennes ex-make, Neil. Marjories hjärta tog ett skutt.

"Jag tryckte på fel knapp. Simone släppte in mig." *Så klart hon gjorde, den dumma kossan. Nu har du lånat din sista tepåse av mig, Simone Duffy.*

"Jag hade tänkt ringa dig", sa han. "Men jag trodde inte att du skulle svara."

Hon tvekade. *Borde jag slänga igen dörren i ansiktet på honom eller inte? Ja eller nej? Stänga eller inte stänga? Herregud, vad han ser bra ut.*

"Kom in." *Inte vara barnslig nu. Separationen är över, skilsmässan är bara en formalitet. Det finns inget kvar att bråka om – så vad gör han här?*

Hon visade honom vägen till köket. Han hade inte varit här förr. Han såg sig om i lägenheten. "Fint ställe", sa han.

"Pyttelitet ställe", sa hon. "Vill du ha en kopp kaffe?" *Så klart du inte vill. Hugg mig i hjärtat bara, råna mig eller ge mig dåligt samvete och gå sedan hem igen.*

"Ja tack, hemskt gärna."

Fan också. Marjorie slog på vattenkokaren. Han satte sig. Hon mätte upp kaffepulver i två koppar. "Jag har tyvärr bara snabbkaffe." *För ju snabbare du dricker det, desto snabbare kan du gå härifrån.*

"Det går bra. Du undrar säkert vad jag vill."

Nähä? Marjorie svarade inte.

"Jag kom hit för att jag hörde om Rabbit."

"Jaha." Det fick luften att gå ur henne. Han hade alltid gillat Rabbit, även under separationen. Rabbit såg ofta saker ur hans perspektiv och tog honom ofta i försvar. Det visste han, och han uppskattade det.

"Jag ville bara säga att jag verkligen beklagar."

"Jaha." Inte gråta, inte gråta, inte gråta.

Vattnet kokade. Marjorie tog sig samman och hällde vatten i kopparna. "Dricker du fortfarande svart?"

"Ja", sa han.

"Jag också." *Varför sa jag så?* Hon räckte honom koppen.

"Hur mår hon?"

"Dåligt." *Inte gråta nu.*

"Hur länge har hon kvar?"

Hon skakade på huvudet.

"Är du okej?"

"Nej."

"Så klart du inte är", sa han. "Rabbit Hayes är fortfarande ditt livs stora kärlek."

"Ja, det är hon", sa Marjorie, för det var sant. Marjorie älskade sin bästa vän mer än hon älskade någon eller något annat i världen.

"Jag brukade vara svartsjuk på henne", sa han.

"Inte nu längre."

"Lyssna på mig, Marjorie, jag vet att vi har gått igenom en massa jobbiga saker, och att vi har sagt och gjort många saker som sårat den andra."

"Jag gjorde dem, du sa dem."

"Jaja, visst, men jag vill bara säga att jag verkligen hoppas att du mår bättre snart."

"Tack, Neil."

Han ställde ifrån sig koppen och reste sig. "Jag måste gå. Elaine sitter och väntar i bilen."

"Generöst av henne att låta dig komma hit."

"Hon har inget att oroa sig för."

Det var en kommentar som borde ha gjort ont, men inte gjorde det.

"Jag är glad för din skull."

Hon följde med honom till dörren. Precis när han skulle gå vände han sig om och överraskade henne med en kram.

"Hälsa Rabbit att jag tänker på henne." Det fanns gråt i hans röst.

"Det ska jag göra", stammade hon.

"Jag hoppas att du också hittar någon, Marjorie." Han kysste henne på kinden, och när han hade gått visste hon inte vad hon skulle tro eller vad hon skulle ta sig till, så hon satte sig på hallgolvet och dunkade huvudet lätt mot väggen.

Marjorie hade gjort sig av med bilen när hon flyttat in i sin lägenhet. Hon behövde den inte och Rabbit hade fått henne att upptäcka hur härligt det var att ta sig runt på cykel. Hon älskade att cykla, även på vintern, men det hände att det krånglade till livet en aning, som nu när hon måste ta sig hem till Rabbits föräldrar. Det var för långt för att cykla och det fanns ingen bra busslinje. Hon hade tänkt ta en taxi dit och hem, men Davey hade erbjudit sig att komma och hämta henne – det var trots allt hans idé att hon ens skulle närvara.

Hon reste sig, duschade, klädde sig och väntade på att han skulle dyka upp. Som hastigast undrade hon vad som hade hänt om hennes ex-make hade träffat på den man hon hade varit otrogen med utanför hennes dörr. *Slagsmål? Kanske inte.* Neil var lycklig nu, antagligen mycket lyckligare än han hade varit med en kvinna som inte hade uppskattat honom. *Han skulle inte ha slagit till Davey, han skulle snarare ha tackat honom.* Porttelefonen ringde. Hon svarade.

"Det är Davey."

”Jag är nere om en minut.”

Hon satte sig i bilen och de körde iväg. ”Du ser fantastisk ut”, sa han.

”Neil knackade på hos mig i morse.”

”Jag trodde inte att ni hade någon kontakt längre.”

”Han hade hört om Rabbit.”

”Och vadå?”

”Och han ville säga att han var ledsen och hoppades att jag mådde okej.”

”Det var snällt av honom.”

”Ja, det var det.”

”Är du okej?”

”Nej, allt är en enda jävla röra, Davey. Tycker inte du det?”

”För mig har allt jämt varit en enda jävla röra.”

”Har du rätt i … Är du säker på att jag ska vara med på det här mötet?”

”Rabbit skulle vilja att du var det.”

”Jag önskar att jag kunde ta hand om Juliet. Om jag inte hade lämnat Neil kunde han och jag ha gjort det.”

”Om 'om' var en åsna skulle alla få rida.”

”Vi var åsnor. Och vi fick rida. Det är därför jag bor i en etta nu.”

”Du kunde bara inte låta bli att säga det.” Han såg road ut.

”Det var öppet mål.”

Han svängde in till sina föräldrars hus. Graces bil stod redan där. Han parkerade och vände sig till Marjorie. ”Du får föra Rabbits talan, okej?”

Hon nickade.

”Så om det är något du vill säga, bara säg det.”

”Jag lovar.”

De steg ur bilen. Molly mötte dem i dörren. ”Kom in, kom in. Maten står i ugnen.”

Marjorie gick in i köket, där Grace, Lenny, Jack och Fader Frank satt. Bordet var dukat. Alla utom Fader Frank och Molly verkade aningen besvärade.

”Fader Frank, jag visste inte att du skulle vara här”, sa Davey och blängde på sin mamma.

”Jag kom bara förbi på besök och din mamma bjöd in mig på middag. Det kunde jag ju inte tacka nej till. Jag älskar stek.”

”Jag förstår.” Davey kastade ytterligare ett par mördande blickar på sin mamma, över prästens huvud. Molly blängde tillbaka. *Nu håller du tyst, Davey.*

”Sätt dig bredvid Fader Frank, Marjorie. Jag hoppas du gillar stek.”

Förbannade söndagar.

Johnny

Förutom Johnny, Rabbit, Davey, Francie och Jay var sjukhuskorridoren nästintill tom. Rabbit var sexton och Davey hade, som yngst i bandet, fyllt tjugo samma vecka. Johnny stirrade framför sig och nynnade precis lagom högt för att melodin skulle fastna i Rabbits huvud. Under de senaste två åren hade hon vuxit upp snabbt, det hade de alla gjort efter att Johnny fått sin diagnos.

Första gången som han sa orden ”multipel skleros” var det ingen som visste vad han pratade om. De hade haft bandmöte i familjen Hayes kök. Molly och Jack var också med. Alla satt nervöst där och undrade vad i helvete det var som pågick. Rabbit var den enda som visste att Johnny hade genomgått en läkarundersökning. Vad hon inte visste var att multipel skleros var obotligt, att han hade den värsta varianten och att sjukdomen skulle ta honom ifrån dem. Johnny var hoppfull och stark. Han tänkte kämpa emot och var säker på att han inom kort skulle inleda en period av remission.

”Vad betyder det?” frågade Francie.

”Att jag slutar ramla omkull och att synen blir lite bättre, eller åtminstone inte sämre, jag vet inte, att jag slutar rasa ihop.”

”Håller du på att rasa ihop?” undrade Jay.

”Det kommer att bli bra.”

”Hur känns det?” frågade Francie.

”Det är som att vara under vattnet.”

”Hur blir det med skivkontraktet?” sa Louis.

”Det kommer inte att påverkas alls”, lovade Johnny. Familjen Hayes fyra medlemmar sa inget och Johnny märkte det. ”Vad tror du, Mrs H? Jag kommer väl att bli bra igen?”

Molly var tagen. ”Så klart du blir bra”, sa hon med en lätt stamning.

”Mr H?”

”Vi ska nog klara det här. Vi ska göra det tillsammans”, sa Molly.

”Precis. Det finns inget som är omöjligt”, sa Jack. Johnny, Rabbit och grabbarna slappnade av och stämningen lättade. *Om mamma och pappa Hayes säger att det blir bra, då blir det bra.*

Det var förstås ingen som visste hur svårt just det här fallet var, men faktum var att Johnny, trots all tillgänglig expertis och medicinering, inte hade en chans. Han kunde inte uppträda lika ofta, eller lika bra, som han brukade och bandet tvingades ställa in var tredje spelning. När ryktet om det spred sig förlorade de snabbt sitt irländska skivkontrakt. Dagen efter berättade Louis att han tänkte lämna Kitchen Sink. Efter en vecka till sängs, när Johnny äntligen var stark nog igen, kom han tillbaka till garaget för att meddela att de skulle bilda ett nytt band, som skulle heta Sound. De skaffade en extra gitarrist i stället för en ny keyboardist, och Kev fann sig snabbt tillrätta. Alla visste att de skulle få jobba i motvind men deras nya musik var mognare och låtskrivarens smärta, ångest, hopp och desperation präglade varenda en av de gripande texterna. De kunde inte göra så många spelningar och de var tillbaka längst ner i hierarkin, men det spelade ingen roll: de var tillsammans, de var en familj som gjorde det de älskade, och de var fast beslutna att få det att fungera. Under de två år som gått sedan Kitchen Sink upplöstes och återuppstod som Sound hade Kev blivit som en bror och efter den tröga starten, som delvis berodde på Johnnys dåliga hälsa, hade de fått en växande skara fans. En nya era hade inletts.

Nu kom Kev in i sjukhuskorridoren med sin motorcykelhjälm i handen. ”Hopplös trafik”, sa han och satte sig bredvid Francie. ”Har ni ätit?”

”Bara några mackor från fiket”, sa Jay.

”Har de kommit fram till varför han pissar på sig än?” frågade Kev.

Johnny kastade en tidning på honom. Kev duckade.

”Näe, men han har druckit en massa skit och pissat i flaskor hela dagen”, sa Francie.

”Tror ni vi hinner till spelningen?”

”Om vi måste gå innan de är klara med mig så går vi bara”, sa Johnny.

”Det gör vi inte alls”, sa Rabbit emot.

”Jo, det gör vi”, sa Johnny. ”Slutsnackat.”

”Så fan heller”, sa Rabbit.

”Det är en viktig spelning för oss”, påminde Davey.

”Men hans hälsa är ännu viktigare och det vet du mycket väl, Davey.”

”Han kommer att bli klar i tid och sedan åker vi till giget, så coola ner er nu för fan ”, sa Jay.

”Och Rabbit har rätt. Vi åker inte härifrån förrän vad de nu är de har tryckt i honom kommer ut igen”, sa Francie.

”Sluta prata om mig som om jag inte vore här”, sa Johnny.

”Sluta bete dig som ett miffo då”, sa Francie.

”Det är mitt band, mitt liv och mitt beslut.” Johnny ställde sig upp och gick sakta därifrån med ena handen mot väggen som stöd.

”Snyggt jobbat, Davey.” Rabbit var rasande.

”Vad har jag nu gjort?” sa Davey.

Kev sträckte på benen och ropade efter Johnny, ”Kan du köpa en Twix åt mig?”

Rabbit hittade honom borta vid godisautomaten. ”De ropar in dig nu.”

”Vill inte vara här längre.”

”Inte jag heller.”

”Jag är urless på alltihop.” Han lutade sig mot väggen.

”Det är skit.”

”Jag mår bara sämre. Borde jag inte börja må bättre snart?”

”Med tanke på hur mycket medicin de proppar i dig borde du kanske det, men det kan ta tid ibland.”

”Min röst håller väl inte på att försvinna?” frågade han.

Hon såg skräcken i hans blick. ”Nej, nej. Du har aldrig sjungit bättre.”

”Säkert?”

”Säkert.”

”Om jag inte kan sjunga längre så måste du säga det, lova.”

”Om du inte kan sjunga längre så kommer du själv att märka det. Kom igen nu, du har en dejt med en plastslang.”

Han skiftade sin kroppsvikt från väggen till hennes axel. När de kom tillbaka till väntrummet stod Francie och Kev och flirtade med en söt sjuksköterska medan Jay låg och sov med en tidning över ansiktet och Davey kom ut från toan, askgrå i ansiktet.

”Vad är det med dig?” frågade Johnny.

”Det är något med magen.”

”Det är jämt fel på din mage – det är hans arsle ni borde trycka upp saker i”, sa Francie till sköterskan.

”Det är bara det här stället, sjukhuslukten, allt. Inget illa ment”, sa Davey.

”Vi måste gå in nu”, sa sköterskan till Johnny.

Johnny släppte taget om Rabbit och följde långsamt efter henne. När han hade kommit utom synhåll vände sig Rabbit till bandet. ”Om han inte är tillbaka inom en timme måste vi ställa in.”

”När blev du chef över allt som har med Johnny att göra?” frågade Davey.

”Sedan jag sa åt henne att hon var det”, sa Francie.

”Det har du inte alls gjort.”

”Rabbit, kan inte du vara chef över allt som har med Johnny att göra?”

”Jo.”

”Där ser ni.”

”Hör ni vad som händer här?” frågade Davey de andra.

”Jag försöker sova lite”, muttrade Jay.

”Hon är den enda han lyssnar på”, sa Kev till Davey.

”Men för helvete, hon är ju bara sexton. Snart får hon väl ta över som manager också.” Han gick argt därifrån.

De kom fram till stället precis i tid för att hinna soundchecka. Sedan han blev sjuk hade Johnny börjat spela piano i stället för gitarr. Vid pianot fick han sitta ner, och det passade deras nya sound. Han hade sovit på britsen under den sista undersökningen och i bilen på vägen till spelningen. Efter soundcheck sov han en timme till i logen. När det var dags att spela var han tillräckligt utvilad för att ta sig ut på scenen för egen maskin, och han sjöng så att taket lyfte. Grace och Lenny stod längst fram och vinkade. Jack stod vid baren längre bak, och Rabbit satt vid mixerbordet. Den anställda ljudkillen skötte ljudet, men han hade inget emot hennes synpunkter: de underlättade hans jobb, dessutom var hon snygg.

Spelningen tog slut och publiken skrek efter mer. Bandet lade ifrån sig sina instrument och publiken buade.

”Kom igen, killar, bara en till”, sa Johnny där han satt vid pianot. De andra låtsades först inte höra, sedan hängde de till publikens jubel på sig instrumenten igen och Davey satte sig bakom trummorna. Johnny inledde låten med bara sin röst och pianot. Alla hyssjade. Rabbit såg bort mot baren och utbytte ett leende med sin pappa. Resten av bandet kom in vid refrängen och studsade upp och ner i takt. Rabbit lämnade mixerbordet innan låten var slut. Hon gick backstage för att ordna med vatten och några öl åt grabbarna. Sedan köade hon till toaletten i tio minuter precis som alla andra, eftersom Davey och hans krånglande tarmar blockerade toan vid logen. När hon kom ut stod bandet i baren och firade.

”Jag har skaffat öl backstage”, sa hon.

”Vi ville hänga lite härute”, sa Francie.

”Men Johnny då?”

”Vadå menar du?” sa Jay.

”Var är han?”

Jay frågade Davey, men han var omringad av tjejer och inte på humör att engagera sig. Han höjde bara händerna i luften.

Kev stod och hånglade med en lång blondin. Rabbit ryckte honom i axeln. ”Kev, var är Johnny?” Medan hon pratade uppstod en lucka i folkmassan och hon fick syn på honom där han satt ensam kvar vid pianot på scenen. Hon såg från Kev till Francie. ”Har ni lämnat honom på scenen?”

”Åh, jävlar.”

Rabbit hoppade upp på scenen. Hon såg att Johnny var arg. ”Jag kunde inte gå ut själv – det ligger en massa förbannade sladdar precis överallt. Davey har tejpat fast dem kors och tvärs. Och det är så mörkt att jag inte ser något.”

”De var höga på adrenalin”, sa Rabbit.

”De lämnade mig.”

”De glömde bara.”

”Jag fick sitta här som en total loser medan en massa fyllskallar kom fram och pratade skit.”

”Nu går vi.”

”Jag måste få stödja mig mot dig, Rabbit.”

”Det är lugnt.” Hon hjälpte honom på fötter. Han var utmattad och hans händer skakade. Han lutade sig mot henne och hon styrde dem i riktning mot logen. Där lämnade hon honom och gick ut till sin pappa, som satt i den främre baren tillsammans med Grace och Lenny.

”Pappa, vi måste åka hem.”

”Okej, lilla gumman. Jag går och hämtar bilen.” Han drack upp sin apelsinjuice. ”Ni andra får klara er själva. Väck inte mamma när du snubblar in sedan, Grace.”

”Jag hade tänkt sova över hos Lenny”, sa hon med spelad blyghet.

”Över min döda kropp.” Han ställde sig upp. ”Gör inte min fru förbannad, Lenny. Hon kommer att hitta dig.”

”Det ska jag inte göra, Mr Hayes.”

Johnny ville inte träffa de andra. Han var för irriterad. I stället gick han, med hjälp av Rabbit, ut via sidodörren. Så fort han hade satt sig i bilen somnade han. Jack var bekymrad. ”Hur länge ska det fortsätta så här?”

”Han kan fortfarande bli bättre, pappa. Jag har läst på om det där med remission, det är inte för sent än.”

”Du har rätt. Han är ju bara en ung grabb.”

Rabbit hjälpte Johnny ut ur bilen och fram till ytterdörren. Johnnys mamma ropade på hans pappa, som hjälpte honom in och uppför trappan. Johnnys mamma tackade Rabbit och vinkade åt Jack ute i bilen, varpå hon stängde dörren. Rabbit satte sig i framsätet.

”Hur länge orkar han med det här om det inte snart vänder till det bättre?” frågade Jack sitt yngsta barn.

”Inte så länge till, pappa.”

De åkte därifrån.

10.

Davey

Inte förrän Fader Frank gav sig av vid sextiden på kvällen kunde mötet börja. De hade diskat och alla hade fått sin obligatoriska kopp te. Molly ville få det hela avklarat så snabbt som möjligt så att hon kunde åka och hälsa på Rabbit. Hon hade hållit koll på henne via telefonen. Jay hade suttit hos henne i en timme, men resten av dagen hade hon sovit sig igenom. Molly ville vara där när hon vaknade, och med det i bakhuvudet såg hon ingen anledning att gå som katten kring het gröt. Hon satte sig vid bordet och såg på de andra.

”Det blir självklart jag och Jack som tar hand om Juliet”, sa hon.

”Det är inte särskilt självklart, mamma”, sa Davey.

”Vi vill gärna ta hand om henne”, sa Grace och höjde ett finger.

”Var inte dum, Grace. Ni har inte plats för henne”, sa Molly avfärdande.

”Då får vi göra plats.”

”Det har ni redan gjort, på soffan. Vi har ett gästrum”, sa Molly.

”Det handlar inte bara om att ha ett rum”, sa Grace.

”Vad handlar det om, då?”

”Om vad som är bäst för Juliet”, sa Davey.

Molly reste sig och lade händerna mot bordet. ”Och då duger inte vi? Var det inte vi som uppfostrade er allihop, kanske?”

”Jo, det är det jag menar. Ni är klara med att uppfostra barn”, sa Davey.

”Vad menar du med det?” sa Molly och rätade på ryggen.

”Jag menar att du är sjuttiotvå, och pappa är sjuttiosju”, sa Davey.

”Vi är friska som nötkärnor.”

”Nu är du orealistisk, mamma”, sa Grace.

”Det är jag fanimej inte.”

”Hon ska inte behöva ha en förälder till som dör ifrån henne”, sa Davey.

Det lät hårt, betydligt hårdare än han hade tänkt det. Molly såg förvånad ut. Naturligtvis visste hon hur gammal hon var, naturligtvis hade hon oroat sig för det, men det gjorde ändå ont. Hon satte sig tungt ner och såg på sin make. ”Jack?”

”Han har rätt och innerst inne vet du det”, sa han.

”Grace kan inte klämma in en person till hemma”, sa Molly.

”Jag kanske skulle kunna sälja min lya och antingen köpa eller hyra en tvåa”, sa Marjorie.

”Snällt av dig men du har dina egna problem, Marjorie, och Juliet är vårt”, sa Grace.

”Hon är inget problem, Grace.”

”Det var inte så jag menade, mamma.”

”Så stora problem har jag inte och jag vill att ni tar mitt förslag på allvar”, sa Marjorie.

”Hon ska bo hos oss”, sa Grace.

”Det är inte bestämt än”, påminde Davey.

”Nähä, inte det? Vad tycker du själv då, Davey?”

”Jag tycker att hon ska komma och bo hos mig.” Orden trillade plötsligt ut ur hans mun. Han hade inte tänkt efter eller planerat det. Han bara hörde sig själv säga det. Alla stirrade på honom som om de förväntade sig att han skulle brista ut i skratt och ropa, ”Skoja bara!”

”Jaha”, sa Marjorie. ”Så det var därför du ville att jag skulle följa med – du trodde att jag skulle rösta på dig.” Hon lät irriterad.

Davey var fortfarande förvånad över det han just sagt, men kände inget behov av att ta tillbaka det. ”Nej, jag ville att du skulle föra Rabbits talan.”

”Okej”, sa hon. ”Det är en urusel idé. Tyck vad du vill om dina föräldrars ålder och om att Grace bor lite trångt och om att jag inte tillhör familjen, men du är en ungkarl som bor mitt emellan två amerikanska delstater och på en buss, du har aldrig haft ett förhållande som har varat längre än ett halvår, du har inte ens haft ett husdjur, än mindre tagit hand om ett barn.”

”Kunde inte sagt det bättre själv”, sa Grace.

”Jag uppskattar din ärlighet och du har rätt. Jag bor i både New York och Nashville, och jag bor i en buss flera månader i taget. Jag har faktiskt aldrig haft ett förhållande i längre än fyra månader, inte sex månader, och jag gillar inte djur. Men jag är Juliets morbror. Jag har god ekonomi och tid att ta hand om henne.”

”Så när hennes mamma precis har dött vill du ta henne ifrån sina morföräldrar, sin moster och morbror, sina kusiner och allt det som hon är van vid?” sa Marjorie.

”Ja.”

”Så kan du inte göra”, sa Grace.

”Jag planerar att ha ett långt liv och jag har plats, inte bara i mitt hus utan även i mitt liv. Jag kan göra det.” Det var som om någon hade tagit honom i besittning och talade via hans mun, för Davey kunde inte tro sina egna ord, även om de kändes sanna. *Vad i helvete är det som pågår? Vad säger jag? Skulle jag verkligen kunna ta hand om en tolvårig flicka?*

Alla var tysta en liten stund för att smälta chocken: ingen verkade ta hans förslag på allvar.

Jack ställde sig upp. ”Juliet hör hemma här. Grace, om du kan komma på något sätt att göra utrymme för Juliet i er familj så får hon bo hos er. Tills dess kommer hennes mormor och jag att ta hand om henne här hos oss. Det är inte idealiskt och det är inte vad jag hade önskat för henne, men för tillfället kan vi inte lösa det på något bättre sätt."

Han lämnade köket. Mötet avslutades. Molly gick efter sin make.

Grace suckade djupt. "Pappa har alltid sista ordet."

Davey reste sig. "Jag skjutsar hem dig", sa han till Marjorie.

"Jag kan ta mig hem på egen hand."

"Jag skjutsade hit dig, nu tänker jag skjutsa hem dig."

"Okej."

Hon sa hej då till Grace och Lenny, som satt kvar vid köksbordet och drack te.

Marjorie bad om ursäkt så fort hon och Davey hade satt sig i bilen. "Förlåt att jag inte stöttade dig."

"Du gjorde det som du kände var rätt för Rabbit."

"Ja, det gjorde jag."

"Det gjorde jag också."

"Då kan vi åtminstone sova gott i natt, båda två."

De sa inget mer förrän han parkerade utanför hennes hus. Hon tvekade innan hon klev ur. "Du är en bra man."

"Allvarligt, Marjorie, du behöver inte förklara dig."

"Jag dömer dig inte. Rabbit säger att jag kan vara lite fördömande, vilket är ironiskt eftersom jag var otrogen mot min man – vem är jag att döma någon?"

"Du har all rätt i världen att göra det."

"Det kom bara så plötsligt."

"Det håller jag med om."

"Vad menar du?"

"Jag hade inte ens tänkt tanken förrän alla började bråka om vad som vore bäst för henne och jag tänkte: Varför inte jag?"

"Bara så där", sa Marjorie.

"Bara så där."

"Hon är ingen leksak. Du kan inte lämna tillbaka henne."

"Jag vet det."

"Gör du verkligen det?"

”Jag vill ta hand om henne, Marjorie.”

”Du vet inte vad du vill. Det har du aldrig gjort.”

”Börja inte prata om oss nu är du snäll.”

”Det handlar inte om oss. Det handlar om att du vill ta en ung flicka, som har förlorat sin mamma, bort från dem som älskar henne mest i världen.”

”Jag fattar vad du säger, jag hör dig, men jag skulle klara det, och dessutom vill jag verkligen göra det.”

”Sedan fem minuter tillbaka.”

”Min pappa kan utfärda vilka order han vill men jag tänker slåss för hennes skull.”

”Jag vet”, sa Marjorie. ”Men se till att du pratar med Rabbit innan du börjar.”

”Om hon stöttar mig, gör du det också då?”

”Om hon stöttar dig spelar det ingen roll vad jag tycker.”

”Jo, det spelar roll för mig”, sa han.

”Det har varit en lång dag, Davey.” Hon klev ur bilen.

Han öppnade bilfönstret. ”Sov på saken”, sa han, och väntade tills hon hade gått in genom porten innan han körde därifrån. *Har jag blivit galen?* frågade han sig på vägen hem, men trots det ansvar det skulle innebära att uppfostra en tonårstjej, kände sig Davey lättare om hjärtat än han hade gjort på åratal.

Jay hade redan beställt en öl åt honom när han kom till puben. Det var lugnt därinne, inte som förr i världen när söndagarna hade varit pubdagar. Jay åt upp sin mat. ”Frugan har tagit med barnen till sin mamma.”

Davey tog några klunkar öl och nickade.

”Hälsade på Rabbit i dag”, sa Jay.

”Mamma sa det.”

”Jag visste att hon var dålig, men …” Han ruskade på huvudet.

Francie dök upp bakom Davey och rufsade honom i håret. ”Tja, DB, hur är läget?”

Jay vände sig till tjejen som stod i baren. ”Kan vi få en till likadan här borta?” Han pekade på sin pint och sedan på sin bror.

Francie klämde sig in bredvid Davey. ”Hur var det med Rabbit i dag?”

”Förfärligt”, sa Jay.

”Hon är på hyfsat humör ändå”, sa Francie.

”Hon var rätt tyst i dag”, sa Jay.

”Sa hon något alls?” frågade Davey.

”Hon pratade mest om gamla tider.”

”Johnny?”

”Ja.”

”Undrar om han väntar på henne”, sa Francie, till sig själv lika mycket som till de andra.

”Om han gör det så behöver han inte vänta länge till. Förlåt, DB”, sa Jay och Davey nickade.

”Hon sa att ni skulle diskutera vad som ska hända med Juliet”, sa Jay.

”Ja, det gjorde vi.”

”Och?”

”Och jag vill ta hand om henne.”

”Vill du?” sa Francie utan att kunna dölja sin förvåning.

”Men för helvete.” Jay började skratta. ”På allvar?”

Francie lutade sig tillbaka i stolen. Han lät Jay sköta frågorna och Davey svaren.

”Jag menar allvar.”

”Nu lyssnar du på mig, DB. Bara för att du knullar med tonårsbrudar betyder det inte att du kan uppfostra en”, sa Jay.

”Georgia är tjugofem.”

”Är det för att du känner dig ensam?” sa Jay.

”Nej.”

”För det här handlar inte om dig.”

”Det är inte därför.”

Francie tog upp den öl som bartjejen hade ställt på bordet under Jays förhör.

”Du fattar inte hur svårt det är att uppfostra ungar. Du har aldrig behövt ta ansvar för någon annan”, sa Jay.

”Jag vet, jag vet. Jag har inte ens en hund …”

”En hund! Du har inte ens en krukväxt. Jag tar tillbaka det där, förresten – du hade en krukväxt, vi rökte den och Louis fick diarré.”

Kev kom in på puben, såg dem och gick rakt fram till Davey. Han lyfte upp honom bakifrån och ruskade om honom. ”Läget, DB?”

”Han har förlorat förståndet, annars är allt bra”, sa Jay. Francie förblev tyst.

”Vad händer här då?” sa Kev. Han nickade åt bartjejen och pekade på de andras öl. Hon nickade. Han gjorde tummen upp och satte sig bredvid Jay. ”Vad har han hittat på den här gången?”

”Han vill ta hand om Juliet”, sa Jay.

”Jag är ledsen för det här med Rabbit”, sa Kev.

”Tack.”

”Men bete dig inte som en jävla idiot nu. Du kan ju inte ens ta hand om dig själv”, sa Kev.

Francie smuttade på ölen. Davey började inse att människorna i hans närmaste omgivning inte hyste den tilltro till honom som han hade hoppats. ”Jag får verkligen anstränga mig för att inte ta illa upp, hörrni.”

”Gör inte det. Du är singel, du är på resande fot större delen av året. Jag jobbar hemifrån och min fru är där nästan jämt och ibland vill jag bara slå ihjäl ungarna, eller mig själv, eller allihop.” Kev suckade. ”Alltså, jag skulle aldrig göra det, men ibland är det fan lockande.”

”Dina barn är under fem allihop. Juliet är tolv”, sa Davey.

”Ja, och det vet ju alla hur härliga tonåringar är. Min Adele är femton och hennes mamma hittade kondomer i hennes rum. Kondomer, för fan!” Jay blev röd i ansiktet. ”Hon säger att hon tar hand om dem åt en kompis – tror hon att vi är födda i farstun? – och vet ni vad hennes mamma sa åt mig?

Att vi kanske borde se till att hon börjar med p-piller. Hon är *femton*!"

"Jag fick inte ens klämma någon på brösten utanpå tröjan förrän jag var femton", sa Kev.

Francie skrattade.

"Det är inte roligt", sa Jay. "Tonårskillar är en sak, men tonårstjejer! Hon kommer att ta knäcken på dig, DB."

Davey hade bara tid för en öl. Han lämnade Kev och Jay mitt i deras diskussion om barnuppfostran. Francie följde med honom ut till bilen.

"Du sa inte mycket i kväll", sa Davey.

"Jay pratar så det räcker för oss båda."

"Men du håller med om att jag är en självupptagen skitstövel."

"Du håller på att förlora din syster, du sörjer, du är ensam och allt han sa därinne är sant. Du har ingen aning om hur tufft det är. Men jag tycker att du och den där ungen passar ihop. Jag tycker det känns rätt att du skulle ta hand om Rabbits dotter."

"På riktigt?" Davey hoppades att hans gamla vän inte var sarkastisk.

"På riktigt." Francie dunkade honom i ryggen. "Du kommer säkert att fucka upp det, men sådant är livet."

"Men min livsstil då?"

"Du får ändra på den."

"Ja, det ska jag göra."

"Åk och hälsa på din syster nu och argumentera för din sak", sa Francie.

"Tack, Francie."

Klockan var strax efter halv nio och Davey var halvvägs till sjukhemmet när mobilen ringde. Det var Grace och hon var hysterisk. "Pojkarna har tappat bort Juliet."

Rabbit skrek när Molly kom in i rummet. En läkare försökte lugna ner henne men han utkämpade en tröstlös kamp.

”Vem fan är du?” skrek hon.

”Jag heter Enda.”

”Jacinta!” skrek Rabbit rakt i den stackars mannens ansikte. ”Jacinta!”

”Jacinta är ledig men jag är jourläkare, och jag kommer att ta hand om dig i kväll.”

”Stick.”

”Rabbit.”

”Jag heter Mia, jag heter Mia Hayes. Rabbit är ett löjligt jävla skitnamn.”

”Förlåt. Det står ’Rabbit’ här i journalen.”

Han var så upptagen av den skrikande galningen i sängen att han inte märkte när Molly kom in. Om Rabbit lade märke till det så låtsades hon i alla fall inte om det. Hennes intravenösa dropp hade glidit ur venen och vätskan hade samlats i vävnaden, vilket hade fått hennes arm att svälla upp. ”Jag vill bara ta bort droppet”, sa läkaren, men hon lät honom inte röra henne.

”Vad är det som pågår?” sa Molly, och han tittade upp.

”Jag är hemskt ledsen …”, sa han.

”Ingen fara. Det verkar vara min dotter som är problemet här.”

”Stick härifrån, mamma”, sa Rabbit.

”Jag heter Enda.” Han lutade sig över sängen och tog henne i hand.

”Molly. Trevligt att träffas, Enda.”

”Detsamma, Molly.”

”Kan ni inte bara dra åt helvete båda två”, sa Rabbit med eftertryck.

”Nej, det kan vi inte. Vad är det för fel?”

”Inget alls, mamma. Allt är bara härligt. Jag är verkligen tacksam. Njuter av livet varenda sekund.”

”Nu får du lugna ner dig, unga dam.”

”Prata inte med mig som om jag vore någon jävla unge.”

”Bete dig inte som en jävla unge, då.”

Svordomarna började bli för mycket för Enda. ”Jag lämnar er ifred en stund.”

”Tack.” Molly log mot honom. När han hade gått satte hon sig på sängkanten. ”Om du inte låter honom fixa det där så kan han inte ge dig dina mediciner och då blir smärtan snart mycket värre.”

”Det är redan mycket värre”, sa Rabbit mellan sammanbitna käkar.

”Då förstår jag inte varför du kämpar emot.”

Rabbit vände sig långsamt mot väggen. ”Har ni bestämt vem som ska ta hand om min dotter?”

”Så det är det som det här handlar om.”

”Svara på frågan, bara.”

”Din pappa och jag tar hand om henne tills vidare.”

En tår från Rabbits öga droppade ner på lakanet. ”Wow, det är ju fantastiskt”, sa hon. Bitterheten i hennes röst gick inte att ignorera.

”Ut med det bara, Rabbit.”

”Så hon ska först se mig dö, sedan dig och pappa också, innan hon blir flyttad till ännu ett ställe.”

”Grace tar hand om henne så fort hon har plats hemma.”

”Ja men då så, allt en döende mor kan önska sig.”

”Var inte så jäkla dramatisk, Rabbit.”

Rabbit vred på huvudet och såg på henne. ”’Var inte så jäkla dramatisk.’ Jag håller för fan på att dö, mamma. Om jag inte får vara dramatisk nu, när i helvete ska jag vara det då?”

”Du har en poäng.” Molly skrattade och efter någon sekund stämde Rabbit in. Det var inte ett dugg roligt men de skrattade tills de fick ont i magen och sedan grät de, skrattade lite mer och grät igen. När Rabbit inte orkade mer och de äntligen tystnade, bad Molly om ursäkt för den kortsiktiga planeringen av Juliets framtid. ”Vi gör så gott vi kan, älskling.”

”Jag vet det, mamma. Förlåt. I går kunde jag ta in att jag skulle lämna henne, men i dag vill jag bara …”

”Slå en bebis?”

”Nej.”

”Sparka en pensionär?”

”Nej.”

”Trakassera en stackars läkare?”

”Ja.”

”Du får vara arg, Rabbit.”

”Nej, det får jag inte. Jag har inte tid med det.”

Hennes ord värkte i Mollys bröst men hon hämtade sig snabbt och fortsatte, ”På tal om att vara arg, Grace kastade en kaffekopp i ansiktet på Lenny.”

”Hon berättade det.”

”Så klart hon gjorde”, sa Molly.

”Fet blåtira han fick.”

”Det var rena misshandeln.”

”Stackars Lenny. Bara plötsligt åka på stryk så där.”

”Du får vara arg, älskling”, sa Molly igen med vänlig röst. ”Vi är arga allihop.”

”Tack, mamma.” Nu grät Rabbit. ”Kan du be Enda komma in igen? Jag måste få min medicin nu.”

”Självklart.”

Rabbit låg i sängen och såg framför sig hur hon byggde en tegelmur för att stänga smärtan ute, samtidigt som hon övade på sitt avskedstal till Juliet. *”Juliet, nu har jag nått vägs ände.” Nej, för countrysliskigt. ”Juliet, jag är döende.” För brutalt. ”Juliet, jag måste lämna dig …” Låter som att jag ska flytta utomlands. ”Juliet, jag gjorde mitt bästa …” Nej, för självömkande. ”Juliet, jag älskar dig. Förlåt mig.” För sorgligt. Herregud, vad ska jag säga? Det måste bli rätt.* Om Rabbit hade trott på Gud och på ett evigt liv, kunde hon ha tröstat sin dotter. Hon kunde ha lovat att ständigt vaka över henne och skydda henne däruppifrån, eller kanske underifrån, vilket i så fall skulle bero på hur noga Gud var med sex utom äktenskapet, preventivmedel och stöld. Rabbit hade en gång stulit en väska med gitarrsladdar från ett band som hette Funky Punks och bestod av ett gäng töntar; det var hennes enda kriminella handling någonsin och hon ångrade den inte alls. Om hon haft en tro kunde hon sagt till sin dotter att de skulle träffas igen, att det här inte var slutet, men även om Rabbit ville trösta sin dotter så kunde hon inte ljuga, och Juliet skulle märka om hon gjorde det. Det vore grymt.

Enda kom ensam tillbaka.

”Jag ber verkligen om ursäkt”, sa Rabbit.

”Ingen fara.” Han tog hennes hand.

”Jag har betett mig som en idiot.”

”Jag har sett värre. En sjuttioårig man försökte sparka mig i huvudet i förra veckan”, sa han och letade efter en ven på hennes arm. ”Dina vener är söndertrasade.”

”Varför gjorde han det?” sa hon. ”Den här funkar fortfarande.” Hon visade honom en ven på andra armen.

”Han blev upprörd när jag försökte sätta in en kateter.”

”Jag har inte kommit ur sängen på evigheter. Har jag också en sådan?”

”Ja.” Han stack in nålen.

”Hm, jag minns inte när jag fick den.”

Enda satte fast kanylen. ”Så där. Klart.” Han injicerade medicinen. ”Jag ska byta ditt plåster också.”

”Var är mamma?”

”Hon pratar i telefon.”

”Är det sent?”

Han såg på klockan. ”Strax efter nio.”

”Min dotter sa att hon skulle komma i kväll. Det är för sent nu. Hon ska upp till skolan i morgon bitti.”

”Det är en dag i morgon också.”

”Om jag fortfarande är här då.”

”Jo då, det är du, så mycket kämpaglöd som du har.”

”Lovar du?”

”God natt, Mia.” Enda behövde inte lova något, eftersom Rabbit redan höll på att somna.

”Rabbit”, sa hon just när han stängde dörren om henne. ”Jag heter Rabbit.”

Johnny

Det var inte ofta som ett livs levande helgon kom till stan. Det var i alla fall vad Johnny sa till Rabbit för att försöka övertala henne att följa med honom och träffa Moder Teresa. Rabbit lät sig inte övertygas, hon försäkrade honom i stället att hennes pappa gärna skulle skjutsa dit honom.

”Men jag har bara två biljetter och jag vill gå med dig.”

”Varför det?”

”För att jag vet att det kommer att irritera dig.”

”Jag vill inte.”

”Snälla! Jag är jättesjuk och hon kanske kan hjälpa mig.”

”Om hon verkligen kunde det skulle det där härbärget hon driver i Indien vara fullt av friska personer, inte av folk som håller på att dö. Och lägg av med att spela ut sjukdomskortet.”

De låg bredvid varandra på vardagsrumsgolvet och lyssnade på musik medan de stirrade upp i taket.

”Jag har blivit sämre, Rabbit.”

Hon reste sig på armbågen och såg på honom. Han var fortfarande otroligt snygg, men nuförtiden var han alltid trött och verkade äldre än sina tjugo år. Hon suckade djupt. ”Okej, jag gör det.”

Han log mot henne. ”Du kanske ändrar uppfattning.”

”Knappast.”

”Om hon botar mig.”

”Om hon botar dig ska jag definitivt byta åsikt.”

”Det här är stort, Rabbit. Biljetterna är värda en förmögenhet. Vi är lyckligt lottade.”

Det gjorde henne sorgsen, för framför henne låg en vacker ung man som hade så mycket talang, så mycket kärlek att ge, så mycket liv kvar att leva, och han orkade knappt sätta sig upp. Han hade inte alls tur.

Dagen efter tvingade Rabbits mamma henne att ta på sig sin finaste klänning. Davey, som skulle vara deras chaufför, hade kostym. Molly tog en bild på Rabbit och Johnny, som satt på fönsterbrädan med en arm om Rabbit så att han kunde luta sig mot henne. Om man inte hade vetat att han var sjuk skulle de ha sett ut som vilket ungt par som helst – ett par på väg ut på en dejt, inte en funktionshindrad ung man med sin bästa vän och deltidssköterska. Davey skjutsade dem till kyrkan. Johnny måste använda käpp för att kunna gå, men han insisterade på att ta sig uppför trappan själv så det tog ett tag, och Moder Teresa hade redan börjat prata när de kom in genom dörren.

Trots att de var försenade gick Johnny, med hjälp av käppen, längst fram i kyrkan och Rabbit följde lydigt efter. Han trängde sig ner bredvid en kvinna som hade en stor utväxt på ena sidan av huvudet. Hon luktade desinfektionsmedel. Kyrkan var proppfull och det var en varm dag. Lukten av rökelse, blandad med rengöringssprej, billig parfym, svett och desperation fick det att vända sig i magen på Rabbit, och när svarta prickar började dansa framför ögonen lutade hon huvudet i händerna och hoppades att hon inte skulle svimma. Johnny märkte inget: han ville inte missa ett enda ord som kom från Moder Teresas läppar. Rabbit var för upptagen med att befalla sig själv att inte svimma eller kräkas för att bry sig om vad hon sa.

Efteråt ställde sig de sjuka i kö för att bli välsignade. Johnny hade rest sig upp snabbare än han gjort på mycket länge, och trots konkurrensen lyckades han hamna bland de första i kön. Rabbit stod bakom honom, beredd att ta emot honom ifall han skulle ramla, samtidigt som hon hoppades att ingen skulle behöva ta emot henne. Hon såg att hans ben skakade en aning men kunde inte avgöra om det var på grund av sjukdom eller nervositet. Den gamla kvinnan ställde sig framför honom och välsignade honom, och gick vidare till nästa. Hon stannade hos honom i mindre än fyra sekunder och mumlade fram en bön i stället för att prata med honom. När Moder Teresa var tio personer bort viskade Rabbit i hans öra, ”Kan vi gå nu?”

”Du måste skämta!” viskade han tillbaka.

”Hur många irländare krävs det för att skruva i en glödlampa? En för att hålla glödlampan och tjugo för att dricka tills hela rummet snurrar. Det var ett skämt. ’Kan vi gå nu?’ är en uppmaning.”

Han gav henne en sur blick som betydde att de inte skulle gå därifrån på länge än. De stannade i ytterligare två timmar. Davey satt och sov ute i bilen och väcktes av deras högljudda grälande när Rabbit öppnade bildörren.

”Nej, jag gör det själv”, skrek Johnny och vred sig loss ur Rabbits grepp när hon försökte hjälpa honom in i bilen.

”Visst. Ta gärna en halvtimme på dig för att komma in i biljäveln. Vi är ändå så unga, vi har tiden på vår sida.” Hon satte sig i baksätet och smällde igen dörren.

”Så allt gick bara bra, hör jag?” sa Davey och startade bilen.

”Din syster är den mest respektlösa person jag någonsin har träffat”, sa Johnny.

”Har du inte insett det förrän nu?” frågade Davey i ett försök att lätta upp stämningen, men det var hopplöst: hans syster var lika arg som Johnny.

”Jag satt därinne i tre timmar och lyssnade när den där talande valnöten påstod att lidandet är någon jävla gåva”, sa Rabbit.

”Hör själv”, sa Johnny. ”Du är helt otrolig. Du pratar om ett helgon, fattar du inte det?”

Rabbit gav honom fingret. Davey skakade på huvudet. ”Skärp dig, Rabbit, du kan inte kalla Moder Teresa för en talande valnöt – det är för fan hädelse.”

”Inte du också, Davey. Det är bara en massa skitsnack, det är dimridåer, inte ett ord är sant. Det måste du väl inse, Johnny?”

”Jag borde aldrig ha tagit med dig.” Det gick nästan att ta på hans besvikelse.

”Det har du rätt i.”

”Du har just totalförstört en djupt gripande händelse som man bara får vara med om en gång i livet.” Hans knä började skaka. Han slog till det hårt med handen för att få det att sluta, men spasmen fortsatte.

”Sluta då!” skrek han och slog sig, till Rabbits förfäran, på knäet igen. Han gjorde det en gång till och hans ben sparkade till så att knäet slog i instrumentbrädan. Davey och Rabbit såg på varandra i backspegeln. De visste bättre än att säga något till Johnny, som dolde huvudet i händerna och grät tyst. Rabbit skämdes. Hon hade försökt stötta honom, men vantrivdes i kyrkan – han visste redan att hon inte trodde på ett ord som sades där, och när Moder Teresa började ondgöra sig över aborter hade Rabbit fått nog. Men hon borde inte ha muttrat att den gamla nunnan skulle sköta sig själv, särskilt inte så pass högt att munken i rullstol och kvinnan med bara ett ben, som satt bredvid honom, hörde henne. De tog illa vid sig. Munken hade viskat åt henne att hon borde gå därifrån om det var så hon kände. Kvinnan hade fnyst och blängt på henne.

Johnny var utom sig av ilska. Han sa inget mer under resan hem. Det var bara Davey som fick följa med honom till dörren. Det var det enda riktiga gräl som Rabbit och Johnny någonsin hade haft och de pratade inte med varandra på två veckor. Sedan gav sig Rabbit. Hon kastade sten på hans fönster och hotade med att klättra upp i ett träd i tvillingarnas trädgård och bryta sig in om det krävdes. Hon var bara sexton och förstod inte att Johnnys utbrott i bilen inte hade särskilt mycket med hennes bristande respekt att göra, utan berodde på hans besvikelse över att han hade gått in och kommit ut ur kyrkan lika svårt sjuk. Hon bad tusen gånger om ursäkt för sitt avskyvärda beteende och lovade dyrt och heligt att aldrig mer gå i kyrkan med honom. Han låg på sängen med gitarren vid sin sida. Han blundade. Han sa inget och hon blev orolig att hennes ursäkter och löften inte var tillräckliga.

”Och jag lovar att aldrig mer kalla Moder Teresa för något annat än Moder Teresa. Det är verkligen jättefint att hon tar hand om de sjuka, och hon får säga precis vad hon tycker om allting. Alla har rätt att uttrycka sin åsikt.”

”Det var ju storsint av dig.” Han blundade fortfarande, men hans leende fick henne att fortsätta.

”Och jag borde inte ha hotat med att sparka den där charmerande enbenta damen.”

”Det håller jag med om.”

”Trots att hon försökte mosa min fot med kryckan.”

Han öppnade ögonen. ”Jag är också ledsen. Jag borde inte ha bett dig att följa med. Det var orättvist.”

”Mer plågsamt än orättvist.” Hon satte sig i den fåtölj som hans mamma hade ställt bredvid sängen.

”Jag har skrivit en massa ny musik.”

”Låt höra.” Han satte sig sakta upp och hon lade kuddarna tillrätta bakom hans rygg på det sätt som han gillade. Han tog upp gitarren och sjöng och spelade de nya låtarna för henne.

Hon slöt ögonen och lyssnade. När han var klar ställde hon sig upp och pussade honom på munnen. ”Lova att vi aldrig mer bråkar.”

”Okej.” Han var en aning chockad över hennes djärvhet.

”Måste gå”, sa hon och ställde sig vid fotändan av sängen och tog på sig jackan.

”Vart då?”

”Jag ska göra slut med min pojkvän.”

”Varför det?”

”För att jag är kär i dig.”

”Rabbit, jag är för gammal och sjuk för dig.”

”Jag bryr mig inte.”

”Vi är bara vänner”, ropade han efter henne när hon var på väg nerför trappan.

”Jag kan vänta”, ropade hon tillbaka.

När Ryan och Juliet var yngre hade de lekt tillsammans hela tiden. Av kusinerna var det de som stod närmast varandra i ålder, så det var bara logiskt att de sökte sig till varandra. Att döma av de bilder som deras mammor tog fram minst en gång om året hade de varit fullkomligt besatta av varandra. På otaliga bilder höll de varandra i handen eller pussades. De hade inte ens fyllt fem när bilderna togs och dog nästan pinsamhetsdöden varenda gång deras föräldrar tog fram dem igen.

Den senaste tiden hade de inte setts så mycket. De gick i olika skolor, hade olika intressen. Ryan var alltid så självsäker och visste vad han ville, medan Juliet inte hade en aning om vem hon var eller vad hon ville, förutom att bota cancer. Ryan var populär hos tjejerna och stod alltid i centrum. Juliet var snarare en åskådare. Hon hade blivit utbjuden på en dejt ett par gånger men stod inte ut med tanken på att en kille skulle köra ner tungan i hennes hals. Dessutom hade hon fullt upp med sin mamma. Hon hade inte tid att ränna ute med killar. Ryan hade haft flickvän sedan han var nio. Han var erfaren. Juliets enda erfarenhet hade hon fått när Timmy Sullivan, för att vinna ett vad, hade slickat henne i ansiktet när hon var tio. Det var blött och äckligt och hade lämnat spår av ost-och lökchips på hennes kind. Han hade redan försvunnit innan hon hann sparka till honom och hon var för chockad för att börja gråta. Under de två år som gått sedan dess hade hon inte så mycket som sneglat åt ost- och lökchips.

Innan Ryan fyllde nio och upptäckte tjejer hade de tillbringat större delen av sin tid i hennes lekstuga längst bort i trädgården. Det var deras gömställe, en plats där de fick vara ifred för resten av världen. De hade picknick, pratade om tecknad film och spelade fia med knuff, fyra i rad och Ryans favorit, yatzy. Juliet hade knappt satt sin fot i lekstugan sedan Ryan försvunnit ur hennes liv. Kyle hatade trånga utrymmen och Della tyckte att det luktade gamla strumpor därinne.

Hon hade inte lagt märke till det tidigare, men Della hade rätt: det luktade gamla strumpor.

Dessutom var det mörkt. Hon hittade en ficklampa på hyllan bredvid spelen, tände den och såg ut genom fönstret mot sitt hus, som också var mörkt. Tidigare hade hon övervägt att gå in, men hon visste att de skulle hitta henne där och det visade sig att hon hade rätt: Grace och Lenny hade redan letat igenom huset uppifrån och ner två gånger medan de ropat på henne, och Davey hade väntat på henne i ett par timmar. Hon hade sett honom vanka av och an i köket. Han hade åkt för en timme sedan men skulle säkert komma tillbaka.

Hon visste inte riktigt vad hon höll på med. Hon ville bara vara ifred. Hennes hjärta värkte så intensivt att hon ville slita ut det ur bröstet. Hon hade inte ätit något och hennes fingertoppar hade tappat känseln. Hon tittade på klockan. Tio på kvällen. Hon öppnade skåpet och drog fram den filt som hon och Ryan hade haft sina picknickar på. Hon svepte den om sig och somnade.

Hon vaknade med ett ryck av att ljuset från hennes egen ficklampa bländade henne. Hon skuggade ögonen med handen. "Vem är det?" frågade hon med hes, förskräckt röst.

"Den lokala pedofilen", sa Ryan och riktade ljuskäglan mot sitt ansikte. "Moa-ha-ha."

"Gå är du snäll." Hon dolde ansiktet under filten och hörde att han satte sig ner.

"Lekstugan är mindre än jag minns den men den luktar mer", sa han.

Hon svarade inte. Ryan hade svikit henne genom att inte längre vilja umgås med henne, men det hade inte gjort lika ont som när hon flyttade hem till hans familj. Han var den enda av kusinerna som inte hade ansträngt sig alls för att prata med henne eller välkomna henne. Till och med den sjukliga, utsvultna och traumatiserade Jeffrey hade försökt. Ryan hade bara hållit sig undan och det tog nästan knäcken på henne. Hon hade undrat vad hon gjort för fel, men hon hade inte frågat – han hade inte varit i närheten tillräckligt länge för att hon skulle hinna.

Han knuffade till henne med ficklampan.

”Lämna mig ifred”, sa hon.

”Kan inte.”

”Jaså? Hittills har du varit väldigt bra på det.”

”Förlåt.”

Hon sänkte filten. ”Varför?”

”För att alla ljög för dig. Jag ville inte göra det.”

Hon satte sig upp och lutade sig mot lekstugeväggen. Han satt mittemot. ”Hur länge har alla andra vetat om det?”

”Sedan din mamma bröt benet, ungefär. De ville bara inte tro att det var sant.”

”Vet hon själv om det?”

”Ja.”

”Varför har hon inte berättat det för mig?”

”Hon vill göra det. Hon kommer att göra det. Men det är väl svårt.”

”Hur länge?”

”Inte så länge.”

”Vad betyder inte så länge?” sa Juliet med panik i rösten och ögon som svämmade över.

”Jag vet inte, Juliet. Ingen berättar något för mig. Jag får räkna ut allt själv genom att tjuvlyssna.”

”De kan ha fel.”

”Det har de inte. Stephen och Bernard säger att hon såg helt galen ut i går kväll.”

”Hon är inte galen!” skrek Juliet.

”Det var inte så jag menade, det fattar du väl. Hon ser ut som att hon håller på att dö, för det är det hon gör.”

Juliets tårar strömmade nedför kinderna. ”Men det får hon inte. Jag vill inte att hon ska det.”

”Det spelar ingen roll vad du vill.”

”Lätt för dig att säga – du har två föräldrar. Jag hatar dig.” Hon reste sig. ”Jag hatar dig på riktigt.” Hon gjorde sig redo att rusa därifrån men han ställde sig snabbt i vägen för dörren. ”Flytta på dig.”

”Nej.”

”Ryan, jag menar allvar.”

”Nej.”

”Då sparkar jag dig.”

”Gör det då.”

”Akta dig, jag gör det.”

”Gör det, bara.”

Hon sparkade honom så hårt på skenbenet att han föll till golvet. ”Men vad fan, Juliet, för i helvete!”

”Jag sa ju att jag skulle göra det.”

”Jag tror det är brutet.” Han höll om sitt ben och grimaserade av smärta.

Det fick Juliet att hejda sig. Hon kunde inte bara lämna honom där på golvet, särskilt inte om hon hade brutit benet på honom. ”Visa var.”

Han sträckte sakta ut benet och gav ömkliga ljud ifrån sig när hon rullade upp jeansen. Hon tog ficklampan från honom och undersökte benet noggrant. Det var påfallande rött och blåmärket skulle bli rejält, men ingenting var av.

”Du överlever”, sa hon och brast ut i högljudd, okontrollerad gråt. Ryan satt tyst bredvid henne medan hon grät.

”Det kommer att bli bra”, sa han.

”Nej, det blir inte bra.”

”Jo, det blir det. Du måste lita på mig.”

Ljuset tändes inne i köket. Ryan gick till fönstret och kikade ut. ”Det är Davey”, sa han och satte sig bredvid henne igen. ”Mamma håller på att bli tokig, Stephen och Bernard är det redan och alla är otroligt oroliga för dig.”

”De borde inte ha ljugit.”

”Men du ljög också.”

”Gjorde jag ju inte.”

”Försök inte, Juliet. Du visste redan.”

Juliet nickade och den sista tåren trillade nerför hennes

kind. ”Jag ville bara att det skulle försvinna.”

”Men det gör det inte.”

”Vi borde nog gå in nu”, sa hon och Ryan följde med henne ut ur den fuktiga lekstugan.

När Davey såg dem komma in i köket sprang han fram och omfamnade dem. Ryan knuffade bort honom. ”Lägg av, Davey.”

Men Juliet stannade kvar i hans omfamning och de höll om varandra hårt. Han pussade henne på huvudet. ”Du är hemma nu”, sa han. När de släppte varandra hade Ryan stuckit därifrån.

”Förlåt att jag gjorde alla så oroliga”, sa Juliet.

Hon var nerkyld och Davey tappade upp ett hett bad. Hon hörde hur han pratade med Grace i telefon nere i hallen. När han insåg att det inte fanns något ätbart i skåpen ropade han uppför trappan att han skulle gå och handla lite. Juliet låg där omgiven av bubblor, varm och utmattad. Hon somnade inte, men hon försvann in i sig själv. När hon hörde att ytterdörren öppnades reste hon sig mödosamt och gick till sitt rum för att klä på sig. Det såg ut som det brukade därinne, men hon kände sig som en främling i sitt eget hem. Inget kändes verkligt, inget kändes som hennes. Davey ropade. Hon gick ner till köket i pyjamas och morgonrock. Han hade lagat omelett.

”Försök att få i dig lite nu”, sa han, men Juliet var verkligen hungrig och åt upp nästan allt.

”Du är bra på att laga mat”, sa hon.

”Om du gillar ägg, pasta och köttfärssås är jag rena drömmen.”

”Vad kommer att hända med mig, Davey?”

”Det vet jag inte än, Juliet, men jag lovar att hur det än blir så kommer du att få vara med och bestämma.”

”Jag vill bara vara med mamma.”

”Jag vet det, skrotunge.”

”Det brukar morfar kalla mamma för.”

Juliet låg i sin egen säng den natten och hennes morbror fick ta gästrummet. Hon låg vaken och såg hur det ljusnade ute, medan hon tänkte på att det här antagligen skulle bli hennes sista natt hemma. Strax före gryningen gick hon ut ur sitt rum och in i sin mammas. Hon kröp ner i sängen och kände doften av hennes parfym på örngottet och lakanet. Hon kramade kudden och fick äntligen ro att sova.

DAG SEX

11.

Davey

Det var många år sedan Davey hade haft problem med orolig mage, men när han öppnade Juliets dörr och såg att hon inte var där högg det till i mellangärdet. Han hämtade sig när han hittade henne, tungt sovandes, i sin mammas säng. Han tog med sig frukosten ner igen, slängde den i soporna och lät henne sova vidare. Sedan slog han på vattenkokaren och pratade med Grace i telefon medan han drack sitt kaffe. Hon var fortfarande upprörd över att hennes två söner hade tappat bort hennes döende systers enda barn, och även om Ryan hade blivit dagens hjälte hade han inte gett henne några detaljer om Juliets sinnestillstånd. ”Han sa, ’Hennes mamma håller på att dö, vad tror du?’ Sedan gick han och lade sig”, sa Grace.

”Hon ligger och sover i sin mammas säng”, sa Davey.

”Åh Gud, vad sorgligt.”

”Jag tänkte att vi två kanske skulle kunna bo här tills Rabbit är borta.”

Grace blev tyst.

”Juliets hela värld håller på att rasa och det här är hennes hem”, sa han.

”Så du har inte gett upp idén att du ska ta hand om henne?”

”Nej.”

”Mamma och pappa går aldrig med på det.”

”Jo, det tror jag.”

”Du lever i en drömvärld.”

”Kanske det.”

Davey hörde ytterdörren öppnas. Molly kom in i köket. Hon såg härjad ut. ”Mamma kom just”, sa han.

Grace stönade. ”Hon kommer att slå ihjäl mig.”

”Nej då – du tänker väl inte slå ihjäl Grace, mamma?” sa Davey.

”Nej, inte henne. Hennes barn.”

Davey lade på luren. Molly tog av sig kappan och satte sig vid köksbordet.

”Juliet?”

”Sover fortfarande. Har du ätit något?”

”Lite rostat bröd. Det sitter fortfarande fast i halsen.” Hon gned sina händer och drog dem genom håret. ”Vi måste ta med henne till sjukhemmet. Rabbit frågade efter henne i går.”

”Jag vet, mamma. Bara en halvtimme till.”

Molly nickade. Davey gav henne en kopp kaffe och satte sig på stolen bredvid. ”Blev hon välsignad i går?” frågade han.

”Hon var lite för uppe i varv. Om hon hade vaknat mitt i det så skulle vi ha fått gå på två begravningar.”

”Strunta bara i att göra det, mamma.”

”Kan inte.”

”Apropå –”

”Nej, Davey, du får inte ta med dig Juliet till Amerika.”

”Men om jag flyttade hit?”

Molly lade handen på hans kind. ”Du har alltid varit så snäll, Davey, men du har ditt liv därborta nu.”

”Mitt liv är där jag väljer att det ska vara. Vi skulle kunna behålla det här huset.”

”Rabbit är frilansjournalist och ensamstående mamma. Hon hyr huset.”

”Då köper jag det.”

Varken Davey eller Molly hade hört Juliets fotsteg i trappan och hallen. Innan de visste ordet av stod hon bredvid dem.

”Juliet! Oj, vad du skrämde mig”, sa Molly.

”Vill du ha frukost?” frågade Davey.

”Mormor.”

”Ja, älskling?”

”Jag vill bo med Davey.”

”Men Davey bor inte här, älskling.”

”Jag vet det. Jag vill följa med honom.”

Molly såg ut som om hon antingen skulle börja gråta eller ge Davey en örfil, han var inte säker på vilket. Han lutade sig lite bakåt i stolen, osäker på vad han skulle göra härnäst.

”Vi får prata om det en annan gång”, sa Molly med den röst hon använde när hon inte tålde några motsägelser. Juliet satte sig på andra sidan bordet. Davey reste sig och lade två brödskivor i rosten. Efter en liten stunds tystnad frågade Molly om Juliet hade några frågor.

”Nej.”

”Är det helt säkert, älskling?”

Juliet hade rest sig och gått mot dörren redan innan brödet var färdigrostat.

”Men din frukost då?” sa Davey.

”Jag är inte hungrig.” Hon gick därifrån.

Daveys mamma vände sig till honom. ”Vad har du ställt till med?” Sedan gick hon också. Davey duschade och bytte om i det stora badrummet medan Juliet använde sin mammas badrum. De sammanstrålade i köket, redo att träffa Rabbit.

”Davey?” sa Juliet på väg ut till bilen.

”Ja?”

”Får jag gå in till henne själv?”

”Så klart du får.”

De satte sig i bilen.

”Davey?”

”Ja?”

”Vill du verkligen ha mig?” Rösten bröts och avslöjade hur rädd hon var.

”Alla vill ha dig, Juliet.”

”Vad vill min mamma?”

Davey kunde ha sagt något banalt som, ”Hon vill bara att du ska vara lycklig”, men han höll sig till sanningen: ”Jag vet inte.”

Han backade ut och Juliet satte på radion. Det var en gammal Dolly Parton-låt. Hon vred upp volymen och lutade sig tillbaka i sätet.

”Gillar du countrymusik?” frågade Davey.

”Egentligen inte.” Hon blundade.

När de kom fram till sjukhemmet sov hon. Davey parkerade bilen och satt där i fem minuter innan han försökte väcka henne. Han såg folk komma och gå medan han tänkte över vad som hänt de senaste fem dagarna. Han såg på sin sovande systerdotter och kände sig alltmer illa till mods. *Vad i helvete har jag ställt till med?*

Juliet vaknade och såg sin morbror stirra ut genom fönstret, förlorad i tankar.

”Vad ska jag säga till henne, Davey?” frågade hon när deras blickar möttes.

”Precis vad du vill.”

”Jag skulle vilja springa härifrån.”

”Jag också.”

De steg ur bilen och gick hand i hand fram till sjukhemmets dörr. Därinne släppte hon taget och gick ensam bort till sin mammas rum.

”Jag väntar här tills du kommer ut”, sa Davey innan hon öppnade dörren. Det var inte förrän den stängdes bakom henne som han upptäckte att Mabel satt i väntrummet. Hon hade en bok i handen och log brett.

”Mabel?”

”Japp, det är jag.”

”Vad gör du här?”

”Casey kunde inte komma så hon skickade den näst bästa i stället.”

Hon ställde sig upp och de kramade om varandra. Han lät

henne värma honom. ”Du är inte alls näst bäst och du anar inte hur skönt det är att se dig”, sa han.

”Jag beklagar verkligen, vännen”, sa hon.

”Var bor du någonstans? Var är barnen?”

”På turné med en barnvakt och sin andra mamma.”

”Hur går det med turnén?”

”Glöm den.”

”Hur länge stannar du?”

”Så länge som det behövs.”

Davey kramade om henne igen.

”Vad tar det åt dig?” frågade hon.

”Det här är första gången sedan jag kom hit som jag verkligen har känt mig hemma igen.”

De satte sig igen och Davey berättade om de senaste fem dagarnas händelser, och om att Juliet och hennes mamma först nu börjat acceptera att Rabbit snart skulle dö.

”Det är så sorgligt”, sa Mabel.

”Casey är rädd att jag inte ska komma tillbaka, eller hur?”

”Det är hon rädd för varenda gång du flyger hem till Irland.”

”Den här gången kanske hon får rätt.”

Hon lutade sig mot honom. ”Vi får ta en dag i taget nu.”

Första gången Davey träffade Mabel hånglade hon med hans bästa kompis. De var backstage på en festival i Washington. Casey hade just spelat och Mabel väntade i kulisserna, en lång, bredaxlad, rakad och ståtlig svart kvinna som alltid hade skinnbrallor och t-shirtar med dödskallar på; hon såg ut som en rockstjärna.

Mabel såg att Davey iakttog deras kyssande. ”Vad stirrar han på oss för?” hade hon frågat när de släppt varandra och han bara fortsatte att stirra.

”Han utvärderar dig”, sa Casey.

”Snyggt jobbat”, sa Davey och Casey skrattade.

”Jag gillar honom”, sa Mabel.

”Han är guld värd”, höll Casey med.

”Det är du också.” Mabel kysste henne igen och så var det

med det: Casey var fast. Mabel var turnéledare för det band som hade spelat före Casey. Inom en vecka hade hon lämnat sin turné och flyttat in i deras buss. Inom en månad hade hon ersatt den tidigare turnéledaren, en flummig typ som hette Job, utan att han ens hade fattat det och två år senare gifte hon sig med Casey. Mabel var rättvis, jobbade hårt och hade skinn på näsan. Hon hade skruvad humor och tackade inte nej till en drink. Davey och hon hade genast blivit vänner. Sedan hon och Casey fått barn hade Mabel inte följt med på lika många turnéer, men hon lyckades på något sätt fjärrstyra allt hemifrån; turnéerna, Caseys liv och ibland även Daveys.

Davey väntade utanför sin systers dörr. Mabel gick till matsalen och kom tillbaka med te och mackor. ”Jag bad dem att ta bort gurkan.”

”Tack.”

”Har ingen härinne sett en svart människa tidigare?” frågade hon när den tredje personen som gick förbi hajade till.

”Det är din rakade skalle. Besökarna tror att du har cancer och tycker synd om dig, och de som själva är döende tror att du har cancer och undrar hur i helvete du lyckas se så bra ut.”

Hon skrattade till.

”Du måste inte sitta här”, sa han.

”Jag har inte flugit ända hit för att sitta på ett hotellrum.” Hennes telefon ringde. Hon tittade på den och gav den till Davey. ”Det är till dig.”

Han tog den och svarade: ”Hej Casey.”

”Vad skönt att höra din röst.”

”Din också.”

”Hur mår du?”

”Bättre nu när Mabel är här.”

”Du vet att jag skulle ställa in om jag kunde.”

”Jag vet.”

”Jag saknar dig. Det gör vi allihop.” De andra på turnébussen gav upp ett jubel i bakgrunden.

”Hälsa dem att jag saknar dem också.”

Han gav telefonen till Mabel, som gick en bit bort och pratade lågt. Han satt ensam utanför sin systers rum och undrade vad som pågick bakom den stängda dörren och dagdrömde om de många dagar och nätter han hade tillbringat på vägarna, med en tydlig riktning och ett tydligt mål, och inga personliga bekymmer att tala om. *Nu kommer ingenting att bli sig likt igen, Rabbit. Hur skulle det vara möjligt när du är borta?*

Juliet

Rabbit var ensam, hon sov. Juliet smög sig in, sakta och försiktigt, rädd för att väcka henne och ännu räddare för vad som skulle hända när hon vaknade. Hon satte sig på en stol vid sängens fotända, och för första gången sedan Rabbit skrivits in på sjukhemmet tillät sig Juliet att verkligen se henne. Hon studerade sin stackars mammas uppsvullna ansikte, missfärgningen runt hennes torra, spruckna läppar, hennes armar och händer som var täckta av blåmärken, och hörde de högljudda, ansträngda andetag som kom stötvis från hennes öppna, torra mun. Hon liknade inte sitt gamla jag. Hennes hår och de markerade kindbenen var borta, och när hon var vaken verkade färgen ha försvunnit från ögonen. Nu när hon för det mesta låg i fosterställning såg hennes långa, smala kropp kortare och knöligare ut. Till och med fingrarna var vätskefyllda, krokiga och oigenkännliga. Hon såg ut som ett misshandelsoffer i en grotesk film. Det var blod runt den nyss utbytta kanylen i hennes arm. Svullnaden i armen hade gått ner, men pyttesmå vätskedroppar läckte fortfarande från ingångshålet.

Frukostbrickan stod orörd. På bordet bredvid låg några munsvabbar med citronsmak mot muntorrhet. Rabbit höll gosedjurskaninen tryckt mot bröstet. Hon såg ut som en vilsen liten flicka, och Juliet överväldigades av en sådan ömhet, värme och kärlek att det var som om hon hade förvandlats till mamman i rummet. Hon rörde lätt vid Rabbits arm, huden var fortfarande mjuk. Hon tog fram en munsvabb och förde den försiktigt till sin mammas läppar. Hon gick ut i badrummet, blötte en tvättlapp och torkade försiktigt, försiktigt bort det levrade blodet kring kanylen.

”Jag älskar dig, mamma”, viskade hon.

Hennes mamma öppnade ögonen en aning. ”Juliet?”

”Om jag hade fått välja vilken mamma som helst i hela världen så skulle jag ha valt dig. Du har varit världens bästa. Du är världens bästa.”

Tårar rann nerför deras kinder.

”Du är det bästa som någonsin hänt mig, Juliet Hayes.” Rabbit försökte öppna ögonen ordentligt för att kunna se sin flicka bättre.

”Jag vet det, mamma”, sa Juliet och torkade bort sin mammas tårar med en näsduk.

”Jag är så trött, Juliet”, sa Rabbit.

”Sov då.”

”Hoppa upp, älskling.” Rabbit gjorde ett försök att klappa på sängen.

”Okej.” Juliet gick runt till andra sidan och kröp in i sin mammas famn. Rabbit omfamnade sin unge. Efter tio minuter sov de båda två.

Jack

Jack fick syn på Mabel, som satt bredvid hans son, innan hon såg honom. Han blev genast rörd av hennes omtänksamhet. Hon kom ända hit för Daveys skull. Det var lätt att glömma att även om Davey inte hade någon traditionell familj i USA, så var han inte ensam. Nu såg han sina föräldrar och reste sig.

”Mamma, det här är min goda vän Mabel.”

”Trevligt att träffas”, sa Molly och skakade hennes hand. ”Jack tjatar jämt om hur fantastisk du är.”

”Han är rätt fantastisk själv”, sa Mabel och kramade om Jack. ”Härligt att se dig igen, gamle man.”

”Haha, det brukar jag också kalla honom”, sa Molly.

”Tack för att du kom”, sa Jack till Mabel.

”Det var självklart.”

Jack hade otaliga gånger åkt över för att se Davey spela med Casey. Ibland åkte han med Francie, Jay och Kev – de gjorde en grabbhelg av det; ibland hade han åkt med Grace och Rabbit, Rabbit och Juliet, eller Grace, Lenny och ungarna. Molly var inte lika reslysten: hon gillade Blackpool och Wales och var inte ett dugg intresserad av några andra resmål. Första gången Davey föreslog att hon skulle komma till Nashville och hälsa på hade hon skrattat honom rakt i ansiktet. ”Det vore något, det”, hade hon muttrat för sig själv. ”Varför inte åka till månen också när vi ändå håller på? Atmosfären ska tydligen vara fantastisk.”

Det hände också att Jack åkte ensam, och varje gång han var där tog Casey och Mabel så väl hand om honom att han knappt ville åka hem igen. Han hade till och med följt med i turnébussen, vilket var spännande i ungefär ett och ett halvt dygn varpå det blev aningen tjatigt, men ändå värt besväret. Han älskade att köra från stad till stad och se den oändliga vägen möta blå, röda, orange och svarta stadssilhuetter, och sedan komma fram till gigantiska scener. Han var med när bandet soundcheckade på tomma arenor och han fick komma upp på de enastående scenerna. Han hade kvar varenda backstagepass han någonsin hade fått, från Kitchen Sink via Sound till Casey, och de stod för minnen som han skulle bära med sig i resten av livet. Att se Mabel här fick honom nästan att börja gråta. Det påminde honom om den gången då turnén hade stannat i Las Vegas för att ge tio föreställningar, och han och Rabbit hade tagit med sig Juliet dit. Juliet hade bara varit fem och mitt i sin ”jag är en utomjording”-period. De hade varit där i fem underbara, lyckliga dagar och Mabel och Casey hade behandlat Juliet som sin egen dotter. Rabbit hade varit frisk och fullt kapabel att själv springa runt efter sin utomjording, men tjejerna hade insisterat på att ta med henne på de bästa föreställningarna, till de roligaste poolerna och de coolaste barnrestaurangerna. De hade köpt kläder, skor och dockor åt henne tills Rabbit sagt ifrån, eftersom allt extrabagage skulle kosta en förmögenhet att skicka hem. Medan tjejerna tog hand om Juliet tillbringade Rabbit större delen av de fem dagarna med sin pappa och Davey. Det hade varit som förr i tiden då hon var Daveys ljudtekniker och hennes pappa var ordförande i bandets fanclub.

Johnnys död hade fått Rabbit och Davey att glida isär, krossat den närhet de byggt upp under åren. De hade båda uppslukats av sin egen sorg, sina egna skuldkänslor. De fem stekheta dagarna i Las Vegas, när de strosade i affärer och satt vid poolen och pratade i barer till sent på nätterna, hade lagat det som gått sönder. Davey presenterade sin lillasyster, den genialiska ljudteknikern, för bandet och resten av turnésällskapet. Hon hade stått vid mixerbordet, imponerad bortom ord. När Eddie, ljudteknikern, frågade om hon ville prova sa hon att hon inte ens visste hur man slog på strömmen. Jack hade känt Daveys stolthet när han sa, "Om hon fick en timme på sig skulle hon sno ditt jobb, bara så du vet." Mabel och Casey kände till historien om Davey, Rabbit och Johnny. De visste att syskonen fortfarande sörjde, och gjorde sitt bästa för att stötta dem. Jack var dem evigt tacksam för det.

Molly, Jack, Davey och Mabel satt på rad bredvid varandra och tittade på dörren. De måste ge Juliet och Rabbit all den tid de ville ha, men det var jobbigt att stirra på en dörr under de här omständigheterna. Molly letade i handväskan och tog upp en påse med karameller. Hon gav den till Jack, som gav den till Davey, som gav den till Mabel.

"Citron- och kolasmak. Väldigt gott men det är risk att man tuggar sönder en lagning", sa Molly till Mabel, som tog en och gav tillbaka påsen.

"Jag tror inte vi har sådana här i Amerika."

"Synd och skam", sa Molly.

Jack förhörde sig om Casey och barnen, och Mabel pratade på om hur fantastiska de var allihop, förutom att Emmet hade börjat slicka sin tvillingbror Hopper i ansiktet. ”Han kan bara inte låta bli, det händer varenda dag. Då blir Hopper tokig och slår till honom. Sedan börjar båda grina, och sedan får en eller båda ett utbrott. Herregud, det är kaos.”

”Vaselin”, sa Molly.

”Ursäkta?”

”Smörj in lite i ansiktet på Hopper. När Emmet slickar honom får han det på tungan. Då gör han garanterat inte om det.”

”Psykologen sa att han skulle växa ifrån det.”

”Han växer ifrån det snabbare om hans brors ansikte smakar skit.”

Mabel tänkte efter och nickade sedan. ”Den där psykologen kostar nästan femhundra dollar i timmen.”

”Ring mig nästa gång, jag tar bara hälften för att leverera en konkret lösning”, sa Molly.

Mabel sa att hon skulle göra det. ”Hon är precis lika fantastisk som du sa, Jack.”

”Ja, visst är hon”, sa Jack stolt.

Jack älskade sin fru mer än han älskade livet självt. Hon hade hållit huvudet högt genom livets alla prövningar och tröstat dem alla genom att vara sig själv. *Om det finns en Gud så ska jag tacka honom för dig, Molly Hayes. Och sparka honom i häcken för allting annat.*

Tiden går långsamt när man sitter i en sjukhuskorridor. Jack behövde sträcka på benen och Mabel erbjöd sig att följa med. Han tog med henne ut i trädgården och de promenerade runt den i sakta mak, arm i arm. Ett lätt regn föll på dem – Jack märkte det knappt och Mabel gillade det.

”Det är inte Irland om det inte regnar”, sa hon.

”Det har du nog rätt i.”

”Har jag berättat om min mamma?”

”Nej.”

”Hon dog när jag var tjugoett. Hon var också ensamstående mamma.”

”Jag beklagar verkligen.”

”Hon blev påkörd av någon fartdåre och dog direkt. Vi hann inte ta farväl.”

”Vi har väl tur som får chansen att säga adjö, antar jag”, sa han.

”Nej, nej, det är inte att säga adjö jag saknar, det är henne.”

”Hur klarade du av det?”

”Inte alls, till en början. Jag var ung och ensam och rädd för vem jag var, och vad jag var. Det var ett mörker och jag begick många misstag, men sedan tog jag mig samman och började jobba, hittade något att fokusera på, utvecklade min drivkraft. Med tiden började jag trivas med att vara jag, och även om det var jobbigt ibland gick livet vidare.”

”Jag är så glad att Davey har dig, Casey och ungarna.”

”Han är en del av vår familj, det vet du.”

”Jag hade glömt det. Men jag ska inte glömma det igen.”

Davey kom plötsligt springande emot dem. ”Pappa, kom på en gång! Det är något fel med mamma.” Han var redan på väg tillbaka och Jack och Mabel rusade efter honom in till receptionen och vidare in till ett sjukrum. Molly låg på en brits och Mr Dunne undersökte henne.

”Molly”, sa Jack skräckslaget.

”Jag mår bra! Bara bra, hör du vad jag säger? Jag mår jättebra.” Hon talade utan att lyfta på huvudet.

Mr Dunne knuffade ut Jack och Davey ur rummet och stängde dörren bakom sig. Mabel höll sig i bakgrunden för att inte störa.

”Vad är det för fel?” frågade Jack.

”Hon tappade karamellerna, tog sig för bröstet och ramlade nästan av stolen”, sa Davey.

Mr Dunne dök upp igen. ”Lider Molly av kärlkramp?” frågade han.

”Nej.”

”Hon är stabil nu men vi behöver göra ett EKG på henne.”

”Här?” sa Jack.

”Tyvärr inte.”

”Hon kommer inte att gå med på att åka härifrån.”

”Det måste hon. Ambulansen är på väg.”

”Herregud”, mumlade Jack.

Mr Dunne sa åt honom att sätta sig. ”Jack, det är ingen fara. Hon kommer att få en diagnos och vård och allt kommer att bli bra.”

”Jag kan inte förlora henne också.” Han begravde huvudet i händerna.

”Det kommer du inte att göra.”

Mr Dunne gick tillbaka in till Molly. Davey, Jack och Mabel hörde hur hon beklagade sig högljutt över att behöva lämna sjukhemmet. Två ambulansmän gick förbi dem och in i rummet.

När Jack tittade upp igen gick Davey fram och tillbaka medan han pratade i telefon med sin storasyster. ”Grace, är du på väg? Då kan du vända och åka till sjukhuset i stället. Det är mamma – de tror att hon har fått en hjärtattack.”

Molly rullades ut ur rummet, fastspänd vid en bår och inlindad i en mörkblå filt. ”Det var ingen hjärtattack. Överdriv inte när du pratar med din syster.” Hon krävde att få stanna till och prata med sin man. Hon sa åt honom att ta henne i handen så han föste undan filten och gjorde det.

”Jag mår bra. Det är inget. I så fall skulle jag veta det. Jag vet allt, det vet du att jag gör.”

”Ja, det vet jag.”

”Jag ska ta det där löjliga EKG:et och sedan kommer jag tillbaka.”

”Jag följer med.”

”Nej, stanna hos Rabbit.”

”Davey, stanna hos Rabbit och Juliet. Grace och jag följer med din mamma.”

”Okej”, sa Davey.

”Mabel, ta hand om honom.”

”Det ska jag göra.”

”Jag tänker inte lämna dig, Molly”, sa Jack. Hon sa inte emot, för det var tydligt att han menade vad han sa.

Jack satt i ambulansen vid sin frus sida och trots att det inte låg för honom att be, försökte han koncentrera sig på sitt mantra. *Den här gången kommer det att gå bra.* Rabbit låg för döden och den hemska sanningen var att hennes far skulle överleva henne. Under resten av sitt liv skulle Jack plågas av skuldkänslor och sorg, men han var klok nog att inse att han skulle leva vidare, till och med kunna skratta och le igen. Han skulle stå ut eftersom han hade Molly. Hon var hans äkta hälft, hans bättre hälft. Hon var hans livselixir. Jack dyrkade sina barn och skulle gärna ha gett sitt liv för att rädda vart och ett av dem, men utan sin fru skulle han inte överleva.

Grace

Med en hårsmån lyckades Grace undvika att köra in i lastbilen framför dem. Lenny ropade, ”Men herregud!” Hon tvärbromsade och Jeffrey slog näsan i baksidan av sin pappas nackstöd. Han vrålade.

Lenny vände sig om och såg att blodet forsade ur hans yngste sons näsa. ”Men vad i hel – ”

Grace tittade i backspegeln. ”Vad fan har du inte bälte på dig för?”

”Förlåt, mamma.”

”Du kunde ha flugit rakt igenom den förbannade vindrutan. Har alla i den här familjen drabbats av dödslängtan?”

”Det är obekvämt med bälte.”

”Det är för att du är så tjock, Jeffrey.”

”Nu räcker det, Grace”, sa Lenny.

”Det har du rätt i, Lenny, nu räcker det. Pre-diabetikern störtade nästan genom vindrutan.”

Jeffrey spände fast bältet med ena handen och höll för sin blödande näsa med den andra.

”Det ordnar sig ska du se, Jeffrey, vi är på sjukhuset om fem minuter”, sa Lenny och vände sig till sin fru. ”Det var du som nästan körde in i en lastbil, Grace. Ta och lugna ner dig lite nu.”

Grace tog ett djupt andetag. ”Förlåt, älskling”, sa hon till Jeffrey.

”Mormor klarar sig alltid, mamma. Och jag tänker inte få diabetes. Jag ska gå ner i vikt och jag lovar att alltid ha bälte på mig från och med nu.”

”Tack.”

”Förlåt, mamma.”

”Förlåt, lilla gubben.”

Så fort de kom ut ur bilen undersökte Lenny Jeffreys näsa. Hans ansikte och t-shirt var nerblodade, men flödet hade stannat upp. ”Det är inget som är brutet.”

”Den känns okej”, sa Jeffrey.

”Säkert?” frågade Grace och tog ut en väska ur bakluckan.

”Mmm.”

”Nu går vi.” Hon gick så snabbt mot akuten att Lenny och Jeffrey måste springa för att hinna med.

Grace kände till akutmottagningens alla vinklar och vrår. Hon stannade inte för att be någon om hjälp. Hon hade för längesedan lärt sig att om man bara såg målmedveten ut och utstrålade självförtroende så var det ingen som stoppade en. Läkarna och sköterskorna hade fullt upp och säkerhetsvakterna lät sig luras av hennes auktoritära uppsyn. Lenny och Jeffrey tog sikte på väntrummet. Grace hittade snart sina föräldrar tack vare att hon hörde sin mamma bråka med en läkare på andra sidan om ett skynke. Hon drog det åt sidan och såg Molly, som satt i sängen med sladdar fastspända på bröstet och Jack vid sin sida, samt en stressad ung doktor. Två bås bort skrek en berusad flicka ”Botten opp, botten opp” om och om igen.

”Vad är det som händer?” frågade Grace.

”Jag förklarar bara att jag mår bra nu och säkert kan göra de här testerna vid ett annat, lämpligare tillfälle.”

”Men doktorn här håller inte med. Han säger att din mamma måste skrivas in för utredning.”

"Mamma, då måste du stanna här."

"Tänker jag inte göra."

"Doktorn, kan vi byta några ord här ute?"

Den unga mannen följde efter Grace och drog igen skynket bakom sig; de gick några steg bort och pratade lågt med varandra.

"Finns det någon möjlighet att medicinera henne för att undvika komplikationer på kort sikt, så att hon kan göra testerna en annan dag?"

"Det avråder jag ifrån."

"Men är det för att hon verkligen svävar i fara eller för att du vill ha ryggen fri?" Hennes raka fråga fick honom att haja till. Hon brydde sig inte om det. Hon hade inte tid att vara artig.

"Din mamma är en sjuttiotvååårig kvinna som kom hit med bröstsmärtor och andfåddhet. Hennes symptom försvann när Mr Dunne gav henne nitroglycerin. Hon behöver ta ett EKG så att vi kan avgöra om hon lider av kärlkramp, och om det är det hon har behöver vi ta reda på vilken sort det är."

"Ni har inte besvarat min fråga."

"Bara för att hon inte befinner sig i omedelbar fara betyder det inte att hon inte gör det om hon lämnar sjukhuset. Så ja, jag vill ha ryggen fri, och alla andras också."

"Hur lång tid tar de här undersökningarna?"

"Beror på."

"Beror på vadå?"

"På hur många som står i kö och på hur allvarligt varje enskilt fall bedöms vara."

"Tar ni någon hänsyn till speciella omständigheter?"

"Alla har sina egna speciella omständigheter."

"Har alla en döende fyrtioårig dotter som ligger på ett hospice?"

Den unge mannen kom av sig. På ett ögonblick förändrades hans attityd och kroppsspråk. "Jag beklagar djupt. Jag ska se vad jag kan göra."

”Det uppskattar jag verkligen.”

Molly låg ner och Jack höll henne i handen när Grace kom tillbaka.

”Det ordnar sig, mamma. De ska göra testerna så fort de bara kan. Du blir snart utskriven.”

”Jag måste härifrån på en gång.” Molly hade tårar i ögonen. ”Vi har inte tid med det här.”

”Försök att ta det lugnt. Jag ska fixa det här, det lovar jag.”

”Duktig flicka, Grace.” Jack vände sig åter till sin fru. ”Hon är en kämpe, precis som sin mor.”

Lenny och Jeffrey satt inte i väntrummet. Hon ringde Lenny, som berättade att de var på fiket tvärsöver gatan. Jeffrey hade fått ledigt från skolan på morgonen för att träffa en barnläkare, men de hade försovit sig och missat frukosten. Nu var det lunchdags och när Grace klev in och kände lukten av kaffe och rostat bröd började magen att kurra. Hon kände sig med ens svimfärdig. När hon hade beställt satte hon sig vid Lennys och Jeffreys bord.

”Jag tog en sallad, mamma.” Jeffrey pekade på tallriken.

”Duktig pojke.”

”Hur är det med mormor?”

”Fly förbannad.”

”Det är ett gott tecken”, sa Lenny.

Grace höll med. ”Hon behöver bara komma ut därifrån.”

Hon åt sin macka och drack upp kaffet. När de skulle betala ringde hennes pappa. ”De har tagit med henne upp.”

Det var goda nyheter. Molly skulle göra sina tester, och om allt såg bra ut skulle hon strax bli utskriven. Grace sa åt Lenny att ringa en taxi, lämna av Jeffrey i skolan och åka till jobbet; de behövde inte stanna båda två. Lenny ville först inte lämna henne ensam men hon insisterade: ”Jag har ju pappa.”

Grace stannade till vid Spar för att köpa mellanmål åt sina föräldrar, men när hon kom tillbaka sov hennes pappa tungt i stolen och hennes mamma låg bakom en låst dörr. Grace rotade runt i väskan, hittade en nötkaka och åt den. Sedan tog hon upp en påse godis och åt den, och nu när hon redan hade brutit sin stränga diet kunde hon lika gärna ta ut svängarna rejält och äta chokladägget också. Sedan började hon må illa och skämdes för att hon hade ätit så mycket skräp. Hon fick syn på ett magasin på stolen mitt emot. Hon hade läst varenda sida förra veckan, hos frisören, men hon läste om dem igen – vad som helst som kunde distrahera henne från verkligheten runt omkring. Det var för mycket nu.

Hennes pappa snarkade. Det var ett ljud som brukade göra henne galen av irritation, men i dag var det trösterikt. Då och då gick hennes tankar till Rabbit och vad som höll på att hända. Jeffrey hade velat hälsa på sin moster efter läkarbesöket i morse, men nu hade han missat sitt tillfälle. Bernard och Stephen hade inte fått chansen att prata med henne när de varit där sist. Den enda av hennes pojkar som inte hade velat träffa Rabbit var Ryan. Hon undrade varför, men av hennes fyra söner var det alltid Ryan som hade förbryllat henne mest. På väggen hängde en stor svart klocka med vita siffror. Hon undrade om pojkarna skulle få en chans att ta farväl av sin moster, om hon själv höll på att missa chansen, och hur länge Rabbit skulle härda ut om hon visste att hennes älskade mamma inte heller mådde bra. *Var inte orolig, Rabbit, mamma klarar sig alltid, det vet du väl? Inget kan ta kål på henne. Om någon kommer att leva i evighet så är det hon, så håll ut lite till och vänta på oss. Gå inte än, snälla Rabbit.*

Hon ägnade resten av eftermiddagen åt att prata med läkare, ta hand om sin pappa och sms-konversera med Davey:

Hur är det med mamma?

De tror att hon har angina. Hur mår Rabbit?

Vad fan är angina? Hon vill gå ut i trädgården men det regnar ju.

En doktor kom och sa att vi inte skulle oroa oss för det är nog inte den farliga sorten, vad nu det betyder. Låt INTE Rabbit gå ut när det regnar.

Kommer mamma hit sen? Om Rabbit har bestämt sig så gör hon det ändå, och Juliet och Mabel är på hennes sida. Jag gör mitt bästa.

Vet inte än. Ta kommandot Davey.

Håll mig underrättad. Hon somnade just, krisen avstyrd.

Läkarna meddelade att hennes mamma skulle ligga kvar för observation, men antagligen skulle bli utskriven nästa morgon. När hon hade fått sin sängplats bad Molly att Grace skulle skjutsa hem Jack, så att hon fick vara ifred. ”Jag är trött. Jag vill bara sova. Snälla Grace, åk till din syster.”

”Okej, mamma.” Grace var lättad. Hennes stressnivå sjönk något. *Vänta på oss, Rabbit.* Jack ville träffa sin dotter men till och med han var för trött för att säga emot när Grace parkerade utanför hans hus.

”Men tänk om hon lämnar oss?”

”Det gör hon inte, pappa.”

Han lutade sig fram och gav henne en puss på kinden. ”Säg åt henne att mamsen och pappsen älskar henne och kommer i morgon.”

”Det ska jag göra.”

Han steg ur bilen och hon såg honom öppna grinden och följa trädgårdsgången till dörren. Han försökte låsa upp men det tog tid, för handen som höll nyckeln skakade. Han vinkade åt henne, gick in och stängde om sig. Klockan var strax efter fem. Grace bestämde sig för att åka hem och duscha, byta om, ge barnen mat och sedan ta med allihop för att träffa sin moster. Grace var övertygad om att Rabbit skulle vänta på sina föräldrar, men hon visste att det började bli ont om tid.

Johnny

Under de två år som gått sedan Rabbit erkänt för Johnny att hon var kär i honom, hade både mycket och ingenting alls förändrats. Bandet hade betat av ytterligare två managers;

Johnny blev allt sjukare. Han gick med käpp och var långsammare, svagare. Ibland vägrade hans kropp att lyda, men konstigt nog aldrig på scenen. Han kunde fortfarande sjunga. Hans röst och talang var intakta, men det var svårt att marknadsföra ett band med en rörelsehindrad sångare, hur bra de än lät och hur säkra de än var på scen. Killarna kämpade på. De hade för längesedan bestämt sig för att inte ge upp förrän Johnny ville det, men Francie tog ett deltidsjobb i en fabrik för läkemedelstillverkning, Jay började gå en kurs i ljudteknik och Kev extraknäckte som gitarrist i ett coverband. Davey hade fortfarande hopp: han lade ner sin själ i bandet. I brist på annan representation tog han över som manager.

”Om Stevie Wonder kan fixa det, så kan vi”, sa han om och om igen till de andra killarnas munterhet och Johnnys irritation. De uppträdde fortfarande när de kunde; mest lokalt men om de fick en bokning som gav bra betalt kunde de fortfarande lita på tvillingarna och morbror Terry, som skjutsade dit dem i brödbilen, som numera hade en provisorisk säng där bak så att Johnny kunde sova på dit- och hemvägen. Det var trångt men det stod de ut med, och även om deras stora, gemensamma dröm var över hade de fortfarande roligt ihop.

Davey skickade in ett kassettband med låtar till ett nytt skivbolag i London och inom en vecka ringde en ivrig talangscout som hette Billy Wilde. Han älskade låtarna. Han bad om en bild på bandet. Davey skickade en som var tagen för fyra år sedan. Mannen blev imponerad av den snygga sångaren, för att inte tala om resten av bandet. De såg bra ut ihop, de såg ut som rockstjärnor: han kunde inte fatta varför ingen hade signat dem. Davey sa inget. Mannen ville se dem spela. De hade ingen inbokad spelning, så Davey föreslog att de skulle spela för honom hemma i garaget. Wilde hade inget emot det; han ville träffa dem så snart som möjligt.

Rabbit fyllde arton och även om hon och Johnny fortfarande inte hade något förhållande, stod de varandra närmare än någonsin. Hon var hans högra hand vid alla spelningar. Inget nådde Johnny om det inte hade gått via Rabbit. Hon såg till att han hade allt han behövde före, under och efter varje spelning. Hon ledde honom till scenen och av scenen. Innan resten av bandet förstod att han verkligen inte fungerade utan henne surade de lite över hennes ständiga närvaro, men den fasen gick fort över. När de andra gick ut på helgerna för att dricka öl och ragga tjejer, stannade Johnny och Rabbit hemma och åt indisk mat och tittade på film. Francie och Jay behandlade dem som ett par, och ingen av dem protesterade. Kev undrade ofta varför de inte bara blev ihop, men bara i Daveys frånvaro eftersom denne ogillade tanken på att någon, även om det var hans bästa vän, skulle ha något som helst förhållande med hans lillasyster.

Det var hett och kvavt den eftermiddag då Billy Wilde flög till Dublin. Johnny klarade inte av värmen – den gjorde honom ännu tröttare än vanligt. Han var darrig och hade haft smärtsamma muskelsammandragningar hela förmiddagen. Han behövde sova, och det var en timme tills Billy skulle komma. Killarna testade ljudet utan honom. Rabbit släpade upp honom på övervåningen, hon fick praktiskt taget bära honom på ryggen. Ingen höjde på ögonbrynen, alla var så vana. Hon hjälpte honom i säng, drog för gardinerna och stoppade om honom.

”Jag hämtar dig när han är här”, sa hon.

”Jag mår bättre om jag får sova lite.”

Medan han sov satt de andra ute i trädgården och njöt av solen. Davey var spänd: de andra verkade alltför avslappnade. De pratade om allt möjligt förutom om den man som skulle komma och lyssna på dem, och kanske ge dem ett skivkontrakt. Davey vankade av och an därute, varpå han försvann in på toa. Bandets brist på entusiasm bekräftade det som Rabbit redan visste, men hon hoppades ändå. *Kanske.*

Molly öppnade för Billy. Han var kort och satt, hade rött hår, även i ansiktet, och varenda millimeter av hans öronsnibbar var genomborrad av metall. Han var ivrig. När hon tog med honom ut i trädgården för att träffa bandet tog han dem alla i hand och försäkrade att han menade allvar. Han slängde fram portföljen och knackade på den för att visa att den innehöll kontrakt. Rabbit gick för att hämta Johnny och hennes mamma tog med Billy in för att ge honom lite mat.

När hon väckte Johnny hade muskelkrampen gått över, men han hade ingen känsel i fötterna och var ostadig. Hon hjälpte honom att fixa sitt vackra hår; han tog på sig sin sammetsjacka. ”Hur ser jag ut?”

”Snygg.”

”Nu kör vi”, sa han, men hon visste redan när han sa det att han var ledsen: han hade ingen bra dag. Om han hade haft turen att ha en bra dag skulle den där mannen kanske ha signat dem, men när Rabbit bar ned honom för trappan visste de båda att det var över.

Mannen satt vid bordet med portföljen öppen och kontrakten inom synhåll. Resten av bandet var också där, och Molly serverade te. Han såg på Johnny, och det gick omedelbart upp för honom att sångaren på bilden inte var samma person som den här härjade killen, som stödde sig på en krycka och höll armen om den unga kvinnan bredvid sig. Billys leende slocknade.

”Det är jag som är Johnny.”

Johnny släppte Rabbits midja och de två männen skakade hand.

”Det här kommer inte att hända, eller hur, Billy?” sa han.

Billy ruskade på huvudet. Hans eufori hade ersatts av sorg.

”Vill du höra oss ändå?” frågade Johnny.

”Det vore en ära”, sa Billy.

De gick ut i garaget allihop, även Molly, för att se Johnny och Sound göra sin sista spelning någonsin. Det var bara en person i rummet som inte grät den dagen, och det var killen som satt hopsjunken på en stol och sjöng från djupet av sitt hjärta, från själens mörkaste vrår.

12.

Rabbit

Juliet hade ordnat Rabbits kuddar så att hon kunde sitta upp när Grace, Lenny och deras fyra pojkar vällde in. Davey och Mabel gick ut för att ge dem lite utrymme. Juliet ville verkligen stanna, så Grace erbjöd sig att skjutsa hem henne senare. När Mabel var på väg ut ropade Rabbit efter henne, ”Glöm inte att ta med lite bilder på barnen i morgon.”

”Jag lovar.”

”Och i morgon är det jag som ska ut i den där trädgården”, sa hon till Davey.

”Om det slutar regna.”

”Solen kommer att skina i morgon”, sa Rabbit.

”Har du blivit synsk, eller?”

”Kollade kanske på vädret tidigare.” Hon pekade på teven.

Alla skrattade, aningen mer än hennes svar förtjänade, men det var skönt att se henne så pigg. ”Vad är synsk?” viskade Jeffrey till sin mamma, som bara log till svar. Det spelade ingen roll, scenen var Rabbits nu.

”Tack för i dag”, sa Rabbit. Det hade varit en bra dag, även om hon hade sovit sig igenom större delen av den. Under sina vakna stunder hade hon sett på när Mabel och Davey lärde Juliet att spela poker. Hon spöade Davey efter bara några omgångar. Mabel var imponerad och Juliet var förtjust. Hon mindes Mabel sedan Las Vegas-besöket, men bara vagt. Mabel, Davey och Rabbit underhöll Juliet med sina minnen av hur hon varit som barn, och berättelser om deras äventyr.

”Du dansade folkdans på scenen på Ceasar's Palace”, sa Rabbit.

”Till en av Caseys sånger, medan hon soundcheckade”, lade Mabel till.

”Vad var det för sång?” frågade Juliet.

”'Keep on keeping'”, sa Davey.

”Jag älskar den”, sa Juliet.

”Jag också”, mumlade Rabbit.

”Jag minns att de hade pommes frites på det där stället med dockorna. De var så goda”, sa Juliet.

Mabel såg förtvivlad ut. ”Är det sådant du minns? Vi tog med dig till Universal Studios och det enda du kommer ihåg är att det fanns pommes frites?”

Rabbit låg där och tänkte på gladare dagar, tänkte på hur bra deras liv hade varit.

När Davey och Mabel hade gått berättade Juliet exalterat att hon hade slagit Davey i poker. Hennes mamma såg stolt ut. Ryan utmanade Juliet att spela en omgång men Mabel hade tagit med sig kortleken. ”En annan gång”, sa Grace.

Rabbit frågade hur det gick med Jeffreys bantning.

”Det är okej.”

”Det kommer att bli lättare sedan.”

”Ja.”

Hon kom ihåg att Stephen snart skulle göra sina examensprov och frågade hur det gick för honom.

”Vet inte riktigt.”

”Kämpa på nu.”

Hon frågade Bernard hur det gick för hans fotbollslag.

”Skit.”

”Inga fula ord”, sa Grace.

”Förlåt. Vi bara förlorar.”

”Varför det?”

”För att vi är ett skit – jag menar, ett dåligt lag.”

”Trist”, sa Rabbit.

Han ryckte på axlarna. ”Jag har börjat spela innebandy.”

”Hur går det, då?”
”Skit.”
”Och du då, Ryan, hur är det med dig?”
”Dee O’Reilly lät mig tafsa på henne häromkvällen.”

Lenny flämtade till. Grace såg från sin make till sin son med gapande mun. Juliet var förstummad. Rabbit brast ut i gapskratt och när hon skrattade började hela rummet skratta så högt att Linda, den sköterska som hade tagit över Jacintas kvällspass, tittade in för att se vad som stod på.

”Förlåt, Linda”, sa Rabbit.

Sköterskan strålade mot henne. ”Be aldrig om ursäkt för att du skrattar. Det behövs alltid mer skratt på det här stället.” Hon försvann igen.

Allt skrattande tröttade ut Rabbit. Grace sa åt Lenny, Juliet och pojkarna att gå ut och vänta på henne i bilen. Pojkarna ställde sig i kö för att säga hej då till sin moster, alla medvetna om att det kunde vara för sista gången. De gjorde sitt bästa för att inte gråta men det var svårt, och de lyckades inte helt. Varje gång någon av dem lutade sig fram för att pussa henne på kinden log hon. Juliet rättade till hennes kuddar igen så att hon skulle sitta bekvämt. ”Vi ses i morgon, mamma.”

”Men skolan då?” sa Rabbit.

”Den kan vänta”, sa Juliet och Rabbit nickade.

Juliet lämnade Grace ensam med sin syster.

”Jag kan sova över om du vill?” sa Grace.

”Nej, åk hem du.”

”Sov så gott, Rabbit.”

”Sov så gott, Grace.”

Grace tog upp sin handväska och Rabbit ställde en sista fråga. ”Var är mamma?”

”Jag trodde Davey hade berättat.”

”Han sa att hon var trött.”

”Utmattad.”

”Titta på mig.”

Grace såg henne i ögonen.

”Var är hon?”

Grace ställde ifrån sig väskan. ”Hon mår bra. Hon är på sjukhuset för observation. Hon skrivs ut i morgon.”

”Vad hände?”

”En väldigt, väldigt mild hjärtattack.”

”Men herregud”, sa Rabbit.

”Hon är helt okej.”

”Lovar du?”

”Jag lovar.”

”Och hon blir utskriven i morgon?”

”I gryningen, om det vore upp till henne själv.” Grace tog upp väskan igen. Hon gick fram till sin syster och kysste henne på kinden. ”Det är trots allt mamma.” Hon behövde inte säga mer: undermeningen var att deras mamma var oövervinnerlig.

”God natt, Rabbit.”

Grace gick, men Rabbit var inte ensam någon längre stund: Linda kom in med hennes mediciner. ”Fortfarande vaken?” sa hon.

”Klarvaken.”

”Hur är det med genombrottssmärtan?”

”Det är okej.”

”Okej är bra.”

”Okej är bättre än bra.”

Rabbit såg på när Linda fyllde en spruta. ”Inte än. Några minuter till.” Innehållet i den skulle få henne att somna. Hon gillade att gå tillbaka i tiden med Johnny, men hon ville njuta av att vara här och nu medan hon kunde. Linda lade sprutan i en plastskål och satte sig ner.

”Michelle är kämpen, Jacinta är sångerskan. Vad är din grej?”

”Så du har hört talas om Michelles kille?”

”Ja, hemskt.”

”Jag träffade honom på några julfester. Hon kommer att träffa någon mycket bättre, men att fortfarande dela hus så där måste vara rena mardrömmen.”

”Jag skulle byta lås”, sa Rabbit.

”Jag också”, höll Linda med. Hon lät lättad att någon annan kände likadant. ”Varför gör hon inte det?”

”För att hon följer spelreglerna.”

”Du då, Rabbit? Följer du några regler?”

”Ibland”, sa Rabbit och log. ”Men ibland får man hitta på reglerna allteftersom.”

”Amen”, sa Linda.

Hon var medellång, hade färgat, rött hår i pagefrisyr och verkade ta väl hand om sig själv. Rabbit gissade att hon var i femtioårsåldern. ”Har du några barn, Linda?”

”Två flickor. En är revisor, den andra ska bli veterinär.”

”Har de några pojkvänner?”

”Om de har det så känner jag i alla fall inte till dem. Du då? Är du mamma till någon av de där skrattande hyenorna?”

”Flickan. Hon är tolv. Hon heter Juliet.”

”Ett vackert namn på en vacker flicka.”

”Hon är perfekt”, sa Rabbit. ”Gud, jag hoppas att det här inte förstör hennes liv.”

”Det gör det inte.”

”Hur vet du det? Hon har redan gått igenom en del. Tänk om min död förvandlar en vacker, charmig, smart liten tjej till ett vrak? Tänk om hon blir ledsen, bitter och arg? Tänk om det gör hennes liv miserabelt?”

”Jag tycker det verkar som om hon har många fina människor omkring sig”, sa Linda.

”Det har hon också, men hon har inte mig.”

”Du måste lita på att hon klarar det, och på att de runt omkring henne kan hjälpa henne igenom det.”

”Jag har väl inget val, eller hur?” sa Rabbit.

”Nej. Det enda du kan göra är att göra det som är bäst för henne just nu.”

”Det har du rätt i”, sa Rabbit. ”Tack, Linda. Jag kan ta min spruta nu.”

Linda injicerade henne och sa god natt. Rabbit väntade

på att vätskan skulle spridas genom venerna till huvudet och ögonen. Hon kämpade inte mot mörkret, för hon visste att en gammal vän skulle vänta på henne.

Rabbit Hayes blogg

12 mars 2010

Cancer 0 – Rabbit 1

Jag vann! Jag vann! Jag vann! Cancern är borta. Jag blev friskförklarad i morse och har svävat på rosa moln sedan dess. Juliet hoppar upp och ner och sjunger av någon anledning "YMCA". Mamma grät, sedan skyllde hon på klimakteriet. (Hon är sjuttio.) Pappa är så glad att han visslade hela vägen hem i bilen, och när en man i en svart Honda tutade åt honom i en rondell gav han honom glatt fingret. Om du kände min pappa skulle du förstå hur olikt honom det var. Han fnissade när han gjorde det. Livet är gott. Grace kramar mig hela tiden och Lenny kramar henne. Marjorie är på jobbresa men hon ringer oavbrutet.

Vi gick ut hela familjen för att fira. Mina systersöner ställde sig artigt på rad för att gratulera mig, utom Jeffrey, som var fullt upptagen av buffén. Ryan sa att det var härliga nyheter och att jag inte skulle oroa mig: hans kompis mamma hade haft cancer och det tog henne bara ett år att bli snygg igen, så det var ju trösterikt. Den där ungen får mig alltid på bra humör. Jag älskar dem förstås allihop, men Ryan kommer att bli något alldeles extra …

Jag längtar efter att få prata med Davey i kväll. Jag längtar efter att få berätta för honom att det äntligen är över.

Nu måste jag gå – jag ska ta på mig min bästa peruk, klänning och ballerinaskor (måste komma ihåg att köpa ett par finare skor) och träffa mamma och min syster för att ta en rejäl drink.
Sedan väntar resten av mitt liv.
Rabbit Hayes. Klart slut. X

DAG SJU

13.

Davey

Davey vaknade till ljudet av radion på nedervåningen. Han duschade och klädde sig, och när han väl kom ner i köket hade Juliet gjort äggröra och rostat bröd. Hon befallde honom att sätta sig. Han gjorde som hon sa medan han argumenterade för att det var han som borde ta hand om henne.

”Var inte dum. Jag gör jämt frukost åt mamma”, sa hon och hällde upp ett glas apelsinjuice åt honom.

Han provade äggröran. ”Superbt.” Han menade det.

”Hemligheten är att steka i riktigt smör.”

”Ska jag komma ihåg.”

Hon satte sig mitt emot honom och tog en klunk te.

”Ska du inte äta något?” frågade han.

”Har ingen aptit på morgonen. Jag kan sy också”, sa hon. ”Jag är inte Dolce eller Gabbana precis, men jag har sytt en blus och tre kjolar.”

”Snyggt jobbat.”

Hon log. ”Jag kan ta hand om dig, Davey.”

Han slutade äta och lade ifrån sig gaffeln. ”Men Juliet, du behöver inte ta hand om mig. Jag vet att jag kan verka som en idiot och ibland beter jag mig som en sådan också, men det är jag som är vuxen, det är jag som ska ta hand om dig, okej?”

”Jag vill bara att du ska veta att jag kommer att dra mitt strå till stacken.”

”Du ska bara vara ett barn, det är ditt enda jobb. Och Juliet, vi måste prata med din mamma. Det är hon som bestämmer, och jag är inte säker på att det är det här hon har tänkt sig för din del."

Juliet tystnade och försvann i egna tankar. Davey försökte prata med henne om annat, som filmer och musik, han försökte till och med att prata om kläder, men hon nappade inte. För någon som inte visste vad hon gick igenom hade hon säkert framstått som tjurig, men Davey förstod: hon var ledsen, förvirrad, skuldmedveten och livrädd. Hon behövde inte prata om hon inte hade lust. Han tog tillfället i akt att ringa Grace för att fråga hur det var med deras mamma. Juliet hade inte fått veta något om Mollys drama, hon hade redan nog med bekymmer. Grace sa att hon var på väg för att hämta Molly på sjukhuset, och lade till:

"Förresten, vänj dig inte alltför mycket vid att ha Juliet."

Hon lade på innan Davey hann svara.

Det knackade på dörren. På trappavsatsen stod en pojke. "Det är du som är morbrodern", sa pojken.

"Det är du som är Kyle, den konstiga killen på andra sidan gatan", sa Davey.

"Jag är inte konstig."

"När du var fyra såg jag dig äta en mask."

"Det gjorde jag inte alls."

"Jo, och du sa mums-mums."

"Aldrig i livet."

"Juliet, du har besök", ropade Davey uppåt trappan. Hans telefon ringde och han gick en bit bort medan Kyle stod kvar i dörröppningen. Han kände inte igen numret, däremot rösten. Det var Georgia, hans flickvän.

"Ska vi ses?"

"Nej."

"Är du bortrest?"

"Ja."

"Hur länge då?"

"Vet inte."

"Fan också, jag är uttråkad."

"Jaha."

"Ska vi ha telefonsex?"

"Nej, det tror jag inte."

"Vad är det med dig?"

"Min syster håller på att dö."

Han hörde att hon drog efter andan. Hon stammade en aning när hon sa, "Kände du henne väl?"

"Hon är min syster", sa han långsamt, som om han pratade med en tvååring.

"Ja, det förstås, dumt av mig."

Det blev tyst igen.

"Jag måste nog gå nu", sa hon.

"Ja, det måste du nog." Davey lade på. Han visste att han hade pratat med Georgia för sista gången och det gjorde honom ingenting. *Grace har rätt. Jag vet inte hur man har ett riktigt förhållande.*

Han satt vid matbordet, halvvägs genom kaffet och tidningen, när Juliet dök upp med Kyle.

"Det finns kaffe i bryggaren. Eller vänta – är ni gamla nog för kaffe?"

"Är han utvecklingsstörd?" frågade Kyle och Juliet fnissade.

"Det var inte jag som åt maskar", sa Davey utan att titta upp från tidningen.

"Inte jag heller." Kyle drog ut en barstol och hoppade upp på den.

"Du har tydligen glömt det, men det har inte jag, mumsmums", sa Davey.

"Han skämtar bara. En gång sa han att de varit tvungna att operera bort ett sjätte finger från båda mina händer när jag var ett spädbarn", sa Juliet.

"Det minns jag – det var när du trodde att du var en utomjording", sa Kyle.

Davey skrattade. "Hon ville att alla skulle kalla henne för Juliet Tron."

"Jag har väldigt bra minne. Om jag hade ätit mask skulle

jag definitivt ha kommit ihåg det", sa Kyle.

"Och så brukade du springa runt ute i trädgården med snorren flaxande", sa Davey.

"Det gjorde jag inte alls!"

"Det kommer jag också ihåg!" sa Juliet och Davey pekade på Kyle.

"Det var väldigt underhållande."

Kyle fnös. "Och han kallar mig för konstig."

Juliet var road, och även om Kyle inte direkt uppskattade vad Davey sa verkade det som om Juliet för en stund hade glömt alla tråkigheter. *Han förstår vad jag försöker göra och spelar med,* tänkte Davey. Kyle hade alltid varit en bra kille.

Juliet satte sig i bilen. När Kyle hunnit över till andra sidan gatan ropade Davey på honom, gick fram till honom och gav honom tjugo euro. "Köp något åt dig själv."

"Det behövs inte."

"Du är en god vän." Davey vek ihop sedeln och tryckte den i hans hand.

"Tänker du verkligen ta med dig henne och ta hand om henne?" frågade Kyle.

"Det är en del som måste ordnas först", svarade Davey.

"Hon räknar med dig", sa Kyle. Han tackade för pengarna och gick sin väg.

Davey satte sig bakom ratten. "Vad pratade ni om?" frågade Juliet.

"Inget", sa Davey och kände adrenalinet forsa inom sig. *Tänk om Rabbit säger nej? Tänk om mamma blir rasande och får en hjärtattack till? Tänk om jag inte klarar det?*

Hon räknar med dig och *Vänj dig inte alltför mycket vid att ha Juliet* snurrade i hans huvud hela vägen till sjukhemmet. *Jag borde inte ha öppnat min stora käft. Jay hade rätt, jag är ingen förälder. Jag är killen som lovar saker som jag sedan inte kan hålla.*

"Vad tänker du på?" frågade Juliet.

”Inget. Du då?”

”På när Kyle sprang runt med snoppen så där.”

Davey skrattade med för Juliets skull, men hans tankar var på annat håll. *Juliet räknar med dig. Vänj dig inte alltför mycket vid att ha Juliet. Mamma kommer att döda mig.*

Molly

Molly lämnade sjukhuset med ett läkemedelsrecept, en lista över lämplig mat och en tidsbokning för att träffa en specialist sex veckor senare. Grace var inte särskilt nöjd med att hennes mamma skulle få vänta så länge, men Molly försäkrade henne om att hon inte befann sig i någon akut fara, och förutom ett kort gräl om vad som egentligen utgjorde ”tillräcklig vila” var det hela strax avklarat. ”Jag ska sitta i en fåtölj på ett hospice, inte bestiga berg i Sydamerika.”

Jack stod och väntade i dörröppningen när hon kom hem. Han såg äldre ut för var dag som gick, tänkte Molly. Han hade inte sovit, men insisterade på att göra i ordning rostat bröd och te medan hon duschade. Han hade till och med tagit en promenad till kvartersbutiken för att köpa wienerbröd, hennes favorit.

Molly hörde Grace och Jack viska medan hon gick nerför trappan. Samtalet avslutades tvärt när hon kom in i rummet. Hennes nya kostråd satt redan på kylskåpsdörren. Hon satte sig vid det oönskade rostade brödet och wienerbrödet och klunkade i sig teet medan Grace berättade hur roligt de hade haft tillsammans med Rabbit kvällen innan. ”Hon är mycket piggare, mamma.”

Det gjorde Molly glad, men lite ledsen också eftersom hon hade missat det. Jack fortsatte att upprepa att allt såg bättre ut – han gladde sig åt nuet och förträngde för en stund att Rabbit höll på att dö, även om hon för tillfället var piggare, och att hans fru eventuellt skulle tvingas genomgå en hjärtoperation. Molly älskade Jack för det: hon oroade sig alltid, men så fort han fick något positivt att haka upp sig på så gjorde han det. Han var en solig person. Det var därför hon en gång i tiden hade börjat gå ut med honom.

När de träffades hade Molly varit kär i en annan man. Mannen i fråga hade ett förhållande med en väninna till Molly som var helt fel för honom, så det var bara en fråga om tid innan deras förhållande skulle ta slut. Molly var inte känd för sitt tålamod, men hon var beredd att vänta. Hon gick ut och dansade med en väninna varje vecka, och en kväll kom Jack fram och bjöd upp. Hon tackade artigt nej och skyllde på att hon gjort illa tån. Vid nästa veckas dans väntade Jack tills hon satt ensam innan han bjöd upp. Hon tackade nej igen: ”Om jag bara inte hade haft så ont i tån.”

”Ingen fara”, sa han och bytte ett ord med sin bästa vän, Raymond, som snart kom fram till henne med en rullstol.

”Du kan inte mena allvar”, sa Molly när Jack föreslog att de skulle ta en svängom.

”Bara tio minuter på dansgolvet.”

Trots att hon kände sig som en idiot satte hon sig i rullstolen, och de tio minuter som han snurrade runt med henne fick henne att glömma den andre mannen; hon avslutade kvällen i hans armar på dansgolvet. När hon flera veckor senare frågade honom varför han hade envisats trots att han visste att hon hade hittat på sin skada, sa han att hon var den sortens kvinna som inte skulle ha brytt sig om att ljuga om hon inte trots allt hade varit lite intresserad. Det hade han rätt i. Hon frågade hur han kunde veta det.

”Du bad min vän Joseph att dra åt helvete när han tjatade om en dans för en månad sedan.” Han förstod henne, så mycket stod klart. Och han kände sig inte hotad av hennes styrka: han drogs till den. Dessutom kunde han se något hoppfullt i en lögn. Jack Hayes hade visat sig vara en på miljonen redan då, och Molly blev kär.

Rabbit var märkbart lättad över att se henne komma in genom dörren. ”Du skrämde skiten ur mig, mamma.” Jack och Grace drog på munnen.

”Jag vill inte att du ska stanna så länge i dag, mamma”, sa Rabbit.

”Det avgör jag själv.”

”Jag kanske ber dem slänga ut dig.”

”Det gör du inte alls.”

”Jo, det gör jag.”

”Men hjälp, vad du är envis”, sa Molly.

”Undrar var hon har fått det ifrån?” sa Jack oskyldigt.

”Jag kanske går hem och vilar lite i eftermiddag.”

Rabbit frågade hur hon mådde, men Molly sa bara att det inte var någon fara, inget att oroa sig för. Flickorna fortsatte med sina frågor. Jack visste förstås bättre. Det gick inte lång stund innan hon fräste, ”Men herregud, jag kommer att överleva er allihop!” Sedan sa hon ”Jäklar” tyst för sig själv, genom sammanbitna tänder. ”Förlåt mig, älskling. Nu är jag där igen.”

Rabbit, Grace och Jack skrattade, och till sist anslöt även Molly. Några minuter senare kom Davey och Juliet in, precis i tid för att se Rabbit torka en glädjetår ur ögat.

Den eftermiddagen låg Molly och vilade i sängen, i sin makes famn. De var båda utmattade. Han somnade före henne. Hon låg och stirrade in i väggen ett tag och tänkte på allt som måste göras. Fader Frank väntade på att hon skulle höra av sig. Hon var fast besluten att han skulle välsigna Rabbit, med eller utan hennes medgivande, och nu när hon var på bättre humör var det dags att få det gjort. Dessutom behövde hon diskutera begravningen med honom. Den var svår att tänka på men det måste göras. Hon måste prata med Rabbit också. Vill hon bli jordfäst eller kremerad? Molly visste inte. *Vilken sorts begravning tänker hon sig? Nedtonad, antagligen, men Rabbit har så många vänner, och även om det inte är lämpligt att de besöker henne på sjukhemmet så kommer de att vilja gå på begravningen. Vad ska hon ha på sig? Hon har så många fina kläder, men tänk om de inte passar? Om hon vill ha en öppen kista, kommer hon att behöva en peruk då – men hon kanske inte vill ha någon öppen kista? Hon har aldrig gillat att stå i centrum. Vilken sorts musik? Har ett lik skor på fötterna? Jag minns inte hur vi gjorde med mamma men hon brydde sig ju inte om skor. Rabbit har många par tjusiga skor …*

Molly somnade.

Juliet

Det var ovanligt varmt för årstiden när Juliet skjutsade ut sin mammas rullstol i trädgården. Det hade krävts stor ansträngning för att få ner henne i stolen, och Juliet mådde illa när hon såg sin mammas dysfunktionella kropp lyftas och hanteras; den nästan tomma katetern med minimala urindroppar på insidan av den genomskinliga slangen, och benet som fortfarande var sårigt, sytt, svullet och blåslaget. Minnet av olyckan var alltför tydligt. Hon låtsades att allt var som det skulle när hennes mamma skrek av smärta och bet sig så hårt i läppen att det blev ett rött märke. Hon backade undan när Rabbits nattlinne åkte upp och visade hennes bara, röda rygg; hon försvann in i skuggan och lät sköterskan ta hand om Rabbit, låtsades en kort stund att hon inte var där. Davey hade klart och tydligt visat hur han kände. Så fort sköterskan vek undan Rabbits filtar rusade han ut ur rummet så snabbt han kunde. Juliet ville inte att hennes mamma skulle känna sig övergiven så hon stannade kvar, samtidigt som hon önskade att hon och Davey hade kunnat tramsa och skoja som de brukade. Hon kämpade mot sitt dåliga samvete medan hon gick bort till den bänk där Davey satt med en kopp kaffe i handen. Bänken stod vackert placerad bland träd och nyutslagna påskliljor. Hon parkerade rullstolen och Rabbit drog in luften, kisade upp mot den molnfria blå himlen. ”Känns som sommar.”

Juliet rättade till sin mammas varma, mjuka ullfilt, som hade kostat Marjorie en förmögenhet. Rabbit föste ner den men Juliet drog upp den kring hennes midja igen. ”Det är inte särskilt varmt, mamma." Hon visste inte om hon försökte bespara sig åsynen av sin mammas förfall, eller om hon faktiskt var rädd att Rabbit skulle bli förkyld. Ännu en våg av dåligt samvete sköljde över henne.

"Davey, kommer du ihåg när vi åkte till Blackpool för en massa år sedan?" frågade Rabbit.

"Glömmer jag aldrig."

"Det var så kul."

"Ja, det var det verkligen."

"Jag borde ha tagit med dig till Blackpool, Juliet."

"Det gör inget. Jag älskade att åka till Frankrike och Spanien, Vegas och New York."

"Men ändå ...", sa Rabbit.

"Vad hette den där gamla åsnan som gick fram och tillbaka på piren?"

"Desmond", sa Rabbit.

"Åsnan Desmond?" sa Juliet.

"Desmond var ingen vanlig åsna", sa Rabbit. "Han kunde räkna till tio med hovarna och släppa en fis på befallning."

"'Släpp en fis', sa den där killen – vad hette han, nu igen?" sa Davey.

"Jag minns bara att han luktade tobak och Old Spice", sa Rabbit. "Men när han sa 'Släpp en fis' så fes Desmond."

"Varenda unge som var där på semester gick och hälsade på den fisande åsnan. Om man verkligen vill bli rik så ska man investera i något som fjärtar, vad som helst. Alla ungar älskar det, de kan inte rå för det."

"Så är det. Jag grät i flera timmar när han dog", sa Rabbit.

"Det minns jag också", sa Davey. "Vi var tvungna att ha en låtsasbegravning för Desmond på hotellparkeringen."

"Men ni begravde väl inte själva åsnan", sa Juliet.

"Nej, vi begravde en nyckelring som föreställde åsnan Desmond, mamma hade köpt den som present åt Pauline", förklarade Rabbit.

"Under några vilda blommor. Pappa grävde ett hål i marken

med en tesked och mamma höll minnestalet", lade Davey till.

"Vila i frid, åsnan Desmond. Du gav oss lycka, du gav oss sorg ...", sa Rabbit.

"Och vi kommer aldrig mer att få se ett arsle som liknar ditt", sammanfattade Davey.

Rabbit log. "Se till att mamma säger nåt på min. Hon vill nog inte göra det, men tvinga henne, okej?"

"Okej."

Juliet bytte ämne. "Vill du ha något att äta, mamma?"

"Nej tack, älskling."

"Du har inte ätit något på hela dagen, nu igen."

"Inte hungrig."

"Men lite godis? Det finns chokladkex i matsalen."

"Behövs inte", sa Rabbit. "Hur funkar det för dig och Juliet att bo hemma i huset, Davey?"

"Jättebra", sa Juliet, innan Davey hann svara.

"Juliet är en skicklig kock. Hon gjorde äggröra i morse."

"Vänta tills du får smaka hennes scones."

"Bakar du scones? Är du nittio år, eller?"

"Jag har haft en bakmaskin i två år", sa Juliet stolt.

"Hoppsan damen, ursäkta mig då", sa Davey och Juliet log.

"Varför gnuggar du dig i tinningarna? Har du ont i huvudet?" frågade Rabbit.

"Nej, tänker bara på en sak", sa Juliet.

"På vadå?"

"Jag sover i din säng. Får jag det?"

"Så klart. Är du säker på att du vill bo hemma hos mig, Davey?" sa Rabbit.

"Ja, det är han", sa Juliet.

Davey nickade. "Hon mår bäst hemma, och nu när mamma just har varit på sjukhus kan hon behöva lite lugn och ro. Om vi bodde hos henne och pappa skulle hon se efter oss hela tiden."

"Mamma, jag trivs väldigt bra med Davey", sa Juliet.

"Jag vet det", sa Rabbit, och innan någon hann säga något

mer kom Derek Salley, Rabbits favoritredaktör, gående emot dem.

Hon höll fram handen och han tog den. ”Vem hade anat att du skulle vara snyggare utan peruk?”

”Din charmör där.”

”Vi saknar dig.”

”Det här är min bror Davey, och Juliet känner du redan.”

”Hej”, sa Juliet.

”Davey, kan inte du ta med dig Juliet och köpa lite mellanmål?” föreslog Rabbit.

”Jag vill inte ha något”, sa Juliet.

”Jo, det vill du visst”, sa Davey och reste sig för att dra upp henne i kragen. Hon fejkade irritation, sedan följde hon efter honom bort medan hon vinkade åt sin mamma.

Inne i matsalen, där Davey drack sin femte kopp kaffe för dagen och Juliet åt sin andra bakelse, frågade han henne om redaktören.

”Hon har skrivit en blogg åt tidningen, men hon har skrivit på en bok också vid sidan om”, sa Juliet.

”Vadå för sorts bok?”

”Om att vara sjuk och lite sådant.”

”Vadå för sådant?”

”Vuxensaker.”

”Det visste jag inte”, sa han.

”Det är ingen som vet det.”

”Starkt gjort av henne.”

”Visst verkar hon ha en bra dag i dag, Davey?”

”Den bästa hittills.”

”Det är väl ett gott tecken?”

”Ja, det är det, skrotunge.”

Derek stannade i en kvart. Så fort han hade gått måste Rabbit köras tillbaka till sängen: hon hade fått genombrottssmärtor. Det värkte i skelettet, så pass illa att hon tvärt måste avbryta den ljuvliga eftermiddag i trädgården. Juliet förstod att hennes mamma gjorde sitt bästa för att vara stark och modig, men trots att hon knep ihop munnen trängde skriken igenom. När de kommit in i rummet kallade sköterskan på en läkare. Han bad att Davey och Juliet skulle låta honom vara ifred med patienten en stund. Han stannade därinne i en kvart.

Davey och Juliet satt utanför på varsin plaststol.

"Vad är det som tar sådan tid, tror du?" frågade Juliet.

"Det är jag inte säker på att jag vill veta."

"Hon mår snart bra igen", sa Juliet. "Jag har sett samma sak en massa gånger. Hon somnar nu, sedan vaknar hon igen och då är allt mycket bättre. Hon har sin bästa dag i dag."

"Jag tänker gå och hämta kaffe."

"Du har redan druckit för många", sa Juliet.

"Säger du det, mamma." Han räckte ut tungan åt henne.

"Vänta på mig." Juliet ville inte sitta ensam kvar utanför dörren.

När de kom tillbaka sov Rabbit och läkaren hade gått. Davey hittade på en ursäkt för att lämna rummet. Juliet visste att han skulle gå och leta rätt på läkaren. Hon satt vid sin mammas sida och iakttog henne koncentrerat, lyssnade till hennes andetag. *Sov bara, mamma. Allt kommer att vara bättre när du vaknar.*

Grace

Lenny hade gått tidigt till jobbet. Grace orkade knappt kliva ur sängen. Hon ville ligga kvar, ombonad och orörlig. Hon hörde barnen gå upp, bråka om badrummet, klampa nerför trappan och stöka runt i köket. Jeffrey ropade på henne ett par gånger men kom inte in i sovrummet, som officiellt hade varit en barnfri zon sedan han slutat kissa på sig i sömnen vid tre års ålder.

Ryan knackade en gång. "Mamma, är det okej om jag går ut med några kompisar senare?"

Han hade fortfarande utegångsförbud, men ända sedan

han hade brutit mot det för att leta rätt på Juliet skämdes hon över att insistera på att det skulle efterföljas. Hon ville svara, men dilemmat – skulle hon envist säga nej, eller glatt låta honom gå – var för påfrestande, så hon förblev tyst.

”Jag tolkar din tystnad som ett ja”, sa Ryan och hon blev lättad över att han fattat beslutet åt dem båda.

Hon hörde ytterdörren slå igen två gånger. Hon kom inte ihåg om Stephen hade fått skjuts av Lenny till biblioteket. Det mesta tydde på att hon var ensam hemma. Grace brukade aldrig ta sovmorgon. Hon var nästan alltid först på plats nere i köket, där hon dukade fram frukost och skrek åt barnen att skynda sig medan hon planerade sin dag. Hon brukade gå hemifrån samtidigt som de och träffa ett par kompisar för en promenad längs floden eller åka och handla; det var alltid något på gång. Hon måste gå upp nu: hon hade miljoner saker att fixa innan hon åkte och hälsade på Rabbit, ändå kunde hon inte förmå sig att kliva ur sängen. Hon var trött, hon var vaken – kanske för vaken. Hon hörde fåglarnas högljudda sång, kände hur vindpusten från det öppna fönstret kittlade fjunen på hennes armar, kände doften från grannens kaprifol.

På fönsterbrädan satt en skata med ryggen åt henne, den såg ut över omgivningen i godan ro. *En för sorg.* Den satt kvar länge nog för att göra Grace djupt missmodig. Hon märkte inte att hon grät, än mindre att hon grät så högt att hennes äldste son hörde henne från sitt rum en trappa ner. Knackningen skrämde henne.

”Mamma?”

Hon ville be Stephen att lämna henne ifred, men hon kunde inte prata för all gråt.

”Nu kommer jag in”, varnade han, mer för sin egen skull än för hennes. Han hade hört talas om att Bernard, obehagligt nog, exponerats för sin mammas nakna bröst. Han öppnade dörren försiktigt och satte sig ner på golvet bredvid henne. Han sa inget medan hon försökte ta sig samman bäst hon kunde. När hon äntligen hade samlat sig höll han fram en flik av hennes täcke så att hon skulle kunna torka sig i ansiktet, men hon använde sina handflator i stället.

”Vad gör du här?” sa hon.

”Pluggar i mitt rum.”

”Men biblioteket då?”

”För mycket folk.”

”För många distraktioner för dig?”

”Susan är ihop med Peter nu.”

”Vad tråkigt.”

”Äh, det är inget fel på honom. Vi passade inte ihop. Vad ska du göra i dag?”

”Jag tror inte att jag orkar kliva ur sängen”, sa Grace.

”Jag ska hjälpa dig.” Han reste sig och höll fram handen. Hon tog den. Han drog upp henne och släppte inte taget förrän hon stod stadigt.

”Gör dig i ordning. Jag fixar något att äta”, sa han.

”Nej, det behövs inte. Plugga på i stället.”

”Mamma, om jag inte klarar det kan jag göra provet igen i augusti.”

”Men hur blir det då med din resa?”

”Det kommer väl flera.”

All den ilska hon hade känt över hans oförmåga att anstränga sig det senaste året löstes upp, och hon överväldigades av stolthet. *Han håller på att bli vuxen.*

När hon äntligen kom nerför trappan hade han bryggt kaffe, kokat ägg och rostat bröd. Dessutom hade han lagt fram den husvagnsannons som Ryan hittat. Han satte sig bredvid henne.

”Mormor kan inte ta hand om Juliet, eller hur?”

”Hon har nog inte fattat det själv än, men nej, det kan hon inte.”

”Då köper vi husvagnen, men det är inte Ryan som ska bo i den, det är jag.”

”Stephen …”

”Det är en kortsiktig lösning. Jag kommer att fixa proven, om inte nästa vecka så nästa månad, och jag lovar att anstränga mig mer nästa år. Jag ska plugga, hitta ett deltidsjobb och flytta hemifrån.”

”Jag tänker inte knuffa ut dig från ditt eget hem.”

”Men jag är vuxen nu, mamma.”

Innan han visste ordet av hade Grace börjat gråta igen.

”Förlåt, jag ville inte göra dig ledsen”, sa han medan hon gungade fram och tillbaka, snyftade och snorade i händerna.

”Det vet jag väl. Jag är så stolt över dig. Förlåt.”

Hon tänkte just krama om honom när han tog ett steg tillbaka. ”Vänta så ska jag hämta en näsduk.”

”Okej, lilla gubben”, klämde hon ur sig innan en tredje våg av tårar sköljde över henne. Medan hon försökte samla sig igen ringde han husvagnsförsäljaren. Husvagnen var fortfarande till salu och fanns inte alltför långt därifrån, så hon gick med på att följa med och titta på den.

Efter en halvtimmes bilresa var de framme. Husvagnen stod ute i trädgården. Den var uppställd på tegelstenar och såg ut som om den i ett tidigare liv hade varit vit, även om den numera hade en ful nyans av gult och grått. Den var liten.

”Den är bohemchic, mamma”, sa Stephen.

De stod och granskade dess skal när mannen kom ut. Han var liten, skallig och hade långt skägg. Grace tyckte att det var konstigt att en så liten man hade ett sådant långt skägg. *Du ser ut som en trollkarl eller en alv, eller som en trollkarlsalv.* Han var solbränd och hade kraftiga armmuskler som stod i kontrast till hans små händer. Trots att det var varmt och han hade varit inomhus han hade på sig en tajt mc-jacka. Stephen var den första som sträckte fram handen och hälsade. Mannen, som hette Ron, var snäll och pratsam. När de hade fått hälsningsfraserna undanstökade tystnade Grace och lät sin son sköta förhandlingarna. Ron tog med sig Stephen ett varv runt husvagnen för att visa hur stark och stabil den var. Den verkade inte rostig, åtminstone inte vad de kunde se, och Ron lovade dyrt och heligt att den – förutom färgförändringen – var i lika gott skick nu som den dag han köpt den. Han öppnade husvagnsdörren och steg in. Stephen följde efter och sedan trängde sig Grace också in, men det var knappt det gick. Ron stod i ett hörn och pekade på det kombinerade vardags- och sovrummet, och miniköket, som bestod av en platta, en minimal diskho och en bänk, samt en hylla där det stod en brödrost. De trängde sig fram till badrummet, som var så litet att Stephen måste huka sig och gå in sidledes. Eftersom han stod närmast dörren var han först ut, följd av Grace och sist Ron.

”Visst är hon fin”, sa Ron, helt utan ironi.

”Jag gillar den”, sa Stephen och såg från Ron till sin mamma, som inte rörde en min.

”Hundrafemtio euro är rena vrakpriset.”

”Det är förstås ett problem att den står på tegelstenar”, sa Stephen.

”Jag har däcken i garaget. De är rätt nötta, för jag och min Rhonda här körde runt i Nya Zeeland i fyra år.” Ron och Rhonda, men herregud. ”Ni klarar er hem, men om ni ska ut och åka får ni nog köpa nya.”

”Ingår tegelstenarna och däcken i priset?” frågade Stephen.

”Självklart.”

”Och inredningen?”

”Du kan ta alltihop.”

”Så ni var i Nya Zeeland, säger du”, sa Stephen.

”Japp. Var statist i Sagan om Ringen, ettan och tvåan.”

”Det kan jag tänka mig”, sa Grace.

De båda männen såg på henne; hon stirrade tillbaka med ett outgrundligt ansiktsuttryck tills Stephen åter tog till orda. ”Ja, man ser att den har varit med om ett och annat, det gör man.”

”Hon är byggd för att klara det.”

”Gå ner femtio så köper jag den.”

”Aldrig.”

”Underredet är säkert lika trasigt som däcken.”

Mannen granskade Stephen uppifrån och ner. ”Du chansar bara.”

”Det gör vi båda två.”

”Jag kan sträcka mig till hundratjugofem.”

”Okej.”

Båda såg nöjda ut när de åter vände sig till Grace, som hade börjat gråta tyst igen.

”Sätt dig i bilen, mamma.” Stephen gav henne nycklarna. Hon gjorde som han sa och såg Stephen följa med trollkarlsalven ut i garaget. Telefonen ringde. Det var Davey. Han hade bevittnat Rabbits genombrottssmärtor och var utom sig. Hon försökte lugna honom men han var för upprörd. ”Sover hon nu?” frågade hon.

”Ja, de gav henne något som knockade henne. Jag pratade med doktorn. Han säger att vi måste förbereda oss nu.”

Grace grät igen. Det brände i ansiktet, käken och öronen värkte.

”Jag fattar inte. Hon hade en sådan bra dag”, sa Davey.

”Var är Juliet?”

”Hon är därinne med henne.”

”Mamma och pappa då?”

”Rabbit skickade hem dem. Var är du, Grace?”

”Köper en husvagn.”

”Ursäkta?”

”Stephen ska sova i den så att Juliet får plats.”

”Spara dina pengar, Grace.”

”Börja inte nu igen, Davey.”

”Sluta behandla mig som om jag vore mindre vetande. Jag har lika stor rätt till henne som du har.”

”Väx upp, för helvete. Det handlar inte om dig. Hur många gånger...?”

”Du kan dra åt helvete. Du tror att du är bättre än jag, men det är mig hon vill bo hos.”

”Jaha, så du har frågat henne. Jamen självklart, varför inte?

Herregud, Davey, hon behöver en vuxen i sitt liv, inte en barnunge."

Hon lade på samtidigt som Stephen korsade vägen. Han satte sig i bilen, märkbart nöjd med sig själv. Han lade inte märke till sin mammas ilska förrän hon började mumla svärord för sig själv.

"Vadå?"

"Den där jäkla idioten Davey."

"Vad är det nu då?"

"Inget. Har du avslutat affären?"

"Han ska sätta på däcken så åker jag och pappa hit lite senare och hämtar den."

"Du har väl inte gett honom några pengar än?"

"Jag kanske är dålig i skolan men jag är inte dum i huvudet för det." Han startade bilen. "Vart ska vi nu?"

"Jag vill vara med Rabbit."

"Då åker vi dit."

Innan Rabbit blivit sjuk hade Grace använt sig av ursäkten att hon hatade sjukhus för att slippa hälsa på folk som var inlagda, oavsett hur nära dem hon stod. Hon brukade säga att det berodde på skräck, eller snarare fobi. Sanningen var att det inte var sjukhuset i sig som skrämde slag på henne, det var de sjuka patienterna. Hon hatade lukterna, de svaga kropparna, ropen på hjälp. Hon avskydde deras sårbarhet och ovärdighet. Grace hade aldrig varit sjuk i hela sitt liv och precis som sin mamma hade hon varit som gjord för att föda barn, så hon hade aldrig behövt stanna längre än två dagar på BB. Hon hade hållit sig till den privata förlossningsvården, den enda lyx hon någonsin unnat sig. Hon ville ha ett eget rum för sig och bebisen, med eget badrum och ett kylskåp för den drink hon firade med efteråt. Grace trodde inte på att amma. Hon hade fått flaskmjölk som barn och det dög gott åt henne – dessutom var hon inte den som ville slänga fram brösten inne i mataffären. Rabbit hade ammat Juliet. Hon hade läst böcker och gått på föreläsningar. Hon hade till och med gått med i en amningsgrupp, vilket Grace och Davey förstås hade retat henne för, men det brydde hon sig inte om. Rabbit hade alltid gått sin egen väg och struntat i vad andra tyckte. Det var en av de saker som Grace uppskattade mest med sin syster.

Grace hade inte hälsat på Rabbit första gången hon blev sjuk. Hon hade hittat på en dålig ursäkt och Rabbit låtsades artigt tro på den, men Marjorie hade varit med hela tiden och Rabbit behövde egentligen ingen annan så länge Marjorie var där. Det var inte förrän cancern spred sig som Grace blev rädd. Bröstcancer går att bota och allt skulle bli bra. Det var ingen stor grej – inte förrän cancern blev obotlig och det plötsligt var en stor grej, och vid det laget hade Grace så dåligt samvete att hon nästan ville dö själv. Sedan dess hade hon gjort allt för att stötta Rabbit. Hon hade suttit med under cellgiftsbehandlingarna, väntat medan hon fick strålning. Hon hade varit den sista som träffade henne innan hon sövdes ner och den som fanns där när hon vaknade. Hon hade suttit vid oräkneliga sjuksängar de senaste åren och var inte längre rädd för sjuka människor. Det enda som skrämde Grace var döden.

Rabbit

När Rabbit vaknade satt Mabel på sängen och lade patiens.

”Vilken latmask du är”, sa Mabel utan att lyfta blicken från korten.

”Vad är klockan?” frågade Rabbit.

”Lite efter kvart över fyra på eftermiddagen.”

”Var är Juliet?”

Mabel lade ifrån sig korten, tog fram en sugtablett och förde den till Rabbits spruckna läppar. ”Davey tog med henne för att köpa något att äta. Den lilla stackaren har bara suttit här och stirrat på dig i flera timmar.”

Rabbit sög på citron- och glycerintabletten medan Mabel pratade. ”Kan du ta med dig henne hem lite senare?” frågade hon.

”Juliet? Absolut.”

”Och kan du säga åt Davey att samla hela familjen, Marjorie också, här hos mig i kväll.” Rabbit talade snabbt: hon måste få ur sig det hon skulle säga medan det fortfarande fanns tid.

”Okej.”

”De måste väcka mig eller vänta på mig.”

”Det ska jag säga till dem.”

”Jag är så trött, Mabel.”

”Sov lite till.”

”Lovar du att fixa det där?”

”Jag lovar att de kommer hit allihop.”

”Tack”, sa Rabbit och slappnade av. Hon tittade på Mabels gothrockiga tröja. ”Snygg t-shirt.”

”Hittade den på secondhand i …”

Rabbit hade redan somnat.

Johnny

På den gamla goda tiden, innan Johnny blev riktigt allvarligt sjuk, såg turnéerna alltid likadana ut. Morbror Terry hämtade upp dem hemma hos Davey och de bar ut alla grejer till bilen. Johnny gick alltid in först för att sno åt sig den bästa platsen, följd av Francie och Jay, sedan Louis eller Kev beroende på om det var Kitchen Sink eller Sound som skulle spela. Davey var alltid sist eftersom han jämt var dålig i magen och måste gå på toa, eller springa in och hämta något han hade glömt. Det gjorde de andra galna. För att lära Davey en läxa och få honom att sluta slösa bort deras tid kom de på en enkel lösning. Morbror Terrys skåpbil hade en skiljevägg mellan fram- och baksätet: när han satt i framsätet kunde han inte se grabbarna, så han litade på att någon av dem skulle knacka i väggen för att meddela att de var redo för avfärd. De brukade vänta tills Davey just skulle kliva på innan de knackade i väggen och morbror Terry körde iväg, medan Davey skrikande sprang efter dem och med fara för sitt liv försökte kasta sig in genom den rullande skåpbilens öppna bakdörrar. Det tog honom ett tag att fatta, men efter fem eller sex nära-döden-upplevelser gick det upp ett ljus och han var aldrig mer sist in i skåpbilen.

När Rabbit började följa med som ljudtekniker lät hon dem vänta en gång, och som initieringsrit väntade de tills hon just skulle kliva in, då de knackade i väggen. Morbror Terry körde iväg men i stället för att springa, skrika och riskera livet stod Rabbit kvar mitt i gatan med händerna på höfterna och såg hur skåpbilen försvann längs gatan med de öppna dörrarna vilt svängande. När killarna insåg att Rabbit inte tänkte spela med, började de dunka i väggen för att påkalla morbror Terrys uppmärksamhet. Efter någon minut stannade han för att se vad som stod på. Han såg missnöjt från killarna till Rabbit, som stod kvar mitt i gatan. Han smällde igen dörrarna och backade tillbaka för att hämta upp henne. Hon hoppade in och knackade i väggen. Morbror Terry körde. Hon satte sig bredvid Johnny.

”Era puckon”, sa hon.

”Fan också, du vet verkligen hur man förstör ett magiskt ögonblick”, muttrade Francie.

”Ett magiskt ögonblick, Francie? Det vore om du lyckades trolla bort Golden Gate. Det där var bara en skitidé.”

Johnny skrattade.

”Det var för fan din idé”, sa Jay åt honom.

”Ja, men om ni hade gjort det mot mig hade jag gjort som Rabbit. Det är bara den där dumskallen som skulle riskera livet för att kasta sig in i en skåpbil som ändå skulle ha stannat och väntat på honom.”

De andra skrattade. ”Ja.” De nickade i samförstånd. ”DB, du är pantad i skallen”, sa Francie och alla, inklusive Rabbit, började skratta igen. Davey sa inget: han lät sitt långfinger sköta snacket.

När bandet hade lagt av och alla började gå vidare i livet brukade Johnny prata om när Davey sprang efter skåpbilen. Egentligen var det ett meningslöst minne, men det hade dröjt sig kvar hos honom och roade honom långt efter att han hade börjat förlora kampen mot sin MS.

Nu var det sex månader sedan bandet hade gjort sin sista spelning, och Johnny hade en bra vecka. Francie jobbade och Jay pluggade. Davey söp skallen av sig och låg med alla tjejer han kunde hitta. Två veckor tidigare hade Kev följt med en fransk tjej till Paris. Han sa att det var äkta kärlek: ”Hur svårt kan det vara att lära sig franska?” Johnny och Rabbit hade tröttnat på att se på filmer och äta indiskt varenda fredagskväll.

”Vi tar min bil och bara åker någonstans”, sa Johnny.

”Vart då?”

”Vart som helst.”

”Du kommer att bli trött.”

”I så fall kan du ta över.”

”Jag kan ju inte köra bil.”

”Det är lätt. Jag kan lära dig.”

”Pappa skulle döda mig.”

”Snälla du, vi kan väl bara dra.”

Det var desperationen i hans röst snarare än reslust som fick henne att ge sig. Det var som om han kände på sig att det här var sista gången han skulle må tillräckligt bra. ”Okej.”

Rabbits pappa var fortfarande på jobbet och hennes mamma var och handlade, så Rabbit skrev en lapp: ”På semester. Skickar vykort. Kram Rabbit och Johnny.” De tog en taxi hem till Johnny, hämtade lite kläder åt honom och lade dem i den bil han inte hade kört på ett år. Han satte sig bakom ratten med Rabbit vid sin sida.

”Är du säker?” frågade hon och han svarade genom att starta bilen.

De bestämde sig för att åka till Wicklow. Bandet hade spelat där; det fanns en strand, det var ungdomligt och livligt, och det låg inte alltför långt hemifrån. De hade kört i en timme när Johnny fick ont i benen. Han kunde inte köra vidare men han kunde fortfarande gå, och tog sig utan problem runt bilen till passagerarsidan.

”Skit också”, beklagade sig Rabbit. ”Jag visste att det skulle bli så här.”

”Det är lätt. Jag sitter bredvid och vi har inte långt kvar.”

”Det var ju en tröst”, sa hon och satte sig i förarsätet.

De stod vid sidan av vägen i en halvtimme medan Johnny instruerade henne hur hon skulle använda backspegeln, hur man blinkade och vilken pedal som gjorde vad. Halvvägs genom en föreläsning om hur man bytte däck tröttnade hon, startade motorn och körde iväg. Efter några stopp, lite hackande, och en liten incident när Rabbit tvärbromsade sekunden innan hon nästan körde in i bakdelen på en buss, kände hon att hon hade allt under kontroll – allt utom Johnny, som skrek, ”Titta åt vänster, kolla i backspegeln, du måste blinka nu, blinka, blinka!” Det var en trevlig resa. De stannade och åt lunch på ett litet kafé i Wicklow Town och även om Johnny måste gå med käpp såg de ut som vilket par som helst, fast de tekniskt sett inte ens var ett par. Rabbit hade gett upp den tanken och slutat hoppas. Hon var fortfarande inte intresserad av någon annan, hon älskade fortfarande Johnny, och hon visste att han älskade henne. Men han var sjuk och rädd, så hon försökte att i stället bara njuta av de dyrbara stunder de hade tillsammans.

Det var mörkt när de kom fram till det Bed & Breakfast som damen på kaféet hade rekommenderat. Rabbit parkerade och de gick in. Ägaren visade dem till det enda lediga rummet, som hade en dubbelsäng. Johnny verkade mer störd över det än Rabbit. Han satt på sängkanten och knackade käppen i golvet. ”Vi skulle kunna prova någon annanstans.”

”Menar du allvar?”

”Det finns massor av mindre hotell i Wicklow.”

”Jag har inte löss om det är det du tror.”

”Var inte löjlig, Rabbit.”

”Det är inte jag som sitter här och grinar över att tvingas dela säng.”

Rabbit var så arg att hon tog med sig sin necessär och

smällde igen dörren efter sig på väg till badrummet i korridoren. Det tog evigheter innan hon kom tillbaka och hittade Johnny utan tröja i sängen. Hennes hjärta tog ett skutt.

"Jag sover i kalsongerna. Jag tog inte med några t-shirtar."

"Ingen fara", sa Rabbit, men det var inte riktigt sant. Fjärilarna i magen flaxade hejvilt. Hon ställde ifrån sig necessären på byrån, släckte lampan, gick till sängen, och innan hon lade sig i den hörde hon sig själv viska den enda bön hon någonsin hade bett: Gode Gud, gör så att jag inte svimmar. De var långa båda två och sängen var i minsta laget för att ens kunna kallas dubbelsäng. De försökte undvika att nudda vid varandra men det var svårt. Rabbit hade inte världens bästa kroppsuppfattning i vanliga fall, men den här natten kunde hon ha sagt på millimetern hur långt ifrån varandra deras kroppar befann sig.

"Är du okej?" frågade han.

"Javisst. Du då?"

"Bara bra."

"Super. God natt."

Han suckade djupt och eftersom hon kände honom så väl förstod hon att det var en suck av frustration. *Hm. Johnny ligger bredvid mig och känner sig frustrerad.*

"God natt", sa han.

"God natt", sa hon en gång till, för säkerhets skull. "Förresten, om du behöver hjälp att ta dig till toan ..."

"Jag kommer inte att behöva någon hjälp", sa han och nu lät han snarare irriterad.

"Men utifall."

De låg i mörkret med vidöppna ögon, sida vid sida och påfrestande nära varandra, båda för nervösa för att röra sig det minsta. Rabbit oroade sig för att Johnny skulle få ett krampanfall, men hon sa inget eftersom hon inte ville göra honom förbannad. Tiden gick och det kunde lika gärna ha gått en sekund som en timme innan han sa något igen.

"Ligger du bekvämt?"

”Ja, verkligen.” *Kan du inte bara kyssa mig?*

”Vad bra.”

”Ligger du bekvämt?” frågade hon.

”Nej, inte särskilt.”

”Men herregud, sluta vara så självupptagen!” Hon vände sig mot honom samtidigt som han drog henne till sig och gav henne en djup kyss.

”Åh”, sa hon med en röst som darrade lika mycket som resten av hennes kropp.

”Åh? Okej?”

”Åh, ja.”

Den natten fick Johnny Faye ingen kramp, ingen bortdomning, ingen utmattning eller värk, och Rabbit Hayes förlorade sin oskuld.

14.

Rabbit

Rabbit vaknade och såg Grace, Davey, Lenny och Marjorie som stod där stumma runt henne. Trots att hon var yr och dimmig i huvudet kände hon hur spänd stämningen var. Hon ringde på Linda, som snabbt kom och hjälpte henne sätta sig upp. När Linda hade försäkrat sig om att Rabbit inte behövde hennes hjälp mer lämnade hon rummet, men först mimade hon åt Rabbit, ”Varför är det som Kalla kriget härinne!” Rabbit ryckte på axlarna. ”Håll mig uppdaterad”, sa Linda innan hon gick ut genom dörren.

Ännu en bricka med orörd mat stod vid fotändan av sängen. Marjorie lyfte på locket. ”Den är fortfarande varm om du vill ha lite”, sa hon.

”Inte hungrig. Vad är det med er två?” frågade Rabbit och vände sig till Davey och Grace.

”Inget”, sa Grace aningen för aggressivt och blängde på Davey i ett försök att tysta honom.

”Davey?” sa Rabbit.

”Grace är som hon brukar.”

”Bossig?” undrade Rabbit.

”Och arrogant”, sa Davey.

”Och Davey är så barnslig”, slog Grace tillbaka.

”Och envis”, sa Rabbit.

”Och blind”, sa Grace.

”Ska du säga, din besserwisser”, sa Davey.

”Vad handlar det här om egentligen?” frågade Rabbit.

Hennes syskon svarade ”Inget” exakt samtidigt.
”Nähä”, sa Rabbit. ”Marjorie?”
”Jag hävdar min rätt att tiga enligt femte tillägget.”
”Vi är inte amerikaner”, sa Rabbit.
”Det struntar jag i.”
”Lenny?”
Lenny slog ut med händerna. Om deras föräldrar inte hade dykt upp skulle Rabbit kanske ha luskat vidare. Molly var fortfarande blek men såg utvilad ut. Jack böjde sig fram och gav sin dotter en puss.
”Pauline skjutsade hit oss och hon blev stoppad för fortkörning – hon var bara en aning över gränsen. Den där idioten hon var gift med verkar jaga henne än.”
Grace kastade giftiga blickar på Davey. ”Du kunde väl ha hämtat dem.”
”Det kunde du ha gjort själv”, fräste Davey.
”Hur länge har de hållit på så här?” frågade Molly.
”Sedan jag vaknade.” Rabbit log mot sin mamma.
”Och det har du förstås inget emot”, sa Molly.
”Det är ju inget på teve”, sa Rabbit.
När Jack och Molly hade satt sig koncentrerade sig alla på Rabbit och det hon skulle säga. Hon kände sig starkare än hon gjort tidigare på dagen, men nu måste hon få det ur sig. ”Jag vill prata om Juliet.”
”Det är redan ordnat, älskling”, sa Molly.
”Nej, mamma, det är det inte.”
”Vi tar hand om henne tills – ”
”Snälla mamma, du kan inte ta hand om henne, inte som det är nu.”
”Det har hon rätt i”, sa Jack, och Molly knuffade till honom i revbenen.
”Vi tar henne”, sa Grace och Lenny nickade sitt bifall.
”Ni har ju inte plats”, sa Rabbit.
”Precis. De har inte plats”, höll Davey med.
”Och det har du?” frågade Rabbit.

"Det vet du att jag har."

"Du tänker väl inte på allvar ge henne till Davey?" sa Grace.

"Jag tänker inte ge henne till någon alls", sa Rabbit.

"Det var inte så jag menade."

"Jag kan ta hand om henne. Jag vet att det inte verkar som om jag skulle klara det, och jag kanske är lite oorganiserad ibland, men jag ska skärpa mig och ta hand om henne på det sätt som du önskar", sa Davey.

"Pappa, säg åt honom", sa Grace.

"Jag tycker du ska tänka över det, Grace", sa Jack.

Grace och Molly vände sig mot honom.

"Så lät det minsann inte tidigare", sa Grace gällt.

"Du kan inte mena allvar, Jack." Molly vände sig till Davey. "Ta inte illa upp."

"Davey har plats för Juliet och då menar jag inte bara i sitt hem", sa Jack.

Davey log nöjt. "Tack, pappa."

"Menar du att vi inte skulle ha plats för Juliet i våra hjärtan, pappa? I så fall måste jag säga dig – "

"Det är inte det han menar." Rabbit påkallade åter deras uppmärksamhet. "Han menar att de behöver varandra."

"Något ditåt, ja", sa Jack.

"Men det här är ju bara dumt. Juliet ska inte flytta till Amerika", sa Molly.

"Det bestämmer jag, mamma", sa Rabbit. "Marjorie?"

"Ja?"

"Vad tycker du?"

"Jag vet inte."

"Det är okej, Marjorie, säg hur du känner", sa Davey.

"Jag tror att hon behöver stabilitet och det blir svårt för Davey att kunna ge henne det, även om han verkligen försöker. Ursäkta, men det är så jag känner."

"Jag håller inte med. Glöm inte att Davey har ett stort nätverk därborta. Om han verkligen vill ta hand om Juliet tror jag att han kommer att göra ett bra jobb", sa Jack.

”Men vi finns ju här. Vi kan göra plats för henne och vi är erfarna föräldrar”, sa Grace.

”Davey, tror du på riktigt att du fixar det här?” frågade Rabbit.

”Det är ju helt jävla otroligt!” sa Grace.

”Jag är livrädd och vill dra mig ur tusen gånger om dagen, men jag vill ta hand om henne. Jag ska be om hjälp, jag ska ändra på saker och om du låter mig ta hand om henne ska jag få det att fungera, det lovar jag.”

Molly såg ut som om hon tänkte börja gråta. Rabbit såg på Grace. ”Du är en fantastisk mamma och jag vet att du skulle göra allt för henne, och det älskar jag dig för …”

”Men?” sa Grace.

”Men du har fyra egna barn att ta hand om …”

”Och?”

”Det har inte Davey.”

”Så det är därför du väljer honom? För att han inte redan är förälder?”

”Ja”, medgav Rabbit.

”Mamma?” sa Grace i ett försök att få stöd, men hennes mamma dolde ansiktet i händerna.

”Juliet har valt Davey. Det har hon visat tydligt”, sa Rabbit.

Marjorie suckade högt.

”Vadå?” frågade Rabbit.

”Ursäkta, men hon är bara tolv. Hon borde inte ha blivit tillfrågad”, sa hennes gamla kompis.

”Det håller jag inte med om”, sa Rabbit. ”Det är den enda lilla sak som hon kan styra över i den här röran. Jag litar på henne, och jag litar på Davey.”

Davey började gråta och alla såg på honom. ”Förlåt.” Han gjorde en avvärjande rörelse med handen.

”Grace, du vet att jag älskar dig och jag är otroligt tacksam”, sa Rabbit.

”Ja.” Grace ville säga åt sin syster att hon begick ett stort misstag, men det skulle bara vara grymt och inte förändra något. Rabbit hade bestämt sig.

”Mamma?” sa Rabbit.

Molly såg på Davey. ”Tänker du ta med dig henne hem?”

”Mabel och Casey har erbjudit sig att hjälpa till med skolor och vi tänker bo i Nashville på heltid”, sa Davey.

Utan ett ord reste sig Molly och gick ut ur rummet. Grace gjorde sig redo att följa efter henne.

”Stanna här, Grace”, sa Jack. Hon satte sig. ”Hon behöver bara en stund för sig själv.”

”Marjorie?” sa Rabbit.

”Det där vet du bättre än jag”, sa Marjorie, och vände sig sedan till Davey: ”Det där lät fel.”

Han skrattade. ”Det gör inget.”

”Det är en sak till som jag vill prata om”, sa Rabbit, ”och mamma måste komma in igen innan jag gör det.”

Jack ställde sig upp. ”Jag hämtar henne, vännen.”

Lenny gav Grace en kyss. Han viskade något i hennes öra och hon log mot honom. Han lade armen om henne och besvikelsen försvann ur hennes ansikte. Jack kom tillbaka med Molly. Hon var rödögd men grät inte.

”Hur är det, mamma?” frågade Rabbit.

”Bara fint, älskling.”

”Du kommer inte att förlora Juliet.”

”Jag vet.” Mollys ögon svämmade över igen. ”Vad är det mer du vill prata om?”

”Min begravning.”

Jack hade varit stark hittills, men nu överväldigades han av känslor. Han begravde ansiktet i händerna. ”Åh, Rabbit.”

”Jag är ledsen, pappa.”

”Fortsätt, Rabbit”, sa Grace, och Rabbit var glad att hennes syster hade hämtat sig.

”Ingen kyrka. Hör du vad jag säger, mamma?”

”Nähä, och vad har du tänkt dig i stället?”

”Det finns många begravningsbyråer som kan ta hand om icke-religiösa. Grace, välj en som har stor samlingssal.” Grace nickade. ”Det måste inte vara en stor begravning. Det enda jag önskar är att ni talar ur hjärtat, att ni skrattar, berättar historier och delar med er av era goda minnen av mig."

Hon var känslosam, men inte lika känslosam som sin stackars pappa, som började snyfta högljutt varpå Molly skrek, "Kan du för helvete sluta grina henne rakt i ansiktet någon gång, Jack!"

Grace, Davey, Lenny och Marjorie skrattade, men Rabbit hade inte tid. Hon måste fortsätta: smärtan började komma över henne igen och hon skulle behöva ta mer smärtlindring snart; varje dos var lite starkare och hon kände hur hon försvagades.

"Jag kommer tillbaka om en minut", sa Jack och gick ut.

"Vi lyssnar, Rabbit", sa Grace.

"Ingen präst, inga böner. Hör du det, mamma?"

Molly mumlade något knappt hörbart.

"Grace, kan du se till att det blir så?"

"Ja."

"Jag vill inte ha en öppen kista – de är så otäcka – och jag vill bli kremerad, och ärligt talat bryr jag mig inte om vad ni gör med askan."

"Vad vill du ha på dig?" frågade Grace.

"Det får du välja, mamma."

"Åh, fantastiskt! Jag ska få välja vad du har på dig i en stängd kista innan de bränner upp dig."

De andra fnissade, men Rabbit vek inte undan med blicken. "Förlåt, mamma. Jag är ledsen att jag inte delar din tro."

"Det är så klart jag förlåter dig, din dumskalle."

"Inga äggmackor vid mottagningen."

"Varför inte det?" Marjorie försökte dölja det faktum att hon grät mer än Jack.

"För att mamma hatar ägg."

"Tål inte den där jävla ägglukten." Molly försökte låta som vanligt.

"Davey, du får välja musik. Du vet vad jag gillar."

Davey nickade. Han kunde inte prata.

”Det var allt”, sa hon.

”Okej.” Grace gav Lenny en näsduk för att få honom att sluta snörvla och torka sin rinnande näsa med handen.

”Frågor på det?” sa Rabbit.

”Bara en”, sa Grace. ”Vet du någon som vill köpa en husvagn?”

Rabbit log. Grace hade förlåtit henne för att hon valt Davey. ”Tack.”

Grace ställde sig upp och kramade om sin syster. ”Älskar dig, Rabbit.”

”Älskar dig, Grace.”

När Jack kom tillbaka turades alla i rummet om att krama henne och berätta hur mycket de älskade henne. Marjorie var först, Molly var sist. Rabbit kunde inte hantera smärtan längre. Hon ringde på Linda. När hennes familj var på väg därifrån ropade hon tillbaka Davey.

”Davey”, sa Rabbit och tillät sig äntligen att bryta ihop, ”du kommer att göra misstag men det bryr jag mig inte det minsta om, bara du får henne att känna sig älskad. Det är det enda som betyder något.”

”Jag kommer att älska henne mer än någon annan människa på jorden.”

De båda syskonen grät i varandras armar tills Linda avbröt dem med medicinen. ”Jag kan komma senare.”

”Nej”, sa Rabbit. ”Det är dags nu.”

Medan hennes familj lämnade sjukhemmet med tunga hjärtan väntade Rabbit på sömnen.

Johnny

För andra dagen i rad vaknade Rabbit i Johnnys famn. De ägnade större delen av sin tid i Wicklow åt att älska, prata, skratta, kyssas och smekas. Allt var nästan normalt, förutom när Johnnys opålitliga urinblåsa inte gav honom tillräckligt med tid att hinna till badrummet och han tvingades kissa ut genom fönstret på andra våningen.

”Inte särskilt romantiskt”, sa han när hon uppmuntrade honom att göra det.

”Gör bara ditt bästa för att inte träffa någon i huvudet – vem bryr sig om romantik?”

”Jag älskar dig, Rabbit”, sa han medan han pissade.

Innan han hann vända sig om hade hon börjat hoppa upp och ner i sängen. ”Woo-hoo – äntligen!” Rabbit kunde alltid få Johnny att le, även när hans huvud var fullt av de allra mörkaste tankar.

De låg omslingrade i sängen.

”Du grubblar över något”, sa hon.

”Nej.”

”Jo.”

”Nej.”

”Jo.”

”Okej då, jag grubblar.”

”Du tänker väl inte förstöra det här nu?” varnade hon.

”Nej då. I alla fall inte i dag.”

Hon visste att han redan försökte hitta ett sätt att dra sig undan. Hon skulle få gå igenom det igen. Hon kysste honom, han kysste henne tillbaka och de älskade med varandra en sista gång innan de packade sina saker och motvilligt påbörjade resan därifrån.

Han var trött i bilen. Rabbit körde gärna: hon var i sjunde himlen och kände sig oövervinnerlig. De lyssnade på radion och pratade tills han somnade. Hon visste inte riktigt vad hon gjorde, men följde vägskyltarna och allt gick bra tills hon tog fel avfart och de hamnade på berget.

Det var becksvart och det tog henne en stund att förstå sig på billyktorna, men till slut hittade hon knappen. De var ensamma på en mörk, smal väg och hon kunde inte avgöra om det var bra eller dåligt. Egentligen borde de ha gett sig av tidigare på dagen, men även om hon nu blev tvungen att köra i mörkret var hon glad att de inte hade gjort det. Hon hörde däcket få punktering innan hon kände det. Hon bromsade kraftigt och hamnade ute i vägrenen innan hon fick stopp på bilen.

Johnny vaknade med ett ryck. ”Vad hände?”

”Det är något fel på ena däcket.”

”Var i helvete är vi?”

”Hm …”

Han var svag: helgens äventyr hade tröttat ut honom. Han lutade sig tungt mot käppen och granskade däcket så gott han kunde i mörkret med sin dåliga syn. ”Vi måste byta det”, sa han, men de visste båda två att ”vi” betydde Rabbit, för hans ben skakade och inom en minut låg han i gräset och krampade, samtidigt som han försökte ge henne instruktioner. Hon visste inte vad det var hon skulle leta efter och kunde ändå inte se längre än näsan räckte.

”Gråter du?” frågade han nerifrån marken.

”Nej”, ljög hon. Naturligtvis grät hon: Johnny var förlamad, hon visste inte vad hon gjorde och de skulle frysa ihjäl båda två. Han försökte resa sig men var lika hjälplös som en uppochnervänd sköldpadda. Krampen var allvarlig och hon visste att det kunde ta tid innan den gick över. När den gjorde det skulle han vara så svag att hon måste lyfta in honom i bilen. Om ingen kom förbi snart kunde det här gå illa, och Rabbit hade inte sett någon annan bil på åtminstone en timme. Hon hörde honom be. *Men för helvete.*

Hon stack in huvudet i bakluckan för att leta rätt på en del som verkade saknas på domkraften. De var fortfarande ensamma på vägen och Rabbit kände paniken komma, men plötsligt stod Johnny bakom henne.

”Jag fixar det”, sa han. ”Jag mår bättre nu.” Han var stark och stadig. Krampen hade släppt och nervryckningarna var borta. Han hittade den del som saknades och bytte däcket på nolltid, utan större ansträngning. Hon nöp sig i armen där hon stod och såg på. Det är omöjligt. Hon stirrade på honom i mörkret, slukade honom med ögonen. All den styrka som runnit ur honom de senaste månaderna var helt oväntat tillbaka. Det här kan inte vara på riktigt. När han var klar och hade lagt tillbaka domkraften i bakluckan satte de sig i bilen igen.

"Snyggt jobbat", sa Rabbit.

"Tack."

"För tio minuter sedan kunde du inte röra dig."

"Jag vet."

"Och sedan var du plötsligt helt frisk, som om inget vore fel." *Perfekt. Ingen MS. Den var borta.*

"Helt galet." Hans händer började skaka igen. Han korsade armarna och höll om sig själv. Den var tillbaka. *Förbannat.*

Rabbit vred om nyckeln och de körde en bit under tystnad.

"Du inser väl vad det var som hände där borta?" sa Johnny.

"Börja inte nu", sa Rabbit.

"Det var ett litet mirakel."

"Jag sa ju att du inte skulle börja med det där."

"Jaha, och hur skulle du annars förklara det?"

"Vet inte. Vissa dagar mår du bättre än andra. Det var kanske en tillfällig remission."

"Jag var så stark, starkare än jag någonsin varit förr. Jag kunde ha lyft upp bilen utan domkraft. Det var ett mirakel."

"Visst."

"Gud är god."

Det gjorde henne arg. "Kom igen, Johnny! Om Gud är så god, varför fixar Han dig bara i fem minuter, inte resten av livet?"

Johnny svarade inte, inte ens efter att hon mumlat en ursäkt. Precis när de körde över Dublins stadsgräns vände han sig mot henne. "Jag tror på evigt liv, Rabbit. Jag tror att vi kommer att träffas igen när jag är frisk och då kommer det här att vara rätt."

"Det är rätt nu."

"Men hoppas du inte ens på det?" Han grep efter halmstrån och hon önskade att hon kunnat svara ja, men hon tänkte inte ljuga för honom. Det skulle han för övrigt ha genomskådat.

"Nej."

”Varför inte det?” Han lät så ledsen. Det här var inte det samtal hon ville avsluta helgen med. Det betydde för mycket för honom och för lite för henne. Hon försökte byta samtalsämne men han vägrade ge sig.

”Svara mig.”

”Jag vill inte.”

”Snälla.”

”Du kan inte övertyga mig om att det finns ett sagoslott i himlen bara för att du råkar tro det. Det funkar inte så.”

”Så jag går med Gud och du går ensam, är det så du vill ha det?”

”Vad skulle det spela för roll i så fall? Vi är fortfarande här båda två, på samma gata. Vad är det för skillnad?”

”Jag upplevde ett mirakel i kväll. Det är det som är skillnaden.”

Rabbits hjärta var tungt i bröstet. Innerst inne visste hon att det här var mer än bara ett vanligt samtal. Johnny var tyst. Hon kunde inte avgöra om han grät – det var mörkt och hennes trötta ögon var fixerade vid den oändliga vägen – men det var möjligt.

”Jag ser fram emot att gå vidare, och du accepterar det här som slutet. Jag tror på evigt liv och evig kärlek, och du tror att det här är hela grejen.” Han slog sig på benen med händerna, dels av frustration, dels för att ge orden tyngd. ”Jag vill inte tillbringa evigheten med att vänta på den flicka som aldrig kommer att dyka upp.”

”Jamen jag kommer ju att dyka upp, ifall jag har fel och du har rätt.”

”Det funkar inte så.”

”Hur fan kan du veta det?”

”Himlen är för de troende.”

”Okej, och Sankte Per vaktar porten.”

”Just det.”

”Har du någonsin sett en dörrvakt som jag inte lyckats smita förbi?”

Hon hörde honom fnissa till. ”Nej.”

”Då så.”

”Så då kan jag fortsätta drömma om oss två, förenade i en sagovärld där vi lever lyckliga i alla våra dagar.” Sarkasmen i hans röst var tydlig, men han lät betydligt gladare. ”Och för dig är det de här stunderna, det vi gör precis just nu, som kommer att vara i evighet.”

”Jag kunde inte ha sagt det bättre själv, men det är du som är poeten.”

”Det kan jag väl stå ut med, men jag måste säga en sak. Francie hade rätt, du kan verkligen förstöra ett magiskt ögonblick.”

Till och med i mörkret märkte hon att han log. Han hade förlåtit henne och det var hon tacksam för.

DAG ÅTTA

15.

Marjorie

Det fanns ingen som förstod Marjorie på samma sätt som Rabbit. Efter alltför många glas vin hade Rabbit en gång förutspått att Marjorie skulle ha en affär. Inte ens Rabbit kunde förstås ha förutspått att hon skulle ha den med Davey. Rabbit struntade i drama- och skvallerpotentialen, det var inget hon önskade Marjorie, men hon var övertygad om att det var det enda som skulle få henne att lämna ett tomt äktenskap. Marjorie ville säga emot men det gjorde hon inte, och det var inte för att hon planerade att vara otrogen eller hade drömt om att vara det: det var för att Rabbit kände henne bättre än hon kände sig själv. ”Neil kanske hinner före”, sa hon och de bytte ämne.

Det gjorde han inte, så vitt hon kände till. Fyra år efter Rabbits kommentar hittade Marjories make en oanständig lapp från Davey när han letade efter extranycklarna i hennes handväska. Han väntade tills hon kom in i rummet, och fem minuter senare var deras äktenskap över.

Att avsluta ett dåligt äktenskap borde ha varit en lättnad, men när Marjories värld rasade samman kändes det som en katastrof. Hon var ständigt hårt pressad på jobbet: banken genomgick en egen kris som fick hennes äktenskapsproblem att blekna i jämförelse. Neil gjorde som hans vänner och familj hade föreslagit: han packade hennes väskor, ställde ut dem på tomten och bytte lås. Hennes advokat hävdade bestämt att det var olagligt och att hon hade rätt att komma in i huset, men deras vän Tom, som var ett av bankkrisens offer, hade redan flyttat in i gästrummet.

Hennes make hatade henne och Tom hade egna skäl till att förpesta hennes tillvaro. De var två mot en så hon släppte det, lät dem manövrera ut henne. Dessutom var det hon som hade hoppat över skaklarna. Vänner och familj var snabba att döma, och varför skulle de inte göra det? Neil var en bra kille som inte förtjänade att bli förd bakom ljuset. Hennes egen mamma verkade tycka mer om honom än hon någonsin hade tyckt om sin dotter. ”Hans mamma sa åt mig den dag ni gifte er att han var för god för dig, och tyvärr hade hon rätt. Du måste knäböja och be om Herrens förlåtelse, annars hamnar du i Helvetet för det här.” Marjorie åkte gråtande ifrån sin mamma, och det var varken första eller sista gången. Hennes mamma kunde vara både hatisk och hämndlysten, och Marjorie lyckades aldrig räkna ut om det var för att hon var olycklig eller om hon hade fötts sådan.

Marjorie åkte alltid hem till Molly när hon hamnade i kris, precis som hon gjort när hon var barn. Så även denna gång. Molly gjorde te och ställde fram en kaka. De satte sig vid köksbordet och Molly lyssnade till Marjories historia med sympati och medkänsla, innan hon gav sitt förslag på hur hon skulle gå vidare.

”Vi gör alla misstag, vännen, och han var inte rätt för dig, men jag är ledsen att det slutade på det här sättet”, sa hon vänligt. ”Förresten ska jag ge Davey en örfil när jag träffar honom.” Plötsligt såg hon arg ut: ”Men alltså, vem fan skriver lappar nuförtiden?”

Marjorie skrattade. Molly fick henne alltid att börja skratta; det hände att Marjorie misstänkte att hon fick sina överdrivet teatraliska vredesutbrott med flit för att få folk att dra på munnen, men hon uppskattade dem ändå.

”Marjorie, du kommer över det här, och jag kan lova dig att han kommer att tacka dig en vacker dag, även om han kanske inte säger det högt. Och din mamma, tja, hon är en gammal häxa och det är tyvärr inget som du kan göra något åt, men säg åt henne att nästa gång hon sårar dig på det viset kommer Molly Hayes att säga henne ett sanningens ord."

"Det behövs verkligen inte, Mrs H."

"Jo, det gör det. Vet du vem som borde kasta sig ner på knä och be om förlåtelse? Jo, den där kärringen – men de skulle inte ta emot henne i Helvetet. Jag kommer ihåg hur hon var när du var liten. Inte konstigt att du flydde hemifrån, rakt in i det där äktenskapet. Hon är en dum kossa. Och jag ska berätta något annat som jag har behållit för mig själv i alla år. Hon är en fuskare. Ja, det är hon. På tjugo år har hon inte vunnit en enda bridgematch utan att fuska."

Marjorie brast i skratt.

"Det är sant", sa Molly, som också skrattade.

"Du får mig alltid att må bättre, Mrs H", sa Marjorie.

"Och det kommer jag alltid att fortsätta med, vännen. Okej, nu gör vi så här. Du slutar vara så hård mot dig själv, går till din advokat och kräver att få det som tillhör dig. Inget mer skitsnack nu. Äktenskapet är över. Dela upp grejerna och gå vidare. Hör du vad jag säger?"

Det gjorde Marjorie, och hon följde rådet till punkt och pricka. När hon släppte sitt dåliga samvete och började bete sig professionellt hade Neil inte längre något att sätta emot. Separationen gick igenom utan krångel. Husförsäljningen gjorde att de fick råd med varsin lägenhet och varsin nystart. Hon gillade inte att bo ensam, men Rabbit och Juliet fanns ju där. När hon kände sig ensam packade hon bara en väska och flyttade hem till dem, först i någon vecka, sedan i ett par dagar i taget, tills hon hade bott in sig hemma och bara sov över någon natt ibland.

Det var skönt att ha andra människor i sitt liv. Hennes kollegor försvann när det krisade, hennes make var borta, hennes mamma var en elak gammal häxa, men familjen Hayes fanns där för henne. Nu höll familjen Hayes på att försvinna framför ögonen på henne, och för första gången i livet skulle Marjorie bli ensam på riktigt.

Hon fick inte tänka på det. Om hon gjorde det skulle hon öppna fönstret och hoppa ut från sin lägenhet på tredje våningen. Och typiskt nog skulle hon säkert inte dö i fallet utan bli förlamad från halsen och neråt. Hennes mamma skulle tycka att det vore rätt åt henne. *Håll dig borta från fönstret, Marjorie.*

Marjorie hade alltid älskat sina dyra kläder, sin tjusiga bil och sitt lyxiga hem, men förr i tiden, när hon hade suttit mittemot Rabbit på något kafé och tittat på sin bästa vän, som fortfarande levde på kärlek och klädde sig i tajta jeans och t-shirt, hade hon ofta önskat att de kunde byta liv för en dag. Rabbit levde ett enkelt liv. Hon visste exakt vem hon var och vad hon ville ha. Hon var kanske inte världens mest pragmatiska – Marjorie hade många gånger påpekat att hon borde börja spara till Juliets utbildning och till sin framtida pension – men Rabbit brydde sig inte: hon skulle ta itu med det nästa år. Och det skulle visa sig att hon inte behövde ta itu med det alls. Rabbits diagnos blev något av en katalysator för Marjories eget liv: bankkrisen var illa nog, men när Rabbit blev sjuk förändrades Marjories världsbild. Hon levde ensam, kände sig ofta ensam, och det jobb hon en gång älskat hade blivit rena mardrömmen. Hon blev tröttare för varje dag, men om hon kunde ha fått en önskning i uppfyllelse skulle hon inte ha ändrat på något av det. Det enda hon ville ha var en pratstund med Rabbit som hon var förr, den pigga, glada, friska Rabbit, bara en enda liten pratstund.

Det var tidigt på morgonen när Davey ringde och sa att Rabbit hade blivit sämre över natten. Det var inte helt oväntat men kom ändå som en chock. Hon undrade som hastigast vad hon skulle ta med för present. Sedan sjönk verkligheten in. *Rabbit behöver ingenting längre.* Hon grät lite medan hon åt frukost och övervägde att stanna till vid kvartersbutiken för att köpa cigaretter, så att hon skulle kunna unna sig en för att lugna sig. Hon hade inte rökt på tio år. *Gör det inte, Marjorie.*

När hon kom till sjukhemmet var Molly, Jack, Grace, Lenny och pojkarna redan där. De var för många för att få plats i rummet. Molly och Jack var inne hos sin dotter så hon följde med Grace till matsalen.

”Var är Juliet?” frågade hon.

”Davey har gett henne sovmorgon. Det kan bli en lång dag”, sa Grace.

”Jag trodde inte att jag skulle behöva sakna henne också”, sa Marjorie, som tänkte på att Juliet skulle lämna landet.

”Inte jag heller.”

Det var inte förrän Juliet fyllde fyra som Marjorie började lägga märka till henne, i samma veva som Juliet började visa upp en personlighet som var en blandning av hennes mammas och mormors. Då hade Marjorie fallit handlöst för henne. Hon ville inte ha några egna barn, men hon hade moderskänslor för Juliet, som hon villigt hade hjälpt till att ta hand om i alla år. Nu hade hennes plan på att bli världens bästa extramoster gått om intet. USA förändrade allt.

Jack dök upp och sa att han behövde ta en paus. ”Var är pojkarna?”

”Ute i trädgården”, sa Grace.

”Jag behöver lite luft”, sa han och gick ut, åt fel håll. Grace sa inget: det spelade ingen roll vart han gick, han måste bara röra på sig.

”Vill du gå in?” frågade Grace.

”Om det är okej?”

”Gå.”

Rummet var tyst förutom Rabbits andetag. Molly satt och höll henne i handen. Hon tittade upp när Marjorie kom in. De sa inget. Marjorie satte sig i soffan och såg sin gamla vän dö. Hon ville säga något viktigt och minnesvärt, men det var Rabbit som var duktig på ord, inte hon. Hon kom ihåg dagen då Rabbit hade kommit in på journalistutbildningen – hur lycklig hon hade varit. Alla blev chockade, eftersom hon aldrig hade nämnt journalistik som ett intresse. Det var aldrig någon som visste vad Rabbit hade för planer förrän hon sjösatte dem. Hennes intresse för journalistik byggde på hennes kärlek till musik och på en dokumentär hon sett om en musikjournalist som reste ihop med ett band; det inspirerade henne att börja skriva om musik. Det hade förändrats när Johnny dog: under en lång period hade hon hållit sig borta ifrån allt som hade med musik att göra, det gjorde för ont. Om saker hade varit annorlunda hade Marjorie lätt kunnat föreställa sig rockstjärnan Johnny och musikjournalisten Rabbit som ett av de där hyllade kändisparen. Sorgligt nog var de skapta för framgång, men dömda att gå miste om den. Under de år som gått sedan Johnny dött hade Rabbit knappt nämnt honom. Hon låtsades att hon hade kommit över honom, men Marjorie visste bättre. Rabbit trivdes visserligen bra som singel, men det var bara för att ingen annan kunde mäta sig med honom.

Molly reste sig. ”Jag ska bara på toa. Se efter henne, Marjorie.” Hon lämnade rummet. Marjorie tog hennes plats bredvid Rabbit.

”Hej Rabbit, det är Marjorie. Jag ville bara säga att jag är här, okej? Vi är här allihop.”

Rabbits ögonlock fladdrade till och det ryckte i handen.

Marjorie lade försiktigt sin hand över Rabbits. ”Jag vet att du inte tål allt snack om livet efter detta men jag hoppas verkligen att vi ses igen, för mitt liv utan dig – nej, jag vet inte.”

Rabbit öppnade ögonen och hennes andning förändrades. *Du fixar det här, Marjorie. Mamma tar hand om dig, och du får ta hand om henne också.*

Marjorie såg uppmärksamt på henne i hopp om att hon skulle säga något, men hon slöt ögonen igen. ”Rabbit, om det finns någon chans att du kan överleva så gör det bara, okej? Snälla du, dö inte. Jag vet att det är själviskt men det är sådan jag är, allt handlar bara om mig. Så snälla, snälla du, kom tillbaka till mig. Jag kan klara mig utan allting annat men jag klarar mig inte utan dig", viskade hon desperat, men hon hade ingen aning om ifall Rabbit hörde henne.

Molly kom tillbaka och de bytte plats.

"Något alls?" frågade Molly.

"Nej", sa Marjorie.

"Hon behöver sova lite till, visst gör du, mammas flicka?"

"Ursäkta mig, Mrs H", sa Marjorie och gick ut därifrån.

Grace

Grace var orolig för sina föräldrar. Hon oroade sig för Juliet och Davey, och för hur hennes egna barn skulle hantera Rabbits bortgång. Hon visste inte var hon skulle dumpa den där jävla husvagnen och hon oroade sig för att hon skulle sitta och dricka kaffe i matsalen när det var dags, i stället för att vara hos sin syster. Hon hade låtit Marjorie gå in eftersom det fortfarande fanns tid kvar: hon kände det i hela kroppen.

Pojkarna hade krävt att få vara med. Till och med Jeffrey hade, sedan de sist hälsat på Rabbit, glömt att gnälla över att han måste äta grönsaker. Stephen hade plötsligt blivit stor. Bernard var sitt vanliga gulliga jag, precis som hon ville att han skulle vara. Det var Ryan hon var mest bekymrad över. Han var den sortens unge som försvann in i sina egna tankar. Han betedde sig som om allt vore bra. När han väl sa något var det alltid rätt sak. Han var smartast av dem alla men också känsligast. När han blev sårad, då blev han dödligt sårad.

När hon inte kunde få ner mer kaffe lämnade hon matsalen för att leta rätt på Lenny och pojkarna. Lenny pratade i telefon med jobbet. Bernard sparkade en boll och tvingade Jeffrey att springa efter den. Stephen satt på bänken och pluggade. Ryan syntes inte till. Hon fick hjärtklappning. Hon visste att han inte var fyra år längre, att han kunde ta vara på sig själv, men var höll han hus? Hon ropade på honom, lätt hysterisk, varpå han hoppade ner ur trädet framför henne och landade lika smidigt som en katt. De fortsatte promenaden tillsammans.

"Hur mår du, mamma?"

”Bra.”

”Det ser inte ut så.”

”Hur mår du själv, Ryan?”

Han tänkte efter en minut. ”Det sista jag sa till min moster var ’jag tafsade på en tjej’. Vilken värdelös sak att säga.”

”Du fick henne att skratta, det var inte värdelöst – inte alls. Men jag skulle uppskatta om du behandlade din flickvän med lite mer respekt.”

”Hon är inte min flickvän.”

”Gud bevare oss! Gör inte någon tjej gravid, snälla du.”

”Mamma, jag är fjorton.”

”Och växer upp alldeles för fort. Snälla Ryan, du kan väl berätta för mig när du tänker ta nästa steg.”

”Knappast.”

Grace bestämde sig för att be Lenny prata med Ryan. Hon skulle också ringa en hjälplinje och prata med sin husläkare om när det var lämpligt att utrusta sina söner med kondomer. Stephen hade varit mer hemlighetsfull när han utforskade sin sexualitet, eller så hade de bara varit mer naiva då, och Bernard levde sitt liv på fotbollsplanen eller på sitt rum, där han spelade dataspel. Han gav fortfarande sin mamma en godnattpuss och kramade henne inför sina kompisar när han hade gjort mål, han hade till och med studsat upp och ner i luften och ropat ”Mamma! Jag älskar dig!” den gången han gjorde tre mål på raken. De förlorade ändå, eftersom han hade haft rätt när han bittert klagat över att han var lagets enda riktiga spelare. Men det ögonblicket hade ändå varit en höjdpunkt för dem båda, även om det var av olika skäl, och det bevisade, i den mån några bevis behövdes, att den enda flicka som Bernard var intresserad av var sin mamma.

Ryan och Grace gick vidare. Hon undrade vad han tänkte på och då, utan förvarning och för första gången på evigheter, öppnade han sig en aning.

”Stephen och Bernard grät häromkvällen och det gjorde Jeffrey också, men han grinar ju jämt.”

”Det är väldigt sorgligt just nu.”

”Varför kan inte jag gråta?”

”Det är inte alla som kan det.”

”Alla andra kan – du, pappa, mormor, morfar, Davey, Marjorie, Rabbit, Juliet, till och med Mabel. Alla gråter. Alla utom jag. Är det för att jag har ett kallt hjärta? Är det därför ni tror att jag kommer att hamna i fängelse när jag blir stor?”

”Åh nej, nej, nej, Ryan. Vi tycker bara att du är för smart för ditt eget bästa. Du är inte kall. När Juliet rymde var det du som hittade henne och tröstade henne. När vi behövde komma på en lösning för att kunna ta hand om henne var det du som erbjöd dig att bo i husvagn. När Rabbit behövde muntras upp var det du som fick henne att skratta. Du är inte kall och om du hamnar i fängelse, vilket du inte kommer att göra, så kommer det att handla om ekonomisk brottslighet, inget annat.”

”Tack, mamma.”

De gick ett varv runt området.

”Jag tänker nog gå en sådan där avancerad kurs för extra smarta elever.”

”Ska du?”

”Varför inte?”

”Inget. Jag älskar dig, lilla gubben.”

När de kom tillbaka till de andra hade Lenny slutat prata i telefon, Stephen hade lagt ifrån sig boken och alla spelade fotboll ihop.

”Mamma, jag gjorde mål!” skrek Jeffrey.

”Bra kämpat, Jeffrey.”

”Hur går det, mamma?” frågade Bernard.

”Jag gör så gott jag kan, älskling.”

Ryan kastade sig in i spelet och Lenny tog en paus. De satte sig tillsammans på bänken och tittade på när pojkarna spelade fotboll.

”Kommer du ihåg när Jeffrey var nyfödd och Ryan försökte sälja honom till familjen Noonan?”

”När de sa hur söt Jeffrey var så pekade han på honom och sa de oförglömliga orden, ’Vill ni ha honom? Det blir fem euro’ och höll fram handen”, sa Lenny.

”Fem euro”, upprepade hon och de log åt minnet.

”När Bernard fick sitt första par fotbollsskor så sov han med dem i två veckor. Vi brukade smyga in i hans rum bara för att se hur de stack fram under täcket”, sa hon.

”Och när Stephen föll för sin första tjej …”, sa Lenny.

”Han var tolv, hon var sexton. Hon pussade honom på kinden och sa att hon skulle vänta på honom.”

”Och minns du hur Jeffrey höll på, hur han sparkade och viftade med armarna och benen i sömnen när vi spelade musik? Han såg ut som ett dansande fyllo”, sa Lenny med ett brett leende. ”Och den där gången när vi satte på honom ett rött Sankt Patrick’s Day-skägg och mössa och tog en bild. Synd att vi inte lade upp ett bildspel på Youtube. Klassiker.”

”Vi är så lyckligt lottade, Lenny.”

”Jag vet.”

”Jag glömmer det ibland. Jag klagar och skäller, men pojkarna och du … Jag skulle inte byta med någon.”

”Det vet jag också.”

Davey ropade på henne från bakdörren.

”Jag måste gå. En grej till bara, om någon av pojkarna kallar Ryan för kriminell igen så åker de på stryk”, sa Grace.

”Det gör du ju själv hela tiden”, sa Lenny.

”Säg det åt dem, bara.”

”Du är en knäppskalle”, sa han och vinkade efter henne. ”Men du är min knäppskalle.”

Davey och Grace satt vid sin systers sida.

”Sa mamma om hon hade vaknat till?” frågade Grace.

”Ett par sekunder, inte mer än så. Läkarna springer in och ut hela tiden.”

”Var är Juliet?”

”Hon gick för att köpa blommor. Hon är med Mabel.”

”Hennes nya bästis.”

”Säg vad du vill säga, Grace.”

”Jag är bara bitchig. Du har rätt. Rabbit har gjort sitt val. Dessutom har du gjort ditt val, och det accepterar jag.”

”Gör du?”

”Det kommer att tära på mamma och pappa, men du kommer att resa hem oftare.” Det var inget önskemål, det var en order. ”Och jag ska se till att mamma kliver på ett plan till USA även om hon blåvägrar.”

Davey skrattade. ”Säg bara att det ska till Wales.”

”Vi kommer dit allihop när det passar, det kommer att bli bra.”

”Tack, Grace.”

”Tacka mig inte för jag lovar och svär att om något händer henne så kommer jag och slår ihjäl dig med en hammare.” Grace var sin mamma upp i dagen.

”Eller en kaffekopp.”

”Vem har berättat det?”

”Rabbit och mamma.”

”Jag skäms ihjäl.”

Rabbits ögonlock fladdrade till. Hon andades ljudligare och stönade i sömnen. Hon verkade upprörd, vilket i sin tur betydde att hon hade ont. Grace tryckte på knappen. En sköterska som de inte hade träffat tidigare kom in och tittade i journalen. ”Ge det någon minut, bara”, sa hon och gav den nödvändiga smärtlindringen innan smärtan blev alltför outhärdlig.

”Var är Michelle den här veckan?” frågade Grace.

”Hon är i södra Frankrike med goda vänner”, sa sköterskan.

”Vad trevligt.”

”Ja, de är på bröllop.”

Så fort Rabbit hade lugnat sig gick hon.

”Hon skulle egentligen ha gift sig”, sa Grace.

”Vem?”

”Michelle, sköterskan. Hennes ex är ihop med en ny, ung tjej och bor i samma hus som de köpte tillsammans, så Michelle bor i gästrummet.”

”Vidrigt”, sa han.

Samtalet dog ut. Ingen av dem var särskilt intresserad av att skvallra om en sköterskas tragiska kärleksliv. I stället koncentrerade de sig på Rabbits uppsvullna, förvridna, missfärgade ansikte, och på hennes högljudda andning genom de spruckna läpparna.

”Hon var så vacker”, sa Grace.

”Hon ville alltid se ut som du, Grace.”

”Det slutade hon med den dag som Johnny Faye sa att hon skulle växa upp och bli världens vackraste tjej.”

Han log. ”De var något alldeles extra, de där två.”

”Det udda paret”, sa hon.

”Ja, det kan man lugnt säga.”

”Hon har träffat honom i sina drömmar”, sa Grace.

”Jag vet.”

”Hon reser tillbaka i tiden, säger hon.”

”Det är drogerna.”

”Kanske det.”

”Kom igen, Grace.”

”Jag är inte som ni två. Jag har en tro.”

”På vadå? Tidsresor?”

”Var inte så taskig.”

”Förresten har jag också en tro. Det är bara det att jag inte vet vad jag tror på.”

”Du vill hålla alla dörrar öppna.”

”Just det.”

”Du är precis som pappa.”

Rabbit vred sig, hittade sin gosedjurskanin och tryckte den till sig. ”Pappa”, sa hon.

Davey reste sig och sprang ut. Han hittade Jack ensam i bönerummet. ”Hon frågar efter dig, pappa”, sa han.

Jack avslutade sin bön och vände sig mot sin son. ”Om jag

inte ber en dag som denna så kommer jag aldrig att göra det igen", sa han, som för att förklara sig.

Davey stannade i bönerummet. Det var svalt och inte lika kvavt som Rabbits rum eller matsalen. Han satt där i minst en halvtimme, och om någon hade frågat vad han tänkte på under tiden hade han inte kunnat svara.

Juliet

Juliet kom in till receptionen med en blombukett så stor att den skymde hennes överkropp. Mabel gick bakom henne, eftersom Juliet ville bära den tunga buketten själv. Hon sprang in i Rabbits rum med blommorna.

"Mamma, titta vad jag har åt dig", sa hon och kikade genom dem på sin mamma. Rabbit var så olik sig att hon nästan tappade dem. Jack tog blommorna och lade dem på golvet – buketten var för stor för att få plats någon annanstans. "Väldigt fina, Juliet", sa han, men hon hörde honom knappt: hon koncentrerade sig på sin mammas ytliga, snabba andetag. De lät mer stressade än tidigare. Hennes kropp såg mindre ut, den liknade ett skelett och den tunna filten följde konturerna av hennes utbuktande benknotor; ansiktet hade svullnat ännu mer och det var mörkare, nästan svart på sina ställen. Sängen var som en ö. Den stod inte längre i förbindelse med livsuppräthållande dropp eller maskiner.

Mabel lade en hand på Juliets axel för att lugna det darrande barnet, men det hjälpte inte. Hon blev hysterisk.

"Hon är törstig! Ni ser väl att hon är törstig – varför ger de henne inget att dricka? Och när fick hon mat senast?"

"Vi kan använda en munsvabb om du vill", sa Jack med lugn röst.

"Hon måste få vatten. Hon behöver mat. Hon dör och det är för att de inte gör något. De svälter henne till döds! Mamma – mamma?" Hon tog tag i sin mammas arm, men Rabbit rörde sig inte ens när Juliet ruskade henne. "Mamma, snälla du, vakna."

”Juliet, det är okej”, sa Mabel.

”Det är det inte alls, det är inte okej – de dödar henne.”

”Juliet …” Jack kunde inte fortsätta: han grät igen.

Juliet sprang ut därifrån innan Mabel hann stoppa henne. Hon rusade längs korridoren och skrek ”Hjälp!” om och om igen. Davey hörde henne och kom springande från bönerummet; Molly, Marjorie och Grace rusade ut från matsalen, och Mabel hade följt efter henne ut i korridoren.

De slöt upp kring henne men det var Davey som hann fram först.

”Hon är inte döende, det är de som dödar henne!” skrek Juliet åt honom.

”Kom hit”, sa Davey och öppnade famnen.

”Nej.” Juliets ögon var så tårfyllda att de nästan svämmade över.

”Kom hit, Juliet”, sa Davey.

”De dödar henne, Davey.”

”Det gör de inte, vännen. Det är dags för henne nu.”

”Inte än, Davey”, grät Juliet och han gick fram till henne för att hålla om henne. Hon protesterade inte. Hon kramade honom hårt och grät in i hans skjorta. ”Hon får inte försvinna än.” Hon kunde knappt andas.

”Hysssh”, sa han. ”Hysssh, Bunny.”

Han höll armarna om henne och vaggade henne sakta fram och tillbaka tills hon hade lugnat ner sig. Han viskade något i hennes öra och hon svalde hårt. Hennes tårar slutade rinna, hon började andas normalt. De andra tog ett steg tillbaka och lät Juliet finna tröst hos sin morbror.

Molly

Molly knackade på Rita Browns dörr. Trots att hon hade sökt upp henne var det något av en lättnad att Rita inte öppnade. Hon vände sig om för att gå därifrån men fick syn på Rita, som höll en mapp i handen och var iförd något som vid första anblicken verkade vara en orange overall. *Dra på trissor.* Hennes frisyr såg fortfarande inte riktigt klok ut, den liknade ett skatbo, men hennes leende gav ändå en gnutta tröst åt en kvinna på gränsen till sammanbrott.

”Kom in”, sa hon. Molly satte sig ner utan att bli tillfrågad.

”Jag hoppades hinna byta ett ord med dig. Jag hörde talas om incidenten. Hur mår du?”

”Jag mår bara bra. Måste göra några tester till, men det är inget allvarligt.”

”Det gläder mig. Hur är det med er allihop?”

”Bra, dåligt, utmärkt, hemskt, beror på vilken sekund du menar”, sa Molly.

”Det är så det brukar vara.”

”Rabbits dotter Juliet och min son Davey är med henne just nu. Jag klarar inte av att titta på när mitt barnbarn ser sin mamma dö – det är inte rätt, men hur ska jag kunna säga åt henne att gå därifrån?”

”Det kan du inte.”

”Tänk om hon blir traumatiserad för livet?”

”Det kommer att traumatisera henne, oavsett vad du gör. Ni måste bara försöka göra ert bästa för att minimera skadeverkningarna.”

”Genom att låta henne genomlida varenda hjärtekrossande, fruktansvärda ögonblick av det här?”

”Om det är det hon vill.”

”Det är inte rätt”, sa Molly en gång till. Hon, som alltid brukade vara så säker på sin sak, kände sig fullkomligt vilsen. För första gången i sitt liv visste hon inte vad som var bäst. Hon visste inte vad hon skulle göra. Bristen på kontroll skrämde slag på henne.

”Juliet kommer att minnas när hennes mamma dog. Hon kommer inte att behöva grubbla över det eller ångra att hon inte var med, hon kommer inte att ha en massa frågor och hon kommer att veta att hennes mamma dog på ett fint sätt”, sa Rita.

”Hon kommer att minnas när hennes mamma dog”,

upprepade Molly. Resten av det som Rita sa hade tillfälligt förlorat sin mening. ”Det är det hon kommer att minnas.”

”Det är inte det enda”, sa Rita.

”Jag försökte komma på vad jag minns från när jag var i Juliets ålder, och vet du vad jag minns?”

”Vad?”

”Inte ett jävla skit.”

”Det är annorlunda för Juliet. Hon kommer att hålla fast vid de här tolv åren och ni kommer att hjälpa henne minnas dem”, sa Rita.

”Jag är imponerad över att du minns hur gammal hon är”, sa Molly.

”Det är mitt jobb.”

”Du är inte så pjåkig ändå.”

”Tack.”

”Du skulle förstås behöva hjälp av en stylist, men du har bra hand med människor.”

Rita log och fnissade till. ”Det är sannerligen inte första gången jag hör det, men jag är den jag är och jag gillar det jag gillar …”

”Och du har säkert mer än en katt hemma.”

”Fyra.”

”Det gör du rätt i”, sa Molly.

Hon kände sig aningen bättre till mods när hon lämnade Ritas kontor. Hon hade skickat sms till Fader Frank tidigare och han hade svarat för att säga att han var ute på parkeringen. Hon satte sig bredvid honom i bilen.

”Nå?”

”Vi närmar oss slutet.”

”Är du säker på att jag verkligen ska göra det här?”

”Hon tänker inte låta mig ge henne en riktig begravning men hon sa inget om sista smörjelsen.”

”Hur känner resten av familjen inför det här?”

”De tar jag hand om.”

”Okej. Jag har några besök att göra först.”

”Visst. Jag skickar ett sms när kusten är klar.”

Molly såg sig om åt både vänster och höger innan hon klev ur bilen. Hon visste att det stred mot allt hennes döende dotter önskade sig, men det Rabbit inte visste skulle hon inte lida av.

Hon träffade Grace i korridoren. ”Vi började bli oroliga.”

”Jag mår bra.”

”Var har du varit?”

”Det är inget som du behöver bekymra dig om.”

”Mamma?”

”Ja?” sa Molly oskyldigt.

”Jag känner dig. Ut med det nu.”

”Fader Frank ska komma in och ge Rabbit sista smörjelsen.” Molly förväntade sig att hennes dotter skulle säga emot, men protesten uteblev.

”Ja, det kan väl inte skada?” sa Grace.

”Nej, precis.” Molly var glad över att ha hittat en allierad. Hon visste att Jack skulle bli rasande om han fick reda på hennes planer.

”Säg inget till Davey”, sa Grace.

”Lovar.”

”Och vi måste få ut pappa därifrån.”

”Vi får skicka iväg honom med Juliet, Davey och Mabel. Marjorie kommer att vara på vår sida.”

”Men vart ska vi skicka dem?”

”För att köpa mat?”

”Det finns ju en matsal här. De kommer inte att åka någonstans för att köpa mat, inte nu.”

”Jag kan utlösa brandlarmet.”

”Herregud, mamma, det är kanske lite väl extremt.”

”Jaha, då får vi väl distrahera dem på något annat sätt. Marjorie kan ta sig an Davey – hon vet hur man gör. Du kan uppehålla din pappa och Mabel, och Lenny och pojkarna kan ta med sig Juliet en sväng. Han behöver bara fem minuter”, sa Molly.

”Okej. Då får du säga att du vill vara ensam med Rabbit.”
”Jag föser ut Davey och Juliet.”
”Och jag pratar med Marjorie och Lenny”, sa Grace.
De skildes åt vid Rabbits dörr.
”Vi gör det rätta”, sa Molly.
”Det hon inte vet lider hon inte av.”
”Precis.”
Molly tog tag i sin äldsta dotters arm innan hon gick. ”Jag älskar dig, Grace.”
”Jag älskar dig också, mamma.”
Molly lyckades kicka ut sin son och sitt barnbarn ur rummet på villkor att hon inte var ensam med Rabbit för länge. Sedan skickade hon ett sms till Fader Frank.

Kusten är klar.

Där om fem minuter.

Vi har inte fem minuter. Kom nu!

Om hon hade vetat var i telefonen man hittade den sura gubben hade hon lagt till den.

Jag är på väg.

Två minuter senare var han där. Hon stängde dörren och föste bort honom till Rabbit, som låg där och sakta höll på att dö.
”Åh, Rabbit”, sa han och lade handen på hennes panna. ”Jag beklagar verkligen.”
”Jaja, nu räcker det, gör det du ska.”
Han blängde på henne.
”Titta inte på mig så där. Vi har inte så mycket tid på oss.” Hon iakttog dörren.
Han tog fram sina heliga oljor och duttade lite i pannan på Rabbit. Hon rörde på sig när han tog i henne. Han väntade en sekund innan han tog fram det heliga vattnet. Hon ryckte

till igen, ögonlocken rörde sig. Han tog ett steg tillbaka.

”Du vet att det här inte spelar någon roll om hon – ”

”Du sa det. Jag vet. Snälla.”

”Det här är för din skull, Molly.”

”Jag vet, och det uppskattar jag.”

Rabbit sov lugnt igen och han böjde sig över henne. ”Må Herren genom denna heliga smörjelse och sin stora barmhärtighet komma dig till hjälp med den helige Andes nåd, så att du befrias från all synd och frälst får stå upp igen.”

Han lade åter handen på hennes panna. Rabbit slog upp ögonen och viskade, så högt hon kunde: ”Bu.”

Fader Frank kissade nästan på sig.

Molly skrek, ”Heliga Guds moder!”

Rabbit log. ”Tänk att du inte kunde låta bli, mamma.”

”Förlåt mig, min älskling.” Det var inte roligt att bli tagen på bar gärning, men hon var glad över att få träffa sin lilla flicka igen.

”Fortsätt bara, Fader. Gå direkt till den bästa biten, för mammas skull.”

”Det ska jag göra, Rabbit. Må den allsmäktige och barmhärtige Herren ge dig syndernas förlåtelse.”

”Amen”, sa Molly. ”Säg åt Juliet och de andra att hon har vaknat”, sa hon åt prästen. Han lovade att göra det och försvann ut genom dörren.

Juliet kom in med Jack, Mabel, Grace, Lenny och Stephen.

”Mamma?”

”Hej Bunny.”

”Det är bra nu, mamma.”

”Älskar dig, Bunny,”

”Älskar dig, mamma.”

De andra fick inte en chans att säga något innan hennes ögon slöts och hon somnade om.

Molly lämnade inte hennes sida någon mer gång efter det. Tiden var dyrbar och hon tänkte tillbringa varenda sekund av den tillsammans med sin dotter.

Davey missade Rabbits korta uppvaknande. Marjorie hade föreslagit att de skulle ta en promenad, och eftersom Mabel tog hand om Juliet gick han med på det. De gick längs den vältrampade trädgårdsgången.

”Jag ville bara säga att jag tror du kommer att ta jättebra hand om Juliet”, sa Marjorie.

”Du behöver inte låtsas.”

”Det är sant, Davey. En del av mig tänkte att du inte var lämplig, och en annan del ville helt enkelt inte förlora Juliet också.”

”Jag förstår.”

”Det var själviskt och jag ber om ursäkt.”

”Du gjorde det du trodde var bäst för Juliet.”

”Men hon visste bättre än jag. Som alltid.”

”Inte om allting, Marjorie”, sa han och lade armen om henne. Hon lade sin arm runt hans midja och de fortsatte att gå, avslappnade i varandras sällskap.

Davey och Marjorie var inte menade för varandra – de kom inte ens särskilt bra överens – men deras liv hade vävts samman genom de viktiga stunder de hade delat genom åren. Davey hade Marjorie att tacka för mycket. Det var hon som hade hjälpt honom ur den depression han drabbats av när bandet lade av.

Han hade känt sig övergiven och vilsen. Johnny kämpade för sitt liv och den enda han ville ha i sin närhet var Rabbit. Francie hade lyckats dumpa Sheila B och efter att hon hade försökt köra över honom på mataffärens parkering hade hon till slut låtit honom gå. Han hade träffat Sarah, som visade sig vara hans livs kärlek. När bandet splittrades hade Francie blivit vuxen: han älskade musik men han älskade livet mer, och han var redo att släppa taget om det förflutna. Inom en månad efter att bandet splittrats skickade fabriken honom på en chefskurs. Eftersom han dessutom hade flyttat ihop med Sarah inne i stan, träffades han och Davey inte särskilt ofta.

Jay hade också träffat en tjej. Hon sjöng i ett band som hade varit förband till Kitchen Sink ett par gånger. Så fort han meddelade att bandet hade lagt av sparkade hon sin gitarrist och gav honom jobbet. Det var inte hans idé och han var inte helt övertygad, men han uppskattade deras sexliv, de hade en egen turnébuss och han fick chansen att leva som en rockstjärna – om än bara i ett år. Sedan hade deras förhållande gått i kras och som av en händelse hade hon försökt köra över honom utanför ett köpcenter.

Kev dumpade sin franska flickvän men stannade i Paris för att gå en skulpturkurs; till allas förvåning visade han sig ha talang för det.

Plötsligt var Davey alldeles ensam och drack för sig själv på stampuben. Det var då han stötte ihop med Marjorie. Hon hade just fyllt arton och erbjöd sig att köpa en drink åt honom nu när hon äntligen fick det. Han hade redan druckit en del. Han tackade ja och hon slog sig ner bredvid honom i baren.

”Var är Rabbit?” frågade han.

”Johnny behövde henne.”

”När gick han från att vara min kompis till att vara min systers kompis?”

”När han snodde henne från mig.”

Hon köpte shots. De skålade och drack.

Han köpte shots. De skålade och drack.

Hon köpte shots. De skålade och drack.

De fortsatte så tills de inte kunde ta sig ut från puben utan att stödja sig på varandra. Halvvägs över gatan stannade Marjorie.

”Ska du kräkas?” frågade han.

”Nej. Du då?”

”Nej.”

”Varför stannar vi då?”

”För att jag vill fråga en sak.”

”Fråga på.”

”Vad tänker du göra nu?”

Då brast Davey i gråt mitt ute i vägen. Ett gäng killar på andra sidan vägen sa något hånfullt, men han märkte det knappt.

”Jag saknar honom, Marjorie. Jag saknar de andra, jag saknar musiken, jag saknar att hoppas på något.”

Marjorie hade hållit om honom och sagt att allt skulle bli bra.

”För vem då? Inte för Johnny i alla fall”, sa han. ”Allt är så jävla uppfuckat.”

Hon sa inte emot eftersom det var sant. Daveys tårar fick dem båda att nyktra till, och de gick för att köpa pommes frites. När de hade ätit dem och var halvvägs hemma gick de förbi parken. Grinden stod mystiskt nog öppen. Davey kunde inte minnas vem av dem som hade föreslagit att de skulle gå in, men han kom tydligt ihåg vad som hände sedan. De kysstes och slet i varandras kläder och han frågade hela tiden om det var okej och hon gav honom en örfil varje gång och sa åt honom att sluta fråga. Hon låg i gräset och han låg ovanpå henne och allt gick så fort. Hennes jeans var nere vid fötterna, hans satt kring knäna, och plötsligt skrek hon till och nöp honom.

”Aj! Vad gör du så där för?”

”Det gjorde ont.”

”Ska jag sluta?”

”Nej, fortsätt.”

”Är du säker?”

Hon slog till honom igen.

”Sluta slåss.”

”Bara om du slutar sluta.”

När de var klara och hade dragit upp byxorna i midjan igen, insåg han att hon hade varit oskuld och blev ångerfull.

”Förlåt.”

Det lyste om henne, så nöjd var hon över att äntligen kunna kalla sig sexuellt aktiv. ”Vadå för? Det var fantastiskt.”

”Är det säkert?”

”Självklart. Jag är överlycklig.”

”Inte så mycket att hurra för.”

”Jodå, en hel del att hurra för.” Hon hade gått hem i sina vita, numera blod- och gräsfläckiga, jeans och han hade med förvåning noterat att hon inte verkade bry sig ett skit.

De hade varit tillsammans ett par tre gånger till efter det, men de var snarare goda vänner än ett storslaget kärlekspar. Det var Marjorie som hade uppmuntrat honom att åka till USA två år senare, när Johnny hade dött. Hon hade presenterat honom för sin farbror, som drev en musikpub i New York, och det gav Daveys liv en ny riktning. För två år sedan, när han kommit hem på besök i tre veckor, hade de återförenats och haft en kortlivad men het affär som förändrade riktningen även på hennes liv. De var vuxna båda två, han var ensam och hon var olycklig. Det var uppslukande, spännande, men den passion som hade brunnit i mörkret hade falnat i dagsljus.

Davey hade alltid tyckt om Marjorie, antagligen mer än hon anade. När de hade kommit in på promenadens andra varv tog han upp deras förflutna. ”Om saker och ting hade sett annorlunda ut, tror du att vi hade varit tillsammans då?” frågade han.

”Nej.” Hon sa det glatt men det var ett mycket tydligt nej.

”Du kan åtminstone låtsas tänka över det först.”

”Nej.” Hon fnissade åt det löjliga i förslaget.

”Men vi hade roligt ihop, det får du medge.”

”Ja, det hade vi.”

”Vi kommer alltid att vara en del av varandras liv.”

”Menar du det, Davey?” frågade hon och sänkte garden.

”Ja, självklart.”

”Det känns som om jag håller på att förlora er allihop”, sa hon.

Han tog ett steg tillbaka för att kunna se henne i ögonen. ”Du kommer inte att förlora oss. Du är en del av familjen, Marjorie, precis som Francie, Jay, till och med Kev. Det är bara så det är.”

”Tack”, sa hon och han kysste henne. Hon kysste honom tillbaka – och innan han visste ordet av stod de lutade mot ett träd och hånglade som tonåringar. Det blev snabbt för intensivt och opassande för två vuxna människor, även om trädgården låg öde.

Marjorie drog sig undan. ”Vad håller vi på med, Davey?”

Han suckade. ”Beter oss som idioter.”

De särade lite på sig. Han tog hennes hand och kysste den. ”Vi borde gå in igen.”

Därinne fick de höra att Rabbit hade vaknat till i ett par minuter. Marjorie var besviken. ”Jag missade henne.”

”Nästa gång är du här”, sa han, men när han såg på sin syster kände han sig inte säker på att hon skulle vakna till någon mer gång. *Kämpa på Rabbit, låt oss få träffa dig en sista gång, snälla du.*

Johnny

”Jag är hemskt ledsen, Rabbit, men han vill inte träffa dig.” Mrs Faye höll ytterdörren nära sig och lutade sin kroppsvikt mot den. Rabbit skulle inte ha kunnat ta sig förbi henne även om hon försökt.

”Vadå? Varför inte det?”

”Han mår så dåligt.”

”Men jag hjälper honom.”

”Inte nu längre, vännen. Han vill att du ska gå vidare med ditt liv.”

”Nej. Han skulle aldrig göra så mot mig, inte på det här viset.”

”Han tror att det är enda sättet. Han gör det inte för att vara elak, det vet du, och det tär på honom att göra så här, men han har rätt. Han blir bara sjukare, vännen, och du har hela livet framför dig.”

”Nej, jag accepterar inte det här”, sa Rabbit och försökte tränga sig in, men Mrs Faye stod i vägen. ”Jag är ledsen, vännen”, sa hon och stängde dörren.

Rabbit kom tillbaka nästa dag. Mrs Faye öppnade dörren

tillräckligt för att kunna prata med henne genom en springa.

”Snälla.”

”Tyvärr.”

”Bara fem minuter.”

”Nej.”

”Okej, två minuter.”

”Det går inte.”

”Du kan inte mena allvar”, sa Rabbit.

”Gå hem nu, Rabbit.”

Den tredje dagen öppnade inte Mrs Faye. Hon tittade bara fram bakom gardinen och ruskade på huvudet.

”Jag tänker inte gå min väg”, sa Rabbit. Hon stod ute i trädgården och ropade upp mot hans fönster på övervåningen. ”Hör du mig, Johnny? Du får inte göra så här. Det är orättvist. Jag tänker stanna här.”

Den fjärde dagen knackade hon på men fick inget svar. Både Mrs Fayes bil och distriktssköterskans bil stod utanför, vilket betydde att Johnny var hemma.

”Jag är här. Jag sitter på er mur”, skrek hon upp mot fönstret.

Maura Wallace, en av familjen Fayes grannar, kom ut ur sitt hus. ”Ingen framgång i dag heller?”

”Nej.”

”Karlar är svin.”

”Inte han.”

”Jo, det verkar han vara.”

”Jaha, men du har fel.”

”Han är sjuk, det fattar jag, men det betyder inte att han har rätt att behandla dig så där.”

”Mrs Wallace, du vet inget om mig.”

”Det gör jag visst. Du är den lilla flicksnärtan som har följt efter Johnny Faye sedan du gick i småskolan.”

”Jag vill bara prata med honom. Varför vill han inte träffa mig?”

Mrs Wallace satte sig på muren bredvid Rabbit. ”För att han är rädd.”

”Rädd för vadå?”

”För att inte kunna säga nej, och för att dra ner dig i det där mörkret han befinner sig i.”

”Var det han som sa åt dig att kalla honom för ett svin?”

”Ja, men jag förstod att det inte skulle funka.”

”Tror du verkligen att jag är så korkad, Johnny Faye?” skrek Rabbit.

”Han gör det han tror är bäst för dig, vännen. Varför kan du inte bara acceptera det?”

”För att det inte bara är han som bestämmer.”

”Jo, det är det.” Hon lade sin hand på Rabbits axel. ”Ibland måste man tvinga sig att släppa taget.”

Hon lämnade Rabbit ensam kvar på muren. ”Jag tänker inte släppa taget, Johnny. Jag släpper dig inte”, ropade hon upp mot fönstret innan hon gick därifrån.

Den femte dagen knackade hon på igen och till hennes förvåning öppnade Mrs Faye. Hon slog upp dörren på vid gavel och bad Rabbit stiga in. Rabbit sprang raka vägen uppför trappan, in i Johnnys rum. Det var tomt. När hon kom ner i köket höll Mrs Faye på att göra te.

”Var är han?”

”Han är borta, Rabbit.”

”Vadå borta?”

”Han är på ett vilohem, på ett ställe där de kan hjälpa honom.”

”Var då?”

”Det kan jag inte berätta, det vet du.”

”Då väntar jag. Han kan inte stanna där i evighet.”

Mrs Faye tog fram ett kuvert ur handväskan och gav det till henne.

”Vad är det här?”

”Flygbiljetter till Amerika.”

”Du driver med mig”, sa Rabbit och öppnade kuvertet.

”Det finns ett brev också.”

”Amerika?”

”Johnny hade sparat lite pengar. Davey nämnde att din vän Marjorie skulle åka dit över sommaren. Han vet att du har ett sådant där J1-visum.”

”Marjorie ansökte om det tillsammans med min mamma. Jag visste inte ens om det”, sa Rabbit.

”Åk.”

”Aldrig.”

”Han vill att du ska göra det, Rabbit.”

Rabbit granskade flygbiljetten. Sedan sjönk hon ihop i en stol och grät. ”Det är slut nu, eller hur?” sa hon.

”Ja, jag är rädd för det”, sa Mrs Faye.

”Får jag skriva till honom?”

”Då skulle han säkert bli hemskt glad.”

Rabbit gick hem med biljetten och brevet i fickan. När hon hoppat upp på muren hemma hos sig läste hon brevet.

Käraste Rabbit,

Mina idiotiska händer funkar knappt längre. Det är mamma som skriver det här brevet så ursäkta hennes handstil och förlåt om jag inte låter som jag brukar. Jag ville berätta för dig att livet består av olika faser, i alla fall som jag ser det. Jag minns dig med dina tjocka glasögon och hårtofsar, den taniga flickan som alltid sa som det var och sedan skämdes lite för det. Jag minns att du följde efter mig överallt och såg på mig som om jag vore någon sorts gud. Den där ungen var så söt och snäll och cool. Sen var det dags för nästa fas och du blev tonåring, lika stark som din mamma, lika beslutsam i pressade lägen som din pappa, och lika musikalisk som Davey. Det var du som var hjärtat i Kitchen Sink. Fast det fattade ju inte du. Du har alltid nedvärderat dig själv. Fas tre, du växte upp och jag blev sjuk, och under en kort förtrollande tid var du vuxen nog, och jag frisk nog för att älska dig. Jag känner dig tillräckligt väl för att veta att du aldrig kommer att släppa taget. Jag vill inte att du ska göra det, men låt mig gå nu och bevara mig i ditt minne som du sa att du skulle göra den där natten i bilen. Jag väntar på att du ska ta dig förbi dörrvakten. Tills dess, åk till Amerika, Rabbit.

Din för alltid,

Johnny X

Molly kom ut till henne där hon satt på muren. ”Mrs Faye ringde just.”

Rabbit gav henne brevet och biljetten.

”Det är det bästa du kan göra, Rabbit”, sa Molly.

”Det känns inte som om jag har något val.”

”Det är det ingen som har när det väl gäller. Valfrihet är bara en illusion, älskling.” Hon lade armen om sin dotters midja och kramade om henne. ”Vi kan bara göra vårt bästa, och det är det Johnny försöker göra.”

”Men tänk om jag inte kan släppa taget, mamma?”

”När tiden är mogen så kommer du att göra det, och till dess så kommer vi att finnas här för dig, Rabbit.”

Hennes mamma kysste henne på kinden. ”Kom in nu innan jag bränner din pappas stek till en hög med aska.”

16.

Rabbit

Ibland var det tyst i rummet, ibland sorlade det av bekanta röster som kom och gick. Francie och Jay kom och hälsade på, och det vanliga skämtandet och kaoset utbröt.

”Men herregud, Mrs H, måste du alltid stå i rampljuset?”

”Vad pratar du för skit, Francie?”

”Du och ditt dåliga hjärta! Du stod väl inte ut med att Rabbit fick all uppmärksamhet”, sa Jay.

Ha-ha-ha.

”Jag ska allt ge er två”, sa Molly och Rabbit hörde de andra skratta.

De pratade om gamla tider och återvände till roliga anekdoter. ”Hon var bra på att dricka på den tiden”, sa Francie.

”En gång vann jag en hundring av en bonnläpp. Jag sa att hon kunde dricka dubbelt så många Häxor som han”, sa Jay.

”Ursäkta mig, men hon var faktiskt minderårig”, sa Molly.

”Du och din stora käft.” Grace.

”Det hade jag glömt.” Davey.

”Vad är en Häxa?” frågade Juliet.

”Det var det man drack innan Coca-Cola fanns”, sa Jay.

”Så hon drack ikapp med er?” frågade Molly.

”Bara någon enstaka gång, och du kan ju inte ge dig på henne för det nu”, sa Francie.

”Men er kan jag fortfarande ge ett kok stryk.”

Rabbit hörde hur alla började skratta igen.

”Francie och Jay kände din mamma när hon var i din ålder, Juliet”, sa Davey.

”Hur var hon då?”

”En riktig Rabbit”, sa Francie.

Rabbit gillade att ligga där och lyssna. Hon kunde höra allas röster utom sin pappas.

Har han åkt? Pappa? Var är du?

Francie hade vänt sig till Mabel. ”Vet du att du och Casey är de enda lesbiska tjejer jag känner? Och jag ska erkänna att innan jag träffade dig trodde jag att lesbiska bara var fula, elaka tjejer som inte kunde få en kille.”

”Men ni två är verkligen fina”, sa Jay.

”Var inte en sådan snuskgubbe”, sa Francie.

”Det är jag inte. Jag ger bara en ärligt menad komplimang.”

”Nej, du är en snuskgubbe. Det hördes på rösten.”

Mabel trivdes i deras sällskap. De hade hälsat på i Nashville många gånger genom åren och till och med sovit över i turnébussen. Jay älskade den. Francie kunde inte tro att vuxna människor verkligen levde så.

”När kommer ni och turnerar med oss nästa gång?” frågade Mabel.

”I morgon”, sa Jay.

”I den där rullande kistan? Ta inte illa upp, Rabbit”, självklart inte, ”men jag är för gammal för sådant där.”

Innan de gick tog de farväl av Rabbit.

”Om det här inte är slutet måste du hälsa till Johnny från mig”, sa Francie.

Om det här inte är slutet kommer jag att göra mer än bara hälsa, Francie.

”Det har varit ett nöje, Rabbit”, sa Jay och hon kände att han tog hennes hand. ”Vi kommer att sakna dig.” Hans röst bröts.

Jag kommer att sakna er också, killar.

Hennes mamma var där hela tiden. Hennes pappa kom och

gick; ibland när det bara var de två pratade han med henne.

"Har jag berättat för dig att den dag du föddes var den bästa dagen i hela mitt liv?" frågade han. *Bara en miljon gånger, pappa.* "Du kom till världen med dunder och brak. Din mamma skulle aldrig erkänna det, men du skrämde nästan ihjäl henne. Men jag höll dig. Inget kunde gå fel, för din pappa höll dig." *Tack, pappa. Jag älskar dig, pappa.*

Davey höll sig ständigt i närheten av Juliet. Hon hörde hur han tröstade henne och pratade om det som hände. "Du får röra vid henne om du vill, Bunny. Prata med henne om hur du känner, hon kommer att höra dig."

"Hur vet du det?"

"Rabbit missar ingenting."

Det har du rätt i, Davey Hayes.

"Mamma ..." Ja, Bunny. "Jag hoppas att jag blir precis som du när jag blir stor." *Hoppas jag också. Jag rockar.* "Och mamma, var inte rädd."

Om du inte är det, så kommer jag inte heller att vara det.

Davey sa åt henne att han inte tänkte svika henne och lovade att Juliet aldrig skulle glömma henne. T*ack, Davey. Jag älskar dig, Davey.*

Marjorie erkände att hon nästan hade haft sex med Davey mot ett träd alldeles nyss. "Vad i helvete är det för fel på mig? Och jag missade när du sa 'Bu' åt prästen." *Ha-ha-ha-ha-ha-ha-ha! Du får mig alltid att skratta, Marjorie.*

Grace berättade hur vilsen hon skulle bli utan sin syster. "Jag vet att jag jämt klagade på din livsstil och tyckte att du skulle vara lite mer som Marjorie." Bara för att ni är bankmänniskor. "Jag hade fel. Du gjorde allting rätt, förutom att dö. Jag skulle kunna döda dig för det." *Jag älskar dig också, Grace.*

Mabel gav henne en kyss på kinden. "Säg inget till Grace, men du är mitt favoritsyskon, och oroa dig inte för Juliet. Vi fixar det här." *Tack, Mabel. Jag önskar att vi hade setts lite oftare.*

”Vi ses, moster Rabbit.”

Vi ses, Stephen.

”Älskar dig, moster Rabbit.”

Älskar dig, Bernard.

”Det kommer att gå fantastiskt bra för henne, moster Rabbit”, viskade Ryan. ”Juliet kommer att få världens bästa liv.”

Tack, Ryan.

”Jeffrey, var inte blyg, säg adjö”, sa Grace.

”Men mamma, jag är rädd.”

”Det är okej, det är okej, vännen. Hon vet att du älskade henne.”

Farväl, Jeffrey.

Lenny böjde sig ner och kysste henne på kinden. ”Bäst jag tar chansen medan jag kan. Förlåt, bara ett dumt skämt.” *Ha-ha-ha-ha-ha.* ”Jag måste skjutsa hem ungarna, men Grace stannar kvar med din mamma och pappa, Davey, Juliet och Mabel. Tack för att du var så snäll mot mig när jag började dejta din syster. Tack för att du välkomnade mig in i familjen. Hej då, Rabbit.”

Tack för att du älskar min syster. Hej då, Lenny.

När de hade åkt blev alla tystare. Juliet somnade. De pratade om var hon skulle tillbringa natten: borde hon stanna kvar eller åka hem? De bestämde sig för att Mabel skulle köra hem henne. *Hej då, min älskling.*

Davey följde med henne till bilen. Grace gick ut för att ringa Lenny och Molly gick på toa.

”Nu är det bara du och jag, Rabbit.” *Åh, pappa, det är du.*

”Ta den tid du behöver, älskling. Det är inte bråttom. Gör det på ditt sätt. Precis som du alltid har gjort.”

Ja, men det var bara för att du fanns där och lärde mig hur man gjorde.

Johnny

Tre månader i USA blev till två år. När hon fick chansen att hoppa på en amerikansk journalistutbildning tog hon den.

Hennes föräldrar stöttade henne och Johnny vägrade ändå att svara på hennes brev. Hon tänkte sig att det skulle vara lättare att gå vidare i ett annat land, och hon hade nästan rätt. Hon tog sin examen och det var dags att åka hem.

Vid det laget bodde Johnny permanent på sjukhus. Han hade påse på magen; han var blind, förlamad från midjan och ner och kunde bara säga enstaka ord. Han hade inte velat att hon skulle få se honom på det viset men hon kunde inte hålla sig borta. Hon stod som förstenad vid dörren: han var värre däran än hon någonsin kunnat föreställa sig. Jay satt bredvid honom och läste en musiktidning. "Stones eller Beatles, vilket är det bästa bandet genom tiderna?"

Johnny stammade,"Bea-Bea-Bea ..."

"Fuck Beatles. Stones regerar."

"Bea ..."

"Det där 'Bea' kommer du ingen vart med."

Francie hade skjutsat dit henne. "Är du säker på det här?" viskade han i hennes öra.

Hon gick in i rummet och satte sig. "Hej Johnny", sa hon.

"Är det Rabb-Rabb-Rabbit?"

"Ja, det är jag."

Hans tårar började rinna.

"Glada eller ledsna tårar?" frågade hon.

"G-glada."

"Mina med."

"Gått ... bra."

"Ja, jättebra."

"Stolt."

"Tack."

"Älskar ... dig."

"Älskar dig också."

"Era våp", sa Francie och bröt stämningen.

"Fu-uck off", sa Johnny.

"Han svär nuförtiden", sa Jay till Rabbit.

"Det krävdes bara att han blev blind, förlamad, fick påse

på magen och började stamma, men till sist började han", sa Francie.

Johnny skrattade till, harklade sig och skrattade igen.

Hon var inte där den dag han dog. Hennes mamma ringde henne. "Han är borta nu, älskling."

"Åh", sa hon.

"Jag kommer över", sa Molly försiktigt, "så fort din pappa får tummen ur." Det sista ropade hon högt så att han skulle höra. Rabbit hörde honom mumla något i bakgrunden, det handlade visst om borttappade nycklar och en galet otålig kvinna.

Den kvällen samlades Kev, Jay, Francie, Louis, Davey, Rabbit och Marjorie för att ta en drink på den lokala stampuben. De berättade samma gamla historier, retades med varandra, skrattade, grät och skålade för Johnny Faye.

Den dag han begravdes frågade Rabbits mamma om hon hade släppt taget om honom.

"Inte än", sa hon.

"När tiden är mogen, min älskade Rabbit, när tiden är mogen."

Rabbit Hayes blogg

13 maj 2011

Saker jag vet

Det var för bra för att vara sant. Det kändes så bra och sedan gick jag på min kontroll och nu är jag tillbaka på ruta ett. Jag kommer att bli av med högra bröstet trots allt, men att ta farväl av mitt ena bröst är det minsta av mina bekymmer. Tänk om det har spridit sig? Den tanken slog mig inte ens första gången. Hur dum får man bli? Det verkade bara inte möjligt, och nu är allt och inget möjligt. Jag kan bara hoppas, samtidigt som jag förbereder mig på det värsta.

Jag gruvar mig för att berätta för mamma, pappa, Grace och Davey, och jag står inte ut med tanken på att berätta för Juliet. Hon var så stark förra gången men när hon darrar med läppen och försöker le mitt i allt det hemska skär det som knivar i mig. Och förresten har jag lovat Marjorie att leva i evighet, eller åtminstone att inte dö förrän jag är över åttio och hon är för gammal för att bry sig, och bara ser en begravning som en trevlig utflykt. Jag är förkrossad. Jag har svikit er alla.

Min operation ska ske om två dagar så jag måste berätta för dem i morgon. Jag har en dag till av normalt liv med familjen innan allt blir kaos igen. Det är svårt att stå ut med att jag snart ska orsaka sådan smärta. Jag är så ledsen. Jag gjorde mitt bästa. Jag besegrade det. Det var över – och nu är det tillbaka och jag är som förstenad. Jag vet vad som väntar. Den här gången går jag in i det med öppna ögon. Jag är inte rädd längre, jag är bara arg.

Men vet du vad? En Hayes på dåligt humör är en farlig motståndare, så ding-dong, här är rond två. Om jag ska gå i däck ska jag göra det på mitt sätt.

Jag kanske inte kommer att kunna göra allt det jag sa att jag skulle göra. Jag kommer inte att få vara mamma till bruden, jag kommer inte att bli gammal och leka med barnbarnen. Men det kanske inte hade hänt ändå, och det spelar ingen roll längre för jag har gjort en ny plan. Jag tänker bara leva. Jag ska vara en dotter, en syster, en vän, och viktigast av allt, en mamma. Jag tänker jobba och betala hyran. Jag tänker åka på semester och skriva vykort. Jag tänker laga mat och läsa och vara tillsammans med dem jag älskar. Jag tänker vara ensam ibland och tillåta mig att bli uttråkad. Alla träd är inte vackra och jag kommer inte att kasta mig ut genom dörren för att hoppa i vattenpölar så fort det regnar. Nej, jag tänker klaga på vädret, precis som alla andra, för jag är från Irland och det är det vi irländare gör. Jag tänker njuta av min mammas sällskap eftersom hon är så speciell och det har varit ett sådant privilegium att få vara en del av hennes liv. Jag tänker krama min pappa oftare för att jag är hans Rabbit och han är min pappa. Jag tänker umgås med mina systersöner och påminna dem om att det finns annat i livet än att gå ut skolan och börja jobba på bank. (Fast det behövs kanske inte nu när det är sådan kris? Och vem vet, när jag dör någon gång i framtiden är banker kanske ett minne blott. Det vore ju bra.) Jag tänker säga åt Grace och Davey att jag älskar dem och krama dem så ofta jag kan, även om de blir generade och säger åt mig att ge fan i det.

Vad som än händer tänker jag leva som om jag inte håller på att dö för just i dag ska jag inte göra det. I dag är jag här och golvet behöver dammsugas, kläderna behöver sorteras och mitt barn behöver hjälp med läxorna. I dag lever jag och mår bra, och det är mitt jobb att fylla min dotters liv med kärlek, glädje och trygghet. Hon behöver inget Disneyland, hon behöver bara mig, och jag ska göra mitt bästa för att hon ska ha ett huvud fullt av minnen och ett hjärta fullt av kärlek när jag är borta.

Jag kanske kommer att försvinna, men tack vare min ofta kaotiska, ibland rätt jobbiga men alltid lika kärleksfulla familj, vet jag att hon kommer att växa, skratta, älska och leva vidare.

DAG NIO

17.

Rabbit

Utanför fönstret sjöng fåglarna och Rabbit kände hur ljusets varma strålar rörde sig från hennes lår till magen och ansiktet. Hennes pappa snarkade och hon hörde hur Davey och Grace andades jämnt och lugnt i sömnen. Hennes mamma var den enda som var vaken och höll henne i handen. Hon kände sitt hjärta sakta ner. Snart skulle det stå stilla. Jag gör det på mitt sätt, pappa. Medan Rabbits kropp sakta stängdes av koncentrerade hon sig på den väg som låg framför henne. Det var hennes gamla gata, den gata där hon hade vuxit upp, och en ung, pigg, frisk Rabbit satt uppflugen på muren utanför huset. Hon letade efter Johnny och såg honom kliva in i morbror Terrys skåpbil; han var perfekt, log brett och nynnade lågt för sig själv. Hon såg honom försvinna in i skåpbilen. Sedan kom han ut igen: ”Jaha, ska du med eller?”

”Knacka inte i väggen”, varnade hon medan hon sakta gick fram till skåpbilen.

Han flinade. ”Bäst du skyndar dig lite, då.”

”Jag tänker inte springa efter dig.”

”Den här gången finns det ingen återvändo, Rabbit.”

”Dunka inte i väggen då.”

Han dunkade i väggen.

”Ditt pucko.”

Skåpbilen rullade långsamt iväg. Hon gick efter den. Den gick fortare och hon snabbade på stegen. Dörrarna började smälla och Johnny sträckte fram handen.

”Det är nu eller aldrig, Rabbit.”

Inne i rummet grep Rabbit tag i sin mammas hand, vilket fick henne att rycka till.

”Rabbit?” viskade hennes mamma.

”Måste hinna med skåpbilen, mamma.”

”Var rädd om dig på resan, Rabbit”, sa Molly.

Johnny lutade sig fram med armen utsträckt och Rabbit sprang fortare, medan hon sträckte sig efter honom så långt hon kunde. Han drog in henne i mörkret och i Rabbits dödsögonblick höll hon sig hårt, hårt fast i den man som hon egentligen aldrig hade släppt taget om.

Författarens tack

Tack till dr Ruth Fenton för att du tog dig tid att berätta om hospicevård och behandlingar. Tack till min kompis dr Enda Barron som alltid finns där för att prata medicinska frågor, vare sig det gäller Rabbit eller Holby City, och tack för att du lånade mig en dator när min exploderade. Jag kommer alltid att vara dig tacksam. Tack till alla mina vänner för ert tålamod och stöd. Tack till min familj, speciellt familjen O'Shea för att ni tog emot mig när jag behövde omsorg som mest och familjen Flood för att ni vakade över mamma och lät mig bo hos er. Tack till mina agenter Sheila Crawley och Jessica Cooper på Curtis Brown – ni har öppnat en helt ny värld för mig och jag är så tacksam. Tack till Harriet Bourton och alla på Transworld för er entusiasm för Rabbit och ert oförtröttliga arbete med att ge henne den bästa möjligheten att få leva länge (Förstår ni vad jag menar där?). Slutligen, för era historier, er outtröttliga optimism och era slagfärdigheter: tack till min man Donal McPartlin, hans mor och far, Terry och Don, hans systrar, Ruth, Felicity och Rebecca, hans svågrar, Mick Lambert, Mick Creedon och Aidan Cornally, hans äldsta och bästa vänner, Charlie och Jerry Bennett, och självklart ska jag inte glömma Ken Brown.

Jimmy Tague, RIP.